KB058858

외 들이

흡혈귀 공주의 고뇌

4

Hikikomari
the Vampire Countess
no Monmon

Illustrations copyright ©riichu

"건데스블러드 씨.
잠깐 괜찮을까요?"

"카루라……."

열핵해방【고홍의 애도】

"——카루라.
꿈을 되찾자."

열핵해방【역류의 찰나】

Hikikomari
the Vampire Countess
no
Monmon

코바야시 코테이
illust : 리이츄
고나현 옮김

외톨이 흡혈 공주의 고뇌

커버, 삽화, 본문 일러스트
리이츄

독서의 가을. 예술의 가을. 식욕의 가을.

스포츠의 가을이라는 말도 있는 것 같지만 나하고는 전혀 무관하다. 요컨대 가을은 집에 붙어 있어야 하는 계절인 것이다. 여름은 다양한 이벤트가 가득했으니 가을에는 은둔형 외톨이의 진수를 발휘할 예정이다.

"창문 잠갔고. 문 잠갔고. 다 잠겨 있네."

이제 아무도 방해할 수 없다.

변태 메이드가 화장실에 간 틈에 내 방을 요새화한 것이다. 또 문에는 만약에 대비해 '오늘 일은 그만해도 되니까 밖에서 놀다 와'라는 명령을 적은 쪽지를 붙여놨다.

안심, 안전한 환경이 확보됐다는 것을 확인한 나는 책장에서 '안드로노스 전기' 최신간을 꺼낸 뒤 폴짝! 침대에 뛰어들었다. 바로 얼마 전에 발매된 속편이다. 참고로 이 책의 저자는 칠홍천 프레테 마스카렐의 언니인 것 같다. 프레테한테 부탁하면 사인받을 수 있을까. 아니, 말을 꺼내는 시점에서 살해당하겠지. 관두자.

"좋──아! 빌도 내쫓았고 오늘은 일도 없을 테니까 마음껏 즐기자!"

"죄송합니다. 저는 여기 있고 오늘도 일이 있어서 마음껏 즐기실 수 없어요."

"우와아아아악?!"

들려선 안 될 소리가 들려서 침대에서 굴러떨어지고 말았다.

환청인가? 조금 지쳤나? ──그렇게 생각하며 머뭇머뭇 침대 위를 본다.

왠지 변태 메이드가 안는 돌고래 베개(2대)를 밀어내고 내 침대에 드러누워 있었다.

"왜…… 왜 네가 여기에 있는 거야?! 쪽지 못 봤어?!"

"못 본 걸로 했어요."

"그럼 본 거잖아!!."

"봤다고 따라야 하는 건 아닙니다."

"…………."

이 기가 막히도록 정직한 답에 체념을 느끼는 나 자신이 한심하다. 이게 진짜 내 메이드일까? 스토커를 잘못 안 거 아닐까. 틀림없어.

나는 새침한 표정을 짓는 빌을 노려보며 바닥에 떨어진 책을 주웠다.

"……침입한 건 백 보 양보해서 눈감아 줄게. 나도 속으로는 '어차피 오겠지'라고 생각했고 말이지. 하지만 어떻게 들어왔어? 설마 문을 부순 건 아니겠지? 전에 네가 부쉈을 때는 내가 아빠에게 혼났거든."

"걱정하지 마세요. 이번에는 아래층의 천장을 뚫고 들어왔거든요."

"무슨 짓이야, 너어어어어어?!"

어느새 바닥에 맨홀만 한 구멍이 뚫려 있었다.

아래층이 훤히 보인다. 자세히 보니 사다리가 세워져 있었다. 최악이다.

"누가 봐도 이게 더 악질이잖아! 또 아빠한테 혼나겠다! 그보다 발이라도 헛디디면 위험하잖아, 어떻게 할 거야!"

"안심하세요. 천을 덮어 둘 테니까요."

"그건 그냥 함정이잖아!!"

나는 크게 한숨을 내쉬고야 말았다. 이건 '방에 틀어박히면 무슨 수단을 써서라도 침입한다'라는 협박이나 다름없다. 요즘 이 메이드는 필요 이상으로 나를 밖으로 데리고 나가고 싶어 한다.

나는 구멍 주변에 책을 두어 '출입 금지 구역'을 만들면서 빌을 노려본다.

"넌 왜 그렇게 나한테 간섭하는 거야? 나도 혼자만의 시간을 갖고 싶거든."

"인생은 한정되어 있어요. 밖으로 나가지 않으면 시간이 아깝다고요."

"시간은 남아돌아. 게다가 나에게는 집에 틀어박혀 책을 읽거나 책을 쓰는 게 더 가치 있는 시간이거든."

"천하 만민을 위해서 일하는 것이 더 의미 있어요. 그런 이유로 일을 가지고 왔습니다."

"싫어! 일 따위 폭발해 버리라지!"

"대단한 일도 아니에요. 이쪽을 보세요."

그렇게 말한 빌은 한 장의 편지를 건넸다. 어차피 침팬지의 선전포고겠지──, 그렇게 아무 기대 없이 종이를 펼쳤더니 뜻밖의 문자가 눈에 들어온다.

〈파티 개최를 알립니다〉

"……불길한 예감만 드는데."

"이번에는 정말로 위험하지 않아요. 왜냐하면 이건 평화 우호를 위한 파티니까요. 주최자는 천조낙토의 오오미카미입니다."

"속지 마. 가면 분명 귀찮은 일이 생길걸."

"그렇지 않아요. ──코마리 님도 지난달 육국 대전 기억하시죠? 그런 비극을 다시 일으키지 않기 위해서, 각국에서는 평화 우호를 목표로 하는 세력이 커지고 있어요. 이건 육국 동맹을 맺기 위한 전 단계 같은 거겠죠."

"뭐……, 그렇다면 제대로 된 파티일 수도 있지만……."

격동의 8월은 빛처럼 빠르게 지나가고 10월도 중순이 되어 있었다.

그 전쟁은 세계에 큰 상처를 남겼다고 할 수 있겠지──. 그리고 특히 큰 영향을 받은 것이 전쟁 주동자인 겔라 알카 공화국이다.

그 나라는 대통령 매드할트가 사라져 버림으로써 나라 명이 '알카 공화국'으로 바뀌었다. 신문에 따르면 수도는 새로운 국가의 출발을 기념하며 연일 축제 분위기라나 보다. 게다가 지난주

쯤에는 다음 세대 리더를 결정하는 대통령 선거가 있었고, 네리
아 커닝엄이 그 지위를 차지했다. 다음 달 취임식에 나도 초대
받아서 갈 생각이다.

그래——, 네리아다.

그 녀석은 괜찮을까. 확실히 네리아는 강하다. 나 따위와는
비교도 안 될 만한 전투 능력과 카리스마를 지니고 있다. 하지
만 네리아는 나와 동갑이다. 15살에 한 나라의 정상이 되다니
평범하게 생각하면 말이 안 되는 일 아닌가 싶기도 하다.

아무래도 걱정되네. 식사는 제대로 하고 있을까.

그 녀석이 엄마 제자였던 덕도 있을 수 있지만, 뭐라고 해야
하나. 묘하게 친근감을 느낀다. 함께 핵 영역을 모험한 동료 의
식이라고 할까. 서로 피를 교환한 연대감이라고 할까. 또 지난
달 전쟁에서도 마지막에는 "뭐, 오늘은 이쯤에서 끝내줄게"라면
서 직접 대결하기 전에 무승부로 해 주었고. 관객들은 야유를
퍼부었지만.

"코마리 님. 커닝엄 님이 걱정되시면 파티에는 가셔야죠."

빌이 내 베개에 얼굴을 묻고 냄새를 맡으면서 말했다.

황급히 베개를 빼앗았다. 잠시도 방심할 수가 없다니까.

"……네리아도 파티에 오나?"

"네. 각국의 요인에 더해 '육전희(六戰姬)' 전원이 모일 예정입
니다."

"그게, 뭐야."

"최근 눈부신 활약을 보인 여섯 소녀를 가리키는 말이에요.

알카 공화국의 네리아 커닝엄. 천조낙토의 아마츠 카루라. 요선향의 아이란 린즈. 라페리코 왕국의 리오나 플랫. 백극 연방의 프로헤리야 스타즈타스키. 그리고 뮬나이트 제국의 테라코마리 건데스블러드."

"그런 야만적인 그룹에 나를 끼워 넣지 말아줘."

"시비를 걸기에는 딱 좋은 기회이지 않나요?"

"시비를 걸어서 뭐 어쩌자고?!"

그렇게 빌의 말에 태클을 걸면서 머리를 굴린다.

냉정하게 생각하면 파란만이 예상된다── 하지만 평화 우호가 목적이라면 '좋아, 살육전을 벌여 보자고' 같은 전개가 되진 않겠지. 게다가 파티를 구실로 쓰면 타국 장군들이 보낸 선전포고를 거절할 수 있을지도 모른다. 그리고 네리아도 보고 싶다.

"……뭐, 하는 수 없지. 네가 그렇게까지 말한다면 가는 것도 나쁘지 않겠어."

"알겠습니다. 그럼 즉시 드레스를 맞추러 가시죠."

"어째서?"

"군복을 입고 출석하실 수도 있지만, 그러면 1억 년에 한 번 태어나는 미소녀의 미모가 아까우니까요. 새로운 옷을 사러 가시죠."

"끄응. ……그, 그래. 나는 1억 년에 한 번 태어나는 미소녀니까 말이지."

"네. 회장에 있는 사람들이 모두 시선을 빼앗길 만한 드레스를 골라드릴게요. 맞춤 제작해도 좋고요. 1억 년은커녕 10억 년에 한 번 태어나는 미소녀로 업그레이드하실 거예요."

"아니, 잠깐. 그 정도는 아니야."

"하지만 천조낙토의 아마츠 카루라 님은 사람들에게서 '1조 년에 한 번 태어나는 미소녀' 소리를 듣고 있다던데요. 이럴 때는 거기에 맞서 코마리 님도——."

"맞서서 뭘 어쩌게. 창피하잖아."

"이제 와서 창피함이고 체면이고 할 게 있나요. 애초에 전투 능력 부풀리기로 서로 경쟁하셨었죠? 꼭 애들처럼."

그건 생명의 위기가 다가오고 있었기 때문에 어쩔 수 없었다.

그나저나 카루라도 어떻게 지내는지 궁금하네.

그 녀석도 그 녀석대로 평화를 목표로 하는 내 동지다. 핵 영역의 감옥에서 헤어진 후로는 한 번도 못 봤으니까, 파티장에서는 이런저런 이야기를 할 수 있으면 좋겠다.

"그럼 가시죠. 1억 년에 걸맞은 코디를 찾으러."

"응."

그렇게 생각하면서 나는 메이드에게 끌려갔다.

이때는 미처 몰랐다. 이후 옷을 홀랑 벗고 빌에게 맨손으로 신체 사이즈를 측정당하고 다섯 시간이나 인형처럼 옷을 갈아입게 될 줄은.

※

"——이래선 그냥 인형이잖아요! 《오검제》는 무슨 오검제인가요!"

긴 이동복도를 걸으면서 아마츠 카루라는 툴툴거리며 화를 냈다.

천조낙토의 동도——, 그 중앙부에 자리한 커다란 저택.

아마츠 본가이다.

모처럼의 일요일을 의미 있게 보내려고 했는데 호출이 들어왔다.

그것도 당주의 호출이다. 원래 잘 휩쓸리는 성격인 카루라가 어떻게 싫다고 하겠는가. 게다가 '빨리 오지 않으면 죽는다'라고 하니 낮잠을 취소하고 서둘러 올 수밖에 없었다.

그러나 입에서 끊임없이 터져 나오는 것은 끝없는 불평이다.

이런 억지를 부리는 아마츠 본가에 느끼는 짜증이다.

"애초에 오검제라는 건 나라를 지키는 중요한 직책이에요. 본래 실력과 실적을 겸비한 분이 올라야 한다고요! 그런데 나 같은 인간이 뻔뻔스레 차지하고 있다면, 나라의 이름에 먹칠을 하는 것이나 다름없지 않나요?!"

"동의해. 말 그대로 카루라 님은 오물."

카루라 뒤를 따르는 것은 닌자 옷을 입은 소녀였다. 대대로 아마츠가를 섬기는 닌자 집단 '귀도중(鬼道衆)'의 수장—— 코하루다. 늘 카루라를 지켜 주는 소중한 호위다.

"세상 허접한 카루라 님이 할 일이 아니지."

그리고 호위 주제에 주인에게 매서운 독설을 뱉는 닌자이기도 했다.

"맞아요. 제가 맡을 일이 아니에요! 정말이지, 오오미카미 님이나 할머님이나 무슨 생각을 하시는 건지. 자리를 꾸미고만 있는 인형은 무의미하다. 그분들도 그것은 잘 아실 텐데."

"호출한 이유, 알아?"

"몰라요. 하지만 아마 '좀 더 싸워라'라고 하겠죠."

"그것도 있지만. 난 과자가게 때문일 것 같은데."

"아아……."

카루라는 요즘 수도에서 '풍전정(風前亭)'이라는 과자가게를 운영하고 있었다.

물론 장군 아마츠 카루라가 점주라는 건 비밀이다. 그러나 세간에서는 나름대로 인기를 얻고 있으며 동도 잡지가 취재를 온 적도 있었다. 수도에서 제일가는 화과자 가게를 운영하고 싶다는 꿈이 현실이 되고 있는 것이다.

"……풍전정의 존재를 들킨 걸까요? 그렇다면 가게를 접으라고 할지도 몰라요."

"그 전에 접을래?"

"그럼 본말전도예요!" 카루라는 코하루를 돌아보며 주먹을 쥐었다. "──그래, 오늘에야말로 단호하게 말해야겠어요. 전 네리아 씨나 테라코마리를 보고 배웠다고요. 자기 뜻이 분명해야 힌던 길! 신께서는 그런 사람에게 미소 지어 주신단 걸!"

"확 말해 버려, 카루라 님."

"말해 버릴래요!"

"그럼 연습. '장군 따위 하기 싫어'!"

"네? 하, 하지만……."

"마음 약한 카루라 님에게는 예행연습이 필요해. 막상 할머님을 만나면 계속 고개만 끄덕이고 있을 게 훤히 보이거든. 자, 따라 해. '장군 따위 하기 싫어'!"

"자, 장군 따위 하기 싫어!"

"좀 더 소리를 키워서. ──'이제 과자를 팔 거예요'!"

"이제 과자를 팔 거예요!"

"바로 그거야. ──'더는 가문의 방침에 따르지 않을래요'!"

"더는 가문의 방침에 따르지 않을래요!"

"'할머니 따위 엿이나 먹으라지'!"

"할머니 따위 엿이나 먹으라지!! ──하~~~~~, 왠지 할 수 있을 것 같아요. 이 비장함을 가지고 할머님께 탄원하면 분명."

"──누구한테 엿을 먹인다고?"

사신의 목소리가 들렸다. 카루라는 잘 안 닫히는 문처럼 삐걱거리면서 뒤를 돌아본다.

어느새 뒤에 할머니가 서 있었다.

칼날처럼 예리한 시선과 미간에 새겨진 주름이 인상적인 아마츠가의 당주. 곧 일흔이지만 왕년에 '지옥 풍차'로서 두려움을 산 장군으로서의 힘은 여전했고, 얼마 전엔 된장국을 흘린 하인의 이마를 손날로 쳐서 뇌수를 터뜨려 놓았다나. 참고로 십 년 전까지 천조낙토의 국주(國主)인 오오미카미 자리에 있었던 거물이다.

카루라는 몸을 움츠리며 할머니의 시선을 받아냈다.

이 사람을 마주하면 몸이 떨려서 말도 잘 못 꺼내겠다. 카루라는 새파랗게 질린 얼굴로 자기 닌자 쪽을 돌아봤다.

"……잠깐, 코하루?! 할머님이 계셨으면 알려줬어야죠!"

코하루는 "음——"하고 잠깐 생각하다가 할머니 쪽에 대고 말했다.

"존재감이 없어서 몰랐다——, 라고 카루라 님이 그랬어, 할머님."

"코하루 부탁이니까 제발 그 입 좀 다물어줘 과자 줄 테니까."

"존재감이 없어서 미안하구나. 그나저나 늦는다 싶어서 데리러 왔더니 뭐냐? 남의 험담이나 하고 있고. 자기가 장군이라는 자각은 충분히 하고 있지?"

날카로운 말이 가슴을 도려낸다. 카루라는 할머니를 돌아보며 순순히 고개를 숙인다.

"……죄송합니다."

"너는 나라의 운명을 짊어지고 있어. 천조낙토를 번영시켜야 할 아마츠 가문의 딸이다. 그런데도 '장군 따위 하고 싶지 않다'라니 가소롭기는. 역시 자기가 어떤 처지인지 이해를 못 하고 있구나."

"………………."

"그래서는 안 돼. 천조낙토는 머지않아 여섯 나라를 이끌 패권의 국가가 될 게다. 네가 그렇게 넋을 놓고 있어서는 답이 없어. 나태하게 굴지 말고 꾸준히 노력해라."

정말 가문의 구속은 번거로운 존재다.

카루라는 옛날부터 할머니에게 '차세대를 짊어질 리더가 되어라'라는 강요를 받아 왔다.

하지만—— 이런 데서 꺾일 수는 없다. 흘러가는 대로 사는 것도 하나의 방법이지만, 정말 소원을 이루고 싶다면 각오를 다지는 것도 중요하다.

카루라는 굳은 결의로 할머니를 응시했다.

"제가 화과자 장인이 되는 것을 인정해 주시겠어요?"

"우리 가문은 대대로 나라를 지켜 온 일족이다. 너에게는 사명이라는 게 있어."

"그럼 이걸 드셔 보세요."

품에서 꾸러미를 꺼냈다. 할머니를 설득하려면 이 방법뿐이라고 생각했다——. 즉 자기 실력을 보여 끽소리도 못하게 만드는 것. 의아해하는 표정인 할머니 앞에서 꾸러미를 펼쳤다.

"제가 만든 과일 양갱이에요. 쫀득쫀득한 식감에 속에 복숭아나 사과가 들어서 아삭아삭하고 신선해요. 제 최고 걸작…… 이라고 할 수 있죠. 부디 이걸 드셔 보세요. 그리고 제 실력을 인정하신다면 장군직에서 사임하도록 허가를."

찰싹, 팔을 얻어맞았다.

카루라가 정성을 담아 만든 양갱은 깔끔한 곡선을 그리며 날아간다.

철퍽——, 안뜰에 있는 징검돌에 양갱이 떨어지는 걸 끝까지 보기도 전에 격렬한 번개가 날아왔다.

"장군을 그만두겠다고?! 무슨 정신으로 그딴 말을 지껄이는 거냐, 엉?!"

너무나도 무시무시한 기세에 눈물이 날 뻔했다. 그러나 카루라는 주먹을 쥐고 할머니를 노려봤다.

"──너, 너무하세요! 음식을 함부로 다루다니 말도 안 돼요!"

"그렇게 생각하면 열핵해방을 사용해 봐라. 너라면 원상 복귀시킬 수 있잖느냐."

"대체 무슨 말씀이세요! 그런 대단한 일을 할 수 있는 건 네리아 씨나 테라코마리처럼 특별한 사람들뿐이에요! 할머님은 저를 과대평가하고 계세요! 지나친 억지예요! 좀 더 손녀를 격려해야겠다는 마음은 안 드세요?!"

"네가 얼빠진 짓을 하고 있으니까 엄하게 대할 수밖에! 듣자하니 요즘 멋대로 수도에서 과자를 팔고 있다던데! 누구 허락을받고 그런 짓을 벌이는 거냐?!"

"할머님께서 참견하실 문제가 아니에요! 조정에 영업 허가는확실히 받았다고요! 그렇죠, 코하루?!"

"미안, 카루라 님. 허가받는 걸 깜빡했어."

"무허가?! 그거 불법 영업이었어?!"

"신고는 깜빡하지 않을 테니까 안심해."

"그럴 때만 성실해지지 말아요!! 이 엉뚱이~!!"

"엉뚱한 건 너다!!"

"끄악."

멱살을 잡혔다. 상식적으로 생각하자면 손녀에게 이런 짓을하는 할머니가 있을 리 없지만, 옛날부터 엉망으로 당했던 적이 여러 번 있어서 새삼 놀랄 일도 아니다. 건강을 이유로 오오미카미에서 물러난 지 십 년──, 아직도 카루라의 할머니는 공격적이고 과격한 분이셨다.

이러다 죽겠다. 그렇게 생각했다.

"아마츠는 나라를 위해 일하는 '사(士)'다. 입 아프게 하지 마."

"아, 알아요. 알긴 아는데……."

"흥, 그렇게 장군직을 그만두고 싶다면 그만두게 해 주마."

"네? 네에??"

"오오미카미의 통지다."

할머니가 힘차게 뿌리쳤다. 이어서 가슴께로 힘껏 종이를 떠밀고, 귀신 같은 눈초리로 이쪽을 빤히 바라본다.

"천조낙토가 여섯 나라를 모아서 파티를 개최하는 건 알고 있겠지?"

"네, 네." 카루라는 편지를 받아들면서 고개를 끄덕였다.

"거기서 오오미카미 녀석이 '천무제' 개최를 선언한다는 것 같던데. 자세한 내용은 거기 나와 있으니까 나중에 읽어봐라. 오늘은 너와 얘기하느라 지쳐 버렸어."

할머니는 "슬슬 각오를 다지거라"라는 말을 남기고 떠나가 버렸다.

뭐가 뭔지 알 수가 없었다. 옆에서 코하루가 뺨을 부풀리며 화를 낸다.

"사람을 불러 놓고 무례하게."

"뭐……, 저게 할머님이니까요."

"과자 하나 내주지 않다니⋯⋯."

"그거였어요?"

"하는 수 없지. 카루라 님 과자를 먹을게."

코하루가 땅에 떨어진 양갱을 줍기 시작했다. 카루라는 당황해서 그 손을 잡고 만류했다.

"그만두세요. 배탈 나요."

"하지만 카루라 님이 열심히 만들었는데⋯⋯."

거기까지 말한 코하루는 '아차' 하는 식으로 입을 다문다.

카루라는 슬쩍 미소를 짓는다.

"집으로 가면 언제든지 만들어 줄게요."

"⋯⋯과자가 아까워서 먹는 거지 카루라 님 요리가 먹고 싶어서 먹는 게 아니야."

"그래요? 그래도 그걸 먹지는 말아요."

"응. ⋯⋯그건 그렇고 편지부터 읽어 봐."

무뚝뚝한 말투에 쓴웃음을 짓고 말았다. 이 아이도 솔직하지 못하구나──, 그렇게 따스한 마음을 느끼면서 편지를 뜯고 달필인 글씨를 눈으로 훑는다.

"⋯⋯뭐?"

그리고 마음이 순식간에 얼어붙었다.

코하루가 굳어버린 카루라 옆에서 편지를 살핀다.

"뭔데, 뭔데. '천무제 개최: 후보자 아마츠 카루라와 레이게츠 카린'──, 아. 장군직을 그만둬도 된다는 게 이런 뜻이구나. 잘됐네, 카루라 님."

"━━으."

"으?"

"으━! 으━! 으으으으━━━━━━━━━━━━━━━!"

카루라는 편지를 내던지고 신음했다.

천무제. 그건 천조낙토의 미래를 결정하는 일생일대의 대형 이벤트다. 설마 자기가 참가하게 될 줄은 꿈에도 몰랐다. 이런 억지가 어디 있냐 싶었다.

"왜……, 왜 천무제 같은 걸…….."

"나라를 개혁하고 싶다는데. 또 테러리스트에게 대항하기 위해서라나."

"테러리스트 따위가 대체 어디 있다고━━! 천조낙토는 평화 그 자체잖아~!"

카루라가 신음은 가을바람에 휩쓸려서 동도의 하늘로 빨려들었다.

천조낙토의 오검제인 이상, 오오미카미의 결정을 거스를 수 없다. 거스르면 폭발해서 죽게 된다. 그건 설령 세상이 뒤집히더라도 싫다.

생각해 보면 자신은 늘 누군가의 말을 따라왔다.

이 고뇌에서 해방되어 꿈을 실현할 수 있는 날이 정말 올까. 카루라는 땅에 떨어진 양갱의 잔해를 정리하면서 그렇게 생각했다.

※

테러리스트는 바로 옆에 있었다.

금빛으로 반짝이는 하현달이 밤하늘에 떠 있다.

천조낙토 동도——, '꽃의 수도'라고 불리는 풍아한 거리는 밤의 어둠에 싸여 쥐 죽은 듯 잠잠했다. 자기 나라가 테러리스트의 위협을 받고 있다는 걸 모른 채 꿈속에 잠겨 있었다.

"——너무 평화로운 것도 문제네."

국주 오오미카미가 기거하는 앵취궁(櫻翠宮) 지붕에 그림자가 섰다.

허리에 칼을 찬 몸집이 작은 소녀다. 그녀는 동도의 풍경을 내려다보면서 품에서 통신용 광석을 꺼냈다. 깐깐한 상사는 밤늦은 시간만 되면 반드시 상황을 확인하려 연락을 한다.

[컨디션은 어떻죠? 별다른 문제는 없습니까?]

차분한 남자 목소리. 소녀는 살짝 불쾌감을 느끼며 답했다.

"이 시점에서 문제가 생긴다면 절망적이겠지. 아직 테라코마리 건데스블러드도 안 왔어."

[조심하세요. 이번 적은 하나같이 열핵해방을 가진 괴물들이에요.]

"걱정하지 마. 열핵해방이든 뭐든 내가 처리할 테니까."

광석 너머에서 한숨을 내쉬는 기색이 났다.

[……결코 잊지 마세요. 우리 목적은 살육이 아니라 천조낙토의 마핵을 얻는 것. 이걸 달성하면 아가씨도 기뻐하시겠죠.]

"아가씨라……."

'신을 죽이는 사악'은 자주 이렇게 말한다——. 「죽음이야말로 산 자의 숙원이다」라고.

그렇기에 테러리스트 집단 '뒤집힌 달'은 인간에게 무한한 생명을 주는 마핵을 파괴하고자 하는 것이다. 그것참 고생이구만—, 그렇게 생각했지만, 자기 가슴팍에도 계약 마법으로 인해 뒤집힌 달의 문장이 새겨져 있다는 것을 떠올렸다. 달을 본떠 만든 무시무시한 문장이다.

달이란, 흡혈귀 나라의 트레이드 마크를 말한다.

그것과는 완전히 '반대' 방향으로 가는 조직—— 그것이 뒤집힌 달이다.

[그나저나 아마츠 카쿠메이에게는 들키지 않게 해주세요. 일이 성가셔질 테니까.]

"파벌 싸움 같은 건가? 같은 '삭월'인데 고생이 많네. 그런 음침한 일에는 끌어들이지 말아줘."

소녀는 통신용 광석을 마법으로 공중에 띄우며 팔짱을 꼈다.

가을을 맞이한 동도의 밤은 조금 쌀쌀하다. 그러나 가슴속에서 뒤엉키는 살의의 불길을 식히기에는 딱 좋았다.

"——내 마음대로 해도 되는 거지?"

[저희를 따라 주셔야겠어요. 우선 계획대로 진행하는 게 중요하거든요.]

"말해 두겠는데 네 계획은 허점투성이야. 상대를 진심으로 죽이려면 어떤 수단이든 망설임 없이 써야 해. 자기 방식을 고집하다 실패하는 것만큼 꼴사나운 것도 없어."

[자존심에 얽매여 있는 당신이 할 말인가요?]

"흥. 아무쪼록 내가 하고 싶은 대로 하게 해달라고."

[부디 무리하지만 마세요——.]

통신용 광석을 지붕에 내동댕이쳐서 파괴했다.

보고, 연락, 상담 따위는 쓸모없다. 소녀가 해야 할 일은 최종 목표를 달성하는 것뿐. 과정이 어떤 것이든 성과만 낸다면 상부도 불만은 없겠지.

시원한 바람이 소녀의 머리를 어루만진다.

동도에 우뚝 솟아난 8백 년 된 벚꽃 나무가 잎사귀 소리를 내고 있다.

가을을 맞았을 텐데 만개한 벚꽃의 색. 이 나무는 앵취궁에 병설된 '천탁신궁(天託神宮)'의 본존이며, 일 년 내내 피어 있는 마법의 벚꽃이다. 풍치고 뭐고 없다.

"⋯⋯추워."

소녀는 무심코 몸서리쳤다.

독서의 가을. 스포츠의 가을. 식욕의 가을—— 다양하게 알려져 있지만 소녀에게는 모두 예외다. 가을에 어울리는 것은 역시 예술이다.

피와 비명으로 세계를 물들이는 혁명 활동.

"——힘을 추구하는 건 예술과 비슷해. 너도 알잖아, 테라코마리 건데스블러드."

Monmon

천조낙토가 주최하는 파티는 핵 영역에서 열린다.

【전이】마법으로 웬 도시에 연행된 나는 그대로 빌에게 이끌려 거대한 궁전의 앞으로 왔다. 주변에는 호화로운 의상을 걸친 각국 요인들이 어슬렁거리고 있다. 내 쪽을 힐끔힐끔 보면서 소곤거리는 사람이 눈에 띄는 이유는 뭘까.

"——변함없이 코마리는 인기가 많구나! 발칙한 놈의 표적이 되지 않게 짐이 확실히 지켜 주마. 자, 손을 잡자. 팔짱도 끼고. 저쪽 나무 그늘에서 얘기를 하자꾸나."

"그만, 만지지 마! 이 발칙한 놈——!"

내게 들러붙는 금발 미소녀를 밀어내면서 나는 주변 상황을 살폈다.

뮬나이트 제국의 참가자는 30명 정도? 내가 아는 사람은 황제, 빌, 사쿠나. 나머지는 그다지 친하지 않은 정부 고관이나 황제의 호위 등이다.

"……다른 칠홍천은 초대빈지 않았나? 나랑 사쿠나뿐이야?"

"페트로즈도 있어. 먼저 회장으로 가서 요리를 먹고 있겠지."

"제1 부대의 대장인가……. 그리고 보니 처음 보네."

"만난 적은 있을 텐데. 그렇다고 해도 지명으로 초대받은 칠홍천은 코마리 너뿐이다. 나머지는 짐이 적당히 골랐다. 너도 사쿠나와 함께면 더 즐겁겠지?"

의외로 배려가 깊은 황제이다. 힐끗 뒤를 돌아보니 뒤를 따르는 백은의 소녀——, 사쿠나 메모아가 미소를 띠더니 작게 손을 흔들었다. 사랑스럽다. 그건 둘째 치고.

"지명이라니……, 뭐야? 어째서 나를?"

"천조낙토의 높으신 분이 코마리를 찾는다더구나. 뭐, 너는 세간에서 인기가 엄청난 칠홍천 대장군이니까 무리도 아니지."

"나 같은 애보다 프레테나 헬데우스를 초대하면 될걸……."

"프레테 녀석도 오고 싶어 했지만 칠홍천을 더 데리고 오면 국가 보안상 그러니까 '코마리 대신 너는 나라를 지켜다오'라고 말해뒀지."

엥? 그럼 돌아가면 살해당하는 거 아냐? 역시 배려라곤 없지 않나? ——그런 식으로 몸을 떠는데 옆에 있던 빌이 "안심하세요"라고 웃으며 말했다.

"프레테 마스카렐에게는 잊지 않고 출발 전에 인사를 남겼거든요."

"괜한 도발을 한 건 아니겠지."

"'꼴좋다'라고 말해두었습니다."

"생각보다 더 쓸데없는 도발이잖아!!"

쓸데없는 짓만 하는 메이드다. 꼬치구이가 되는 미래가 눈에 선하다.

그러고 보니 프레테 녀석의 상태가 겔라 알카의 소동이 끝나고 난 다음부터 이상하다. 지금까지처럼 단순하게 깔보는 게 아니라, 아니, 깔보기는 하는데, 깔보면서도 경계심을 품는 묘한 느낌이다. 무서우니까 그 녀석에게는 최대한 접근하지 말자.

주변의 시선을 느끼면서도 궁전 내부로 발을 디딘다.

화려한 홀에는 접수처 같은 장소가 있었다. 참석자의 이름을 쓰는 시스템인 듯하다. 잘 써본 적 없지만 붓으로 '코마리'라고 쓰는데, 이미 서명을 마친 황제가 뒤에서 내 어깨를 주무르면서 뺨을 비비적거렸다.

"미안하지만 짐은 지금부터 따로 움직여야 한다. 잠깐 뭘 부탁받아서 말이지."

"일? 이런 날에? ——그보다 떨어져. 쓰기 힘들잖아."

"아는 사람이 정찰 의뢰를 해왔거든. 짐이 없어서 외롭겠지만 참아다오."

"하나도 안 외로워."

"맞습니다. 폐하. 코마리 님에게는 제가 붙어 있으니까요."

"그만해, 껴안지 마! 아아, '코마리'가 '코마링'이 됐잖아!"

나는 황제와 변태 메이드를 떼어내며 외쳤다. 여전히 때와 장소를 구분 못 하는 녀석들이다. 갑자기 뒤에 있던 사쿠나가 "저, 저도 있거든요" 하고 옷을 잡았다. 그만둬. 이런 놈들과 부대끼다 보면 너까지 변태가 될걸.

"——뭐. 그런 이유로 짐은 이만 실례하마. 너희는 걱정하지 말고 파티를 즐기거라. 모처럼 천조낙토 녀석들이 환대해 주고 있으니까."

"그런데 폐하, 어느 쪽으로 가시는지."

"걱정하지 마라, 빌헤이즈. 문제가 없다면 아무 문제도 없으니까."

황제는 "그럼 나중에 또 보자" 하고 호쾌하게 웃음을 터뜨리며 떠나갔다. 한가한 것 같아도 바쁜 사람이구나——, 그런 식으로 대충 생각하고 있는데 갑자기 접수용 테이블 너머에 있던 사람이 내 얼굴을 뚫어져라 보고 있다는 걸 알아차렸다.

기모노를 입은 소녀였다.

무지개색 머리 장식이 인상적인 화혼종인데——, 응? 어라?

어디서 만난 적이 있는 듯한 느낌이 들지 않는 것도 아니다.

"테라코마리 건데스블러드 님 맞죠?"

갑자기 말을 거는 바람에 붓을 떨어뜨릴 뻔했다.

"그, 그런데. 누구시죠?"

"실례했습니다. 저는 레이게츠 카린. 천조낙토의 오검제입니다."

의연한 목소리에서 칼 같은 예리함이 느껴졌다. 아니, 실제로 아~주 긴 칼을 차고 있다. 천조낙토에는 '사'라는 신분이 존재한다고 들었는데 이 사람도 그런 느낌일까.

그나저나 '레이게츠 카린'이라.

어디서 들어본 것 같은 이름인데 기억이 안 난다. 여기서 섣불리 '처음 뵙겠습니다!'라고 했다가 '저희 만난 적이 있죠?'라고 받아치면 할복감일 것 같다. 누구더라. 누구였지——. 필사적으로 기억을 파헤치는데 레이게츠 카린 씨가 조금 유감이라는 듯이 웃으며 말했다.

"폴 방어전 때 '방어 그룹'으로 참가했던 사람입니다. 크게 활약하지 못했으니까 기억하지 못하실 만도 하지만……."

"아, 아아!"

나는 겨우 떠올렸다. 메이드에 의해 침대째로 연행당한 영문 모를 그 사건 말이지. 내 주변을 빙 에워싸고 있던 장군들 속에 이 소녀도 있었던 것 같다.

나는 당황해서 사과했다.

"미안. 함께 싸웠던 동료 얼굴을 기억하지 못하다니 실례도 이런 실례가 있나.

"아니요. 신경 쓰지 마세요. 건데스블러드 님의 씩씩한 모습에 비하면 제 존재감은 안개 같았겠죠. 그나저나 잘 오셨습니다. 오늘은 여섯 나라의 무사태평을 기원하는 평화 기원 파티예요. 싸움 따위는 잊고 편히 쉬어주시면 기쁠 겁니다."

"그, 그래! 싸움 따위는 잊어버려도 괜찮겠지."

"네. 잊으셔도 됩니다."

레이게츠 카린은 너그러운 미소를 지었다.

말로는 '잊으셔도 됩니다'라고 하면서 빈틈없이 무장한 건 뭐지. 장군이니 뭐니 하는 녀석들은 기본적으로 위험하다. 이미 적응했다.

"그나저나 건데스블러드 님께는 감복했습니다."

"엥? 뭐가?"

"알카의 낙원 부대를 일망타진한 황금빛 열핵해방이요."

또 그 소리냐.

내가 황금빛 마력을 띤 채 날뛰었다는 가짜 정보는 모든 인간에게 공통적으로 인식된 모양이다. 처음에는 빌의 망언이라고 생각했는데——. 아니, 뭐 지금도 그렇게 생각하지만 이렇게 여러 사람이 '굉장했어요'라거나 '존경합니다'라고 하면 섬뜩한 느낌을 받을 수밖에 없다. 그러나 살아남기 위해서는 그 섬뜩함조차 이용해야 한다.

"그래. 굉장했지. 그래 봬도 본 실력의 6분의 1 정도에 불과하지만."

"후후후——. 부럽군요. 재능이 있는 사람은 이리도 빛이 나는군요. 제 주변에는 천재가 많아서 아무래도 주눅이 들 수밖에 없어요. 그렇지? 후야오."

레이게츠 카린이 옆으로 시선을 돌렸다.

나는 그제야 거기 '사람'이 있다는 걸 알아차렸다.

잠시 시선을 빼앗기고 말았다. 왜냐하면 그녀의 엉덩이 쪽에 커다란 금색 꼬리가 있었기 때문이다. 복슬복슬하다. 폭신폭신하다. 무료한 듯 흔들흔들 좌우로 흔들리는 털뭉치. 만져보고 싶다. 주무르고 싶다.

"——후야오. 손님에게 인사해야지."

레이게츠 카린이 가시 돋친 목소리로 그렇게 말했다. 후야오라고 불린 여우 귀를 가진 소녀는—— 꼭 낮잠에서 깨어난 직후처럼 완만한 동작으로 오른손을 내밀었다.

그런가 했더니.

뾰옹.

뭔가가 바뀌는 느낌이 났다.

"——처음 뵙겠습니다. 후야오 메테오라이트입니다! 오검제 레이게츠 카린의 식객입니다! 잘 부탁드립니다!"

"응? 그, 그래."

묘하게 텐션이 높아서 조금 놀라고 말았다.

"나는 테라코마리다. 나야말로 잘 부탁하지."

"네, 잘 부탁드립니다! 만나서 영광입니다. 테라코마리 님!"

왼손을 내밀어 오길래 왼손으로 악수에 응했다.

단단한 손이었다. 분명 평소에 검을 휘두르면 이렇게 되겠지.

후야오는 생긋 웃었다. 너무나도 순수한 미소에 심장이 뛰었다.

그러고 보니 수인을 정면에서 보는 건 이번이 처음일지도 모른다. 침팬지나 기린은 항상 내 목숨을 노렸고 말이다. 아니, 벨리우스가 있었나. 그러고 보니 그 녀석은 늑대일까 개일까? ——그렇게 대충 생각하는데, 악수하는 자세 그대로 후야오 측에서 팔을 힘껏 잡아당겼다.

눈앞에 후야오의 단정한 얼굴이 있었다.

달콤한 숨이 뺨에 닿는다.

"테라코마리 님! 조심하시는 게 좋아요."

여우 귀가 쫑긋쫑긋 움직였다. 만져보고 싶다.

"레이게츠 카린 님은 겉보기만큼 좋은 사람은 아니거든요!"

"뭐?"

"천조낙토와 얽혀서 좋을 건 없다는 뜻이에요! 오오미카미 님도 뭔가 꿍꿍이가 있어 보이고요! 죽을 각오가 없다면 함부로 끼어들지 않는 게 현명해요."

"——후야오. 뭘 그렇게 속닥이는 거지?"

"아뇨, 아뇨! 아무것도 아니에요, 카린 님!"

손을 팡 놓는다. 영문을 모르겠다. 왜 영문을 모르겠냐면 이야기를 전혀 안 듣고 있었기 때문이다. 내 의식은 계속 좌우로 흔들흔들 흔들리는 황금색 꼬리에 고정되어 있었다. 나중에 만져봐도 되냐고 물어볼까.

근질거리는 마음을 억누르는데 레이게츠 카린이 싱긋 웃으며 이렇게 말했다.

"저희 여우가 실례했습니다. ——그럼 파티를 즐겨 주시죠. 분명 최고의 향락을 맛보실 수 있을 겁니다."

☆

사치스럽기 짝이 없는 파티장이었다.

참석자는 모두 행동에 기품이 넘치는 상류 계급. 곳곳에 있는 테이블에는 호화로운 요리가 빼곡히 놓여 있다. 안쪽에 있는 피아노에서 연주되는 곡은 백극 연방에서 최근 유행하는 클래식일까? 어쨌든 딱 '귀족의 연회'다운 파티다.

애초에 사람 많은 자리가 불편한 나에게 이런 행사는 어울리지 않는다.

게다가 주변 사람들이 내 쪽을 보고 소곤거리고 있어서 즉시 집에 가고 싶어졌다. 하지만 빌이 손을 잡더니 앞을 가로막았다.

"놔줘."

"미아가 되면 어쩌시려고요."

"되겠냐! ──애초에 이제 와서 도망칠 생각 없어. 여기 오기로 한 건 나 자신이니까. 오늘은 순순히 파티를 즐길 거야."

"그럼 같이 춤이나 추시죠. 제가 에스코트하겠습니다."

"부끄러우니까 싫어."

"그럼 코마리 씨. 경단이라도 먹을래요?"

"먹을래."

사쿠나가 "아──" 하고 들이미는 미타라시 경단을 덥석 문다. 달고 쫀득쫀득한 게 맛있었다. 이걸 먹기 위해서 파티에 왔다고 해도 과언이 아니다.

답례로 나도 테이블에서 앙금 경단을 가져와 사쿠나에게 내밀었다. 사쿠나가 부끄러워하면서 "잘 먹겠습니다……" 하고 경단을 먹으려던 순간──. 갑자기 나타난 빌이 꼬치를 덥석 깨물더니 가로채 갔다.

"아아앗! 빌헤이즈 씨! 치사해요!"

우물우물하다가 꿀꺽 삼켰다.

"……먼저 코마리 님을 가로챈 건 메모아 님이세요. 지금부터 잘 구워삶아……, 아니, 설득해서 함께 춤추려고 했는데."

"코마리 씨는 '싫어'라고 했어요. 강요는 옳지 않아요."

"메모아 님도 뭘 모르시는군요. 코마리 님은 단순해서 '휴가를 드리겠습니다'라고 말하면 제 부탁을 뭐든지 들어주시거든요."

"그런 싸구려 책략에 넘어갈 리가 있냐."

"맞아요. 코마리 씨는 희대의 현자니까요."

"그것도 그렇군요. ……그런데 코마리 님, 갑자기 보고드려 죄송합니다만 황제 폐하께서 일주일 정도의 휴가를 하사하셨나 봅니다."

"응? 어째서……?"

"요즘은 근무 방식이 개혁되고 있으니까요. 코마리 님의 노동 시간을 조사해 보니 좀 과했다는 게 밝혀졌습니다."

"조사할 필요도 없이 대놓고 악덕 기업이었잖아."

"그런 이유로 일주일을 쉬지 않으면 법률을 위반하게 된다나요."

"그래?!"

"이제 쉬실 수 있어요. 기쁘시죠?"

"응!"

"너무 기뻐서 춤이라도 추고 싶으시죠?"

"응!!"

"알겠습니다. 그럼 외람되지만 이 빌헤이즈가 에스코트하겠습니다."

"응!!!"

"코마리 씨, 속고 있잖아요?! 근무 방식 개혁 같은 소리는 처음 듣는 데다 사실 코마리 씨의 노동 시간은 다른 칠홍천과 비교하면 적은 수준이에요! 빌헤이즈 씨의 거짓말이라고요!"

"칫……. 거의 다 왔었는데……."

"또 속였겠다, 너어어어어어어어어어어어어!!"

나는 빌에게 다가가 토닥토닥 주먹을 날렸다.

여전히 웃기는 메이드다. 괜히 좋아했네——!

그런 식으로 분노를 주체하지 못하고 있던 차에.

"──코마리! 오랜만이네."

갑자기 누가 이름을 불러서 뒤를 돌아본다.

그 자리에 있는 것은── 분홍빛 머리카락을 투 사이드 업으로 묶은 소녀다.

알카 공화국의 대통령, 네리아 커닝엄이었다. 그 너머에는 '윽……' 하는 식으로 표정을 일그러뜨린 게르트루드 레인즈워스도 있었다.

"네리아! 오랜만──."

내가 오른손을 들어 인사하려고 한 순간의 일이다.

만면의 미소를 띠며 다가온 '월도희'는 어찌 된 영문인지 그대로 힘껏 나를 꼭 끌어안았다. 너무나도 갑작스러운 일이라 피할 수조차 없었다. 빌이나 사쿠나, 게르트루드가 조류 같은 비명을 질렀다.

"잘 지냈어? 나는 정말 잘 지내."

"그, 그래. 그건 다행이네. 그런데 좀 떨어질래?"

"내 메이드가 되어 준다면 떨어질게. 메이드가 되면 절대 안 놔줄 거지만."

"아직도 그 소리야? 내가 메이드 같은 걸 어떻게 하냐."

"맞아요, 네리아 님! 테라코마리가 우리 저택의 메이드가 되면 실수만 할 게 뻔해요! 하루 다섯 장의 페이스로 접시가 깨질 거예요!"

너무하네. 나도 설거지 정도는 할 수 있어. 해본 적 없지만.

그렇게 생각했더니 네리아가 귓가에 대고 "농담이야"라고 속삭이더니 슥 떨어졌다. 빌과 사쿠나가 내 양옆에 버티고 서서 경계 어린 시선을 네리아에게 보낸다.

"어머? 그렇게 무서운 표정 지을 거 없어. 나와 코마리는 피를 나눈 사이인걸."

"바보 같은 말씀 하지 마시죠, 커닝엄 님. 코마리 님이 당신 피를 먹은 것은 상황 증거상 부정할 수 없지만, 코마리 님 피를 당신이 먹었다는 증거가 어디 있죠? 애초에 전류인 당신이 다른 종족의 피를 섭취할 정당성이 없습니다."

"사실이야. 코마리와의 관계를 깊게 다지기 위해서 먹었지."

빌은 "하~" 하고 어깨를 으쓱이더니 한숨을 내쉬었다.

"말이 안 통하는군요. 이런 사람을 그냥 두면 일이 성가셔져요, 코마리 님. 요컨대 이건 '모르는 사람이 멋대로 혼인신고서를 제출해서 나도 모르는 사이에 기혼자가 되어 있었다' 같은 상황이니까요. 커닝엄 님은 서서히 일을 추진할 셈이에요."

"아니, 사실인데."

"?!?!?!"

엄청난 충격이 퍼졌다. 이해는 잘 안 되지만 난 일단 설명을 보충하기로 했다.

"몽상낙원의 지하에서 있었던 일이야. 네리아가 본인에게 자신감이 없다길래……, 여러 상황을 거쳐 피를 교환하기로 한 거고. 뭐, 이 녀석은 원래 자매 같은 거였으니까. 아, 자매라고 해도 피가 이어진 건 아니야. 이 녀석이 엄마의 제자였기 때문이지."

"알겠습니다, 코마리 님. 저에게도 지금 바로 코마리 님 피를 마시게 해주세요. 안 그러면 금단증상으로 당장에라도 코마리 님 치마 속에 고개를 처박을 것 같아요."

"어, 어째서—?!"

알 수 없는 기행을 벌이는 빌. 그 뒤에서는 사쿠나가 "정말 먹은 거군요……" 하고 절망적인 표정을 짓고 있었다. 네리아가 "아하핫!" 하고 웃으며 내 손을 잡았다.

"당신은 정말 인기인이네. 그래도 조금은 주변 사람 마음도 생각해 줘."

"엥?"

"내가 할 말이 아닐 수도 있지만, 엇나간 자기 평가는 때로는 성가신 일의 불씨가 되기도 하거든. 당신은 본인이 생각하는 것보다 더 뛰어난 인간이야."

"뭐 1억 년에 한 번 태어나는 미소녀라는 점을 고려하면 그럴 수도 있지만."

"엇나가는 것도 적정선이란 게 있어야지."

"엥……, 아니야??"

"그런 게 아니라—— 아니, 왜 울상을 하고 있어?! 아니야 아니야! 코마리는 귀여워! 1억 년에 한 번 태어나는 미소녀 맞아! 옳지, 옳지—."

왠지 네리아가 머리를 쓰다듬는다.

이 녀석이 무슨 소리를 하는 건지. 1억 년에 한 번 태어나는 미소녀란 걸 부정했다고 해서 내가 울 리 없잖아. 애 취급이나 하고 말이지. 아주 잠깐 충격을 받았잖아.

네리아는 "뭐, 그건 그렇고" 하고 억지로 화제를 바꾸었다.

"미소녀 운운은 제쳐두고 파티나 즐기자. 저기 당신이 좋아하는 푸딩도 있어. 단 거라도 먹고 기분 풀어."

"딱히 기분이 상한 건 아니거든? 뭐, 푸딩은 먹을 거지만."

나는 네리아에게 팔을 잡혀 인파 속으로 연행되었다.

지금은 순순히 몸을 맡기자. 모처럼 온 거, 즐기지 않으면 손해다.

"——그러고 보니 대통령 일은 어때?"

말차 푸딩을 맛보면서 가벼운 느낌으로 묻는다.

커스터드 푸딩을 먹고 있던 네리아는 "그렇지" 하고 스푼을 든 손을 멈추었다.

"큰일이라면 큰일이네. 지금의 알카 정부는 엉망이니까 우선은 그것부터 재건해야 해. 인재가 너무 부족해. 하는 수 없이 매드할트 정권 중추에 있던 녀석들도 쓰고 있지."

"괜찮은 거야? 심한 짓을 한 놈들이잖아."

"위험도가 적어 보이는 녀석부터 다시 등용해 나갈 생각이야. 모반을 꾀하면 즉각 두들겨 패줄 테니까 문제 될 거 없어."

"자신만만하네."

"애초에 나는 압도적인 지지를 받는 대통령이니까. 나를 거스르는 건 곧 민중의 뜻을 소홀히 한다는 거야. 무력으로 쿠데타를 일으키면 어떻게 될지 정도는 본인들이 잘 알 테고, 꿍꿍이

속은 있어도 섣불리 설치지는 못할걸."

왠지 네리아는 전에 만났을 때보다 어른스러워진 듯하다. 아니——, 풍격을 갖추었다고 표현하는 게 올바르려나. 역시 대통령이다. 그러고 보니 나라 이름은 '네리아 알카 공화국'으로 안 바꾸는 걸까. 바꾸면 재미있을 텐데.

옆에서 듣던 게르트루드가 "괜찮아요!" 하고 웃는 얼굴로 말했다.

"네리아 님을 거스르는 사람은 제가 전부 처리하겠어요!"

"후후——, 기대하고 있을게. 당신이 신생 알카 공화국의 필두 팔영장이니까."

"네. 팔영장이라고 해도 아직 저밖에 없지만……."

"애버크롬비 같은 사람은 써먹을 수 있을 것 같아. 그리고 코마리를 우리 장군으로 삼으면 어때? 칠홍천과 팔영장을 겸임하다니, 전대미문이라 재미있을 것 같은데."

"하나도 재미없어! 나는 칠홍천만으로도 벅차."

네리아는 "어머, 유감이네"라며 웃었다. 본심을 말하자면 칠홍천도 지금 당장 그만두고 싶다. 나에게 어울리는 직업은 소설가 내지는 철학자 정도겠지.

"뭐, 어쨌든 내 근황은 그런 식이야. 매드할트가 인수인계도 제대로 안 하고 사라지는 바람에 아주 난리도 아니라니까. 바빠서 다과회를 열 시간도 없어."

"흐음. 그거 큰일이네."

"남의 일이 아니에요, 코마리 님."

옆에서 우동을 먹고 있던 빌이 끼어들었다.

"코마리 님도 언젠가 뮬나이트 제국의 황제가 되실 거잖아요. 커닝엄 님의 노고를 참고삼아 대비하시는 게 좋을 거예요."

"신경 쓰지 마, 네리아. 이 메이드의 특기는 헛소리거든."

"헛소리가 아닌 것 같은데."

네리아는 히쭉 웃었다. 왠지 안 좋은 예감이 들었다.

"저기, 코마리. '육전희'라는 사람들을 알아?"

"뭐……, 빌한테 듣기는 했는데."

"어떤 신문사에서 처음 나온 말인가 봐. 쉽게 말하자면 '최근 눈부시게 활약한 여섯 명의 소녀들'을 가리키는 건데──. 요약하자면 이건 '각국의 차기 국가 원수 최유력 후보'라는 거잖아? 그 안에 코마리도 제대로 포함되어 있어."

"포함되어 있다고 해서 황제가 되는 건 아니잖아."

"뭐, 그렇긴 하지. ──그래도 이 파티에는 그 육전희가 모두 와 있나 봐. 향후에 대비해 관찰하고 분석해 두는 게 유익할 것 같지 않아?"

"남을 물끄러미 보면 좀 그렇지 않나……?"

"괜찮아, 괜찮아."

네리아는 왠지 즐거워 보인다.

그러고 보니 지난번 육국 신문에 '커닝엄 대통령의 취미는 인간 관찰' 같은 내용이 적혀 있었던 것 같다. 거리를 활보하며 우수한 인재를 직접 스카우트한다나 보다. 대통령 행정부에서 일하는 메이드 수는 매드할트 시대의 여섯 배까지 부풀었다나 뭐라나. ──무시무시한 녀석이다. 뭐, 정보 출처가 육국 신문이라 수상하긴 하지만.

"우선 저게 라페리코 왕국 사람들이야. 육전희는 리오나 플랫사성수 대장군이고."

네리아가 눈짓으로 가리킨 곳에는 수인 집단이 있었다.

그 중앙에 있는 것은 쾌활한 미소를 띤 소녀였다. 머리에는 고양이 귀가 나 있고, 뒤에 고양이 꼬리도 달려 있다. 털은 예쁜 갈색이었다.

"……좀 궁금했는데 말이지."

"뭔데?"

"침팬지나 기린처럼 완벽한 동물의 모습을 한 녀석이 있고, 여자들 중에는 동물 귀나 꼬리만 나 있는 녀석도 있잖아? 저건 어떤 원리인 거야?"

"생명의 신비지."

대단하기 그지없는 신비다. 잘은 모르겠지만 그냥 두자.

네리아는 커스터드 푸딩의 마지막 한 입을 입에 넣으면서 말을 이었다.

"기본적으로 라페리코 왕국은 욕망에 따라 움직이는 야수 집단. 하지만 리오나는 별개야. 저 녀석은 나름대로 말이 통하는데다, 라페리코를 좀 더 이성적인 나라로 만들려 노력하고 있거든. 참고로 리오나의 이명은 '자연계의 유일한 태클러'."

"뭔 소리래."

"나도 뭔 소린지 모르겠어. 어쨌든 리오나와는 친하게 지내는 게 좋을 거야. 저 녀석은 성실하기만 한 게 아니라 꽤나 강하거든. 차기 국왕이 될 게 확실하다는 말이 나오고 있어."

나는 그 리오나를 가만히 관찰했다.

눈웃음을 지으며 맛있게 비프 스트로가노프를 먹고 있다.

갑자기 카피바라 남자 삼인조가 안색이 달라져선 그녀 곁으로 달려갔다.

"리오나 님. 큰일 났습니다."

"응? 왜 그래?"

"바나나가 아무 데도 없습니다."

"바나나~? 그 정도는 참아봐. 봐, 여기에 고기가 있지."

"하지만 라페리코 왕국을 초대해 놓고 바나나를 준비하지 않다니 있을 수 없는 일입니다. 이건 우리나라에 대한 선전포고라고 해도 과언이 아니에요."

"옳소, 옳소!" "바나나를 내놔라!" "천조낙토는 정말 무례하다!"——.

"지, 진정해! 오늘은 평화 우호의 파티라고!"

"먼저 평화를 어지럽힌 건 상대입니다. 저희에게는 대의명분이 있어요."

"없어!! 자, 포도랑 사과도 있잖아. 간식을 먹고 싶으면 다른 걸로 때워."

"바나나는 간식이 아닙니다!! 메인 디시죠!!"

"지금 소풍 왔어?! 이봐, 그만해. 마법 주문 외지 마!!"

"주방을 제압하고 오겠습니다. 리오나 님은 여기서 기다려 주세요."

"기다리라니까아아아!! 이러니까 우리가 '개그하는 나라' 같은 소리를 듣는 거야아!!"

··················.

············.

······왠지 친근감이 드네. 상사와 부하의 대화에 강렬한 데자뷔를 느꼈다.

고양이 귀 소녀와 카피바라의 술래잡기가 시작됐다.

주변 사람들이 "또 라페리코인가", "늘 시끌벅적하군" 하고 미적지근한 눈길을 보내고 있다. 자초지종을 지켜보던 빌이 "이거 원" 하고 어깨를 으쓱한다.

"결국 수인이네요. 툭하면 폭력을 휘두르려 하는 무뢰한뿐이에요."

"그거 우리가 할 말인가?"

어쨌든 리오나와는 친해질 수 있을 것 같으니 나중에 말을 걸어 보자.

"변함없이 이상한 녀석들이네. 하지만 저 고양이 귀가 왕이 되면 라페리코는 더 재밌어질 것 같아. 국제 사회에서의 존재감도 커지지 않을까?"

"뭐, 침팬지가 국왕이 되는 것보다는 나을 것 같긴 한데."

"──아. 저기 봐, 코마리. 저쪽은 선인들이야."

"선인······? 아아."

반대쪽을 보니 이번에는 동양풍 의상을 입은 집단이 눈에 띄었다. 지금까지 별로 교류가 없던 남방의 유토피아, 요선향의 신선종이었다. 그중에서도 유달리 눈에 띄는 것은 팔랑팔랑한 공작 같은 옷을 입은 소녀다.

문득 눈이 마주쳤다.

감정을 알 수 없는 시선이 이쪽으로 향했다. 왠지 불편해져서 나는 가식적으로 웃으며 손을 흔들었다. 소녀도 무표정하게 손을 흔들어 주었다.

"……쟤가 육전희 중 하나야?"

"그래. 요선향의 차기 천자이자 삼룡성 대장군 아이란 린즈. 눈만 마주쳐도 적의 심장을 터뜨리는 실력자로 유명하지."

"하하핫. 잠깐 화장실이나 갔다 올까."

"뭐 그렇게 당황할 거 없어. 린즈는 진짜 평화주의자로도 유명하니까. 갑자기 공격해 오진 않을 거야."

"그래……?"

"그래. 참고로 요선향의 군주는 세습제기 때문에 다음 천자는 저 아이로 확정됐어. 지금 연줄을 만들어 두는 편이 좋을걸. 메이드복이라도 선물할까."

"그랬다간 연줄을 만들기도 전에 미워할걸."

네리아를 나무라며 나는 다시 아이란 린즈 쪽을 봤다.

낯선 남성이 그녀에게 말을 걸고 있었다.

남성—— 이라고 해도 린즈와 같은 신선종은 아니다. 새하얀 옷과 새하얀 머리카락이 특징적인 장신의 창옥종이다. 어라, 누구더라. 왠지 신문 같은 데서 본 적이 있는 것 같은——.

"저건 백극 연방 녀석이네. 아이란 린즈와 얘기 중인 건 서기장이야."

"서기장?"

"백극 연방 서기장. 요컨대 황제나 대통령과 동격인 국주(國主)지."

나는 놀라서 그의 모습을 응시했다.

듣고 보니 풍격이 있어 보이지만, 그렇다고 뮬나이트의 황제처럼 패기 넘치는 느낌은 또 아니다. 온화한 미소가 그런 인상을 주는 걸까──, 그렇게 생각하는데 옆에서 충견처럼 대기 중이던 사쿠나가 귀띔했다.

"조심하세요, 코마리 씨. 저 사람은 겔라 알카 공화국과 결탁하여 뮬나이트를 해하려고 했던 나쁜 사람이에요."

"엥? 그래?"

"메모아 님의 말이 맞습니다." 이번에는 빌이 반대쪽 귀에 대고 숨을 내쉬었다. "백극 연방 서기장 하면 전쟁을 좋아하기로 유명하니까요. 게다가 매드할트와는 달리 더러운 책략을 아무렇지 않게 쓰는 바보입니다. 보기만 해도 눈이 더러워지니까 쳐다보지 마세요."

"아니, 처음 보는 사람에게 그렇게까지 말할 필요 없잖아……."

호되게 까이는 서기장을 동정하면서 시선을 되돌린다.

그러자 서기장이 "응?" 하고 이쪽을 돌아봤다. 아이란 린즈에게 인사를 마치고는 미소를 띠며 다가온다.

"이런. 이게 누구야, 테라코마리 건데스블러드 각하 아닌가?

그 유명한 진홍의 흡혈 공주를 만나게 되다니 내 운도 아주 꽝은 아닌가 보군."

"응? 아, 나, 나야말로."

"그쪽도 그렇게 생각한다니 기쁠 따름이군. 나는 백극 연방 공산당의 서기장. 만나 봬서 아주 영광이야, 건데스블러드 각하."

미소와 함께 오른손을 내민다.

나는 조금 긴장하고 말았다. 상대가 젊은 남성이라서——, 그보다는 일국의 군주였기 때문이다. 여기서 실례를 저지르면 아마 확실히 전쟁으로 발전하겠지. 원만하게 끝내기 위해서 미리 아부할 준비를 해두자. 그 옷 멋있네요!! ——좋아, 완벽해.

"그래. 잘 부탁하지, 서기."

"더러운 손으로 코마리 님을 만지지 말아 주시겠어요, 서기장님?"

찰싹.

빌이 옆에서 서기장의 손을 쳐냈다.

내 눈이 동그래졌다. 서기장의 눈도 동그래져 있었다. 1초 정도 침묵의 시간이 흘렀고——,어째선지 네리아가 "풉" 하고 웃음을 터뜨리자 이성을 되찾았다.

"너—— 너어어어?! 뭐 하는 거야?!"

"이 남자는 경박하기로 유명합니다. 코마리 님을 건드리게 둘 수 없습니다."

"그런 문제가 아니잖아! 상대는 대국의 높은 사람이라고! 미안하다고 사과하면 전쟁이 벌어질 일은 없을 거야! ——미, 미안. 서기장. 이 메이드에게 나중에 꼭 간지럼 형을 내릴 테니까 용서해 줘."

"아하하하하하하! 유쾌하군요, 뮬나이트 제국은."

서기장은 배를 움켜쥔 채 웃고 있었다. 그걸 본 빌은 쿠나이를 한 손에 들고 무서운 표정을 짓고 있다. 이봐, 정말 그만해. 더 이상 일을 키우지 마. 게다가 왜 사쿠나까지 스틱을 드는 거야? 뭐야, 다들 경계심이 너무 강한 거 아니야? 이 사람이 그렇게 나쁜 녀석이야?

"이거 원. 유감이지만 난 미움의 대상인가 보군. 마음은 이해하지만. 그럼 긴장을 풀기 위해 잡담이라도 나눌까?"

"그래, 푸딩 이야기라도 할까."

"푸딩! 그거 좋군. 실은 내 부하 중에도 푸딩을 사랑하는 녀석이 있거든――. 프로헤리야라는 아이인데 아나?"

머리 위에 물음표 마크를 띄우는데 옆에서 네리아가 입을 열었다.

"육동량 즈타즈타스키 장군 말이지. 잘 알아. 지난 대전에서는 뮬나이트의 성채 도시가 그 여자 덕에 엉망이 되었다잖아."

"과연 커닝엄 대통령이로군. 그래, 얼마 전 뮬나이트의 성채 도시 폴을 엉망진창으로 만든 즈타즈타스키 장군이야. 그 아이도 푸딩을 좋아해서 말이지. 분명 건데스블러드 각하와는 사적인 관계라면 친하게 지낼 수 있겠지."

"호, 호오. 그 프로헤리야라는 사람도 여기에 와 있나?"

"그래, 저기서 BGM을 연주하고 있지."

그다음 순간이었다.

갑자기 콰광!! 하고 벼락이라도 친 듯한 소리가 울려 퍼졌다. 주변 사람들이 놀라서 무대 쪽을 바라본다. 피아노 앞에 새하얀 여자가 서 있었다. 한겨울에 행군이라도 하는 건가 싶을 정도로 두터운 방한복이다. 아무래도 건반을 친 게 그녀였나 보다.

"──못 해 먹겠네!! 왜 이 내가 우민들을 위해 피아노를 쳐야 하는 거냐! 계속 이러고만 있으면 파티에 초대받은 보람이 전혀 없잖아! 푸딩 먹고 싶어!"

"진정하세요, 스타즈타스키 각하. 서기장께서 피아노 연주를 듣고 싶으시다고……."

"이 악보를 보낸 게 서기장이냐?! 그 남자 취향이었냐?! ──'달 그림자 호수'는 무슨. 진짜 '달그림자 호수'는 이런 게 아니야. 곡 조가 다른 데다 쓸데없는 대목이 추가됐다고. 뭐야, 이 필인은. 뭐야, 이 무의미한 업 템포는. 너무 어레인지돼서 원곡을 전혀 찾 아볼 수 없잖아! 전통을 파괴하고 싶어 하는 백극 연방의 단점이 응축되어 있다고! 이런 천박한 편곡을 당하다니 고전이 불쌍해. 정말 그 남자는──."

"저, 각하. 서기장님께서 저기서 듣고 계십니다만……."

프로헤리야가 이쪽을 돌아본다.

그녀는 태연하게 자신의 국주를 노려봤다.

"서기장! 전 언제쯤에야 여기서 해방되는 겁니까. 이대로는 손가락에 무리가 가서 건초염이 올 겁니다. 강제 노동은 인도적 이지 못해요!!"

"이런, 미안하군. 프로헤리야! 하지만 파티 참가자들은 자네의 아름다운 음색에 넋을 잃고 있던걸. 이게 바로 백극 연방의 예술이지──. 나로서는 조금 더 훌륭한 연주를 듣고 싶은데."

"당신을 위한 연주 따위는 하고 싶지 않습니다."

"그럼 모두를 위해 연주해 줘. 자네는 인민 대표야."

"⋯⋯⋯⋯⋯⋯하는 수 없겠네요. 서기장이 그렇게까지 말씀하시는데 연주하지 않을 수도 없죠. 다만 제 뜻대로 연주할 겁니다."

"원곡 그대로 연주하는 건가? 그럼 조금 심플할 것 같은데."

"저는 '고전의 행복은 고전 그대로 연주하는 것' 같은 딱딱한 말은 안 합니다. 그냥 당신의 어레인지가 원곡의 장점을 망쳐놓고 있어서 마음에 안 드는 거죠. 예술은 파괴보다도 창조여야 합니다. 그러니까 '달그림자 호수'는 제가 더 귀엽게 꾸며주도록 하죠."

그렇게 말한 프로헤리야는 부하가 가져온 푸딩을 한 입 먹고 나서 피아노 앞에 앉는다.

곧이어 우아하고 강렬한 클래식이 연주되기 시작했다. 음악에 그다지 조예가 깊지 않은 나조차 "와──" 하고 감탄해 버릴 정도의 기교다. 매끄러운 16분음표의 연타가 뼛속까지 울리는 듯한 감각이다. 잘은 모르겠지만 대단하다.

"어때? 우리 에이스."

"어떠냐고 물어도⋯⋯, 대단해 보이네. 여러모로."

"그래. 대단하지, 여러모로. ──프로헤리야는 건데스블러드 각하와 싸우더라도 지지는 않을 거야."

빌과 사쿠나가 어째선지 경계했다. 네리아는 재미있다는 듯 입가를 일그러뜨리고 있다. 참고로 존재감을 죽이고 있던 게르트루드는 똑바로 선 채 꾸벅꾸벅 졸고 있었다. 이보세요.

서기장은 히죽 웃으며 팔짱을 꼈다.

"그런데 아마츠 카루라 각하나 레이게츠 카린 각하와는 만났나?"

"응? 아아……, 카루라는 아직 못 봤지만, 레이게츠 카린 씨는 만났어."

"그래, 그래. 그럼 건데스블러드 각하쯤 되면 이미 눈치챘겠지."

하나도 모르겠는데. 뭔 소리래.

"이 파티는 서곡에 불과해. 이후에 있을 축제도 서곡에 불과하고. 백극 연방과 뮬나이트 제국──, 누가 패권을 잡을지 기대되는군."

무슨 소리인지 모르겠다. 높으신 분들은 왜 이렇게 돌려 말하길 좋아할까. 일단 빌은 쿠나이 집어넣어. 그렇게 적대시할 필요는 없잖아.

서기장은 "아하하하하하!" 하고 호쾌하게 웃었다.

"무서운 표정 짓지 마. 농담이야. 그냥 게임 이야기라고."

그 말만 남긴 채, 그는 발길을 돌리더니 살랑살랑 손을 흔들면서 떠나갔다. 이번에는 라페리코 왕국의 사람들에게 가는 모양이다. 꽤 사교적인 사람이네.

네리아가 파스타를 빙글빙글 돌리면서 말했다.

"저 인간은 분명 뭘 꾸미고 있어. 조심하는 게 좋겠어."

"알겠습니다. 놈의 뒤통수에 피자를 던져버리죠."

"하지 마! 음식 낭비야!"

"뭐, 조심할 사람은 서기장뿐만이 아니겠지만. 평화 우호가 목적인 파티인데도, 정말 그런 생각을 하는 사람이 얼마나 있을지 모르겠거든. 자, 코마리. 중요 인물은 얼굴을 기억해 둬. 저기 있는 건 라페리코의──."

"아니, 뭐. 기억하고 싶은 마음은 굴뚝같은데 새 캐릭터가 너무 많아서 머리가 터지겠어."

생각해 보면 회장에 도착한 지 얼마 되지도 않았는데 모르는 사람이 많이 등장했다.

사무라이 소녀 레이게츠 카린과 그 부하인 후야오 메테오라이트. 고양이 귀 장군 리오나 플랫. 요선향의 아이란 린즈. 그리고 백극 연방의 서기장과 프로헤리야 즈타즈타스키. 아무리 내가 희대의 현자라고 해도 한 번에 기억할 수 있는 얼굴과 이름에는 한계가 있다.

일단 남이랑 얘기하는 건 이제 질렸으니까 나도 파스타나 먹자.

그렇게 생각하며 시선을 테이블 쪽으로 돌렸을 때──, 문득 낯익은 얼굴을 발견했다.

윤기가 도는 흑발이 아름다운 동양풍 소녀. 아마츠 카루라다.

그러나 처음 봤을 때와는 분위기가 다른 느낌이 들었다. 회장 한쪽 구석에서 얼굴을 새빨갛게 붉힌 채, 닌자 소녀에게 뭐라고 소리치고 있다. 그 모습에서 무시무시한 뭔가가 느껴졌다. 요컨대 엄청나게 필사적이다.

뭔가 심상치 않은 분위기인데. 트러블인가?

나는 파스타 접시를 한 손에 들고 그녀에게 다가갔다. 딱히 참견할 생각은 없지만, 인사라도 해둘까 한 것이다. 하지만——.

[귀빈 여러분. 오늘은 잘 와 주셨습니다.]

의연한 목소리가 울려 퍼졌다.

주변이 조용해진다. 피아노 소리도 멈춘다. 어느새 무대 위에 기모노 차림의 여성이 서 있었다. 그녀가 확성 마법을 써서 말한 것이다.

[저는 천조낙토의 오오미카미. 여러분과 이렇게 향연을 함께 하게 되길 애타게 기다렸습니다. 오늘은 평화와 우호를 기원하는 파티입니다. 천천히 느긋하게 즐겨 주세요.]

그 여성——, 천조낙토의 오오미카미는, 확실히 일국의 군주다운 오라를 풍기고 있었다.

복장은 고급스러운 기모노. 농염한 흑발에는 태양을 본뜬 비녀가 꽂혀 있다. 온화한 어조와 너그러운 동작은 보는 이로 하여금 위안의 감정을 줄 수밖에 없었다——. 하지만 딱 하나 이상한 점(이상하다고 하면 실례지만)을 들자면, 얼굴에 거대한 부석 같은 것을 붙여 정체를 숨기고 있다는 것이다.

저게 뭐야. 새로운 패션인가. 그러고 보니 요선향에 저런 비슷한 요괴가 있었던 것 같다. 강…… 뭐였더라. 기억이 안 나네. 뭐 상관없나.

갑자기 회장에 있는 화혼종들이 "오오미카미 님 만세!" "오오미카미 님 만세!"라며 박수갈채를 보냈다.

오오미카미는 소란스러운 화혼들을 웃는 얼굴로 저지하면서 말을 잇는다.

[그럼 갑작스럽지만, 요 몇 년 사이 여섯 나라는 위기에 노출되어 있다고 해도 과언이 아니겠죠. 지난 육국 전쟁은 빙산의 일각에 지나지 않습니다. 활발해진 스파이 활동. 폭력 사건 등의 범죄 수 증가. 그리고 테러리스트의 세력 확장. 우리는 힘을 모아 맞서야 합니다.]

왠지 어려운 이야기가 시작되었다.

파스타를 먹으면서 듣고 있었는데 나로서는 전혀 이해가 안 된다.

뭐가 뭔지 모르겠으니까 다음은 과자를 먹도록 하자. 주변을 둘러보다가 수많은 화과자가 있는 테이블을 발견했다. 모처럼 천조낙토가 주최한 파티인데 화과자를 안 먹으면 손해지.

그런 이유로 양갱을 집으려고 했는데——, 뻗은 팔을 갑자기 누가 붙들었다.

옆에 닌자 여자아이가 서 있었다.

나를 가만히 바라보고 있다.

"아. 그러니까…… 카루라의 일행이지?"

"응, 천조낙토 제5부대 '귀도중'의 수장 미네나가 코하루."

"나는 테라코마리야. 잘 부탁해."

"잘 부탁해."

손을 조물거리며 악수한다. 독특한 분위기를 가진 아이다.

"테라코마리, 잠깐 이리 와줘. 카루라 님이 곤경에 처했어."

"응? 아아. 근데 양갱부터 먹고 가도 될까?"

"얼른 넣어. 배 속으로."

이쑤시개에 꽂힌 한입 크기의 양갱을 쑥 내민다. 그것을 날름 받아먹고 앞장서는 닌자를 뒤따른다. 아니, 끌려간다. 왜 저렇게 서두르는지 모르겠다.

카루라는 벽 옆에 서서 허둥지둥하고 있었다.

나를 발견하고는 "앗" 하는 소리를 내더니 의연한 척한다.

어라? 조금 전까지 여유라곤 없던 분위기는 내 착각인가?

"어머, 건데스블러드 씨. 육국 전쟁 이후 처음 보는군요."

"그러게. 잘 지냈어?"

"네, 잘 지내고말고요. 그런데 잠깐 물어보고 싶은 게 있어요―. 건데스블러드 씨는 살육을 사랑하는 게 맞나요?"

순간 말문이 막혔다. 너무 당돌하면서도 위태로운 질문이었기 때문이다.

그러나 나는 곧바로 '장군님 모드'로 전환한다.

"그래! 나만큼 피에 굶주린 맹자는 또 없을걸."

"그, 그렇군요! 뭐, 저도 비슷하지만 말이죠. 그런데, 그런데 말이죠. 딱 하나 더 묻고 싶은 게 있는데요."

"뭔데."

"요즘 한가하세요?"

"엥?"

뭐야, 그 엉성한 질문은——. 그렇게 생각하는데 '오오미카미'의 힘찬 목소리가 들려왔다.

[——이러한 문제를 해결하기 위해서 천조낙토는 부단히 노력해 왔습니다. 그러나 우리나라의 체제는 보수적이어서 뜻처럼 움직일 수 없습니다. 국주인 제가 말씀드리기는 뭣하지만 천조낙토는 오랜 인습에 얽매인 쇠퇴 국가. 어디선가 새로운 바람이 불어 들어야 합니다. 그래서 저는 다음 리더에게 이 나라의 미래를 맡겨 볼까 했습니다.]

"……다음 리더? 카루라, 저 사람은 무슨 말을 하는 거야?"

"대, 대답해 주세요! 한가한가요?! 일단 일주일 정도!"

"으응?! 아니, 한가했으면 하지만 메이드 때문에 바빠질 게 분명한——."

[쉽게 말씀드리자면 저는 가까운 시일 내에 오오미카미직을 사임하려 하고 있습니다. 그걸 위해서는 뒤를 이을 사람을 택해야 합니다. 즉——, 여기서 다음 오오미카미를 결정지을 '천무제' 개최를 선언하겠습니다!]

회장에 술렁거림과 환호성이 터져 나왔다.

……응? 저 사람 '사임한다'라고 한 거지? 왜? 어째서? ——영문을 모른 채 굳어 있는 내 손을 카루라가 꽈악! 움켜쥐었다.

"그렇게 됐어요! 다음 오오미카미를 결정지을 축제가 개최될 거예요! 그러니까—— 그러니까 테라코마리 씨가 꼭 저에게 협력해 주셨으면 해요!"

"잠깐 무슨 소리인지 전혀 모르겠는데. ——엥? 카루라도 후보야?"

[후보자는 이미 정해져 있습니다. 오검제 레이게츠 카린과 오검제 아마츠 카루라. 우리나라를 대표하는 장군들입니다. ──양자 모두 단상으로.]

오오미카미의 목소리에 따라 칼을 찬 사무라이 소녀가 단상으로 올라갔다.

접수처에서 이야기했던 화혼종── 레이게츠 카린이다.

그녀는 자신만만하게 회장을 둘러보더니 확성기를 한 손에 들고 소리쳤다.

"오검제 레이게츠 카린입니다! 오오미카미 후보가 되었으니 성심성의껏 노력하겠습니다. 천조낙토를 위해서── 그리고 여섯 나라의 평화를 위해서!"

우오오오오오오오! 카린 님 만세! ──그런 느낌의 환호성이 터져 나왔다.

[여러분, 아시다시피 '천무제'는 오오미카미를 선정하는 신성한 의식인 동시에 나라의 엔터테인먼트이기도 합니다. 축제 마지막 날에는 후보자끼리 살육전도 벌이므로 각 나라의 여러분도 기대해 주세요. ──카린 씨, 결의를 표명해 주세요.]

"아마츠 카루라는 제가 단칼에 베어 버리겠습니다!"

우오오오오오오오! 카린 님 만세! ──다시 환호성이 터져 나왔다.

나는 카루라에게 "안 나가봐도 돼?"라고 물었다.

카루라는 나에게 "안 나가봐도 돼"라고 대답했다.

"안 돼. 가야 해."

"싫어————!! 코하루, 잡아당기지 마요!! 저기 나가면 제 출전이 확정된다고요!! 분명 살해당할 거예요!! 그건 무슨 일이 있어도——."

"잘은 모르겠지만 카루라 너 최강 아니었어?"

"——무슨 일이 있어도 레이게츠 카린 씨를 잘게 썰어서 가루로 만들어 버리겠어요! 자, 가요. 코하루! 건데스블러드 씨!"

"응? 왜 나까지——, 이봐."

나는 카루라에게 질질 끌려갔다. 정말 이게 무슨 상황인지 모르겠다. 도대체 무슨 일이 벌어지고 있는 거지? 또 귀찮은 일에 말려들 위기인 거 아냐? ——머릿속에서 내 위험 센서가 경보를 울리고 있다. 하지만 카루라의 힘을 거스를 순 없었다.

갈팡질팡하는 사이에 무대 위로 끌려오고 말았다.

눈앞에는 '왔군' 같은 표정을 한 레이게츠 카린이 서 있었다.

그러고 보니 후야오가 안 보이네. 그건 정말 어찌 되든 상관없지.

"——카루라. 마침내 결판을 낼 때가 왔군."

"그, 그러게요! 하지만 오오미카미가 되는 건 저랍니다!"

카루라가 큰소리를 친 덕에 회장의 열기는 점점 뜨거워져 갔다. 천조낙토뿐만 아니라—— 여섯 나라의 모든 사람이 흥미롭다는 듯 추이를 지켜보고 있다.

아, 빌 녀석. 날 무시하고 김초밥을 먹고 있잖아! 장난하나!

[카루라도 기합이 충분히 들어간 것 같군요. 이거 재미있어지

겠어요.]

부적 안쪽에서 미소를 띠는 듯한 느낌이 들었다.

냉정해져, 테라코마리. 상황을 정리하자.

천조낙토의 오오미카미가 후계자를 선정하려고 한다는 건 알겠다. 그리고 후계자를 선정하기 위해 '천무제'를 개최하려고 한다는 것도 알겠다. 또 천무제인지 뭔지가 야만스러운 이벤트이며 최종적으로 살육전으로 끝을 본다는 것도 이해는 하겠다.

하지만—— 나는 왜 여기 있는 거지?

이건 카루라와 카린의 문제가 아닐까?

[자, 후보자가 모였군요. 그러나 천무제는 오락의 측면도 가지고 있습니다. 전 세계의 귀빈들이 일부러 왕림해 주셨는데 이렇게 끝내기는 좀 그렇겠죠.]

불길한 예감이 들었다. 나는 카루라의 얼굴을 보았다.

딱딱한 미소가 돌아왔다.

[여섯 나라는 융화해 나가야 한다는 생각하에, 이번 천무제는 전 세계에서 참가하는 제전으로 만들 예정입니다. 이미 국주에게는 통보가 갔겠지만——, 각 나라에서는 장군을 한 명씩 보내 아마츠 카루라 혹은 레이게츠 카린의 진영에 붙여 주십시오.]

불길한 예감은 확신으로 바뀌었다.

나는 회장에 있는 빌을 내려다봤다. 녀석은 무표정하게 엄지를 들어 올렸다. 또 내가 모르는 데서 이야기가 진행된 모양이다. 집에 가고 싶다. 틀어박혀 있고 싶다.

[그럼 레이게츠 카린 진영에 붙을 두 분은 단상으로 나와주

세요.]

다음 순간──, 띠리리리리리링! 하고 번개 같은 글리산도가 울렸다. 무슨 일인가 싶어 눈을 동그랗게 뜬다. 그랜드 피아노를 뛰어넘듯 도약한 소녀가 가뿐하게 단상에 내려섰다. 흰 마력이 냉기가 되어 싸늘하게 퍼져 간다.

더워 보이는 군복으로 몸을 감싼 창옥종──, 프로헤리야 즈타즈타스키다.

"와하하하하하! 백극 연방 최강의 육동량 프로헤리야 즈타즈타스키 각하께서 납시셨다! 가치를 창조하는 전쟁은 말 그대로 예술 활동과 비슷하지! 새로운 시대를 만들기 위한 천무제──, 이건 음악 연주와도 같이 설레는 이벤트 아닌가! 좋아! 나는 우민들을 위해 총을 드는 일도 마다하지 않겠다!"

뭔 소리를 하는 거야, 이 녀석은.

그러나 회장의 창옥종들은 "프로헤리야님~!" 하고 크게 기뻐한다.

여기 있으면 죽는다. 일단 도망치자──, 그렇게 생각했더니 눈앞을 누가 고속으로 스쳐 지나가서 그만 엉덩방아를 찧을 뻔했다.

그 녀석은 단상 위에서 폴짝폴짝 뛰듯이 전진해 탁!! 하고 프로헤리야의 옆에 섰다.

"──라페리코 왕국의 리오나 플랫이다! 모두가 수인종을 이해할 수 있게끔 노력하겠어! 일단 바나나 하나에 움직이는 종족으로 보면 그건 큰 착각. 그런 이상한 착각을 가진 녀석들은 한 명씩 숨통을 끊어주겠다!"

고양이 귀 소녀가 포즈를 잡더니 살육을 선언했다. 그에 호응하듯 야수들이 울부짖기 시작했다. 흥분한 카피바라들이 회장에서 폭주하기 시작한다.

아무래도 적들의 진영은 순조롭게 갖춰진 것 같다.

아니, 아니. '적 진영'이라니. 딱히 내가 카린하고 싸우는 건 아니니까 적도 아군도 아닐 텐데. 나하고는 무관한 일이야. 나는 오므라이스를 찾는 여행을 떠나자.

"기다려. 테라코마리."

닌자 코하루가 길을 가로막았다.

"카루라 님이 곤경에 처했어."

"미안하지만 나는 오므라이스를……."

코하루가 촉촉한 눈을 치켜뜨고 날 바라보며 부탁한다.

그만둬. 그렇게 순수한 눈으로 날 바라보지 마. 최근 안 건데 난 부탁받으면 거절을 못 하는 성격이라고. 하지만 이건 생명이 얽힌 문제야. 괴롭지만 마음을 독하게 먹는 수밖에! ──그렇게 생각하고 온 힘을 다해 달려나가려던 순간.

"기다려. 코마리 님."

메이드 빌이 길을 가로막았다.

……엥? 뭐야, 이 녀석은?

"카루라 님이 곤경에 처했어요."

"아니야."

"부탁해요."

"촉촉한 눈을 치켜뜨고 부탁해도 소용없어! 이봐, 끌어안지 마! 그보다 왜 안 알려준 거야! 너 천무제에 대해 알고 있었지—!"

"알려주면 코마리 님은 분명 오길 꺼리셨겠죠."

"잘 아네!! 거부해도 억지로 연행했겠지만!!"

어라? 그럼 애초에 피할 수가 없잖아.

[레이게츠 카린 진영은 갖추어졌군요. 그에 맞설 아마츠 카루라 진영은——. 카루라, 그쪽은 어떻게 되어 가나요? 요선향과 뮬나이트 제국에 편지를 보냈었죠?]

"네. 편지를 보냈는데 아이란 린즈 씨는 사정이 안 되나 봐요. 다른 삼룡성 분들도 여러모로 바쁘신 것 같고요."

빌의 구속에서 벗어나려고 하는데—— 살구 같은 냄새가 살며시 코를 간질였다. 어느새 아이란 린즈가 바로 옆에 와 있었다.

그녀는 면목 없다는 듯 몸을 움츠리며 입을 열었다.

"혼례 준비가 있어서……."

혼례?

이 사람 결혼하는 거야?

"……그렇다네요, 오오미카미 님. 즉 요선향은 불참하는 셈입니다."

[그런가요. 그거 별수 없겠네요——. 덧붙여서 알카 공화국은 처음부터 불참할 생각이죠? 네리아 커닝엄 대통령.]

"그러게. 우리나라는 국내 문제로 바쁘거든. 미안하지만 이번에는 빠지겠어."

네리아가 와인 잔을 흔들며 우아하게 대답했다.

최악이다. 아까 네리아의 권유를 받아들여 팔영장이 될 걸 그랬다. 그보다 이 녀석도 사정을 알고 있었구나. 그럼 좀 알려주라고.

[알겠습니다. ——그럼 뮬나이트 제국은 어떻습니까?]

회장의 시선이 일제히 내 쪽을 향했다.

카루라가 부드러운 미소를 지으며 다가온다.

그대로 나의 어깨에 손을 탁 올려놓는다.

짤랑, 하는 방울 소리가 가까이에서 들렸다.

그렇게 이 동양풍의 장군은 내 예상대로 폭탄을 투하했다.

"조금 전에 답을 들었습니다! 테라코마리 건데스블러드 칠홍천 대장군이 제 진영으로 와 주시겠다나 봅니다!"

다음 순간.

우오오오오오오오오오오오오오오오오오!! ——하고 회장이 들썩였다. 들썩이는 건 냄비 하나면 충분한데……. 굳이 말할 필요도 없겠지만 승낙한 기억은 없다. 아니, 애초에 카루라에게 천무제에 관해 정식으로 설명을 들은 기억조차 없다.

주변 사람들의 반응은 다양했다.

"흐음……." 레이게츠 카린이 눈을 내리뜬다.

"미안." 아이란 린즈는 어째선지 사과하고 있었다.

"상대하기에 부족함이 없겠군!" 프로헤리야는 자신만만해했다.

"반드시 이기겠어!" 리오나는 눈을 빛내며 씩씩거리고 있다.

그리고 나는——.

"——자, 잠깐! 나도 볼일이 있어."

[볼일이요? 그게 뭐죠?]

"그건…… 그……, 으음……. 겨, 결혼이다!"

회장이 쥐 죽은 듯 조용해졌다. 아차 싶었지만 물러날 곳이 없다. 생각에 빠져 있다간 분명 죽게 될 것이다. 멈출 수는 없었다.

"나도 아이란 린즈 씨와 마찬가지로 결혼할 예정이거든. 그러니까 참가할 수 없어."

"무슨 말씀을 하시는 거죠, 코마리 님. 상대가 없을 텐데요."

"상대는…… 그렇지! 너야! 빌과 결혼할 거라서!"

"네? 저는 결혼할 생각이 없는데요."

"뭐야아아아아아아아아아아아아아아아아아?!?!?!"

이 녀석──, 평소에는 그렇게 나랑 결혼하고 싶다느니 어쩌느니 했으면서! 이 중요한 상황에서 그렇게 등을 돌려버리냐?! 웃기지 마……. 나도 충격받거든! 이제 너하고는 평생 결혼 안 해줘! 아니, 애초에 할 생각도 전혀 없었지만!

[그럼 아마츠 카루라 진영은 건데스블러드 장군인 걸로. 인원수에 조금 편차가 있습니다만 실력으로 보면 문제 될 게 없겠죠.]

"음. 그게 무슨 뜻이지? 오오미카미."

[실례했습니다, 즈타즈타스키 각하. 핸디캡을 없애기 위해 건데스블러드 장군에게 조력자를 부를 권리를 주겠습니다. ──건데스블러드 장군, 괜찮으시죠?]

괜찮을 리가 없었다.

나는 빌의 구속을 억지로 벗어나면서 카루라의 팔을 잡아끌고 회장 벽 쪽으로 달려갔다. 그리고 카루라를 벽으로 밀쳤다. 왠지 카루라는 엄청나게 당황한 모습으로 어버버하고 있었다.

"카루라! 이게 어떻게 된 거야?!"

"죄송합니다, 죽이지 마세요. 아직 케첩이 되고 싶지 않아요!"

"무슨 소리야! 왜 내가 참가하게 된 건데!?"

"그, 그건…… 건데스블러드 씨의 힘이 필요하다고 생각했기 때문이에요."

왠지 카루라는 나약한 표정을 하고 있었다.

"아뇨! 뭐, 실력으로 보면 저 혼자서도 거뜬할 정도지만요. 카린 씨에게는 두 협력자가 있는데 저에게는 한 사람도 없는 게 조금……."

"카루라 님은 친구가 없으니까."

"잠깐, 코하루! 그런 말은 하지 마요! ——어쩔 수 없어요! 왜냐하면 네리아 씨는 바빠 보이니까요. 요선향의 아이란 린즈 씨에게는 거절당했고……. 의지할 사람은 건데스블러드 씨뿐이에요."

뜻밖의 면을 본 듯했다. 그렇게 말하면 돕고 싶어지잖아. 하지만 목숨을 건 싸움이다. 그렇게 쉽게 받아들일 수는——.

"거저 도우라는 게 아니에요."

카루라는 진지한 표정으로 시선을 똑바로 맞추었다.

"천무제에서 살아남는다면 건데스블러드 씨의 소원을 들어드릴게요."

"그렇게 말해도……."

"예를 들어—— '황혼의 트라이앵글'을 출판하면 어떨까요?"

"!?"

번개가 떨어진 듯한 충격이었다.

'황혼의 트라이앵글'. 그것은 내가 쓴 소설 제목이었다. 지난 번에 변태 메이드가 쓸데없는 짓을 하는 바람에 카루라가 읽게 된 그것이다.

"저희 가문은 출판사도 운영하고 있어요. 사장에게 살짝 언질을 주면 책도 발간할 수 있을 텐데——, 죄송해요. 다른 소원이 있다면 말해 주시면."

"잠시만. 정말로…… 책으로 내는 거야?"

"네, 뭐. 게다가 내용이 그러니까요. 출판사 쪽에서도 읽어 보면 의외로 쉽게 '출간합시다!'라고 하지 않을까요."

"………………."

말 그대로 청천벽력 같은 얘기다.

그리고 이건 내 운명을 가름 지을 인생 최대의 갈림길이기도 했다.

승낙하면 작가 데뷔. 그러나 천무제에 참가해 죽는다. 당연하지만 나는 죽고 싶지 않다. 하지만—— 이런 기회를 놓쳐도 될까?

"코마리 님. 고민하실 필요 없어요."

"우와악?!"

어느새 빌이 내 옆에 있었다. 갑자기 튀어나오지 마.

"아마츠 카루라 님은 우주를 파괴할 정도의 대단한 장군입니다. 코마리 님을 자기 진영으로 끌어들인 이유는 그냥 '아무도 없으면 외로워서'예요."

"그래서 뭐. 살육전이 있다는 건 같잖아."

"뭐 그렇긴 합니다만, 저희에게 전력으로서 아무런 기대를 갖지 않을 거라는 거죠."

"……응? 그 말은?"

"즉 아마츠 님께 모든 걸 맡기면 죽을 가능성은 없습니다."

"…………."

그래.

그래, 그렇군.

듣고 보니 납득이 간다. 천무제인지 뭔지에서 싸우게 되더라도 내가 싸울 필요는 없다는 거네. 모든 적을 카루라가 우주 최강의 전투 능력을 발휘해서 무찔러 줄 테니까.

즉 내가 죽음의 운명을 맞는 건 만에 하나라도 있을 수 없는 일이다.

그렇다면 선택지는 하나였다.

"──좋아, 알겠다! 책 출간을 조건으로 협력해주지!"

"저, 정말요?! 감사합니다!!"

나는 카루라에게 이끌려 무대 위로 돌아간다.

의아한 표정을 한 장군들이 이쪽을 바라보고 있었다. 하지만 겁먹을 필요 없다. 이쪽에는 우주 최강인 아마츠 카루라 대장군이 붙어 있으니까.

"기다렸나, 제군들!"

나는 오랜만에 한껏 장군님 모드를 발휘했다.

"테라코마리 건데스블러드는 아마츠 카루라의 진영에서 천무제에 참가한다! 내가 참가하기로 한 시점에서 카루라의 승리는 약속된 것이나 마찬가지! 자, 공포에 떨도록 해라. 레이게츠 카린 진영의 장군들이여! 이 내가 새끼손가락 하나로 너희를 철저히 짓밟아 오므라이스로 만든 뒤 모두에게 대접하마! 죽고 싶지 않다면 이 틈에 항복하도록!"

한 박자를 쉬고.

우오오오오오오오오오오오오오오오오오오오오오오!!

다시 회장이 들썩였다. 이번에는 얼마나 들썩이든 상관없었다. 왜냐하면 나에게 승리는 약속되어 있으니까! 카루라가 어떤 적이든 새끼손가락 하나로 쓰러뜨려 줄 테니까!

······이때의 나는 아직 알지 못했다.

'천무제'가 단순한 전쟁이 아니라는 것을.

그리고── 축제 뒤편에서, 무뢰배들이 생생하게 암약하고 있다는 것을.

☆

"하아. 결국 참가하게 됐네요······."

궁전 안뜰. 정자에 놓인 의자에 걸터앉으면서 아마츠 카루라는 한숨을 내쉰다.

천무제 개최가 선언된 후에도 연회는 이어지고 있다. 지금쯤 회장은 댄스 파티로 한껏 흥이 올랐겠지만, 생사가 걸린 갈림길 앞에서 느긋하게 춤이나 추고 있을 여유는 없었다.

"기정 사항이야. 카루라 님은 할머님에게서 도망칠 수 없으니까."

담담하게 그렇게 말한 건 귀도중의 코하루였다. 파티장에서 몰래 가져온 과자를 맛있게 먹고 있다. 주인이 위기에 처했는데 참으로 태평하다.

카루라는 다시 크게 한숨을 내쉬고 말했다.

"오오미카미 님도 이상하시지. 나 같은 게 그분의 후계자가 될 수 있을 것 같진 않은데."

"레이게츠 카린을 쓰러뜨리면 어떻게든 되겠지."

"정말 유감스러울 따름이에요! 왜 후계자 다툼이 노골적인 살육전이 된 거죠?! 언제부터 천조낙토가 뮬나이트 제국 같은 야만 국가가 된 거냐고요?!"

"옛날부터 그랬다던데."

"웃기지 말아요! 지금의 오오미카미 님은 할머님에게 평화롭게 양위받았다고 하던데!"

"그야 적수가 없었으니까."

"네? 그래요?"

"지금의 오오미카미 님이 취임할 때는 천무제도 치르지 않았대."

"치사하지 않아요? 왜 저한테는 카린 씨가 있는 거죠?"

"괜찮아, 카루라 님. 테라코마리가 우리 편이니까."

"……뭐. 그렇긴 하네요."

일주일쯤 전, 천무제 룰이 발표되었을 때——.

실은 사전에 카루라 진영과 카린 진영에서 추첨이 있었다.

즉 '누가 어느 나라의 장군에게 말을 걸 것인지'를 건 제비뽑

기다.

이걸 통해 카루라 진영은 알카 공화국, 요선향, 뮬나이트 제국에 도움을 요청할 권리를 얻었다. 하지만 알카는 '바쁘다'라는 정당한 이유로 거절했으며, 요선향은 '혼례를 준비해야 해서'라는 역시 정당한 이유로 거절했고, 뮬나이트 제국은 '우선 코마리 님께 물어보겠습니다'라고 애매한 답으로 얼버무렸다.

한편 카린 진영에는 차례차례 호의적인 답이 돌아온 모양이었다.

카루라는 당황했다. 살아도 산 것 같지 않았다. 어떻게든 당일에 (강제로) 테라코마리를 회유했기에 망정이지, 만약 테라코마리가 거절했다면 카루라 혼자 괴물들을 상대하는 꼴이 났을 거다.

그렇게 보면 테라코마리는 정말 구세주나 다름없다.

알카의 영토를 동토로 바꾸고—— 핵 영역 일부를 황금향으로 바꾸어버린, 상식을 초월한 흡혈 공주.

그 사람이 본 실력을 발휘하면 레이게츠 카린 따위는 적수가 못되겠지.

아마 새끼손가락 하나로 이길 수 있을 거다.

왜냐하면 테라코마리는 우주에서 으뜸가는 최강의 장군이니까.

"……왠지 쉬울 것 같네요."

"완전 여유롭지."

"그러게요. 테라코마리에게 맡기면 거뜬히 이길 수 있어요!"

희망에 가득 찬 표정으로 주먹을 움켜쥔다.

그러나 카루라는 몰랐다.

카루라가 의지하고 있는 테라코마리 역시 카루라를 의지하는 절망적인 상황에 빠져 있다는 것을.

갑자기 옷 안쪽에 넣어둔 통신용 광석이 빛났다.

오오미카미 직통이다. 같은 회장에 있으니까 직접 이야기하면 될 텐데——, 살짝 의아해하면서도 마력을 담아 응한다.

"네, 카루라입니다. 무슨 일이시죠?"

[해야 할 일이 끝났으니까 인사나 해둘까 해서요.]

"천무제 개최 선언 말인가요. 덕분에 엄청난 일이 벌어졌어요."

[그것도 그렇지만. 회장을 어슬렁거리던 테러리스트와 잠깐 접촉했습니다.]

"테러리스트……?" 카루라는 무심코 눈을 동그랗게 떴다. "괜찮으세요?"

[걱정할 거 없어요. 뮬나이트 황제 폐하께서도 도와주셔서 계획대로 끝났거든요. 갑자기 베려고 해서 죽는 건가 싶긴 했지만요.]

"베일 뻔해?! 정말 괜찮은 건가요?!"

[베이긴 했지만 치료했으니까 괜찮습니다.]

"…………."

말문이 막힐 수밖에 없었다. 파티 회장의 경비 체제가 어떻게 되어 있길래.

뭐, 이 사람이 괜찮다면 정말 괜찮은 거겠지. 갑자기 '테러리스트를 물리쳐 주세요'라는 명령을 내려도 곤란하니까 못 들은 셈 치기로 했다.

오오미카미는 [그런데] 하고 화제를 바꾸었다.

[드디어 천무제 참가를 결정해 줬군요. 고마워요.]

"뭐……, 어차피 피할 수 없을 테니까요."

할머니의 섬뜩한 웃는 얼굴이 눈에 떠오른다.

일이 그 사람 뜻대로 흘러가는 건 조금 불쾌했다.

[카루라라면 걱정할 거 없겠죠. 그렇다지만 카린 씨도 실력자니까요. 어느 쪽이 이겨도 이상할 게 없어요. 조심하세요.]

"오오미카미 님은 누구 편인 거죠?"

[천조낙토에 밝은 미래를 가져다주는 사람 편입니다. ──그런데 카루라에게 하나 부탁할 게 있는데요.]

"뭔가요? 야만적인 일은 안 할 거예요."

[간단해요. ──천무제 개최 기간 중, 저는 바빠서 카루라를 신경 써 줄 수 없을 거예요. 양해해 줘요.]

"네에."

[그리고 저를 보더라도 함부로 말을 걸지 말아주세요. 자칫 잘못하다간 목숨이 위험해지니까요.]

"……네?"

"망상 심한 사춘기 소녀 같은 소리를 다 하네, 딱하게."

"잠깐, 뭐라는 거예요, 코하루?!"

[그것만 지켜주면 나머지는 괜찮을 겁니다. 테라코마리 건데스블러드 씨와 함께 열심히 해보세요. 카루라라면 할 수 있어요.]

"할 수 있을 것 같지 않은데요."

[당신이 느끼기에는 그럴 수도 있죠. 하지만 주변 사람들은 당신의 활약을 기대하고 있답니다. 제가 없더라도 열심히 하세요──. 그럼 이만.]

통화가 뚝 끊겼다.

뭐가 뭔지 모르겠다. 모르겠지만 말하려는 바는 다소 이해가 됐다. 요컨대 이번에는 오오미카미의 도움을 받을 수 없다. 지난 육국 전쟁 때는 '눈'을 통해 오오미카미에게 여러 조언을 받았지만, 이번에는 혼자 해보라는 거다.

"뭐, 괜찮겠죠. 우리 쪽에는 테라코마리가 있으니까요."

"테라코마리의 비위를 맞춰주도록 해. 매일 과자를 바친다거나."

"그러게요──. 그런데 코하루, 아까부터 과자를 너무 많이 먹는데요?"

이래서는 저녁밥을 못 먹게 되지 않을까?

그렇게 생각한 카루라는 코하루의 손에 있는 도라야키를 빼앗았다.

닌자 소녀는 뺨을 부풀렸다.

"……카루라 님 과자보다 맛있는 걸 어떡해."

"그래요? 그런데 이번 파티에는 저도 파티시에로서 요리를 제공했어요. 테이블에 놓인 화과자는 다 제가 만든 거였는데요."

"………."

코하루가 일어났다.

카루라에게 등을 돌린다. 귀까지 새빨개져 있다.

무심코 웃을 뻔했지만 배에 힘을 주며 참았다.

"뭐 그건 그렇다 치고, 천무제에서 살아남기 위한 작전을 짜두죠."

"카루라 님도 알잖아. 나는 심술쟁이야."

"생각해야 할 것은 '어떻게 항복할 것이냐'겠죠. 공격당하기 전에 넙죽 엎드리면——."

"내가 '맛있다'라고 하면 '맛없다'는 뜻이야. '맛없다'는 '맛있다'라는 뜻이고."

"……그럼 평소에 '맛없다'라고 했던 것도 '맛있다'라는 뜻이군요."

"………………."

"기껏 제가 그냥 넘겨주려고 했는데, 무덤은 그만 파지 않을래요?"

코하루는 "시끄러워, 카루라 님" 하고 악담을 하더니 궁전 쪽으로 달려갔다.

그 뒷모습을 바라보며 카루라는 큰 한숨을 토해냈다.

염려스러운 것은 이 앞에서 기다리고 있을 싸움이다.

테라코마리가 동료가 되었다고는 하나 고민거리가 완전히 사라지는 건 아니다. 레이게츠 카린은 어릴 적부터 툭하면 카루라를 라이벌 취급해온 소녀다. 충의를 중시하는 사무라이처럼 생겨서는 의외로 교활한 방법을 쓰기 때문에 방심할 수 없다.

"일단 죽지 않게 노력합시다."

죽으면 아프니까.

카루라는 소극적인 목표를 세운 뒤, "으음~" 하고 기지개를 켜면서 하늘을 올려다본다.

속이 뻥 뚫릴 정도로 높은 하늘이 가을의 도래를 알려주었다.

마핵의 효과 범위는 의외로 애매하다.

예컨대 뮬나이트의 마핵은 뮬나이트 제국 전역+핵 영역의 전역에서 효과를 발휘한다. 그러나 실은 이웃 나라의 라페리코 왕국이나 백극 연방 같은 영토에도 흡혈귀가 소생할 수 있는 존이 있다. 뭐, '다수의 마핵은 서로의 효과를 상쇄하지 않는다'라는 특성상, 그런 '중복지대'가 국경 부근에 생기는 건 어쩔 수 없는 일이다.

하지만, 이번에는 그런 '중복지대'에 기대할 수 없다.

왜냐하면 나라의 중심 도시란 보통 영토 중앙부에 갖춰지니까.

뮬나이트 제국의 제도는 흡혈귀의 영역, 라페리코 왕국의 왕도는 수인의 영역, 백극 연방의 총괄부는 창옥의 영역, 알카 공화국의 수도는 전류의 영역, 요선향의 경사(京師)는 요선의 영역이다——.

그리고 천조낙토의 동도, 흔히 '꽃의 수도'라고 불리는 동양적인 고도(古都)는 말 그대로 화혼에 의한 화혼을 위한 대도시였다.

이제 와서 왜 그런 걸 재확인했느냐면.

"……저기, 빌."

"왜 그러시죠."

"난 내 방 침대에서 잠들었을 텐데. 그런데 왠지 다다미 위에

깔린 이불에서 아침을 맞았네. 뭔가 이상하지 않아? 꿈이라도 꾸는 건가?"

"꿈이 아닙니다. 코마리 님께서 주무시는 동안 코마리 님의 몸을 천조낙토의 동도로 연행했거든요."

"역시 그런 거냐!!"

"침대는 안 가져왔으니까 안심하세요."

"침대고 뭐고 그런 문제가 아니라고!! 진짜아아아아아아아아~~~~~~~~!!"

10월 16일.

지난번 파티로부터 사흘이 지났다.

내 신변에 벌어진 일을 단적으로 설명하면 '깨어보니 이세계에 있었다'이다. 다다미와 미닫이, 토코노마*라니 이세계 아이템 같기만 했다. 의미를 모르겠다.

"내가 누누이 말했지. 자는 내 몸을 멋대로 옮기지 말라고! 이건 납치 사건이잖아! 내가 신고하면 넌 바로 체포감이야!"

"끝까지 도망칠 거니까 괜찮습니다."

"네, 도주죄 추가! 잡히면 감옥행이야!"

그러나 빌은 시치미를 뚝 떼는 표정이었다. 나에게 신고할 마음이 없다는 걸 잘 아는 거다. 이렇게 된 이상 방어하는 수밖에 없다. 침대 주변에 정전기가 발생하는 철책을 쳐놓는 식으로——. 아니, 안 되지. 실수로 내가 만졌다간 전기가 통해서 아플걸. 정신이 확 들 거다.

---

* 물건을 장식해 두는 일본식 방에 바닥을 한층 높게 만든 곳.

"그건 그렇고 천조낙토예요. 외국에 오랫동안 머무르는 건 이번이 처음이네요."

"윽――. 그, 그래! 이걸 어쩔 거야?! 여기는 뮬나이트의 마핵으로 부활할 수 없는 위험지대잖아?! 만약 살해당하면 그대로 죽게 되거든!!"

"코마리 님은 제가 지킵니다. 그건 그렇고 옷부터 갈아입게 벗어 주세요."

"마음대로 벗기지 마아앗!"

나는 빌과 거리를 두었다. 그리고 내가 유카타(?)를 입었다는 것을 알고 절망했다. 뭐야, 이 잠옷은. 또 변태 메이드 녀석이 갈아입혔나……?

뭐 됐어. 어쨌든 상황 확인이 먼저다.

나는 마음을 가라앉히며 빌을 노려보았다.

"……하고 싶은 말은 산더미처럼 많지만 말해 봤자 아무 소용 없다는 거 알아. 그러니까 상황을 설명해줘. 여기가 정말 천조낙토야?"

"네. 더 정확히 말하면 천조낙토 동도의 중앙부, 아마츠 본가의 방입니다."

"아마츠 본가? 그게 뭐야."

"아마츠 카루라 님 댁이에요. 지금부터 일주일간 코마리 님은 여기서 머물게 돼 있어요. ――이거 받으세요."

옷을 건네받았다. 변태 메이드가 보고 있지만 이제 와서 신경 써봤자 무슨 소용이겠는가.

나는 빛의 속도로 유카타를 벗은 뒤, 빛의 속도로 평소 입는 군복을 걸쳤다.

"애초에 왜 동도로 납치한 거야. 처음 듣는 얘기거든."

"천무제가 개최되기 때문입니다. 코마리 님도 아시죠?"

"아아……."

천조낙토의 리더를 정하는 축제랬나. 그러고 보니 나는 카루라 진영에 참가하게 되었다. 빌에게 불평을 늘어두는 건 잘못된 느낌이 들기도 한다. 일단 나는 내 의사로 카루라에게 협력하기로 했으니까.

"……그 천무제라는 건 구체적으로 뭘 하는 거지? 흐름을 전혀 못 따라가겠는데."

"그건 이분에게 설명을 듣죠."

"이분? 도대체 누가……."

빌의 시선 끝을 따라갔고——, 그리고 심장이 폭발하는 줄 알았다.

내가 자고 있던 이불 옆에 이불이 또 하나 깔려 있다.

거기에 낯익은 소녀가 세상 곤하게 자고 있다.

낯익은 오검제 대장군이다.

……뭐? 어째서? 여긴 나한테 주어진 방 맞지?

"아마츠 카루라 님이세요. 아직 쉬는 날이라 억지로 데려왔습니다."

"부탁이니까 납치할 거면 나만 해줘어어어어어!!"

"일어나세요, 아마츠 님. 아침이에요."

"흐에~~~? 코하루? 조금만 더…… 5시간만 더어어……."

"이봐, 빌. 볼은 잡아당기지 마! 살해당한다고! ──아."

카루라가 눈을 번쩍 떴다.

칠흑 같은 눈동자와 시선이 교차한다. 그녀는 꿈이라도 꾸는 듯한 모습으로 잠시 멍해 있었지만, 내 얼굴을 바라보는 사이에 점점 상황을 이해했는지 갑자기 이불을 뒤엎을 기세로 벌떡! 일어났다.

"테, 테테테라코마리?! 어째서?! 여기는 제 방일 텐데요!"

"여기는 코마리 님 방입니다. 납치해 오라고 명령하셔서 납치했습니다."

"그만해, 거짓말하지 마."

"납치?! 혹시 절 죽이려고요?! 된장국에 넣어 먹을 건가요?!"

"그럴 리가 없잖아! ──아니, 미안 내가 잘못했어. 사과할게! 그러니까 도망치지 않아도 돼! 나는 카루라와 잘 지내고 싶다고!"

벽장으로 도망치려는 카루라를 필사적으로 설득해 막는다.

그러나 그녀는 곧바로 냉정함을 되찾은 모양이다.

평소처럼 의연한 분위기를 띠더니 "어험" 하고 헛기침했다.

"──무서운 꿈을 꾸었어요. 그거랑 착각한 모양이네요. 딱히 건데스블러드 씨가 무서웠던 게 아니에요. 저는 최강이니까요."

"그, 그래."

"계속 잠옷을 입고 있기는 그러니까 갈아입고 오겠습니다. 이야기는 그다음에 하죠."

카루라는 그렇게 말하더니 방을 나갔다.

왠지 미안한 마음이 든다.

빌이 "흠" 하고 턱을 짚었다.

"······잘 때도 빼지 않는군요."

"뭐?"

"아마츠 님이 팔에 차고 계신 방울이요. 저건 신구예요. 빼려고 해도 뺄 수 없었어요. 이상하네요."

이 녀석은 무슨 소릴 하는 건지.

우선 카루라에게는 성심성의껏 사과할 준비를 해 두자.

잠시 기다리자 카루라가 돌아왔다.

평소와 같은 기모노 차림이다. 그녀 왈, "아침 식사가 준비됐으니까 이야기는 거기에서 하죠"라고 한다. 그런고로 객실(?)로 이동해 밥을 먹기로 했다.

방에는 밥상 세 개가 준비되어 있었다.

나와 빌이 나란히 앉고, 그 맞은편에 카루라가 앉는다.

"어라? 그 닌자는 같이 안 먹어?"

"코하루요? 집안 관습상 닌자와 한 상에 앉을 수는 없어요. 특히 이곳은 본가라서······, 할머님 눈에 띄면 호된 꾸중을 들을 거예요."

뭔가 이해가 안 되는 규칙이다. 뭐 상관없나.

눈앞에 나란히 놓인 것은 천조낙토다운 동양식 요리다. 흰 쌀에 미역 된장국. 또 생선구이나 나물, 절임 같은 게 있다.

"잘 먹겠습니다."

식전 인사를 하고 젓가락을 든다. 맛있어. 밥이 따끈따끈해~.

……아니, 뭘 느긋하게 맛보고 있는 거지. 나는.

갑자기 낯선 곳(게다가 마핵의 효과 범위 밖)으로 납치당했는데 느긋하게 아침이나 먹고 있다니 제정신이 아니잖아. 적응이란 게 참 무섭네. 납치 내성 따위는 필요 없는데.

"——자 그럼. 이번에는 천무제의 '협력자'가 되어 주셔서 정말 감사드립니다. 건데스블러드 씨 덕분에 저도 안심하고 싸움에 임할 수가 있겠어요."

카루라가 자세를 바로잡고 그렇게 말을 꺼냈다.

그러나 입가에 밥풀이 붙어 있다. 곱게 자란 아가씨 같은 분위기인데 곳곳에서 엉뚱한 냄새가 나는 건 왜지. 뭐, 이 아이가 굉장한 인물이란 건 변함없지만……. 이런 점에 친근감을 느끼는 거겠지.

"아마츠 님. 천무제에 관해 세세하게 알려주시겠어요? 재미있어 보이길래 코마리 님을 강제로 참가시켰습니다만, 자세한 건 전혀 모르거든요."

"'재미있어 보이길래'? 자세하게 얘기해 봐, 빌."

"그래요——. 천무제란 정확히 말하자면 '선거'입니다."

아무도 내 이야기를 안 듣잖아.

"선거입니까? 살육전이 아니라?"

"살육전은 하나의 이벤트에 불과해요. 천무제 개최 기간 중, 즉 약 일주일 동안 후보자는 연설이나 토론을 펼쳐 국민에게 믿음을 얻는 거예요. 그리고 마지막 날에 살육전을 벌이고——,

그 결과도 추가해 최종적으로 국민 투표가 이뤄지죠."

"그렇군요. 살육전은 크게 중요하지 않네요."

"아니요, 중요해요. 천조낙토는 다른 국가에 비하면 아직 평화로운 나라지만, 그래도 무력의 신앙은 깊게 뿌리를 내렸어요. 과거에 있었던 천무제에서도 마지막 날의 결전에서 이긴 쪽이 그대로 오오미카미로 취임하는 일이 많았다나요."

"하지만 카루라라면 괜찮겠지. 최강이니까."

"........................"

엥? 왜 침묵하지?

"……여기 운영 위원회에서 준 프로그램입니다. 확인해 주세요."

카루라에게 한 장의 종이를 넘겨받았다.

거기에는 분명 '토론회'나 '연설회' 같은 내용이 적혀 있었다. 물론 마지막 날에는 '사투'라는 위험하기 짝이 없는 항목도 있지만, 단순한 살육전이 아니라는 건 알 수 있었다.

뭐, 사투를 벌이더라도 이쪽에는 카루라가 있으니까.

시작하자마자 엄청난 빔에 적이 날아가 버리겠지.

"응? 조금 신경 쓰이는데…… 마지막 사투는 동도에서 벌이는 거야?"

"아뇨. 다른 나라에서 온 참가자도 있으니까 최종 결전만은 핵 영역에서 치러진다나요."

"그래. 그게 타당하겠네."

"믿고 있을게요, 건데스블러드 씨. 아니, 저 하나로도 전력은 충분하지만요."

"나야말로 믿고 있을게, 카루라. 뭐 내가 있으면 전부 새끼손가락 하나로 끝나겠지만."

와하하하하.

후후후후후.

서로 웃는다. 빌이 "왠지 안 좋은 예감이 드네요"라고 불길한 말을 툭 내뱉었다. 내 마음을 어지럽히는 발언은 삼가. 너는 미래를 내다볼 수 있는 능력자니까 흘려넘길 수 없다고.

"……그런데, 마지막에 하는 싸움 이외에 나는 뭘 하면 돼? 응원 연설 같은 거?"

"그렇지. 기본적으로는 일을 거들어 주시면 좋겠는데요……. 뭐, 대충대충 하셔도 돼요. 일단 열심히 싸우기만 하셔서 제가 살아남는다면……."

"응? 뭐라고 했어?"

"아무것도 아니에요. 어쨌든 건데스블러드 씨는 아마츠 카루라 진영의 일원으로서 일주일 정도 천조낙토에 머물러 주세요. 물론 소설 얘기는 잊지 않았으니까, 아무쪼록, 아무쪼록…… 아무쪼록! 도중에 뮬나이트 제국으로 돌아가지는 말아 주세요."

"아, 알아! 이건 엄연한 거래니까."

책 출간은 나의 비원이다. 웬만큼 위험해지지 않는 한은 거래를 파기하지는 않을 셈이다──. 그런 식으로 다시 긴장감을 품는데.

"이런, 건데스블러드의 딸 아니냐. 잘 왔다."

갑자기 분위기에 긴장이 섞여들었다.

뒤를 돌아본다. 열려있던 문 쪽에 노파가 서 있었다.

누구지? ——의아해하는 사이에 그녀는 성큼성큼 방으로 들어와 우리를 내려다보았다. 칼날 같은 시선이 쏟아진다.

"용케 오오미카미가 벌이는 일에 낄 생각을 했구나. 카루라를 잘 부탁하마."

"네, 네에……. 으음. ……카루라. 이분은 누구셔?"

작은 소리로 묻자 작은 소리로 대답이 돌아왔다.

"제 할머니세요. 아마츠 본가를 통솔하는 당주님이죠."

"그렇구나. 그럼 제대로 인사해야겠네."

"들어 본 적 있어요. 분명 십 년쯤 전까지 오오미카미를 맡으셨던 분이죠."

"네, 선대 오오미카미세요."

"뭐? 엄청 대단한 분이잖아."

"오오미카미가 되기 전에는 오검제로 활약하신 줄로도 알아요. 검을 살짝 휘두르기만 해도 목이 뚝뚝 잘려 나갔다나요."

"잘 아시네요……. 왕년의 별명은 '지옥 풍차'. 실수를 저지르면 비유나 농담이 아니라 정말 후려치시기 때문에 조심하세요. 저는 어릴 적부터 실제로 두들겨 맞아 왔거든요."

"그래?! 실수하지 않게 해야겠네……."

"비위를 잘 맞춰야겠군요. 아마츠 님, 할머님의 취미와 기호를 가르쳐 주세요. 나이 많은 분들은 대충 '정말 잘하시네요'라고 해주면 좋아하시지만요."

"그건 바보 취급 아니야?"

"아니에요. 저희 할아버지는 대충 칭찬해 두면 용돈을 많이 주셨어요."

"역시 바보 취급 맞잖아. 가족은 소중히 아껴야지."

"소중히 아끼고 있어요. 게다가 받은 용돈은 코마리 님께 전부 바쳤으니까 낭비도 하지 않았고요. 코마리 님의 수영복이나 드레스 같은 건 저희 할아버지 돈으로 산 거예요."

"그만해!! 나중에 다 돌려줄게!!"

돈의 흐름이 최악이다. 빌은 무표정하게 카루라 쪽으로 돌아섰다.

"그건 그렇고 아마츠 님, 할머님의 취미는 뭐죠?"

"그렇지……. 할머님은 와카도 다도도 즐기는 문화인이시지만, 요즘은 골동품 수집에 열중하고 계세요. 이 집에도 할머님이 사 온 도자기가 많이 장식되어 있어요. 예를 들어——."

카루라는 객실 구석을 가리켰다.

"저기 있는 건 전국 시대의 명공 호시가키에몬의 작품이라는 백억 엔짜리 항아리예요."

"호오."

나는 진지한 얼굴로 그 항아리를 바라보았다.

어째선지 한없이 불길한 예감이 들었지만 기분 탓으로 치고 싶다.

"——뭘 속닥거리는 거냐? 너희들."

카루라는 움찔하더니 허리를 폈다.

카루라의 조모는 "흥" 하고 코웃음을 쳤다.

"천무제의 준비는 된 거냐? 레이게츠의 계집 따위에게 지면 용서하지 않을 거다. 집 문턱은 다시 못 넘을 줄 알거라."

"괘, 괜찮습니다! 건데스블러드 씨가 있으니까요."

"뭐? 그게 무슨 뜻이지?"

날카로운 시선이 꽂힌다.

카루라는 당황하면서 말을 이었다.

"저기. 저뿐만이 아니라 건데스블러드 씨도 있으니까…… 그러니까, 그렇게 쉽게는 카린 씨에 뒤처지진 않을 거 같은…….."

"남이나 의지하고 있을 때냐!!"

움찔!! 어깨가 떨렸다. 나도 카루라도── 빌조차도. 그만큼 굉장한 박력이었다. 너무 갑작스러운 일이라서 머리가 따라가지 못했다.

"너는 혼자 나라를 짊어지고 일어서야 할 리더다. 어리광부리지 마라."

"죄…… 죄송…….."

문득 카루라가 어째서인지 내 쪽을 힐끗 살폈다.

비장감이 넘치는 눈동자에 결의가 깃든다. 그녀는 눈을 부릅뜨고 자기 할머니를 올려다봤다.

"죄송하지 않아요! 이번 천무제는 팀전 같은 거예요! 건데스블러드 씨는 제 동료입니다! 동료를 의지하는 게 뭐가 잘못──"

나는 그때 너무나도 믿기 힘든 광경을 목격했다.

눈에 보이지조차 않는 속도로 날아온 언월도가 카루라 뒤쪽 난간에 꽂혀 있었다.

모두가 할 말을 잃었다. 빌이 놀란 나머지 된장국을 다다미에 흘리고 말았다.

카루라는 "어?" 하고 한숨을 내쉬더니 뒤를 돌아봤고———, 자초지종을 이해하자마자 파랗게 질려서는 할머니 쪽으로 돌아섰다.

"뭐, 뭐 하시는 거예요! 맞으면 죽어요!"

"죽어도 되살아나잖느냐! 구차한 변명을 늘어두기 전에 천무제 준비나 하거라!"

"읔……."

무시무시한 기세였다. 역시 나설 수밖에 없었다. 나는 무심코 일어났다.

"하, 할머님! 그렇게까지 할 건 없잖아요! 카루라도———."

"뭐야? 맞고 싶냐, 계집."

자리에 앉았다.

카루라는 입을 꾹 다문 채 눈물을 글썽이고 있었다.

그야 누구든 울고 싶어질 만하다.

"하, 하, 할머님은…… 언월도로 자기 집을 부수는 게 취미인가요……!!"

"그럴 리가 있나." 카루라의 할머니는 어이가 없다는 듯 한숨을 내쉬었다. 조금은 이성을 되찾은 듯하다. "———카루라. 너도 자기 힘을 눈치챘잖느냐. 오오미카미가 되어야 할 사람은 너야. 부탁이니 성장해다오. 꿈을 포기하고 현실을 보거라."

"현실이라면 보고 있고말고요! 저는 현실적인 수단으로 과자 장인이 될 거예요!"

"그러면 내가 곤란하다. 아마츠의 '사'로 태어난 이상…… 천조낙토의 속박을 벗어날 순 없어. 너는 묵묵히 나라를 위해 일하면 돼."

그건 너무나도 가혹한 이야기 같았다.

나는 카루라 쪽을 보았다. 두 주먹을 쥐고 무언가를 참아내듯 떨고 있었지만──, 곧 눈가를 적시며 할머니를 노려본다.

"윽, ……할머님은, 할머님은 바보야아아아아아아아아아아아아아~~~~~~~~~~~~!!"

정말이지 쏜살같았다.

카루라는 반짝이는 눈물을 흘리면서 방을 뛰쳐나가 버렸다.

"아아아아아~~~~" 하는 절규가 빨려들듯이 멀어져 간다.

어마어마한 급전개에 대체 어떻게 반응해야 할지 모르겠다. 그 자리에 남은 건 나와 빌과 카루라의 할머니뿐. 너무 어색해서 흘러넘친 된장국을 닦을 마음도 들지 않았다.

"……소란을 피워서 미안하구나."

갑자기 카루라의 할머니가 고개를 숙였다.

나는 황급히 일어났다.

"아, 아니. 그래도…… 가정 방침에 깊게 관여할 생각은 없지만……. 조금은 카루라 말도 들어주면 어떨까. 또 언월도를 던지는 건 좀 그렇지 않나."

"시대착오라는 건 알아. 하지만 저 아이는 무슨 말을 해도 안 듣거든. 살짝 위협하려고 했을 뿐이야."

"무슨 사정이 있군요. 아까 '과자 장인'이라고 하던데……."

빌이 뜬금없이 어디선가 꺼낸 젖은 걸레로 다다미를 쓱쓱 닦고 있었다. 나도 잘 모르긴 하지만, 잘못된 청소법 아닌가? 얼룩이 남잖아?

카루라의 할머니는 깊은 한숨을 내쉬더니 자리에 앉았다.

"……정말 제멋대로지. 저 아이는 장군 같은 건 때려치우고 과자 장인이 되고 싶다고 하거든. 뭐, 자세한 건 본인에게 물어봐."

"그러고 보니……."

──모두가 좋아서 장군 일을 하는 건 아니에요.

처음 만났을 당시 카루라가 한 말을 기억 밑바닥에서 발굴했다.

그 모습을 보아 장군도 오오미카미도 하고 싶지 않은 게 틀림없다.

그녀가 지금까지 형식으로라도 '오오미카미가 목표입니다'라고 선언한 건 눈앞에 있는 할머니가 두렵기 때문이겠지. 희미하게나마 사정이 이해됐다.

그럼 나는 어떻게 해야 할까.

카루라의 꿈을 응원해야 할까? 원래 예정대로 카루라의 선거를 지원해야 할까? ──그런 식으로 머리를 싸매고 있는데, 카루라의 할머니가 격식을 차린 태도로 내 얼굴을 가만히 응시했다.

"──건데스블러드 양. 잠깐 부탁하고 싶은 게 있는데."

"뭐, 뭐야?"

"카루라를 이기게 해주지 않겠나."

나는 숨을 집어삼켰다. 그 눈빛이 진지했기 때문이다.

"그 아이는 정말이지 시원찮지만, 그야말로 군주의 그릇이다. 자질로만 보면 역대 오오미카미 못지않겠지. 이 나라를 이끌어 갈 수 있는 것은 레이게츠의 계집 따위가 아니야. 우리 카루라지."

"그렇게 말해도……."

"카루라는 마음이 깨끗해. 하지만 의지가 너무나도 부족하지. 그러니까 네가 힘을 빌려다오. 답례라면 얼마든지 하마."

"그럼 아마츠 님을 오오미카미로 만들면 제가 다다미를 망가뜨린 것을 용서해 주시겠어요?"

"빌. 너 무슨 소리를 하는 거야."

"계약 성립이다. 카루라를 부탁하마."

"아니야! 이 메이드는 제멋대로만 떠드니까 방금 한 말은 없었던 걸로 해 줘! ──우선은 카루라와도 이야기해봐야 하잖아. 나는 그 녀석 마음을 무시하고 싶지 않아."

"마음도 중요하지만 세계평화도 중요하지. 카루라가 오오미카미가 되지 않으면 세상이 아주 위험해질 거야. 네가 카루라 진영에서 협력해줬으면 한다. 조금이라도 좋으니까── 카루라를 돌봐주지 않겠느냐?"

"…………."

진지한 눈동자가 나를 향했다. 나는 부탁받으면 거절하지 못하는 성격이다. 내 입으로 말하기도 뭣하지만 협박당하는 것보다 정식으로 부탁하는 게 더 효과적이다.

나는 마침내 꺾이고 말았다.

"……알았어. 하지만 카루라와도 이야기해본 뒤에 정할 거야."

카루라의 할머니는 생긋 웃었다.

"그러도록 해라. 게다가 협력을 거절한다면 네 비밀을 전 세계에 폭로할 거거든."

"엥? 방금 뭐라고?"

"네가 '실은 약하다'라는 걸 전 세계에 폭로하겠다는 뜻이다."

"……………………………………………………."

갑작스럽고 충격적인 협박에 나는 굳어버렸다.

그때였다.

"아아아아아~~~~!!" 하는 절규가 빨려들듯이 다가왔다.

복도 안쪽에서 쿵쿵 소리를 내며 달려오는 사람이 있었다.

닌자 코하루다. 어째선지 카루라를 안고 무서운 속도로 이쪽을 향해 오고 있다.

"잠깐, 코하루! 이거 놔요!"

"할머님! 큰일 났어!"

"큰일 난 건 저예요! 이건 쌀가마니 떠메는 방식이거든요!?"

"그럼 내려줄게."

"끄엑."

카루라가 다다미 위에 내던져졌다. 얼굴이 아플 것 같다.

코하루는 주인의 말을 무시한 채 카루라의 할머니 앞에서 한쪽 무릎을 꿇었다.

"보고. 레이게츠 카린이 바로 노상 연설을 시작한 모양이야."

"그래. 멋대로 하라고 해라."

"그게 다가 아냐. 아마츠가를 두고 부정적인 발언을 마구 내

뱉고 있어. 자세히 듣진 않았지만 '아마츠에게 맡겨두면 천조낙
토는 끝이다'라고……."

"뭐라고……?"

카루라 할머니의 안색이 달라졌다. 아직 다다미 위에 엎어져
있는 카루라에게 성큼성큼 다가간 할머니는 손녀의 머리를 꽉!
움켜쥐었다.

"——카루라! 지금 당장 가서 반론하거라! 계속 레이게츠가
깔보게 두는 건 우리 체면에 먹칠을 하는 짓이야! 그 계집에게
한 방 먹여주거라!"

"싫어요! 카린 씨는 무섭게 생겨서 싫다고요! ——잠깐, 그만
해요. 갑자기 떠메지 말라고요. 코하루! 이러면 꼭 짐 같잖아요!"

"맞아. 카루라 님은 짐이니까 메고 갈래."

"짐을 메고 가서 어쩔 건데요! 분명 살해당할 거예요!!"

"——그렇다네요. 저희도 가죠, 코마리 님."

"가는 거야?! 아니, 근데 방금 협박당한 건 뭐였던 거야?! 저
할머니가 내 실력을 간파하고 있었어?! 저기, 잠깐——."

나는 속수무책으로 끌려갔다.

처음 보는 '꽃의 수도'는 이세계 같은 풍경이었다.

포장된 거대한 도로 양쪽에는 동양틱한 목조 건물이 줄지어
있다.

아마츠가 반대 방향에는 거대한 성 같은 것이 있었다. 신문에
실린 사진으로 본 적이 있다——. 아마 저것이 오오미카미가 거

주하는 '앵취궁'이겠지. 8백 살이 넘기로 유명한 벚꽃나무가 여기서도 보인다. 계절과 동떨어진 핑크빛이 예뻤다.

빌에게 이끌려 소란스럽기 짝이 없는 도로를 달린다.

가로수에 매달린 탄자쿠*. 기모노를 입은 사람들의 무리. 거리에 즐비한 물건 파는 노점——. 뮬나이트에 없는 잡다한 분위기가 느껴진다. 솜사탕 가게가 눈에 띄는데 나중에 슬쩍 가볼까.

"저기. 레이게츠 카린이 확성기를 들고 말하고 있어."

앞장서던 코하루가 손가락으로 가리켰다.

광장에는 많은 사람이 모여 있었다.

그 중심에 있는 것은 그 사무라이 소녀다. 옆에서는 여우 소녀 후야오 메테오라이트가 종잇조각을 흩뿌리며 카린의 존재를 부각시키고 있었다.

[——. ———. ——천조낙토를 반드시 번영으로 이끌어 보이겠습니다! 아마츠 카루라 따위에게 맡길 수는 없습니다. 아마츠처럼 평화에 정신이 팔린 인간은 나라를 파멸로 이끌 뿐입니다!]

연설 내용이 들려온다.

아무래도 카루라를 여러모로 헐뜯고 있는 것 같다. 선거는 자기 장점을 어필하는 거 아닌가? 상대를 헐뜯는 건 좀 그렇지 않나.

"이봐, 카루라. 그냥 둬도 되겠어?"

"되, 될 리가요! ——이보세요! 카린 씨! 그렇게 남의 험담만 하면 천벌을 받아요!"

---

* 소원이나 와카 등을 쓸 때 쓰는 직사각형 모양의 종이

[이런! 보십시오, 여러분. 아마츠 카루라가 온 것 같군요.]

사람들의 시선이 일제히 이쪽으로 향했다.

카린은 확성기를 던져버리더니 태연자약하게 이쪽으로 다가온다.

그 표정은 자신만만하다. 이거 완전히 카루라를 깔보고 있군.

"잘 왔다, 카루라. 조금 늦긴 했지만."

"대체 뭘 하는 거예요! 제가 나라를 파멸로 이끈다고요? 명예훼손도 정도껏 해야죠!"

"선거란 이런 거야. 상대를 밀어내는 데 수단을 가리고 있을 순 없지."

"그런 교활한 짓을 하는 사람은 오오미카미 직책을 맡을 수 없어요! 제가 막을 테니까요!"

훗. 카린이 냉소를 날렸다.

"이게 인덕이라는 건가?"

"? 무슨 뜻이죠."

"힘도 없는데 남들이 띄워줘서 우쭐하고 있잖아. 참 부럽단 말이지."

카루라가 잠깐 움직임을 멈추었다.

"무, 무슨 말을 하시는 거예요. 그렇지는……."

"질투까지 나는걸. 아니, 질투가 아니야. 분노지. 변변한 실적도 없으면서 오오미카미의 두터운 신임을 얻고 있지——. 어지간히 짜증 나던걸. 너는 나라를 짊어질 사라는 자각이 부족해. 너 같은 애송이가 오오미카미가 되면 천조낙토는 멸망하겠지."

"윽……."

"용납 못 해. 그런 건 절대 용납 못 해. 나는 널 정면으로 꺾기 위해 천무제에 참가한 거다. 그러니까 어떤 수단을 써서라도 너를 쓰러뜨리겠어."

레이게츠 카린의 눈동자에는 진지한 기색이 엿보였다.

카루라를 향한 증오. 그리고 천조낙토를 걱정하는 순수한 애국심.

왠지 모르게 레이게츠 카린의 정체를 알 것 같았다.

이 사무라이 소녀에게선—— 그 푸른 테러리스트와 같은 냄새가 난다.

"언제까지 손 놓고 있을 셈이냐, 아마츠 카루라. 난 진지하게 너를 해치우러 갈 건데."

"기, 기다려 주세요. 저는……."

"——두둑해집니다! 두둑해집니다! 주머니가 두둑해질 겁니다! 자, 레이게츠 카린에게 깨끗한 한 표를! 카린 님이 오오미카미가 되면 천조낙토는 세계 제일의 대국이 되는 겁니다!"

갑자기 여우 귀 소녀—— 후야오가 크게 소리쳤다.

그제야 나는 깨달았다. 그녀가 뿌리는 건 종잇조각 같은 게 아니다.

지폐다. 요컨대 돈이다.

그것을 본 카루라가 기겁하며 카린을 바라봤다.

"뭐, 뭐죠. 이건?! 유권자에게 뇌물을 주는 건 불법인데요?!"

"그게 말이지, 불법이 아니에요!"

후야오가 활짝 웃으며 카루라에게 다가왔다.

그녀 손에는 한 장의 종이가 있었다. 세세한 부분까지는 보이지 않았지만── '허가증'이라고 쓰여 있는 것만은 알겠다.

"오오미카미 님의 칙허입니다! 레이게츠 카린 진영에 한해 뇌물이 허가되었습니다!"

"그런 게 어디 있어요?! 오오미카미 님은 대체 무슨 생각을……."

"오오미카미 님도 내가 더 후계자로 적당하다고 생각하고 계신 거겠지. 하지만 그런 건 아무래도 좋아. 비록 오오미카미 님이 인정하셨다고 해도 나는 멈추지 않겠다──. 너를 쓰러뜨릴 때까지는 말이지!!"

슈웅! 눈부신 섬광이 스쳐 지나갔다.

뒤늦게 돌풍이 휘몰아친다.

동체 시력이 영 안 좋은 나로서는 무슨 일이 벌어졌는지조차 알 수 없었다. 어느샌가 카린이 검을 집에 넣는 듯한 동작을 하고 있다. 정신을 차리고 보니 카루라가 그 자리에 엉덩방아를 찧고 있었다.

"어……."

그녀의 뺨에 붉은 줄이 나 있었다. 흘러내리기 시작한 피가 피부를 타고 흘러내린다. 그제야 이해했다. 카린의 검이 카루라의 뺨을 벤 것이다.

"무, 무슨."

"카린. 용서 못 해."

닌자 소녀가 노기를 드러내며 달려 나왔다. 그 손에는 예리한

쿠나이가 들려 있다. 눈에 보이지조차 않는 속도로 치켜든 무기가 카린의 목덜미로 향했다.

채앵! 날카로운 소리가 울렸다.

코하루의 손에서 쿠나이가 튕겨 나갔다.

경악해서 굳어버린 닌자의 가슴으로 날아든 건 칼등이다.

"아—, 으윽."

"카린 님께 무례를 저지르지 마십시오!"

카린과 코하루 사이에 후야오가 있었다. 강렬한 일격을 맞은 코하루의 몸은 그대로 뒤로 날아갔고—— 겨우 빌이 받아냈다.

나는 아연한 표정을 지을 수밖에 없었다.

갑자기 덤벼들다니 너무 무례한 거 아니야?

"——이 정도 공격조차 못 막을 줄이야. 역시 아마츠에게 국정은 맡길 수 없어."

"가, 갑자기 무슨 짓을 하시는 거죠! 코하루에게 사과하세요!"

"그건 안 되겠군요, 카루라 님! 먼저 카린 님에게 손을 댄 건 저 닌자인데요? 그나저나 미덥지 못하네요. 귀도중은 물론 아마츠 카루라 님 본인도 미덥지 못해요. 당신의 진짜 실력을 직접 본 사람은 없죠. ——모두가 그 재능을 두려워하고 있지만 실제로는 카린 님에게 속수무책으로 당했어요. 겉만 그럴싸하지 알고 보니 별거 아니더라, 뭐 이런 걸까요?"

"그렇…… 지는…….."

주변 사람들은 의아하다는 얼굴로 카루라를 바라보고 있었다.

"카루라 님은 왜 저항하지 않는 거지." "정말 저항할 힘이 없는 거 아니야?" "그런 사람이 오오미카미를 맡을 수 있으려나." "반박이라도 좀 하면 좋을 텐데." ──그런 말이 나오기 시작했다.

그러나 나는 부자연스러움을 느꼈다.

인조적인 악의로 가득하다는 생각이 든 것이다.

"──보아하니 매수됐네요."

빌이 코하루를 돌보면서 중얼거렸다.

"그들은 아마츠 님이 레이게츠 카린에게 속수무책으로 당했단 걸 과장해서 퍼뜨리겠죠. 그렇게 하라고 강요받은 겁니다."

나는 놀라서 카린 쪽을 보았다.

그녀는 바닥에 주저앉은 카루라를 내려다보며 악의 어린 조소를 보내고 있었다.

"싸우게 될 날이 기다려지는군. 네 목은 내가 가지마. ──가자, 후야오."

"네네, 카린 님."

군주의 자리 쟁탈전은 어느 나라든 음울해지기 십상이라고 한다.

남을 밀어내고 밀려나는 투쟁. 그건 천조낙토도 예외는 아닐지 모른다. 카린이 필요 이상으로 카루라를 깎아내리는 것도 이해가 안 가는 건 아니었다.

하지만. 나는 이 사무라이 소녀의 방식이 그다지 마음에 들지 않았다.

"──음? 건데스블러드 님 아닙니까."

어느새 카린이 내 눈앞에 있었다.

그녀는 카루라에게 했던 것과 달리 우호적인 표정을 지으며 인사했다.

"당신도 힘들겠군요. 저런 멍청이를 떠맡게 되다니. 괜찮다면 지금이라도 레이게츠 카린 진영으로 오지 않겠습니까? 저로서는 대환영——."

"미안하지만 거절하마."

카린의 어깨가 움찔했다.

"——어째서?"

"카루라가 오오미카미 자리에 더 적합하다고 보니까."

"................."

카린이 어째서인지 겁을 먹은 것처럼 한 걸음 물러났다.

난 내가 무슨 말을 하는지조차도 잘 모르고 있었다.

단지—— 마음속으로 한 생각이 자연스레 튀어나온 것뿐이었다.

카린은 "아하하하하" 하고 뭔가를 얼버무리듯이 웃었다.

"건데스블러드 님의 안목도 흐려졌나 보군요. 어느 쪽이 오오미카미에 적합한지는 천무제 결과에 따라 정할 일이죠. 아무쪼록 카루라를 열심히 응원해 주시죠. ——그럼 이만."

☆

"——정말 최악이에요! '네 목은 내가 가지마'는 무슨! 똑똑히 알겠어요, 역시 이 나라에는 사람 목을 좋아하는 광전사밖에 없나 보네요!"

"카루라 님 진정해."

"어떻게 진정하라는 거예요! 코하루도 다쳤잖아요?! 저런 위험한 사람을 그냥 두면 제 목숨이 몇 개 있어도 부족해요! 다음에 만나면——."

"테라코마리가 보고 있어."

"다음에 만나면 제 황급(煌級) 마법으로 뇌를 터뜨려 주겠어요!"

카루라는 나를 보며 살벌하게 선언했다.

그리고 어색한 듯 눈을 돌리면서 "콜록콜록" 하고 헛기침한다.

동도 외곽—— 과자 가게 '풍전정'.

카린과 헤어진 우리는 작전 회의를 겸해 한숨 돌리기로 했다. 또 아침 식사도 제대로 안 먹고 끌려 나와서 배고프다.

그런 이유로 점내 테이블에서 양갱을 깨작인다.

아침밥 대신 과자라니 꼭 나쁜 짓을 하는 느낌이다.

"——그럼 아마츠 님. 저희는 이제부터 어떻게 해야 하죠?"

빌이 점내를 둘러보며 물었다. 카루라는 "뻔하잖아요" 하고 씩씩거렸다.

"당연히 카린 씨에게 대항해야죠. 우선은 내일로 다가온 토론회부터. 여기서 제가 얼마나 오오미카미에 적합한지 주장함으로써 국민의 신임을——."

"거짓말이군요."

양갱을 덥석 입에 문다. 맛있어. 맛있긴 한데——, 이 맛이 어딘지 모르게 익숙하게 느껴진다. 최근에 어디서 먹은 것 같은데.

"거짓말이라니, 무슨 뜻이죠?"

"할머님에게 들었습니다. 아마츠 님은 오검제를 그만두고 과자 장인이 되고 싶어 한다던데요. 혹시 이번 천무제도 별로 안 내키는 것 아닌가요?"

아. 기억났다. 이거 지난번 파티에서 먹은 양갱이랑 똑같아. 그렇게 뭔가 번뜩이던 차에 카루라가 갑자기 자리를 박차고 일어났다.

"그, 그렇지 않아요! 저는 천조낙토를 위해서——."

"그럼 할머님이 가짜 정보를 저희에게 주신 건가요?"

"뭐, 뭐. 할머님도 연세가 연세니까요. 착각하신 거 아닐까요. 저는 과자 장인이 되고 싶다고 한 적이 한 번도 없어요."

"카루라 님은 그렇게 말하지만 사실 이 '풍전정'은 카루라 님이 경영하는 과자 가게."

"왜 밝히는 거예요?!"

나는 무심코 고개를 들었다.

뭐? 이 가게가 카루라 거였어? ——고개를 갸웃거리는데 닌자 코하루가 작게 한숨을 내쉬더니 카루라를 올려다봤다.

"카루라 님. 실은 설명할 생각이었잖아?"

"아, 아뇨……."

"그럼 왜 '풍전정'으로 데려온 거야?"

"…………."

카루라는 잠시 신 매실장아찌를 먹은 듯한 표정을 짓고 있었다.

그러나 곧 포기한 것처럼 축 늘어지더니 비틀비틀 주저앉고야 만다. 힐끗힐끗 내 쪽으로 시선을 돌리면서 부끄러운 듯 뺨을 붉히더니 곧 모기 소리처럼 작게 말한다.

"……맞아요. 전 사실 과자 장인이 되고 싶었어요."

"여, 역시 그랬나. 그럼 이 가게는 정말……."

"제가 최근에 연 가게예요. 불법 영업이지만요."

"불법 영업이야?!"

카루라는 힘없이 "후후후" 하고 웃었다. 사연이 있어 보이지만 깊이 파고들지 말자.

그나저나 설마 카루라에게 이런 비밀이 있었을 줄이야. 꿈을 향해 노력하는 자세는 나도 본받아야겠네. 불법 행위는 하고 싶지 않지만.

"전에…… 할머님께 배워서 오하기를 만들었을 때, 오라버니에게 칭찬받은 적이 있거든요. 그 후로 과자를 만들기 시작했고 어느새 프로가 되는 게 꿈이 됐어요."

"카루라한테 오빠가 있어?"

"정확히는 사촌이지만요." 카루라는 우물거리며 그렇게 말했다. "어쨌든 저는 어렸을 적부터 과자 장인이 되고 싶었어요. 하지만 가문의 규정이 허락해주지 않았습니다. 할머님에게 이야기를 들었다면, 그쯤은 짐작하고 계시겠지만요."

"뭐, 그럭저럭……."

"아마츠는 '사'의 일족. 역대 오검제나 오오미카미를 배출한 명문이니까."

즉 건데스블러드가와 비슷하단 건가.

본인은 하고 싶지 않은데 주변 사람들이 치켜세우는 바람에 장군이 된다. 공감하게 되는 상황이다. 게다가 카루라의 경우는 장군이 문제가 아니다. 그 무서운 할머니 때문에 차기 오오미카미 후보자로서 싸울 것을 강요당하고 있는 것이다.

정말 하고 싶은 일을 할 수 없는 괴로움.

카루라의 마음은 나도 잘 이해한다. 왠지 응원하고 싶어졌다.

"그래도 카루라는 대단하네. 이런 가게를 다 열다니."

"할머님께 들켰으니까 닫게 될지도 모르지만요."

"그 전에 불법이니까 나라에서 닫으라고 할걸."

"나중에 허가를 받아두세요! ――뭐, 장군직에 있는 한은 계속하기 힘들지도 몰라요. 주말만 가게를 여니까 거의 적자거든요."

"참고로 그 양갱도 카루라 님이 만들었어."

"호오."

나는 네모나게 잘린 물 양갱을 입에 넣는다.

은은한 단맛이 입 안에 퍼졌다. 맛있다.

"맛이 부드러워. 만든 사람의 성격이 드러난 걸지도 몰라."

"어……."

카루라는 허를 찔린 듯 눈을 동그랗게 떴다. 냉정하게 생각하면 나 자신도 무슨 말을 하는지 모르겠다. 하지만 정말로 그런 맛이 났다.

"미안. 굉장히 맛있다는 뜻이야."

"아…… 감사합니다. ……건데스블러드 씨는, 좋아하세요?

과자."

"좋아해. 먹는 것도 좋아하고 만드는 것도 좋지."

"어, 건데스블러드 씨도 만드세요?"

카루라가 눈을 빛냈다. 나는 황급히 고개를 가로젓는다.

"별거 아니지만. 쿠키나 푸딩 같은 거. 하지만 카루라에게는 영 못 미쳐. 카루라 것은 프로 느낌이 들거든. ……그러고 보니 지난번 파티 때도 카루라의 과자가 있었지? 맛이 비슷한 것 같은데."

"마, 맞아요! 뒤에서 만들고 있었어요. 잘 아시네요."

"맛있었으니까 기억하지. 그나저나 장군 일 때문에 과자를 못 만든다니 안타깝네. 분명 카루라에게는 재능이 있는데——."

덜컹!! 카루라가 일어났다.

무슨 일인가 싶어서 고개를 든다. 그녀는 부들부들 떨면서 눈물을 글썽이고 있었다. 뭐 실례되는 말을 했나——? 그런 나의 불안에 아랑곳하지 않고 동양풍 소녀는 의자를 뒤엎더니 가게 안쪽으로 뛰어갔다. 그리고 무슨 상자를 안고 곧 돌아온다.

"그, 그 양갱은 애피타이저 같은 거예요! 그 밖에도 많답니다."

"카루라 님. 그건 팔 것들……."

"건데스블러드 씨는 귀한 손님이에요! 손님을 정중하게 모시는 건 당연한 일 아닌가요?! ——자, 건데스블러드 씨. 여기 있는 건 제가 만든 걸작들이에요. 괜찮다면 드셔 보세요……."

"그래? 고마워……. 와아—! 맛있겠다!"

"그것은 무지개 경단이에요. 전에 코하루는 '맛없다'라고 했지만, 건데스블러드 씨라면 분명 아시겠죠. 재료까지 깐깐하게 따진 궁극의 경단──, 꼭 드셔 보세요. 아─."

"아─. ……………으?!"

"꺄악?!"

갑자기 의자와 함께 뒤로 끌려갔다. 깜짝 놀라서 뒤를 돌아보니 그곳에는 뺨을 부풀린 빌이 서 있었다. 뭐야, 이 녀석. 위험하게.

"타국의 장군과 필요 이상으로 친해지는 건 좀 그렇지 않나요."

"뭐 어때……. 카루라는 동료잖아."

"──그건 핑계고 실은 코마리 님이 남에게 길들여지게 둘 수 없었습니다. 당장 집으로 가서 코마리 님께 맛있는 오므라이스를 만들어 드리고 싶은 충동을 억누를 수가 없네요."

"어? 집에 가도 돼?"

"말이 헛나갔어요. 코마리 님을 감금해 놓고 오므라이스를 먹이고 싶은 충동을 억누를 수 없네요."

"범죄잖아!!"

뜬금없는 소리나 하고 있어.

문득 시선을 원래 있던 곳으로 돌려 보니 카루라 진영 역시 자기 진영에서 소란을 피우고 있었다.

"삼깐, 코하루?! 저를 방해하지 마세요! 건데스블러드 씨는 유일하게 제 과자를 이해해 준 분이에요! 잠깐──. 아하하하하! 간지럽히지 말아요~!"

"카루라 님 과자를 너무 많이 먹으면 배탈 나. 그러니까 코하루가 막을래."

"앗, 잠깐! 뭐야~. 코하루도 참!"

코하루는 상자를 가게 안쪽으로 가져가 버렸다.

야무진 닌자네. 파는 걸 무상으로 제공하는 건 엄격히 막는구나. 나로서는 과자를 못 먹게 돼서 유감이지만, 지금은 풍전정을 위한 거라 생각하고 참자.

빌이 "그보다"라고 험악한 음색으로 말을 꺼냈다.

"아마츠 님의 사정은 이해했습니다. 보아하니 천무제에 참가하고 있는 것도 본의가 아니시겠죠."

"그래요, 사퇴하고 싶을 정도예요. 그게 불가능하단 건 알지만……. 아, 방금 한 말은 할머님이나 오오미카미 님에게는 비밀로 해주세요."

"알고 있습니다. 하지만 사퇴하기는 힘들겠죠. 할머님도 그렇지만, 경쟁자인 레이게츠 카린이 용납하지 않을 겁니다."

사무라이 소녀의 얼굴을 떠올린다.

카루라를 진심으로 증오하는 듯한 언동이 인상적이었다.

"카루라는 그 녀석과 사이가 나빠? 싸우기라도 해?"

"딱히 사이가 나쁜 건 아니에요. 카린 씨의 가문── 레이게츠가는 아마츠가와 대립하고 있는 명문입니다. 역사상 오오미카미는 반드시 이 두 가문에서 나오고 있고요."

"선대 오오미카미는 아마츠 님의 할머님이셨죠. 그럼 지금의 오오미카미는 레이게츠가 분이신가요?"

"아뇨. 아마츠 분가의 사람이라고 하던데요. 자세히는 모르지만……."

묘한 분위기가 흘렀다. 카루라는 "어쨌든" 하고 이야기의 흐름을 원래대로 되돌린다.

"아마츠와 레이게츠는 누가 천조낙토의 패권을 거머쥘 것인지를 두고 몇백 년이나 싸우고 있는 셈이에요. 그런 차에 또래 유력자가 생기면 대립하는 건 자연스러운 이치죠. 뭐, 저는 카린 씨야 어찌 되든 상관없지만요. 양보할 수 있다면 양보하고 싶어요."

"하지만 레이게츠 카린은 아마츠 님을 질투하고 있어요. 혹은 열등감을 품고 있다고 표현해도 괜찮겠네요. 아마츠 님은 '육전희'로 꼽힐 만한 최강의 장군이니까요……. 그런 감정을 품는 것도 무리는 아니겠죠."

"대체 저한테 질투할 요소가 어디 있다고……."

"질투나 열등감은 무서운 거예요. 그 사무라이 소녀에게 '나는 기권할게'라고 해도 절대 인정하지 않겠죠."

"확실히 그러네요. 그 사람은 저를 짓밟기 위해서만 살아온 듯한 느낌이거든요. 또 천무제 룰에 따르면 기권할 경우에는 상대의 허가가 필요하대요."

"허가는커녕 까딱했다간 살해당할 가능성도 있겠지……."

아니, 그럴 걱정은 없겠네. 카루라는 실력상으로 레이게츠 카린을 아득히 능가하니까──. 그렇게 생각하는데 어째서인지 눈앞에 있는 동양풍 소녀가 동요하며 "어쩌죠, 코하루~!" 하고 닌자에게 달라붙었다. 좀처럼 카루라의 행동을 이해할 수가 없다.

"아마츠 님은 앞으로 어떻게 하실 거죠?"

"그렇게 물어도…… 노력할 수밖에요……."

"맞습니다. 노력할 수밖에 없겠죠."

카루라도 코하루도 머리에 물음표 마크를 띄우고 있었다. 그러나 나는 오한을 느끼고 말았다. 이 녀석이 열변을 토하기 시작하면 최종적으로 죽도록 고생하는 건 대체로 나다.

"그런 놈들은 한번 철저하게 짓밟아주기 전에는 마음을 고쳐먹지 않거든요. 그러니까 아마츠 카루라 님께서 꼭 천무제에서 이기셔야 할 것 같습니다."

"하지만, 저는 과자 장인이……."

"사임하면 되지 않습니까."

"네?"

"오오미카미가 된 직후에 사임해버리면 아무 문제 없다는 뜻입니다."

"……그, 그렇군요!"

카루라가 새로운 사실을 깨달았다는 듯 벌떡 일어섰다.

응? 납득하는 거야? 그딴 옹졸한 작전으로 괜찮겠어?

"제가 모은 정보에 따르면 지금의 오오미카미는 선대의 양위로 취임했다나요. 즉 오오미카미의 지위는 천무제 없이도 계승 또는 얻을 수 있다는 것입니다."

"그러게요. 확실히 '오오미카미 대강(大綱)'이라는 군주에 관한 법률에서는 양위를 인정하고 있어요. 그럴 때는 후계자를 제대로 정해둬야 하는 것 같지만요——."

카루라는 코하루를 힐끗 살폈다.

코하루가 당황해서 고개를 저었다.

"오오미카미는 아마츠나 레이게츠의 사람이 취임하는 게 관례."

"코하루. 지금까지 비밀로 했는데 당신은 제 동생이었어요."

"이런 언니 필요 없어."

"뭐, 후임 문제는 나중에 생각하면 되겠죠. 저희가 해야 할 일은 처음과 큰 차이가 없습니다. 아마츠 님이 이길 수 있도록 저희 코마리 대가 전력으로 서포트하겠습니다."

"그, 그래요! 저 혼자서도 아무 문제 없지만 감사합니다!"

"이봐, 이봐. 좀 기다려봐, 빌!!"

나는 변태 메이드를 벽까지 끌고 갔다.

이 녀석은 또 '무슨 문제라도?' 같은 새침한 얼굴을 하고 있다.

"이번에는 뭘 꾸미는 거야? 카루라를 응원하는 거야 상관없지만, 네 행동이 조금 걸려. 카루라의 후계자가 실은 나였다 같은 농담은 그냥은 못 넘겨."

"남들이 들으면 오해하겠어요. 애초에 저는 늘 코마리 님을 위해 움직이고 있는데요. 이번 일도 아마츠 님께서 승리하면 코마리 님의 꿈이 실현되기 때문에 여러 방책을 생각 중이고요."

"내 꿈……? 혹시."

"소설가가 되는 꿈이요. ――기억하시나요? 아마츠 님이 '황혼의 트라이앵글'을 알게 된 건 제가 원고를 건네드렸기 때문이에요. 네, 전부 계획대로 된 거죠. 저는 처음부터 여기까지 내다보고 코마리 님을 위해 움직였습니다. 코마리 님을 위해서요!"

"빌, 너……!!"

아무래도 내가 착각하고 있었나 보다.

내게 괜한 노동을 강요하는 악덕 메이드인 줄로만 알았는데, 내 꿈을 이뤄주기 위해 바쁘게 뛰어다니는 천사 메이드이기도 했던 거다. 다시 봤어, 빌……!

"거, 거기까지 생각했다니 의외네."

"뭐 타산적인 부분도 있지만요. 커닝엄 님에 이어 아마츠 님이 군주가 되면 뮬나이트의 우방이 증가합니다. 그리고 코마리 님이 황제가 될 날도……."

"응? 뭐라고 했어?"

"아니요, 안 했어요. 어쨌든 승리를 위한 포석은 최대한 깔아 둘 겁니다. 아무리 아마츠 님이 최강이라고는 해도 만일의 사태는 생길 수 있으니까 혹시나 코마리 님이 불이익을 당하지 않도록 세심한 주의를 기울이죠."

"역시 빌이야. 이로써 내 야망은 실현된 거나 다름없어."

"나중에 상을 주세요──. 그건 그렇고 조력자가 온 것 같아요."

"응? 조력자?"

"──역시 각하십니다!!"

내 귀를 의심했다. 환청이 들린 줄 알았다. 아니, 환청이었으면 했다.

머뭇머뭇 뒤를 돌아본다. 그곳에는 무시무시한 광경이 펼쳐져 있었다. 풍전정의 미닫이문을 힘으로 열고 들어온 것은── 죽도록 낯이 익은 4인조였다.

"감복했습니다. 겔라 알카 공화국에 이어 천조낙토의 군주를 옹립하시다니. 저희가 이기면 이 나라는 제7부대의 꼭두각시 국가나 다름없겠군요."

선두에 있던 것은 마른 고목 같은 체구의 흡혈귀, 카오스텔 콘트다.

꼭 범죄 계획을 세우는 범죄 그룹의 참모 같은 풍격이었다. 아니, 그 자체였다. 방금 말도 안 되는 계획을 들먹였지? 내가 잘못 들은 건가?

"저, 저기. 누구시죠? 오늘은 휴일인데……."

카루라가 당황하며 일어나서 범죄자들에게 다가갔다.

굉장해. 내가 네 입장이었다면 이딴 놈들한테 말도 못 걸 텐데.

"걱정할 것 없다. 우리는 레이게츠 카린을 죽이러 왔을 뿐이니까."

카루라 앞을 가로막은 것은 개 머리를 가진 거한 벨리우스 이누 케르베로다. 이봐, 그만해. 노려보지 마. 카루라가 무서워하잖아. 코하루가 임전 태세에 돌입했잖아.

또 그 옆으로 경박해 보이는 선글라스를 쓴 남자가 튀어나왔다.

"예에—! 날카롭게 노려봐 개 남자. 앞뒤 분간 같은 건 개나 줘. 아가씨가 무서워해, 개 남자. 알고는 있냐, 그 부분? ——77억."

폭탄마 멜라콘시가 벨리우스에게 맞고 날아갔다. 날아간 멜라콘시의 몸이 테이블과 의자에 충돌해 우당탕!! 하고 요란스러운 소리를 낸다.

바보야, 마핵도 없는데 뭐 하는 거야! 다치잖아! ——그렇게 엉뚱한 걱정을 했지만, 카루라가 "꺄아아아아!!" 하고 소녀답게 비명을 지르는 바람에 정신을 차렸다.

아아―. 이거 완전히 망했어.

언뜻 보면 야쿠자나 빚쟁이가 경영난에 시달리는 가게에 나타난 느낌의 시추에이션이야.

"누구야, 이 사람들."

코하루가 원망하는 눈으로 나를 바라봤다.

"으음―. 그건 말이지――. 이봐, 빌!! 이 녀석들이 온다는 얘기는 못 들었는데?!"

"네 분은 첫 포석입니다."

"포석은커녕 폭탄석이잖아! 처음부터 판을 깨버리면 어떡해?!"

"코마리 님은 기억 못 하실 수도 있지만, 이건 핸디캡이에요. 레이게츠 카린 진영에는 백극 연방과 라페리코 왕국의 조력자가 붙습니다. 반면 아마츠 카루라 진영은 뮬나이트 제국뿐이죠. 이 전력 차를 줄이기 위해 부하를 부르는 게 허가됐어요."

"분명 그런 말을 들은 것 같기는 한데 부를 거면 제대로 된 놈을 불러!!"

"제대로 된 놈이 어디 있나요?"

"…………."

슬슬 상식적인 사고 회로를 가진 부하가 필요한데. 모집해볼까. '오므라이스 무제한 제공!'이나 '가족 같은 직장!'이라고 홍보하면 와 주지 않을까? 아니, 거짓말하면 안 되지.

카오스텔이 사악한 미소를 지었다.

"각하도 너무하십니다. 저희 얘기를 아마츠 카루라 장군에게 하지 않으셨군요?"

"으, 으음. 그거지. 서프라이즈로 하려고 했거든."

말하고 나서 생각한 건데 가장 서프라이즈한 건 나 자신이다.

어쨌든, 더는 남인 척하며 잡아뗄 수 없었다.

나는 경계하는 카루라와 코하루에게 미소를 지어 보이며 말했다.

"이 녀석들은 뮬나이트 제국군 제7부대, 즉 우리 부대의 간부들이야. 생김새나 알맹이나 거칠지만 근본은 착한 녀석들이니까 걱정하지 마."

"응? 각하. 오늘은 조금 패기가 부족한 것 같군요······."

"잘 들어라, 카루라여! 이자들은 뮬나이트 제국군의 순수 엘리트들이다! 아마츠 카루라 진영에 반드시 승리를 가져다주겠지!"

카루라는 한동안 멍해 있었다. 그러나 코하루가 등을 찔렀고 "헉" 소리를 냈다.

"미, 믿음직스럽네요! 저와 건데스블러드 씨의 부대가 힘을 합치면 레이게츠 카린 진영 따위는 인절미의 콩고물처럼 쉽게 날려버릴 수 있겠죠!"

"그래! 이제 카루라의 오오미카미 취임은 약속된 거나 다름없지!"

"아하하하하하!"

"와하하하하하!"

안 되겠어. 분명 일이 꼬일 거다. 아니, 이미 꼬였다.

이봐, 빌. 제대로 관리할 거지? 이 녀석들이 속수무책으로 날 뛰면 돌이킬 수 없다고? 네리아 때처럼 진짜 전쟁으로 발전하면 난 도망칠 거다?

"걱정하실 것 없습니다, 코마리 님. 동도는 흡혈귀에게도 위험지대입니다. 죽으면 부활도 할 수 없는 상황에서 무모한 짓을 벌일 정도로 바보들은 아니겠죠."

"뭐, 그렇긴 하지. 아무리 살인귀라고 해도 자기 목숨은 아까울 테니까——."

"이봐, 테라코마리! 요약하자면 레이게츠 카린이라는 녀석을 불태워 버리면 되는 거지?"

그렇게 말한 건 금발의 남자 요한 헬더스다.

이 녀석은 매번 죽는데, 이번만은 죽지 않기를 빌어주고 싶다.

"……뭐, 그렇지. 마지막 싸움에서 카린을 쓰러뜨리면 카루라는 오오미카미가 될 수 있어."

"이런 건 선빵이 중요하지. 우선 레이게츠 카린의 저택부터 불을 붙이고 왔다."

""엥??""

나와 카루라의 목소리가 겹쳤다.

이 녀석이 방금 뭐라고 했지? 불을 붙여? 범죄 고백인가? 아니면 환청인가?

갑자기 가게 밖이 소란스러워졌다. "불이야!" "레이게츠 저택이 불타고 있어!" "이봐, 소방단을 불러!" "이건 아마츠 카루라 진영의 전략인가?!" "이렇게 야만스러울 수가."

"……………………………………."

"뜻밖이네요. 헬더스 중위가 이 정도로 멍청했을 줄이야."

나는 머리를 싸매며 절규하고 싶어졌다.

전쟁의 예감이 들었다.

천무제 개최 기간은 일주일 정도.

그동안 천조낙토의 동도는 평소와 다르게 열기를 띤다. 거리에는 형형색색의 노점이 곳곳에 늘어선다. 밤이 되면 장식 수레가 돌아다니고 불꽃이 어두운 하늘을 밝게 비춘다. 특히 이번 천무제는 선대 오오미카미(아마츠 카루라의 할머니) 취임식 이후 딱 30년 만에 열린 축제다. 다른 나라의 관광객도 많이 왔고, 분위기도 한층 들떠 있다. 하지만——.

"——저기, 프로헤리야. 카린한테 들은 거 있어? 토론회가 다가오고 있는 것 같은데, 우리는 안 도와도 돼?"

"돕고 있잖아. 우리가 이렇게 레이게츠 진영으로서 마을을 돌아다니기만 해도 적 진영을 견제하게 되는데. 이건 훌륭한 선거 전략 중 하나야."

"선거 전략이라니…… 그냥 국수만 먹고 있잖아."

"배고프니까."

동도의 국수 가게에서 두 소녀가 서로를 마주 보고 있다.

스푼을 구사해 미끌미끌한 국수와 악전고투 중인 것은 프로헤리야 스타즈타스키. 백극 연방 육동량이자 레이게츠 카린 진영의 협력자이다.

한편 그녀 맞은편에 앉아 있는 고양이 귀 소녀는 리오나 플랫.

라페리코 왕국의 사성수이며 이쪽도 레이게츠 카린의 협력자다.

"그래도 토론회는 나도 참가하기로 되어 있어. 레이게츠 카린이 말해줬지."

"뭐어어—?! 처음 듣는데! 왜 카린은 나만 따돌리는 거야?!"

"토론회는 전투가 아니야. 내 명석한 두뇌가 높게 평가된 거겠지."

"나도 산수는 잘해."

"그거 훌륭하네. ——아니, 그나저나 국수는 참 먹기 힘드네. 입에 잘 안 들어가."

"내 카레와 교환할래? ——그보다 테이블이 엉망인데?!"

"흥, 어리석군. 리오나 플랫. 국수 가게에 왔는데 카레를 주문하는 건 촌스럽기 짝이 없는 짓이야. 나는 이 국수를 극복했을 때, 더 높은 곳에 도달할 수 있을 것 같거든."

리오나는 무심코 한숨을 내쉬고 싶어졌다.

천조낙토에 단신으로 찾아온 것이 어제. 라페리코 왕국의 지명도를 올리기 위해서 힘내자! ——라고 기합을 넣고 레이게츠 카린과 면회를 한 것까지는 좋은데, 듣게 된 말은 '마지막 싸움이 시작될 때까지 관광이라도 하고 계세요'라는 사실상의 방임 선언.

즉 리오나에게는 전투 능력 말고는 아무것도 기대하지 않는다는 것이다.

뭐 확실히 연설이나 토론회에 참가하라고 해도 무엇을 해야 할지 모르겠지만. 그러고 따지고 보면 프로헤리야는 전투 이외의 재능도 있어 보여서 부럽다.

"……프로헤리야는 왜 카린의 권유를 받아들인 거야?"

"서기장의 명령이 있었기 때문이지. 우리 백극 연방은 아마츠 카루라가 아니라 레이게츠 카린이 차기 오오미카미가 되기를 바라고 있어."

"카린이 더 오오미카미에 어울린다는 거야?"

"아니——. 오히려 어울리지 않겠지. 참 나, 서기장 녀석이 엉큼한 계획을 세우는 게 하루 이틀 일이 아니라 감당이 안 된다니까. 쉽게 말하자면 마음이 썩은 거지."

"응? 무슨 말이야?"

"이런, 말이 길었군. 이건 기밀 정보니까 비밀로 해줘."

"???"

잘 모르겠다.

프로헤리야는 그릇에 입을 대고 국수를 홀짝거리기 시작했다. 스푼을 사용하는 건 단념한 것 같다.

리오나는 카레를 먹으면서 프로헤리야의 등 뒤——, 창문 밖의 풍경을 무심코 바라보았다. 동도의 거리는 라페리코 왕국의 왕도보다 훨씬 더 붐비는 듯했다.

"……외국의 수도에 온 건 처음이지만. 천조낙토는 의외로 도회지네. 나는 지금까지 라페리코의 왕도가 최고인 줄 알았어."

"라페리코의 왕도도 굉장하잖아. 시골의 운치가 있어."

"그게 무슨 뜻이야?"

"그렇다고 해도 평소 각국 수도의 활기를 종합적으로 분석했을 때, 무엇보다 활기 있는 곳은 백극 연방의 총괄부일 게 분명해. 그다음이 뮬나이트의 제도, 알카의 수도, 천조낙토의 동도, 요선향의 경사로 이어지고. 현재 동도가 이렇게까지 붐비는 건 천무제의 영향이겠지."

"화혼 사람들에게는 중요한 축제니까 말이지."

"그 중요한 축제에 타국의 장군을 부르는 정책은 이해가 안 돼. 무슨 꿍꿍이속이 있는 건지——. 아니면 이게 원래 화혼의 국민성인가?"

"국민성이라. 애초에 화혼종은 어떤 종족일까. 전에 아마츠 카루라와 싸운 적이 있는데, 닌자가 기습하는 바람에 져 버렸어."

프로헤리야는 국수를 우물우물하면서 이쪽을 보았다. 입가가 국물 범벅이다.

"하호호이안."

"와악—! 입에서 국수가 흘러나오잖아!"

꿀꺽 삼켰다.

"——화혼종이란. 즉 '아무것도 아닌 종족'이야. 창옥처럼 강인한 몸을 가진 것도 아니야. 수인처럼 짐승의 특징을 가진 것도 아니고. 흡혈귀처럼 피를 빨지도 않거니와 전류처럼 도검을 다루는 것도 아니야. 물론 요선처럼 장수하는 것도 아니고. 일설에 따르면 '시간'에는 날카로운 감각을 가졌다고 하지만, 진위 여부는 잘 모르겠어."

"하지만 강하잖아. 카린이나 카루라는."

"그 두 명은 딱히 종족적인 힘을 보이진 않았잖아. 레이게츠 카린은 순수하게 검술이나 마법이 뛰어날 뿐이지. 아마츠 카루라는 어마어마한 무용담이 나돌 뿐, 그 실력을 본 사람은 거의 없어. 그렇게 생각해 보면 무슨 비밀이 있을 것 같군."

"흐음……."

리오나가 신경 쓰이는 것은 아마츠 카루라다.

일찍이 엔터테인먼트 전쟁에서 리오나는 그 동양풍 장군에게 패배했다. 그것도 부하인 척 섞여 있던 닌자에게 방심한 틈에 당하는 식으로 어이없게. 가능하다면 일대일로 싸우기라도 해서 설욕하고 싶은데――, 하지만.

아마츠 카루라에게는 최강의 흡혈귀가 붙어 있다.

테라코마리 건데스블러드. 육국 전쟁에서 세상을 구한 영웅.

프로헤리야는 그녀를 어떻게 생각하고 있을까.

"――미안. 잠깐 부하와 통화하고 싶은데."

"응? 아, 해."

"고마워. 참고로 내 통신용 광식은 망가져 있거든. 어째서인지 제멋대로 스피커 모드로 바뀌어 버려. 기밀 정보를 얘기할 거니까 들려도 못 들은 척해 줘."

"바꾸면 되잖아……."

"예산이 안 돼."

그렇게 말한 프로헤리야는 어디론가 마력을 날리기 시작했다. 바로 응답이 왔다.

[이쪽은 세라피나. 용건이 있으신가요. 프로헤리야 님.]

"그래, 있다. 동도에서 불온한 움직임은 없었나?"

[그건——.]

너무 엿들으면 안 되겠지.

리오나는 두 손으로 고양이 귀를 덮은 뒤, 프로헤리야에게서 시선을 뗐다.

그나저나—— 리오나는 생각한다.

그나저나, 세상에는 괴물이 너무 많다. 그 아마츠 카루라나 테라코마리 건데스블러드는 평범한 인간과는 조금 다른 냄새가 난다. 후각 마법이 특기인 리오나는 알 수밖에 없다. 녀석들과 정정당당하게 대치해서 이길 수 있을 것 같지가 않다.

하지만 그것도 노력해야 한다.

라페리코 왕국은 국제적인 발언력이 낮은 나라다. 정부 요인이 거의 야수라서 물리적으로 발언이 불가능한 것이다. 그래서 리오나는 조국의 지위를 끌어올리기 위해 이 천무제에 참가하기로 했는데. 과연 어떻게 될지——.

"응?"

갑자기 위화감을 느꼈다.

창밖. 금발의 소년이 떠들썩한 대로를 걷고 있는 게 보였다.

겉보기에는 분명 흡혈귀였다. 분명—— 기억이 확실하다면, 저건 테라코마리 건데스블러드의 직속 부하였을 것이다.

하지만 냄새가 다른 것 같다. 아마 흡혈귀의 것이 아니다.

"……뭐 상관없나."

리오나는 깊게 생각하지도 않고 카레를 입에 넣었다.

일단 오늘은 프로헤리야와 동도를 관광하자.

모처럼 왔으니까.

☆

레이게츠 카린의 목적은 아마츠 카루라를 쓰러뜨리는 것.

그리고 오오미카미로 취임하여 천조낙토를 개혁하는 것. 그러기 위해서는 어떤 수단도 마다하지 않을 것이다. 비록 그것이 상식을 벗어난 악랄한 수단이라고 해도.

"――뭐야, 네놈은! 테러리스트냐?! 아니면 레이게츠 카린의 부하냐?!"

"내 얼굴을 모르는 거냐?"

"알 게 뭐냐, 바보야! 이 줄 풀어!"

카린은 작게 탄식했다.

동도의 뒷골목. 음침하고 인기척이 없는 공간이다.

카린 발밑에서는 방화용 천으로 만든 밧줄에 묶인 금발의 흡혈귀가 발버둥 치고 있었다. 이름은 요한 헬더스. 뮬나이트 제국군의 일원이자 테라코마리 건데스블러드의 부하다. '옥염의 살육자'라는 살벌한 이명을 자칭하는 화염술사였다.

잡을 때 머리를 때려서 그런지 그의 움직임은 둔하다.

이마 근처에서 피가 철철 흘러나오고 있다.

화혼 이외의 종족에게 동도는 위험지대. 상처를 입어도 사라지지 않고, 목숨을 잃어도 황천에서 돌아올 수 없다. 카린에게 눈앞의 남자는 거미줄에 잡힌 벌레 같은 존재였다.

"넌 테라코마리 건데스블러드 부대의 사람이지?"

"윽──, 네놈! 테라코마리를 해코지할 셈이냐?! 그런 짓은 절대──. 크헉?!"

요한이 잠긴 비명을 질렀다.

카린의 발차기가 그의 복부에 명중한 것이다.

"닥쳐. 내 질문에만 답해라──. 테라코마리 건데스블러드의 약점은 뭐지? 열핵해방의 특성은? 빙결이나 황금 외에 어떤 배리에이션이 있지?"

"무슨…… 말을 하는 거냐!"

"됐으니까 대답해."

이번에는 안면을 걷어차 주었다. 요한의 몸이 움찔했다. 그래도 그의 눈에서는 반항적인 빛이 사라지지 않았다. 코피를 흘리면서도 무시무시한 증오를 내보인다.

"알았다……. 너 레이게츠 카린의 부하구나. 테라코마리가 무서운 거지? 그 부하를 잡아다가 심문하려는 거지? 어리석군, 레이게츠 카린의 부하 녀석!"

"나는 레이게츠 카린 본인이다!"

금발을 잡고 눈앞에서 고함쳤다.

초조함이 강해지는 것을 느낀다. 카린도 천조낙토의 오검제다. 확실히 아마츠 카루라 정도의 지명도는 없을 수도 있지만, 가끔 신문에서도 언급되는 데다 지난 육국 전쟁에서는 폴 방어선에서 적지 않게 활약했을 터다. 그런데. 그런데 이 녀석은.

카린은 타오르는 분노를 꾸욱 억누르며 요한을 노려봤다.

"……그 흡혈귀에 관한 정보를 뱉어라. 아니면 너를 죽이겠다."

"이런 짓을 했다가 어떻게 될지 알긴 해? 나는 사정을 잘 모르지만——. 이건 명백히 천무제인지 뭔지 하는 것의 규칙 위반이잖냐."

"규칙 따위는 얼마든지 바꿀 수 있어. 나에게는 그만한 힘이 있으니까."

"그래. 그럼 가르쳐 주지……. 테라코마리는 실은 엄청나게 약해. 대책 같은 걸 안 세워도 쉽게 쓰러뜨릴 수 있겠지. 오검제 레이게츠 카린 씨에게 걸리면 쉽게 끝날 거라고."

"나를 모욕하지 마라!"

카린은 요한을 땅바닥에 내동댕이쳤다. 그 금발 머리를 발로 힘껏 짓밟았다.

"윽." ——흡혈귀가 괴로움에 얼굴을 일그러뜨렸지만 개의치 않았다. 이 녀석에게서 정보를 얻지 못하면 납치한 의미도 없다.

"이게—— 그만해! 장난하나! 여기에는 뮬나이트의 마핵이 없다고!"

"그래서 아프게 하는 거다. 나는 인정사정 봐주지 않거든——. 얼른 불어라. 아니면 이걸로 죽여줄 테니까."

카린은 허리에 차고 있던 칼을 빼려고 했다.

번뜩이는 칼날을 목격한 요한의 얼굴이 파랗게 질린다. 방화 밧줄과 '마법 봉인의 패' 때문에 마법을 사용할 수도 없다. 이 녀석의 목숨은 카린 손바닥 위에 있다.

가엾은 흡혈귀는 겨우 눈앞에 있는 사람이 진심임을 깨달은 모양이다.

"그, 그만둬……. 그런 짓을 하면."

"——그런 짓을 하면 죽어버리잖아!"

뒤에서 목소리가 들렸다.

카린은 안색 하나 바꾸지 않고 뒤를 돌아본다.

거기 서 있던 것은 뮬나이트의 군복을 몸에 걸친 소년이다. 불타는 듯한 금발과 양아치 같은 언행이 특징적인, 카린 발밑에 쓰러져 있는 사람과 완전히 똑같은 모습을 한 흡혈귀.

"뭐……? 나? 어째서……?"

"어째서일까요. ——아아, 카린 님, 작업은 완료했어요!"

갑자기 등장한 두 번째 요한은 요한답지 않게 순수한 미소를 띠고 있었다.

발밑의 요한은 놀란 나머지 입도 다물지 못하고 있다.

"늦어. 후야오."

"면목 없습니다! 하지만 적의 전력은 대강 파악했습니다."

"뭐—— 뭐야, 너는?! 어떻게 된 거야?!"

두 번째 요한이 히죽 웃었다.

본인에게는 악몽 같은 광경이겠지. 그러나 이 소년은——. 아니, 소녀는 지금까지 이렇게 카린의 숙적을 악몽 속에서 처리해 왔다.

"열핵해방【수경 이나리 권화】."

그다음 순간—— 포옹! 하고 연기 같은 것이 주변을 가득 메웠다.

두 번째 요한의 모습이 순식간에 사라진다.

바람에 불어 희미해져 가는 연기 너머에 서 있는 것은―― 여우 귀와 꼬리를 가진 수인. 레이게츠 카린의 심복, 후야오 메테오라이트였다.

후야오는 천천히 요한에게 다가간다.

어느새 칼이 뽑혀 있었다. 그 날카로운 칼끝을 본 요한이 하얗게 질려서 외친다.

"뭐…… 뭐야 그건?! 마력이 전혀 느껴지지 않았는데?! 그런게――."

"이런. 정말 놀라고 계신데요. 이거 정말로 열핵해방을 모르는 것 같네요."

"그게 말이 돼? 이 남자는 테라코마리 건데스블러드 부대의 사람이야."

"심복에게만 자기 정보를 밝히고 있는 걸지도 몰라요! 가까이서 건데스블러드를 관찰해 보고 그렇게 느꼈거든요. 다음에는 그 파란 머리 메이드로 변하는 게 타당하려나요? ――어쨌든 요한 헬더스는 더는 볼일이 없겠네요. 이 남자를 이용해서 할 수 있는 일은 끝냈으니까요."

갑자기 거리가 소란스러워졌다.

소방단이 울리는 종소리가 울려 퍼진다. 누가 "불이다, 불이야"라고 외치며 서쪽으로 달려갔다. 이 앞은 귀족들의 저택이 줄지어 있는 상급 구역일 텐데――.

카린은 의아한 듯 후야오의 얼굴을 바라봤다. 그녀는 만면의 미소를 지으며 이렇게 말했다.

"불을 질렀습니다."

"불……?"

"풍문도 중요하니까요. '아마츠 카루라 진영은 비열하게도 경쟁자의 저택에 불을 질렀다!'. ──그렇게 보도되면 형세가 역전할걸요."

"뭐……, 후야오! 너란 녀석은……!"

"안심하세요! 태운 건 레이게츠가가 안 쓰는 창고거든요. 꼬리가 잡힐 짓도 안 했습니다! 왜냐하면── 열핵해방을 써서 요한 헬더스의 모습으로 했으니까요."

카린은 내심 혀를 찼다.

이 여우는 아무리 교육해도 독단으로 움직이는 경향이 사라지지 않는다.

하지만 냉정하게 생각해 보면 유효한 수단이긴 하다. 아마츠 카루라 진영에 죄를 떠넘겨서 헐뜯으면 움직이기도 쉬워진다. 피해자인 척 상대를 규탄하는 것도 좋다. 복수라는 대의명분을 내걸고 멋대로 행동해도 좋고 말이다. 진실이 판명될 위험성도 있지만── 다른 사람도 아닌 후야오라면 그런 데서는 실수가 없을 것이다.

"──자. 요한 헬더스 님. 각오는 되셨나요?"

후야오가 칼을 어루만지면서 묻는다.

속박당한 요한은 얼굴이 창백해져서 비명에 가까운 소리를 지른다.

"가, 각오라고?! 무슨 각오……?!"

"물론 죽을 각오죠."

천천히 칼을 치켜든다. 언제 봐도 깔끔한 자세였다──. 이 여우 소녀는 처음 만났을 때부터 일류 전사였다. 카린이 진지하게 덤벼도 당해낼 수 있을지 어떨지 모르겠다.

여우 수인은 뼛속까지 스며드는 듯한 음색으로 묻는다.

그것은 언뜻 보기에는 아무 의미도 없는, 사무적인 확인 같은 물음이었다.

"──자, 대답하세요. 죽을 각오는 되셨는지요?"

"잠깐! 잠깐만! 그랬다간 정말 죽잖아! 그만둬──, 그만하라고."

"그래요. 그거 유감이네요."

눈에 보이지조차 않는 속도로 칼이 움직였다.

비명이 뒷골목에 메아리쳤다.

※

"그나저나 카린 님."

후야오는 갑자기 한숨을 내쉬더니 주인에게 물었다.

"아마츠 카루라를 왜 그렇게 적대시하는 겁니까? 저에게는 그쪽보다 카린 님이 더 나아 보이는데요."

발밑에 있는 흡혈귀의 움직임이 완전히 정지한 것을 확인하면서 칼을 칼집에 넣는다.

카린은 혀를 차더니 입을 열었다.

"나는 '주제를 모르는 사람'이 정말 싫거든. 녀석은 오오미카미의 그릇이 아니야. 아니, 장군의 그릇조차 못돼. 왜냐하면 녀석에게는 전투 능력이라는 것이 결여됐기 때문이지."

"뭐 의심스럽다고 하면 의심스럽네요."

"그런데── 그런데! 주변 사람들은 그 녀석을 쓸데없이 띄워줘! 실력이나 공적 따위는 아무래도 상관없어……. 단지 겉모습이 화려하다는 이유로……."

"발을 구르지 마시길. 옷이 더러워지니까요. ──그래서 카린님은 아마츠 카루라를 어쩌고 싶은 건지요? 마지막 싸움에서 죽이는 정도로는 화가 안 풀릴 것 같은데요."

"아마츠 카루라의 무능함을 세상에 알려야지. 주변 사람들이 다시는 떠받들지 않을 정도로 철저히. 그리고 내가 천무제에서 이길 거야."

"이기면 아마츠 카루라는 어떻게 할 건데요?"

"물론 추방해야지."

"그렇게까지 할 이유가 있나요?"

"있지. ──아마츠 카쿠메이라는 남자의 이름을 아나?"

"…………."

후야오는 잠깐 생각에 잠겼다.

"조금 전대의 오검제였던가요. 행방이 묘연하다던데요."

"그래. 이 남자가 테러리스트로 활동 중이라는 소문이 있어. 뭐 소문이니까 이 이상은 말을 보탤 수 없지만. 한 가지 확실한 것은 내가 카루라를 눈엣가시로 여기는 게 개인적인 원한 때문만은 아니라는 거야."

후야오는 "호오" 하고 눈을 내리떴다.

"그렇군요. 그럼 반드시 이겨야겠네요. 이 불초 후야오 메테오라이트, 카린 님이 오오미카미가 될 수 있도록 협력을 아끼지 않겠습니다!"

"그래. 믿고 있으마."

"맡겨주세요. 천조낙토는 반드시 카린 님 것이 될 겁니다."

후야오는 속으로 웃는다.

이 소녀를 위해 움직이면 아무 문제 없겠지.

천조낙토를 위해서. 그렇게 생각하고 움직이면——.

☆

다음 날.

동도에서는 아마츠 카루라 진영이 레이게츠가의 저택에 불을 질렀다는 이야기가 화제가 되어 있었다. 현실에서 도망치고 싶어진 나는 '그건 악몽이겠지'라고 빌에게 말했지만, 갑자기 들이밀어진 신문에 강제적으로 현실을 인식하고 말았다.

[레이게츠가에 불길! 주모자는 건데스블러드 장군인가?!]

악몽이라고 표현할 수밖에 없었다. 게다가 이건 육국 신문이 아니라 '동도 신문'이라는 신뢰할 수 있는 출처였다. 날조로 단정하고 던져버릴 수가 없었다.

"난감하네요. 토론회에서 트집 잡힐 거리를 제공하고 말았어요."

"토론회 이전에 범죄잖아, 이건! 아―, 정말 또 다른 사람에게 민폐를 끼쳤어어어어!!"

나는 젓가락을 두 손으로 쥐면서 절규했다.

아침 식사 도중이다. 오늘의 메뉴는 달걀말이다. 폭신폭신하고 맛있다. 오므라이스와는 또 다른 장점이 있다――. 하지만 태평하게 입맛이나 다시고 있을 때가 아니라고!

"건데스블러드 씨. 이게 어떻게 된 거죠?"

맞은편에 앉은 카루라가 조용히 나에게 나무랐다.

이런. 제대로 화났군. 무릎 꿇고 싹싹 빌 준비나 하자.

"진정하세요, 아마츠 님. 이건 작전입니다."

"작전?! 갑자기 남의 집을 태우는 것에 무슨 의미가 있다는 거죠?!"

"그건 지금부터 생각하겠습니다――. 그런데 아마츠 님, 찻잔을 잠깐 빌려주시겠어요?"

"네, 네? 차가 들어있는데요."

"감사합니다."

빌은 카루라에서 찻잔을 받아들더니 마술사 같은 동작으로 자기 뒤에 숨겼다. 3초 정도로 무슨 잔꾀를 부리고 나서 "돌려드릴게요" 하고 카루라에게 돌려준다. 뭐 하는 거야, 이 녀석.

카루라는 그것을 받으면서도 툴툴거리며 화를 내고 있었다.

"지금부터 생각하겠다고 해도 곤란합니다. 사망자가 없었기에 망정이지, 이번 일 때문에 레이게츠가의 사람이 화상이라도 입었다면 어떻게 책임질 건데요. 분명 천무제는 야만적인 이벤트지만, 최대한 분쟁은 피해야 해요."

"미, 미안……."

평범하게 설교를 들었다.

부하가 저지른 짓은 상사의 책임. 지금은 순순히 들어주자고 생각했지만 옆에 있는 메이드가 "하지만 아마츠 님"이라고 불만스레 반박했다. 반론하지 마.

"저에게 하나 걸리는 점이 있는데요. 불탄 게 정말 레이게츠 카린의 저택이었나요?"

"당연하죠. 그건 틀림없어요."

그렇게 말하면서 카루라가 호로록, 하고 차를 홀짝거린다.

"――하지만, 레이게츠 카린의 저택은 저조차도 모르고 있었습니다. 동도에 도착한 지 얼마 안 된 헬더스 중위가 어떻게 위치를 알고 있었을까요?"

응? 고개를 갸웃거렸다.

듣고 보면 위화감이 느껴지는 것 같은데―― 하지만 그 정도 수수께끼라면 쉽게 풀릴 것이다. 예를 들어 누구에게 위치를 들었다거나. 혹은 사전에 조사해 두었다거나. 아니, 후자는 말이 안 되지. 싸움밖에 모르는 제7부대가 그런 계획적인 짓을 할 리 없다.

"어쨌든 헬더스 중위 본인을 심문해 봐야겠네요."

"요한 녀석은 어디 있는 거야? 어제부터 얼굴을 못 봤는데……."

"녀석은 행방을 감춘 것 같습니다."

어느새 복도 쪽에 카오스텔이 서 있었다. 그 옆에는 벨리우스도 있었다. 그들은 조금의 망설임도 없이 객실에 들어오더니 우두커니 서서 나를 내려다봤다.

"어라? 너희도 여기에서 지내는 거야?"

"네. 닌자 코하루 님에게 오두막을 빌렸습니다."

벨리우스가 안뜰을 가리켰다.

개집이 세워져 있었다.

엥? 개집? 이 녀석들, 저기서 자는 거야? ──의아해하며 카루라 쪽을 봤더니 그녀는 당황한 모습으로 벌떡! 일어났다.

"죄, 죄송해요! 코하루도 참, 손님에게 뭐 이렇게 무례한 짓을! 지금 당장 방을 준비할 테니까 코하루를 용서해 주시면……."

"아뇨, 아뇨. 아마츠 님. 저희는 아무 신경 쓰지 마십시오. 그보다 요한 말입니다만── 녀석은 어제 과자 가게를 나설 때쯤에 '화장실 다녀올게'라고 말하고는 모습을 감추었습니다. 그 이후로 행방불명되었고요."

"코하루~! 코하루~! 개라고 해서 개집은 너무하잖아요~!"

──새파랗게 질려서 객실을 나가는 카루라를 배웅하면서 나는 팔짱을 낀다.

요한은 어디 간 걸까. 혼자 동도를 탐색하고 있다거나?

그렇다고 하더라도 나에게 아무 말 없이 마음대로 행동할까?

하겠지. 전혀 믿을 수 없다.

"……각하. 이건 조사가 필요할 것 같습니다."

벨리우스가 팔짱을 끼고 내 쪽을 바라보았다.

"아무리 녀석이 볼일을 오래 본다고 치더라도 하루가 걸리는 건 있을 수 없는 일입니다."

진지한 얼굴로 뭐라는 거야. 이 녀석, 조금 순수한가?

"그래. 어쨌든 요한이 걱정되는군. ……그건 그렇고 앉지 그래? 그리고 둘 다 아침은 먹었어? 안 먹으면 힘이 안 난다고."

"방석이 없네요. 의자를 준비하죠."

그렇게 말하고 빌은 방구석에 있던 항아리를 날라왔다.

"이런, 이거 감사합니다."

카오스텔이 그 항아리를 뒤집더니 "영차" 하고 걸터앉는다.

……응? 저거 백억짜리 항아리 아니야? 의자로 써도 되나?

"케르베로 중위 자리는……."

"나는 됐다. 그보다도 요한 말인데── 역시 함정에 빠졌다고 보는 게 타당하겠지. 녀석은 범죄자 나부랭이 같은 녀석이지만, 역시 남의 수도에 무차별적으로 불을 지를 것 같진 않아. 레이게츠 카린 진영은 우리가 상상하는 것 이상으로 악랄한 무리일지도 모른다."

"잠시만, 항아리가."

"그러게요. 역시 이건 무슨 음모예요. 어쩌면 헬더스 중위는 적에게 습격당한 걸지도 몰라요."

"뭐라고요?! 그거 그냥 둘 수 없겠군요!!"

"이봐, 카오스텔. 갑자기 일어나지 마! 항아리가 쓰러지잖아―. 아아아아아아아아!!"

"벨리우스! 지금 바로 조사에 들어가죠!"

"먼저 요한을 찾아야지. 녀석이라면 사정을 알고 있을 수도 있다."

"그럼 둘로 나뉘어서 찾아보죠―. 각하! 저희가 반드시 레이게츠 카린의 악행을 폭로해 보이겠습니다! 각하는 편안히 아침 식사나 하시면서 좋은 소식을 기다려 주세요! 그럼 이만!"

카오스텔과 벨리우스는 급하게 달리기 시작했다.

달려가는 도중에 다다미 위에 누워있던 백억짜리 항아리가 아무렇게나 걷어차인다. 나는 비명을 지르며 항아리를 바싹 뒤쫓았다. 항아리는 그대로 데굴데굴 바닥을 구르고― 복도를 구르더니― 툇마루를 따라― 투웅!! 하고 안뜰 포석 위로 떨어졌다.

나는 조심조심 항아리의 상태를 살폈다.

금이 가 있었다.

"항아리가아아아아아아아아아아아아아아아아아?!"

"코마리 님. 큰일 났습니다."

"알아! 저건 백억짜리거든?! 내장을 전부 팔아도 배상할 수 있는 금액이 아니야! 의미심장하게 항아리가 나온 시점에서 이렇게 될 걸 완벽하게 예측했을 텐데 왜 막지 못한 거야, 나는 바보야, 바보바보~~~~!!"

"그럴 때가 아닙니다. 제 눈을 봐주세요."

"그럴 때거든! 항아리보다 중요한 게 지금 있긴 해?! ──아니, 근데 그 눈은 왜 그래?"

빌의 눈동자가 새빨갛게 물들어 있었다.

충혈된 건가 했지만 아니었다. 이건 그거다. 미래를 내다볼 수 있는 특수 능력.

"열핵해방【판도라 포이즌】. 아마츠 님 찻잔에 피를 넣어두었어요. 만약에 대비해 봐둘까 했는데 이건 중대사예요."

"알아. 내가 할머님에게 살해당하는 미래가 보였겠지."

"아니에요. 아무것도 안 보입니다."

"뭐?"

"이런 일은 처음이에요. 시공이 이상해진 걸지도 몰라요."

"이상한 건 이 전개지. 항아리…… 항아리가……."

"항아리는 대신 가짜를 놓으면 문제없어요. 그보다── 열핵해방은 정상적으로 작용하고 있을 텐데 보여야 할 미래가 보이지 않는다니. 이래서는 앞날이 캄캄하네요."

맞는 말이네. 내 앞날은 캄캄해.

그러나 왠지 빌은 나보다 더 험악한 표정으로 생각에 잠겼다.

"미래가 존재하지 않는다? 아니면 시간이 뒤틀렸다? 그럴 리가……."

"미안하지만 빌. 항아리를 어떻게 수리할지에 대해서도 생각해 봐주지 않을래?"

"항아리 이야기를 할 때가 아니에요. 어쨌든 코마리 님, 오늘은 토론회가 열릴 예정이니 대책을 짜보죠. 헬더스 중위 문제도 거기서 캐보기로 하고요."

"요한 녀석은 어딜 간 거야?"

"글쎄요. 성가신 일로 발전하지 않으면 좋겠는데——. 일단 그 전에 아침이나 마저 먹죠. 맛있는 달걀말이예요. 자, 아—."

덥석. 냠냠. 달걀말이를 씹으면서 난 절망의 소용돌이에 빠져들었다.

요한도 걱정된다. 하지만 비슷한 정도로 항아리도 걱정됐다.

일단 수리할 수 있을지 어떨지 검토해 보자.

아니, 이건 힘들겠지. 접착제로 어떻게든 할 수 있는 레벨이 아니다.

어디 시간을 되감는 능력자는 없을까.

☆

하지만 시간은 되감기는 일 없이 점점 흘러간다.

어떻게 할머님께 사과드릴까 생각하는 사이에 태양은 산 너머로 들어가 버렸다. 이 이상 우왕좌왕해 봤자 소용없으니까 솔직하게 사과를——, 하기 전에 몸부터 씻자. 생각 전환도 중요하니까.

그런 이유로 나는 빌이 화장실에 간 틈을 타 욕실로 직행했다.

거기 있던 것은 진귀한 노송나무 욕조다. 뮬나이트에서는 우선 볼 수 없는 광경이다.

설레는 느낌을 품고서 옷을 벗고 몸을 씻고 뚜껑을 연 뒤 어깨까지 푹 담근 순간, "하아아아아아~~~" 하고 행복함에 한숨을 내쉬었다.

피로가 서서히 사라져 간다.

항아리 문제도 우선 잊기로 하자.

······어제도 이 욕조에서 씻었는데, 나무 욕조에는 릴랙스 효과가 있다는 게 사실인가 보네. 꼭 내 방에도 있으면 좋겠다. 용돈을 쏟아부어서 만들어 볼까.

욕조에 떠 있는 오리를 만지작거리면서 나는 생각한다.

기분이 좋은 건 확실하다. 하지만 오래 있는 건 금물이다. 변태 메이드 녀석에게 들키면 분명 돌격해 올 테니까. 몸의 안전을 확보하기 위해서는 몸만 잠깐 담갔다가 나가야겠지만——, 하지만. 이건. 으음. 좀 더 느긋하게 즐기고 싶은데. 뭐 잠깐 정도는 괜찮겠지. 방에는 '밤공기 좀 쐬고 올게'라는 가짜 메모도 남기고 왔으니까.

그럼 이제 마음껏 릴랙스해야지. 노래라도 부를까.

"라, 라라, 라라—♪ 모르는 척은 거짓말인 거 알지♪ 마음은 늘 너를 생각하고 있어♪ 꿈속에서도 잊을 수 없는♪ 그것은 핑크빛 운석♪ 라, 라라, 라라—♬."

"정말 잘 부르시네요. 뮬나이트의 가희라는 칭호는 역시 코마리 님에게 적합해요."

"뭐? 그런가······. 좀 쑥스러운걸."

"부끄러워하실 거 없어요. 마저 듣고 싶으니까 사양하지 않고 계속하세요."

"그래——, 근데, 우와아아아아아아아아아아아아아아아?!"

나는 절규하면서 펄쩍 뛰었다. 어느새 뒤에 발가벗은 빌이 서 있었다.

이 녀석—— 너무 빨리 오는 거 아니야?!

"메모 못 봤어?! 난 밖에서 밤바람을 쐬고 있다고 했을 텐데!"

"밖으로 찾으러 갔는데 욕실 창문에서 코마리 님의 사랑스러운 목소리가 들리길래 전속력으로 와서 전속력으로 옷을 벗었죠."

"아아아아아아아아아아아아아아아아아아아!!"

나는 몸부림쳤다. 자세히 보니 창문이 열려 있다. 그렇다면 밖에 다 들렸다는 건가?! 최악이잖아! 그런 바보 같은 노래를 들려주다니……!

"이봐! 오지 마! 나는 혼자 노송나무 욕조를 만끽할 예정이었다고!"

"그런 예정은 처음 듣는데요. 저도 함께하겠습니다."

"잠깐——."

변태 메이드는 그대로 욕조로 풍덩!! 하고 뛰어들었다.

이 녀석은 여러모로 매너가 덜 됐어! 다음에 매너 강사를 불러다 강의를 해야 하나——. 아니, 아니. 그런 건 아무래도 됐고!

"이봐, 들러붙지 마! 기분 나쁘다고!"

"뭐 어떻습니까. 모처럼의 여행인데요. 게다가 천조낙토에는 알몸으로 교류한다, 라는 말이 있다던데요. 어서 알몸으로 교류하죠."

"뭔가 잘못된 것 같은데!"

그러나 빌은 전혀 나에게서 떨어질 기색이 없다. 그래도 다행히, 이 녀석도 어느 정도는 절도를 분별하게 된 것 같다. 전처럼 거리낌 없이 여기저기 주무르지는 않는다. 어깨가 맞닿을 정도의 거리를 유지한 채로 더는 다가오지 않았다.

……뭐, 상관없나. 이 녀석 말처럼 여행 같은 거니까.

그렇게 생각하는데, 바로 빌이 발칙한 시선을 나에게 보냈다.

"코마리 님. 조금 가슴이 커졌네요."

"뭐?! 어, 어어, 어딜 보는 거야! 성희롱하지 마! 화낸다!"

"죄송합니다. 농담이에요."

"농담이야?!"

"그나저나 기분 좋네요. 쌓여 있던 피로가 다 씻겨 내려가요."

"………………………."

웃기는 농담을 다 하는군. 뭐, 별로 신경 안 쓰지만. 네가 거짓말하는 건 늘 있는 일이잖아. 일단 빌 따위는 잊고 느긋하게 쉬자. 기껏 노송나무 욕조에 몸을 담갔으니까. 소리 내어 노래하면 창피하니까 속으로 부르자. 라, 라라, 라라♪ 크고 작은 건 상관없어♪

그런 식으로 나는 속세의 근심을 잊고 탕의 온기를 만끽했다.

갑자기 옆에 있던 변태가 조금 진지한 톤으로 입을 열었다.

"──미래가 보이지 않았다고 했었죠."

나는 빌을 돌아봤다. 빌은 오리를 두 손으로 만지작거리며 놀고 있었다.

"아아……, 판 어쩌고 하는 걸 못 쓴댔나?"

"【판도라 포이즌】이에요. 이런 적은 처음입니다. 이건 단순한 추측이지만——, 어쩌면 미래에서 시간에 간섭하는 능력이 발동하고 있는 걸지도 몰라요."

"무슨 소리인지 모르겠어."

"저도 모르겠어요. 그러나 화혼종이란 시간에 예민한 감성을 가진 종족이라나요. 아무래도 연관해서 볼 수밖에 없겠어요."

"무슨 말인지 전혀 모르겠어."

"제 능력에 의지하지 않는 게 좋겠다는 뜻이에요. 동도에서는——, 적어도 천무제 개최 기간에는, 무슨 일이 있어도 미래를 자기 손으로 개척할 수밖에 없을 것 같아요."

"……………."

빌이 진지한 얼굴을 하고 있길래 나는 입을 다물었다.

미래가 보이지 않는다——, 그건 분명 중요한 일일지도 모른다. 하지만 원래 평범한 인간은 미래를 알 수 없다. 한 치 앞은 어둠. 깊게 생각해봐도 별수 없겠지.

그 후로도 한동안 멍하니 욕조에 들어가 있었다.

변태 메이드는 변태 메이드답지 않게 얌전하게 기분 좋다는 듯 눈을 내리뜨고 있었다. 솔직히 말하자면 빈틈투성이다. 왠지 부족한 느낌이 드는 난 이 녀석에게 물든 거겠지. 평소의 원한을 풀기 위해 간지럼 공격이라도 해볼까——. 그렇게 생각하며 손을 뻗었다.

토옹.

빌이 갑자기 기대어 왔다.

아무래도 잠이 든 모양이다. 이 녀석도 피곤한가 보네. 가만히 놔둘까. 그렇게 생각했더니 빌의 몸이 내 쪽으로 기울었다. 당황해서 받아낸다. 그러나 빌은 그대로 모든 체중을 내 쪽으로 실었다. 왠지 등에 팔을 두른다. 어느새 끌어안고 있다. 힘이 실려 있다. 도망칠 수 없다. 이봐, 잠깐만. 이 변태 메이드 혹시——.

"음냐음냐……. 더는 못 먹어……."

"깨어 있는 거지?!"

어떻게 해서든 떼어내야 한다.

그렇게 생각하며 팔에 힘을 담은 순간, 벌컥—!! 욕실 문이 열렸다.

"테라코마리! 토론회 시간이야. ——————아."

코하루였다. 코하루가 크게 허겁지겁 안으로 들어왔다.

그래. 그러고 보니 오늘은 토론회 날이었다. 정확한 시간을 못 들어서 준비하는 걸 깜빡했는데, 그건 둘째 치고.

코하루는 보면 안 될 것을 봤다는 표정을 지었다.

목욕탕 안에서 부둥켜안고 있는 흡혈귀 주종.

확실히 봐선 안 될 것이었다.

닌자 소녀가 살짝 뺨을 붉히며 한 걸음 물러났다.

"미, 미안. 방해했네……."

"잠시만!" 나는 황급히 일어섰다. 빌이 풍덩! 하고 머리부터 물속에 잠겼다. "방해 아니야! 방해한 게 아니라고! 착각한 채 나가려고 하지 마! 이봐, 빌. 너도 들러붙지 마! 깨어 있잖아!"

"칫……. 좀 더 이렇게 있고 싶었는데."

역시 깨어 있었잖아. 이거 나중에 벌을 줘야겠네──. 그렇게 생각하면서도 나는 코하루의 재촉에 욕실을 나왔다. 그녀 말로는 토론회가 십 분 후에 시작된다나 보다. 왜 그렇게 빠듯한 건데! ──그렇게 빌에게 물었다.

"코마리 님을 부르려고 했는데 마침 씻고 계시길래 참지 못하고 함께 들어오게 된 거죠."

전혀 도움이 안 되는 메이드다.

이렇게 해서 우리는 토론회장까지 전력으로 달리는 처지가 되었다.

☆

가능하다면 조금 더 목욕 타임을 만끽하고 싶었지만 억지 부릴 때가 아니니까.

빌에게 이끌려서 도착한 곳은 동도의 중앙에 설치된 야외무대였다.

천무제 이벤트 중 하나── 토론회.

나는 회장 내를 두리번거리며 관찰한다.

주변은 굉장히 떠들썩했다. 스테이지를 에워싸듯 동도의 화혼종들이 물결처럼 밀어닥쳐, 각자 오징어구이나 타코야키를 들고 애타게 후보자가 등장하기를 기다리고 있었다. 나도 저거 먹고 싶은데.

참고로 내가 있는 곳은 스테이지 옆에 설치된 천막이다.

정시가 될 때까지 후보자는 여기서 준비하라는데——.

"——카루라 님. 무릎이 떨리고 있어."

"무슨 말을 하는 거예요. 코하루에게는 안 보일 수도 있지만 고속으로 스텝을 밟으며 몸을 푸는 거예요."

"고작 토론회에서 이러면 곤란한데. 마지막 날이 되면 폭발이라도 하는 거야?"

"하, 하지만!" 카루라는 눈물을 글썽이며 코하루에게 매달렸다. "카린 씨는 갑자기 덤벼드는 사람이라고요?! 토론회라고 해서 습격당하지 않을 거라는 보증이 아무 데도 없잖아요! 마핵이 있다고 멋대로 날뛸 거예요! 더는 싫어~~~~~!!"

"벽을 넘는 게 진짜 인생이야."

"벽에 부딪히면 돌아서 가는 게 제 방식이에요! 지금이라도 늦지 않았어요! 도망쳐요!"

"——도망쳐? 무슨 소리를 하는 거냐, 너는."

갑자기 공기를 뒤흔드는 듯한 낮은 목소리가 귀를 때렸다.

어느새 천막에 카루라의 할머니가 있었다. 카루라는 잠깐 눈알이 튀어나올 정도로 눈을 크게 떴지만, 곧바로 인위적인 미소를 지었다.

"어, 어머나. 할머님. 일부러 찾아와 주셔서 감사합니다. 하지만 그렇게 재미있지는 않을 텐데요? 서쪽 시에서 강연을 한다는데 그쪽에 가보시는 게 어떨까요?"

"네 토론회 무대를 놓칠 수는 없잖느냐——. 그보다."

스윽, 카루라의 할머니는 손녀에게 다가갔다.

"레이게츠 계집을 꼭 설파해라. 녀석이 아무래도 고식지계를 부리고 있는 것 같아. 그런 상대는 한 방 먹여줘야만 갱생하거든."

"아, 아하하하…… 한 방 먹이는 건 좀 그렇지 않나요."

"그 정도 기합으로 맞서라는 뜻이다. 도망치면 내가 너한테 한 방 먹일 게다."

"맞지 않도록 열심히 해볼게요."

"좋다. 그리고 건데스블러드의 계집."

부릅! 노려보길래 빳빳! 자세를 바르게 폈다.

머릿속을 스친 건 다름 아닌 그거다. 항아리. 카루라의 할머니는 정정한 걸음걸이로 내 쪽으로 다가오더니, 내 귓가에 속삭이듯이 말했다.

"──그런 짓을 잘도 벌였더구나."

"항아리?! 항아리요?!"

"응? 무슨 소리냐? 방화 말이다."

그쪽인가. 아니, 그것도 큰 문제지만. 문제만 일으켰네, 나도.

"그 사건은 천무제에 파문을 일으키는 묘책이었다. 너도 동료가 욕을 먹는 상태로는 수습이 안 되겠지? 레이게츠의 계집을 날려버려라."

"어……? 호, 혹시 사정을 아는 거야?"

"글쎄다. 그런데 항아리는 무슨 소리냐?"

갑자기 배가 아프다.

참고로 그 항아리는 금이 간 부분을 뒤로 돌려서 도로 원래 자리에 놓았다.

더 이상은 감당이 안 돼서 순순히 사과해야겠다——, 그렇게 결심했을 때.

"뭐, 됐다. 어쨌든 카루라를 잘 부탁하마. 저 아이는 너와 비슷해. 남들은 '우주 최강의 장군'이라고 부르는 것 같지만, 아무리 거짓말이라도 적정선이라는 게 있지. 저 아이에게 겉으로 드러나는 힘은 없어."

무슨 소리인지 모르겠다. 저 동양풍의 소녀가 우주 최강임은 틀림없을 텐데.

석연치 않은 감정을 느끼는데, 카루라의 할머니가 "그럼 잘 부탁하마. 카루라를 천무제에서 이기게 해주면 항아리 건은 용서해 주마"라는 말을 남기고 떠나갔다.

"어, 잠깐……?!"

"아무래도 코마리 님의 악행을 다 들킨 것 같네요. 그래도 다행이지 않나요. 이기면 용서해 주신다는데요? 지면 내장을 파는 정도로는 부족하겠지만요."

"사람 목숨보다 항아리가 우선시되는 세계가 어디 있냐!!"

아니, 잠깐. 괜찮아. 애초에 천무제에서 아마츠 카루라 진영이 질 확률은 만에 하나도 있을 수 없으니까. 자칭 '우주 최강'은 허세가 아니다.

나는 신을 숭배하는 심정으로 카루라 쪽을 본다.

눈이 마주쳤다. 그러나 금방 피해버린다.

응? 괜찮은 건가? ——그렇게 일말의 불안을 느꼈을 때, 바깥에서 회장이 떠나가라 박수갈채가 터졌다. 이어서 귀에 익은 목소리가 들렸다.

[――자자, 때가 됐습니다! 사회는 레이게츠 카린 진영의 저 후야오 메테오라이트가 맡도록 하겠습니다! 아니요, 안심하십시오! 레이게츠 진영 편만 들 건 아니니까요! 오오미카미 님의 허가는 확실히 받았습니다!]

"……왜 카린의 부하가 나온 거야?"

"글쎄요? 어쨌든 마음을 편하게 먹고 해보자고요. 죽는 건 아니니까요."

"그건 그렇네. 하지만 만일에 대비해 방어를 강화해야겠어. 군복 안쪽에 넣어둘 철판 같은 거 없을까? 적의 공격을 막을 수 있을지도 몰라."

"야키소바 노점에서 빌려올게요. 뜨끈뜨끈할 겁니다."

"내 몸이 야키소바가 되겠다!"

빌은 "농담입니다. 철판 같은 건 필요 없어요" 하고 웃고 있었다. 뭐, 확실히 철판은 오버일지도 모른다. 왜냐하면 단순한 토론회니까. 죽을 리는 없겠지.

☆

"――아마츠 카루라 진영이 등장합니다! 오늘은 아마츠 씨에 더불어 조력자인 테라코마리 건데스블러드 칠홍천 대장군도 참가하는 모양입니다!"

후야오가 외쳤다.

카루라를 따라 무대에 오른다. 주변에 있는 관객들이 요란스레 소리를 지르며 열광하고 있다. 장군의 등장에 야단법석을 피우는 건 어느 나라나 마찬가지인 것 같다.

객석을 자세히 보니 맨 앞줄에 카오스텔과 벨리우스도 있었다. 부탁이니까 얌전히 있어 줘. 너희가 성가신 일을 벌이면 혼나는 건 나니까……!

[코마리 님, 들리시나요.]

갑자기 메이드의 목소리가 들려서 놀란 나머지 펄쩍 뛸 뻔했다.

조금 전에 직통인 통신용 광석을 넘겨받은 걸 떠올린다. 토론회에 참가할 수 있는 건 각 진영의 두 명까지라서 빌 녀석은 뒤에서 대기하게 되었다.

"잘 들려. 무슨 일이야?"

[일이 없으면 연락하면 안 되나요?]

"상관이야 없지만 적어도 지금은 정신 사나워."

[그런가요.] 빌은 유감이라는 듯 말했다. [우선 조심하세요. 갑자기 해치려고 들면 그 즉시 도망치시고요. 그리고 레이게츠카린 진영에서 참가할 장군은 프로헤리야 즈타즈타스키 육동량이랍니다. 그 사람도 주의하세요.]

"주의할 게 너무 많잖아…….”

나는 축 처지면서 준비된 긴 테이블에 앉는다.

무대 위에는 긴 테이블이 'ㄷ'자를 뒤집은 모양으로 배치되어 있었다. 동쪽에는 나와 카루라. 서쪽에는 카린과 프로헤리야. 그리고 북쪽에는 사회자를 맡은(?) 여우 소녀—— 후야오가 앉는다.

갑자기 정면에 있는 프로헤리야가 "오오!" 하고 묘한 소리를 냈다.

"테라코마리 건데스블러드 각하잖아. 이렇게 마주 앉아서 보니 의외로 가냘픈걸! 지난번 육국 대전에서는 맞붙지 못해서 아쉽단 말이지. 이번에야말로 사투를 벌일 수 있으면 좋겠는데. 함께 전율의 멜로디를 연주해보지 않겠어?"

"그, 그래. 뭐, 내 솔로 연주로도 충분하겠지만."

"와하하하하! 정말 유머러스하군! 그럼 기대하고 있지, 테라코마리."

프로헤리야는 정말 기쁘다는 듯이 웃고 있었다. 그리고 테이블 위에 준비되어 있던 차를 맛있게 홀짝인다. 그런 그녀를 옆에 바른 자세로 앉아있던 카린이 나무랐다.

"……즈타즈타스키 각하. 가능하면 사담은 삼가 주십시오."

"이런, 미안. 강자를 보면 투쟁심이 샘솟거든. ──자, 사회자여! 바로 토론회를 시작하자고! 뭐, 나는 구경하는 게 다겠지만 말이야."

프로헤리야는 두 다리를 테이블 위에 올리고 꼬는 대담한 포즈를 취했다.

너무나도 자유분방하다. 카린은 이마에 혈관이 튀어나온 듯했지만 결국 아무 말도 하지 않았다. 타이밍을 가늠해 후야오가 소리를 지른다.

"──자! 그럼 토론회를 시작하죠! 오늘 의제는 '천조낙토를

어떻게 발전시켜 나갈 것인지', 그것 하나입니다! 청중 여러분도 기대해 주세요!"

와아아아아아아아아아아아아아아아!! ──회장의 분위기가 급속도로 달아오른다.

여기저기서 "카린!" "카린!" "카루라!" "카루라!" 하는 뜨거운 러브콜이 들려왔다. 옆에서 보다 보니 정말 창피하네. 실제로 카루라도 귀까지 빨개져서 고개를 숙이고 있다. 카린 쪽은 오히려 자랑스러운 표정을 짓고 있지만.

"준비는 완벽한가 보군요! 그럼 우선 레이게츠 카린 진영부터 시작하죠."

"알겠다."

카린이 천천히 일어났다.

무인답게 날카로운 시선이 카루라에게 쏟아진다.

"단도직입적으로 말하지──. 아마츠 카루라는 오오미카미직을 수행할 수 없다. 왜냐하면 이자는 오검제 임무를 받아놓고도 전투 능력을 전혀 발휘하지 못했기 때문이다."

관객들이 술렁였다. 카루라의 어깨가 움찔했다.

아니, 잠깐. 갑자기 상대편 비난부터 시작이야? 자기 정책 같은 걸 주장하는 게 아니라? ──주변의 소란에도 아랑곳하지 않고 카린은 기고만장한 목소리로 말을 이었다.

"아마츠 카루라가 사람들 앞에서 장군다운 실력을 보여주지 않은 건 결정적 사실. 그건 이 자리에 있는 모두가 이해하고 있겠지. 카루라가 실제로 적장을 쓰러뜨리는 것을 본 자는 있나?

아무도 없지. 이게 바로 무엇보다 큰 실력을 속이고 있다는 증거다."

"그렇다는군요! 아마츠 님, 반론하시겠습니까?"

"당연히 있습니다!" 카루라가 당황해서 일어섰다. "분명 저는 진지하게 적을 쓰러트린 적이 없습니다. 하지만 그건 일부러 실력을 보이지 않게 조심하고 있기 때문이에요. 실력자일수록 자기 실력을 숨긴다고 하잖아요?"

"장군이 실력을 숨겨서 어쩌려고? 오검제란 오오미카미로부터 '적을 섬멸하고 나라를 일으키는 것'을 명받은 '사'를 가리킨다. 직접 나서서 싸우지 않으면 존재 가치가 없어."

"저를 오검제로 임명한 건 오오미카미 님입니다! 불만이 있다면 오오미카미 님에게 말씀하세요!"

"이미 여러 번 아뢰었어. 하지만 오오미카미 님은 내 말을 들어주지 않으셨지. 그래서 나는 이 천무제에서 너의 부정을 폭로하려는 거고. 그걸 위한 증거는 준비해 왔다——."

개막과 동시에 카린과 카루라의 말다툼이 시작되고 말았다.

나는 이 흐름에 기시감을 느낄 수밖에 없었다.

이건 그거지. 내가 칠홍천 회의에서 프레테한테 심문당했을 때와 상황과 유사하다. 그렇다지만 카루라 같은 경우 실제로 장군으로서 나무랄 데 없는 실력을 갖추고 있다. 나처럼 횡설수설하지는 않겠지——. 그렇게 생각했는데.

"——좋은 생각이 났어. 여기서 검술을 하나라도 선보여 봐. 그러면 어느 정도는 네 실력을 인정해주지."

"네?! 그래야 할 이유가 대체 어디 있죠?!"

"여기서 실력을 보여주면 의혹을 씻을 수 있을 것 같은데?"

"……그, 그야 그렇지만……. 저기."

──아무리 거짓말이라도 적정선이라는 게 있지. 저 아이에게 겉으로 드러나는 힘은 없어.

갑자기 카루라 할머니의 말이 머릿속에 떠올랐다.

아니, 아니. 뭘 의심하는 거야.

카루라가 애매한 태도를 보이는 건 무슨 사정이 있겠지. 아마 검술을 이 자리에서 선보일 필요가 없어서 보여주지 않는 것뿐이지, 결코 실력이 없는 게──.

"역시 실력도 배짱도 없는 겁쟁이인가. 너는 가문의 힘으로만 장군이 된 무능한 녀석 같군. 그래──. 너는 늘 남을 싸움터로 보낼 뿐이야. 죽는 게 너무 무서워서 견딜 수 없는 거지."

"저, 저에게 무서울 것은 없습니다! 최강이니까요!"

"그럼 왜 엔터테인먼트 전쟁의 상대로 강자를 지정하지 않는 거냐? 예를 들어 요즘에는 '육전희'라는 기괴한 명칭이 있는 것 같은데, 이 중 한 명이라도 상대한 적은 있나?"

"있어요! 리오나 플랫 씨와 싸웠습니다!"

"그건 닌자에게 암살을 명령한 게 다잖냐. 머리 나쁜 수인은 기습에 약하니까──. 너처럼 비겁한 녀석이 다루기 쉬운 상대라는 뜻이지."

"그건 리오나 씨에게 실례 아닌가요!"

"무례한 방식으로 싸우는 네가 가장 실례 아닌가? 아무튼 너는 다른 제대로 된 육전희와 싸워본 적이 있나? 예를 들어 즈타즈타스키 님이라거나 아이란 린즈 님과."

"없는데요……. 아, 앞으로 싸울 겁니다."

"흥. 너는 전부터 그랬지. '앞으로 하겠다', '지금은 바쁘다', '나중에 반드시'──. 그런 식이니까 천조낙토가 쇠퇴하는 거야. 너는 오검제 실격이다. 사로서, 아니, '지옥 풍차'의 손녀로서 이렇게 부적격한 인간도 또 없겠지."

"자, 잠깐! 갑자기 상대를 모욕하는 건 좀 그렇지 않나."

나는 참지 못하고 일어났다. 사회자 후야오가 눈을 가늘게 내리뜨고 빤히 바라본다.

그런 걸 신경 쓸 틈은 없었다.

"거, 건데스블러드 씨……."

"걱정하지 마, 카루라. ──이봐, 카린! 카루라가 어이없어하잖아. 이 녀석의 진짜 실력은 마지막 날에 싸워보면 알 수 있을 테니까, 굳이 이 자리에서 추궁하지 않아도 돼. 토론회니까 좀 더 건설적인 논의를 하면 어떨까?"

"지당한 말이군. 레이게츠 카린! 남을 헐뜯는 욕설은 불협화음 같은 것. 그것만 들으려니 거북하기 짝이 없군. 국가의 기둥이 되고자 한다면 국가를 운영하기 위한 방침을 말하도록 해. 너는 천조낙토를 어떤 나라로 만들고 싶은 거지?"

프로헤리야가 내 편을 들어주었다.

이상한 여자인 줄 알았는데 의외로 상식적인 부분도 있나 보다.

이 말을 들은 카린은 "그래" 하고 생각하는 기색을 보였다.

"……아마츠 카루라 같은 인간이 실수로라도 장군이 되지 않을 정상적인 국가로 만들고 싶어."

"레이게츠 카린. 비판만 하고 있으면 진행이 안 돼."

"아니, 스타즈타스키 각하. 나의 정책 같은 건 내 연설을 듣거나 기고문을 읽으면 알 수 있는 것. 대중이 보고 있기에 이곳에서 해야 할 일이 따로 있어. 바로 아마츠 카루라 진영의 비열함을 만천하에 알리는 것이다. ──사회자, 괜찮겠지?"

"네, 상관없습니다!"

이 녀석들 한패 아냐? 아니 한패 맞았지.

"그럼 바로 말하지. ──아마츠 카루라는 자기만을 생각해 더러운 전법을 썼다. 어제 레이게츠 저택의 창고에 화재가 있었던 건 회장에 있는 분들도 잘 아시겠지. 이건 아마츠 카루라 진영이 불을 질렀다고 봐도 무방하다."

마침내 심문이 시작되고 말았다.

원래라면 즉시 사과해야 할 대목이지만── 이번에는 사정이 조금 다르다.

[코마리 님, 철저히 항전하세요. 아마츠 님에게도 그렇게 전했습니다.]

귓가에서 빌의 목소리가 들린다. 그렇게 말해도 어떻게 항전해야 할지 전혀 모르겠다. 하지만──, 지금은 빌을 믿고 순순히 범행을 인정하는 짓만은 삼가자.

[헬더스 중위는 정황상 무죄입니다. 케르베로 중위나 콘트 중위 말에 따르면, 그는 애초에 아마츠 카루라 진영의 경쟁자가

레이게츠 카린인 것조차 몰랐다나요. 뭐 제가 전하지 않았으니 당연하지만요.]

"즉 불을 지를 이유가 없다는 거로군. ……그럼 일이 왜 이렇게 됐는데?"

[모릅니다. 상대가 특수한 마법이나 이능력을 썼다면 트릭을 밝히는 건 우선 불가능하겠죠. 헬더스 중위가 어디에 있는지도 현재로서는 알 수 없습니다──. 그러니 해명은 미뤄두고 무죄를 주장하세요. 이건 제 감에 불과하지만, 레이게츠 카린 진영은 말도 안 되게 악랄한 짓을 벌인 것 같습니다.]

나는 다시 카린과 후야오를 바라봤다. 듣고 보니 이 두 명에게서 묘하게 가시 돋친 사악한 분위기가 느껴진다. 아니, 이건 내 멋대로 품은 인상이지만. 착각일 가능성도 충분히 있다.

"──섣불리 단정 지어선 안 되죠! 증거는?! 증거는 있나요?!"

빌과 이야기하는 사이 논쟁이 시작된 모양이다. 카루라가 목청을 높이고 있었다.

"증거라면 있지. 불길이 피어오른 창고 뒤쪽에 이런 게 떨어져 있었다."

그렇게 말한 카린은 주머니에서 작은 배지 같은 것을 꺼냈다.

나는 가슴이 철렁했다. 왜냐하면 그것은──.

"이건 뮬나이트 제국군에서 배포되는 계급장이라던데. 모양은 '반달'. 조사해 보니 중위 정도의 계급을 나타낸다더군. 건데 스블러드 님, 틀림없습니까?"

"틀림없긴…… 하지만, 그런 걸 어디서."

"창고에 떨어져 있었다고 했을 텐데요. 이건 뮬나이트 제국군 중 누군가가 레이게츠 저택에 불을 질렀다는 확고한 증거이기도 합니다."

"계급장 따위는 수를 쓰면 손에 넣을 수 있잖아! 애초에 때마침 증거품이 떨어져 있었다니 수상해. 범인이 다른 사람에게 누명을 씌우기 위해 두고 갔다고 볼 수도 있고!"

"건데스블러드 님은 저희를 의심하시는 겁니까? 그거 매우 유감이군요. 유감이지만 증거는 이것뿐만이 아닙니다. 더 결정적인 게 있죠."

카린은 짓궂은 미소를 띠며 다시 주머니를 뒤졌다.

나온 것은 사진이다. 그곳에는 낯익은 금발의 남자가 양손에 불을 붙인 채 날뛰는 모습이 찍혀 있었다. 끝났다. 나는 당황해서 통신용 광석에 말을 걸었다.

"이봐, 빌 어떡하지? 결정적인 증거가 나왔는데?!"

[육국 신문의 사진은 거짓말이라고 단정 지으시면서 이건 믿으시나요?]

듣고 보니 그렇군. 사진 같은 건 얼마든지 날조할 수 있다.

그러나 내가 믿지 않아도 주위의 인간이 어떻게 생각할지는 별개의 문제이다.

"이건 뮬나이트 제국군 제7부대에 소속된 요한 헬더스 중위. 실제로 목격한 자도 많습니다. 즉 건데스블러드 님의 지시로——. 아니, 아마츠 카루라가 건데스블러드 님을 통해 헬더스 중위에게 불을 지르라고 명령했겠죠?"

"네──? 아, 아니에요! 저는 안 했어요! 애초에 그런 창고를 태운다고 뭐가 달라진다는 거죠?! 저에게 이득이 될 게 하나도 없는데요!"

"이 창고에는 내 무기가 보관되어 있었지. 불에 타버리는 바람에 다 버리게 생겼지만 말이야. 덕분에 마지막 날의 결전에서는 익숙하지 않은 칼을 쓰게 생겼어. ──네 목적이 이거였겠지?"

"이런, 이런! 이게 사실이라면 큰일인데요! 아마츠 님, 반론해 주시죠!"

"윽……. 저, 저는…… 안 했어요……!"

"안 했다면 안 했다는 증거를 보여 봐!"

"안 했다면 안 한 거예요!"

"이거 안 되겠군요. ──어떠신가요, 여러분? 아마츠 카루라는 떳떳하지 못한 전술도 서슴없이 쓰는 비열하기 짝이 없는 사람이란 게 밝혀졌습니다. 이런 사람이 오오미카미가 되면 천조 낙토는 쇠퇴할 게 뻔합니다! 마지막 날에는 제가 이 녀석을 직접 끝장내 보이겠습니다!"

와아아아아아아아아아아아아아아──, 회장이 들끓었다.

객석에서는 다양한 소리가 들린다. 레이게츠 카린을 칭송하는 소리. 아마츠 카루라를 '비겁하다─!'라고 비난하는 목소리. 반대로 '카루라 님이 그러실 리 없다'라고 호소하는 목소리. 혹은 레이게츠 카린에게 '헛소리하지 마라─!'라고 외치는 소리.

그러나 체감상 카린을 응원하는 목소리가 큰 것 같았다. 어느새 "카린 님!", "카린 님!" 하고 땅을 뒤흔드는 듯한 성원이 주변에 울려 퍼지고 있다.

[——아무래도 회장에는 레이게츠 카린 파가 대다수인 것 같네요.]

"무슨 말이야?"

[조금 전 콘트 중위에게서 보고가 들어왔습니다. 토론회를 보려면 표가 필요한 것 같은데, 이걸 판매하는 천무제 운영 위원회가 구매자를 선별한 모양이에요.]

"뭐? 무슨 소리인지 통……."

[요컨대, 운영 측도 카린 진영을 편들고 있다는 거죠. 정말이지, 오오미카미는 뭘 하고 있는 걸까요. 이래서는 아마츠 님이 너무 불쌍해요.]

그게 뭐야. 그래도 되는 거야……?

나는 믿기지 않는 심정으로 카린을 바라봤다.

온기가 느껴지지 않는 미소가 돌아왔다.

그리하여 나는 직감적으로 이해했다.

아마—— 이 소녀는. 카루라처럼 마음 착한 소녀와는 정반대에 있는 인간인 것이다.

카루라를 비난하는 목소리가 회장을 채운다. 카루라 본인은 창백해진 얼굴로 서 있었다. 나는 무심코 "괜찮아?"라고 묻고 말았다. 그녀는 "괜찮아요"라고 작게 중얼거렸다.

"미, 미안. 카루라. 전부 내 잘못이야. 요한을 제대로 감독했더라면——."

"괜찮아요. 저는 애초에 이길 생각은 없었거든요. 아무리 남이 비난해도 상관없어요. 비록 그게 사실이 아니라고 해도 그냥 두면 돼요."

카루라는 괴로운 듯 그렇게 말했다.

나도 안다. 누구든 남에게 험담을 듣는 건 괴로운 일이다.

그래도 카루라가 가만히 참는 것은 꿈이 있기 때문.

'오오미카미 취임을 피하고 과자 장인이 된다'라는 야망을 위한 것.

하지만 카린은 결정적인 부분을 찔러 왔다.

"──게다가 너, 요즘은 과자 가게 같은 걸 운영하고 있다는 얘기가 들리던데?"

카루라의 어깨가 움찔했다.

후벼 파는 듯한 말이 가차 없이 쏟아졌다.

"대체 나를 얼마나 모욕해야 속이 풀리는 거지? 장군이면서, 게다가 오오미카미를 목표로 하면서 그런 속 편한 놀이에 빠져 살다니 어처구니가 없어서 말도 안 나오는군. 나라를 우롱하는 걸로만 보여."

"오오! 그리고 보니 아마츠 카루라 님이 운영하는 건 '풍전정'이라는 이름의 가게인데요! 실은 슬쩍 들러본 적이 있습니다."

"호오. 어떤지 감상을 들려다오."

"그게 말이죠──. 정말 죄송하지만 '미묘'하다고 할 수밖에 없겠더라고요. 동도에는 좀 더 실력 있는 과자 장인이 많으니까요. 애초에 장군이 만드는 과자는 피비린내가 나서 먹을 만한 게 못돼요. 안 맞는 거 아닐까요?"

"그렇다는군, 카루라. 후야오도 이렇게 말하는데 가게를 접는 게 어때? 레이게츠나 아마츠 같은 '사'의 일족에게, 무를 갈고닦지 않는 자는 존재 가치가 없어. 같은 '사'가 그깟 일에 매진하면 레이게츠가의 평판에도 영향이 가잖냐. 과자 장인이라고? 웃기는군. 너처럼 연약한 녀석은 어서 다른 가문에 시집이라도 가는 게——."

"그만해."

나는 무심코 대화에 끼어들었다.

카린에게도 무슨 이유가 있을지 모른다. 이유가 없으면 이렇게까지 상대를 모욕할 리 없기 때문이다. 하지만—— 눈물을 참으며 가만히 있는 카루라의 옆모습을 보았을 때, 나는 상대의 구구절절한 사정 따위는 일체 무시하고 반격할 것을 자동적으로 결심했다.

"카루라의 과자는 맛있어. 나는 정말 좋아해."

카루라와 카린이 움찔 몸을 떨었다. 기분 탓일까?

"——그래서 뭐가 어쨌다는 거지? 사람의 취향은 그야말로 사람에 따라 다를 텐데. 중요한 건 아마츠 카루라가 장군이나 오오미카미에 어울리지 않는, 과자 가게처럼 웃기는 가게를 운영하고 있다는 거지."

"무슨 소리를 하는 거야……?"

"후후후……. 아쉽게 됐군, 카루라. 우리는 네가 몰래 과자 만드는 걸 다 조사하고 있었거든. 이걸로 너를 향한 불신은 더욱더 커졌——."

162 외톨이 흡혈 공주의 고뇌 4

"그런 수준 낮은 이야기가 아니야!"

☆

[그런 수준 낮은 이야기가 아니야! ──.]

원시 마법이 토론회 영상을 비추고 있다.

동도의 번화가. 어떤 선술집.

식사 시간이라 객석은 거의 만석이었다. 게다가 천무제가 있는 덕에 다들 들뜬 분위기를 자아내고 있다. 가게 중앙에 설치된 스크린에서 레이게츠 카린이나 아마츠 카루라가 소리칠 때마다 "오오!" "그래, 맞다!" 같은 더러운 야유가 난무했다.

뭐 흥분하는 것도 이해는 가── 라고, 뒤집힌 달의 간부 로네 코르네리우스는 생각한다.

스크린에서는 카루라 진영으로 참가한 테라코마리 건데스블러드가 엄청난 기세로 고함치고 있다.

[선거인지 뭔지 모르겠지만 넌 말이 너무 심해! 상대를 이렇게까지 깎아내리는 데 무슨 의미가 있다는 거지?! 카루라는 어렸을 적부터 과자 장인이 되고 싶어서 노력해 왔어! 여러 어려움이 있는 가운데 겨우 풍전정을 열었다고! 그걸 너는── 너는, 득의양양하게 들먹이며 헐뜯다니! 하는 짓이 더러워!]

[가, 갑자기 뭡니까. 건데스블러드 님. 이건 토론회니까…… 그.]

[풍전정뿐만이 아니야! 아까부터 가만히 듣고 있자니 이게 뭐 하자는 거야. 너는 카루라를 헐뜯을 생각만 하고 있잖아! 정말

오오미카미가 되고 싶다면 상대보다 자기 이야기를 하는 게 백
배는 더 의미 있지 않겠어! 바보야!]

카린은 눈을 깜빡이며 말을 잇지 못하고 있었다. 선술집 내의
카루라 지지자로 보이는 사람들이 휘파람을 불며 테라코마리를
칭찬하고 있다. 코르네리우스는 뜨거워지는 토론회의 상황을
조용히 지켜보면서 안주인 된장 곤약을 먹는다.

"──뜨거운 반응이네. 뭐 몇십 년 만의 천무제라면 당연한가."

"그러게."

"그나저나 누가 이길지 볼만하겠는걸. 나는 테라코마리가 있
는 쪽이 이길 것 같은데. 아마츠는 어떻게 생각해?"

"글쎄. 그건 하늘만이 알겠지."

맞은편에 앉은 화혼종 남자── 아마츠는 퉁명스럽게 그렇게
만 중얼거렸다.

코르네리우스는 뺨을 부풀리고 말았다. 천조낙토에 온 후로
이 녀석의 상태가 이상하다. 뭐라고 할까, 냉정한 것이다. 항상
다른 무언가를 신경 쓰는 눈치다.

얼마 전, 뒤집힌 달의 보스 '아가씨'로부터 아마츠에게 지령이
내려왔다. 아가씨 왈 '본가로 돌아가서 가족을 안심시켜줘요'란
다. 코르네리우스는 이 말을 듣고 가슴이 뛰는 것을 느꼈다. 아
마츠는 평소부터 자기 본가에 불편한 감정을 품고 있는 경향이
있다. 따라가면 재밌는 걸 볼 수 있겠지, 그렇게 생각하고 억지
로 따라와서 천조낙토까지 왔다. 온 건 좋은데──.

"──토론회에 관심이 없는 건 됐어. 하지만, 언제쯤 집으로

돌아갈 거야?"

"아직은 때가 아니야."

손님들이 또 환호성을 질렀다. 테라코마리와 카린이 말다툼을 벌이고 있다. 아무도 이쪽을 안 보고 있다. 테러리스트가 숨어서 밥을 먹기에는 안성맞춤인 공간이었다.

코르네리우스는 술 냄새 나는 한숨을 내쉬더니 어깨를 으쓱였다.

"동도에 온 지 벌써 사흘이야. 여관에서 뒹굴뒹굴하기나 하지, 아무것도 안 하고 있잖아. 나는 네가 친척들한테 흠씬 두들겨 맞는 모습을 보며 놀려줄 생각이었다고."

"기대하지 마. 한동안 본가로 갈 생각은 없으니까."

"그럼 관광지로 데려가 줘. 동도에는 유명한 신사가 있다고 하던데. 이름이 뭐였더라……. 천탁신궁(天託神宮)이었나? 연을 맺어주는 곳이라던데."

"알아서들 가."

역시 무정해. 코르네리우스는 혀를 차고 다시 된장 곤약을 젓가락으로 집었다.

"뭐 그렇게 우물쭈물하는 너도 보기 드물어서 재미있지만─. 잠깐, 은근슬쩍 내 곤약 뺏어 먹지 마! 이봐! 대체 얼마나 내 음식을 뺏어 먹어야 속이 풀리는데!"

"넌 뭔가 착각하고 있는 것 같은데."

아마츠가 곤약을 우물우물하면서 노려봤다. 무섭다.

"나는 딱히 본가로 돌아가기 위해 동도로 온 게 아니야. 조금은 머리를 써서 생각해봐. 테러리스트 집단 보스가 테러리스트 집단의 간부에게 '가족을 만나서 안심시켜줘요'라고 할 리가 없잖아. 아가씨 명령에는 특수한 의도가 숨겨져 있는 거야."

"그건 너 좋을 대로 해석한 거잖아? 머릿속에서 멋대로 보완한 거 아니야?"

"그 계집 말을 그대로 믿었다간 큰코다칠걸. 보완하면서 해석해야만 뒤집힌 달에서 살아남을 수 있어."

"그럼 물어볼게. 아가씨 말뜻이 뭔데."

"'천무제 결과를 뒤집힌 달에 이로운 쪽으로 조정해라'지."

귀찮게 됐네——. 코르네리우스는 솔직히 그렇게 생각했다.

그러나 냉정하게 생각하면 납득하지 못할 것도 없다. 공주님은 아마츠에게 '귀성해라'라는 명령을 내렸다. 그리고 고향에는 마침 천무제라는 큰 이벤트가 열리고 있다. 분명 어떤 의도가 숨겨져 있더라도 이상할 게 없다.

하지만. 하지만.

"——아, 정말! 재미없어!"

코르네리우스는 두 손을 들고 비명을 질렀다.

"요컨대 가만히 몸을 숨기고 천무제 추세를 지켜보라는 거잖아?! 모처럼 여행 왔는데 아깝잖아!"

"여행이 아니잖아."

"재미없어, 재미없어, 재미없다고! 관광지로 데려가 달라고—!"

버둥버둥. 버둥버둥. 취한 탓도 있어서인지 아이처럼 떼를 쓰는데—— 휘두른 팔이 탁상의 잔을 날려버리고 말았다.

"아."──코르네리우스와 아마츠의 목소리가 겹쳤다.

날아간 컵이 통로를 지나던 남자의 다리를 직격했다. 내용물이 쏟아져 신발에 액체가 튄다. 운이 너무 나빴다. 찌릿, 날카로운 시선이 이쪽으로 향했다.

"이봐…… . 지금 뭐 하자는 거야?"

상상보다 더 날카로운 목소리에 몸이 굳어 버렸다.

"정신없게 떠들기나 하고. 전류 따위가 나대지 말라고."

"으, 으음. 저기, 그게…… 아니라."

"무슨 소릴 하는 거야? 넌 '죄송합니다' 한마디도 못 하냐? 난 다리뼈가 부러지는 줄 알았다고."

"죄, 죄송합…… ."

"뭐라고?! 안 들리는데!!"

"──미안하군."

어느새 사이를 가르듯이 아마츠가 서 있었다.

자리가 순식간에 얼어붙는다. 그 허를 찌르듯 아마츠는 둥글게 만 지폐를 남자에게 쥐어주었다.

"이 녀석도 많이 취했거든. 너그럽게 봐주지 않겠어?"

"뭐? 뭘 건방지게── 응? 너는 어디서 본 적이 있는 것 같은…… ."

"뭐든 상관없잖아. 얼른 돈만 받고 가줘."

"………… ."

아마츠의 박력에 굴복한 모양이다. 남자는 "하는 수 없지" 하고 혀를 치며 가게를 나갔다.

그 뒷모습이 포럼 너머로 사라지는 것을 보고—— 코르네리우스는 축 늘어지고 말았다. 가슴 안쪽에서 어마어마한 안도감이 솟구친다.

"아, 아마츠~~~~!! 죽는 줄 알았어!!"

"조심해. ——이봐, 달라붙지 마."

"동도가 이렇게 치안이 나쁜 줄은 처음 알았어! 뭐야, 저 빌어먹을 양아치는! 갑자기 여자에게 손을 들다니 멍청해도 어느 정도껏 멍청해야지! 바보야, 바보!"

"저건 레이게츠가의 젊은이들이겠지. 기모노에 무지개를 본뜬 문장이 붙어 있었어. 토론회에서 카린이 말발을 발휘한 덕에 흥분한 걸지도 몰라."

"뭐? 레이게츠가는 혹시 야쿠자 같은 거야?"

"레이게츠만 그런 게 아니라 아마츠도 비슷해."

"………."

이유 없이 접근하는 건 그만두는 게 좋을지도 모른다.

"……아니, 미안해. 아마츠."

"이런 데서 살인이 일어나기라도 하면 귀찮으니까——. 그래도. 이번 천무제는 재미있어질 것 같아. 지난 천무제가 어땠는지는 모르겠지만."

아마츠는 사악하게 뺨을 일그러뜨리며 "크크크" 하고 웃는다.

코르네리우스를 힘으로 떼어낸 뒤 원래 자리로 돌아간다.

"뭐가 그렇게 우스워?"

"전혀 우스울 건 없어. 앞으로 일이 재미있어질 것 같다는 거지. 카루라 녀석도 조금은 의욕을 낸 것 같고 말이지."

오검제 아마츠 카루라.

아마츠 카쿠메이의 사촌이자 차기 오오미카미 후보. 눈앞에 있는 이 녀석과는 성격과 외모 모두 전혀 닮지 않은 것 같다. 뭐, 사촌은 원래 그런 건가. 그건 둘째 치고—— 코르네리우스에게는 조금 걸리는 점이 있다. 카루라가 손목에 차고 있는 방울에서 매우 기시감을 느낀다.

"……저 신구. 내가 네 부탁으로 만든 《시습령(時習鈴)》 맞지?"

"그래."

"저건 열핵해방을 봉인하는 건데. 저 아이에게 뭔가 특별한 힘이 있는 거야? 뒤집힌 달의 '열핵 풀이'에는 실려 있지 않았다고."

아마츠는 아무 말도 하지 않고 국물을 홀짝이고 있다.

코르네리우스는 "뭐 상관없나" 하고 젓가락을 쥐었다. 우선 새로 주문하자. 더치페이이므로 우물쭈물하다 보면 큰 손해를 보는 처지가 될 것이다.

코르네리우스는 삶은 달걀을 먹으면서 아마츠를 바라봤다.

"——하나만 확인해 둘게. 아마츠 카루라와 레이게츠 카린. 너는 어느 쪽이 오오미카미가 되는 편이 뒤집힌 달에게 유익하다고 봐?"

"무리하게는 말할 수 없어. 우리도 확실하지는 않거든."

"흥. 귀찮게 됐네."

정말 귀찮게 됐다고 코르네리우스는 생각한다.

천무제의 열기는 더욱 뜨거워진다.

갑자기 밖이 소란스러워진다. 비명과 고함이 들려온다.

"사람이 죽었어!" "뭐야 싸움인가?" "아니, 아니야." "갑자기 몸이 폭발했어!" "무슨 마법인가?" "누구 짓이야?" "이봐. 이 녀석 레이게츠가 사람이야." ──.

아무래도 아마츠가 쥐여준 지폐형 폭탄이 작동한 모양이다.

어쨌든 속세 따위는 무관하다. 로네 코르네리우스의 행동 원리는 단순 명쾌하다. 자기 연구로 얼마나 세계를 바꿀 수 있는지를 확인하는 것. 단지 그뿐이다.

☆

[──상대를 비난할 때가 아니잖아! 우선은 정책을 말해! 카린은 이 천조낙토를 어떻게 만들고 싶은 거야!]

[테러리스트에 굴복하지 않는 강한 나라로 만들고 싶어! 그렇기에 아마츠 카루라 같은 자를 정치의 중추에서 배제할 필요가 있는 거고!]

[그러니까─! 카루라 중심으로 생각하지 말라고! ──잘 들어, 카루라의 정책을 들으면 깜짝 놀랄걸. 아까 코하루에게 들었거든. 카루라는 오오미카미가 되면……, 이건 만에 하나 오오미카미가 될 경우의 얘기지만! 카루라가 오오미카미가 되면 세금 제도를 개혁하고 고용을 재검토하고 재해 대책을 세우고 인프라를 정비하는 등, 죽을 각오로 노력하겠대! 물론 국방도 허투루 하지 않을 거고!]

[지금의 천조낙토에 있어 중요한 건 국방 하나뿐! 사방팔방에 손을 뻗어서 뭘 어쩌자는 건데! 애초에 재원은 어떡할 거야, 재원은!]

[재원은 어떻게든 되겠지! 이 나라에는 매장금이 잠들어 있으니까!]

[그딴 건 없어!]

[있어!]

[없다고!]

[있다고 하잖아! ──그게 다가 아냐! 국민의 마음을 풍요롭게 하는 정책도 빠뜨리지 않는다던데. 코하루 말로는 '과자 무제한 이용권'을 무료로 배포한다나…….]

[웃기지 마!! 그래서 더 아마츠에게 맡길 수 없다는 거야!! ──.]

──아래쪽 회장에서는 기탄없는 논의가 펼쳐지고 있다.

용케들 저러고 있네, 티오는 생각한다.

하는 김에 이직하고 싶다, 라고도 생각한다.

육국 신문에 입사한 지 벌써 반년. 지금까지 몇 번이나 '그만둘까?'라고 생각했는지 알 수 없지만, 이번만은 빈말이 아니다. 진심이라고, 진짜라고 거듭 강조할 정도로 진심이다.

"아하하핫─! 저기 봐, 티오! 토론회는 테라코마리 건데스블러드의 우세야! 레이게츠 카린 진영 같은 건 상대가 안 돼!"

"메르카 씨……. 그만 내려가죠……."

"내려갈 것 같아! 지금 내려가면 잡히잖아!"

동도 중앙부에는 무식하게 큰 시계탑이 세워져 있다. 정오가 되면 종소리가 울려 퍼지기로 유명한 종루인데——. 그 꼭대기에 있는 기와지붕에 두 소녀가 서 있었다.

한쪽은 은백색의 신문 기자 메르카 티아노. 쌍안경을 들고 만면의 미소를 띠고 있다. 그리고 그녀의 허리에 매달려 우는소리를 내는 것은 고양이 귀 소녀 티오다.

오히려 우는소리를 내지 않는 게 더 이상할 것이다.

왜 뮬나이트 지국 소속일 자신이 천조낙토에 있는 건지. 왜 이렇게 높은 곳까지 올라와서 큰 소리를 내야 하는 건지. 발이라도 미끄러지면 죽는 거잖아. 애초에 마음대로 올라가지 말라고 아래쪽 간판에 적혀 있었잖아. '허가를 받지 않은 등반은 법적으로 금지되어 있습니다'라고 적혀 있었잖아.

"보세요, 메르카 씨! 아래 경찰분들이 모여 있어요!"

"시끄러워! 토론회 입장권을 못 샀는데 어쩔 수 없잖아! ——그보다 봐. 마침내 아마츠 카루라가 움직이기 시작했나 봐."

휘익! 고개가 강제로 돌아가 스테이지 쪽으로 향했다.

아직 말다툼은 이어지고 있는 것 같다. 관객들은 열광하며 와—와—거리고 있다. 티오로서는 잘 이해할 수 없는 세계가 펼쳐져 있었다. 남을 깎아내려 가면서 군주가 되겠다는 마음을 전혀 이해할 수 없었다. 레이게츠 카린이 외쳤다.

[——어쨌든! 몰래 군것질거리나 파는 아마츠 카루라는 '사'의 ㅅ도 들먹여선 안 돼! 오검제라는 자각이 부족하다고! 화과자 가게 따위는 그만둬!]

[멋대로 떠들지 마! 카루라가 얼마나 고생해 왔는지도 모르면서——.]

[괜찮아요. 코마리 씨.]

아마츠 카루라가 테라코마리의 어깨를 토닥이더니 앞으로 나섰다.

조금 전까지 울상이었는데 지금은 의연한 표정을 짓고 있었다.

티오는 왠지 모르게 짐작했다. 테라코마리의 말에 용기를 얻었겠지.

[당신에게 그런 말을 들을 이유는 없어요. 저는 풍전정을 계속 운영할 겁니다.]

[계속하겠다고?! 아마츠의 일족 주제에 그딴 유약한 소리를!]

[과자 장인이 되고 싶은 게 뭐가 어때서!]

청중이 일제히 침묵했다. 그만큼 박력 있는 절규였다.

[저는 어릴 적부터 과자 장인이 되고 싶었어요! 실은 장군 따위 되고 싶지 않았다고요! 천무제에 참가한 것도 본의가 아니에요! 저는 풍전정에서 과자를 만들고, 과자를 먹은 사람들이 웃어 준다면 그걸로 만족했으니까……!]

[무슨…… 소리를 하는 거야? 너는…….]

[저는!! 오오미카미 따위 되고 싶지 않아요!! ——하지만, 하지만 당신에게는 맡길 수 없어요! 당신은 여러모로 비겁한 짓을 해 왔어요. 그리고 무엇보다—— 제 과자 만들기를 부정했죠! 남의 꿈을 짓밟는 행위가 공감을 얻을 수 있을 것 같아요?! 그런 사람을 누가 따르고 싶을까요?!]

옆에서 상사 메르카가 히죽 웃는 기색이 났다.

회장의 사람들은 입을 다물고 아마츠 카루라의 연설에 빠져들었다.

[당신이 마음을 고쳐먹지 않겠다면, 제가 전력으로 당신을 짓밟아 버리겠어요! 그리고 오오미카미가 된 후에 사임할 겁니다! 제가 하고 싶은 일을 할 거예요! 아마츠가든 레이게츠가든 상관없어요, 저는 자유롭게 살 겁니다! 다만…… 다만, 당신에게만은 오오미카미를 맡기고 싶지 않아요! 이건 제가 '사'로서 수행해야 할 마지막이자 최대의 임무입니다. 저는 당신과 싸우겠습니다──. 천조낙토와 화혼을 위해서! 자, 덤비세요. 레이게츠 카린! 저와 건데스블러드 씨가 전력으로 상대하겠습니다!!]

…………………….

……………….

"……아마츠 카루라는 오오미카미를 하고 싶지 않은 걸까요?"

"하고 싶지 않다고 했을 텐데. 네 귀는 장식이야? 내가 가지고 놀기 위한 장난감 같은 건가?"

귀를 움찔거리면서 티오는 생각했다.

아마츠 카루라에게는 약간 공감이 간다. 자신도 하고 싶지 않은 일을 떠맡고 있으니까. 저 사람처럼 용기 내어 사표를 내면 뭔가가 달라질까.

곧──.

객석에서 자리가 떠나가라 박수갈채가 터져 나왔다.

아무도 카루라에게 무례한 말을 뱉을 수 없었다.

단지 압도당해 있었겠지. 자기들의 정점에 서야 할 사람의 존재감에.

아니, 뭐. 그건 둘째 치고.

아마츠 카루라에게 약간의 용기를 얻었으니 반항해 볼까.

아까부터 귀를 만지작거리고 있는 갑질 상사에게 한 방 먹여 주는 것이다.

"메르카 씨! 이런 위험한 일은 이상해요! 애초에 메르카 씨는 저한테 너무 무리한 요구를 해요! 좀 더 존중해주지 않으면 고소하겠어요!"

"그 전에 죽여버리겠어."

"죄송합니다."

카루라에게 얻은 용기는 참으로 하찮았다.

메르카는 "그보다 특종이야, 특종!" 하고 기쁘다는 듯 히죽거리고 있었다.

"역시 승리의 여신은 테라코마리 건데스블러드 쪽에 미소 지어 주고 있는 것 같네. 아니면 테라코마리 자신이 승리의 여신인가? 후후후──. 재미있어! 재미있네, 저 흡혈 공주는!"

"재미없어요. 애초에 왜 저희가 동도까지 온 건가요?"

"당연히 천조낙토 지국이 나무늘보 전문 동물원 같은 꼴을 하고 있으니까 그렇지! 육국 신문은 확실히 세계적으로도 유명해──. 하지만 이 동도만은 다르지. 여기서는 '동도 신문'인지 뭔지 하는 시답잖은 놈들이 설치고 있단 말이야! 우리는 이 녀석들을 몰아내기 위한 지원군이야."

못 해 먹겠네, 티오는 생각했다.

"네네, 그런가요. 그건 그렇다 치고 어서 맛있는 거나 먹고 돌아가죠. 제가 사전에 조사한 바에 따르면 풍전정이라는 과자 가게가 인기라던데……."

"정말 하나도 안 듣고 있었구나—!! 그 풍전정이라는 가게는 아마츠 카루라가 주인이라는 게 토론회에서 밝혀졌는데! 당연히 가봐야지! 그보다 숨 막히니까 달라붙지 마! 떨어져!"

"우와와와와, 움직이지 마세요. 떨어진다, 떨어져, 떨어져."

부하를 높은 곳으로 납치해서 떨어뜨리려고 하는 상사가 대체 어디 있냐고.

여기 있구나. 좋아, 때려치우자.

"메르카 씨……, 정말 슬슬 내려가죠. 바람에 흔들리다가 떨어질 것 같아요."

"그나저나 장관이네. 동도는 곳곳이 축제로 소란스러워."

"제 말 듣고 계신 건가요?"

"귀가 좋은 너라면 들리잖아? 새로운 시대의 첫 울음소리가."

그런 울음소리는 전혀 안 들린다. 대신 "내려와!"라고 하는 경찰의 노성이 고막을 뒤흔들고 있었다. 무서우니까 고양이 귀를 접어 못 들은 셈 쳤다.

"할 일은 산더미처럼 많아. 취재 대상이 썩어날 정도로 많으니까. 아마츠 카루라에 테라코마리 건데스블러드, 거기다가 프로헤리야 즈타즈타스키, 리오나 플랫……."

"저기……. 리오나는 안 해도 되지 않을까요……."

째릿! 노려본다.

히익! 소리가 새어나갔다.

"무슨 소리야. '육전희'를 취재할 기회를 놓치면 아깝잖아."

"하지만…… 언제든 만날 수 있다고 해야 하나. 그 녀석은 제 동생이거든요."

"뭐?"

"쌍둥이 동생이에요. 저보다 나중에 태어난 주제에 건방지단 말이에요. 어린 시절부터 공부도 운동도 잘했고 그러다가 결국 장군 같은 게 되어 버렸죠. 제 재능은 전부 그 녀석이 흡수해 버렸어요. 정말 화난다니까요. 저는 이런 바보 같은 짓이나 하고 있는데――."

"왜 그런 이야기를 이제야 하는 거야―!!"

"으익?! ――잠깐, 갑자기 때리지 마세요!! 떨어지면 죽거든요?!"

"리오나 플랫 하면 라페리코의 에이스잖아! 왜 너 같은 녀석의 동생이 장군직에 있는지 의문이긴 하지만――, 바로 연결해!"

"전 그 녀석이 싫으니까 싫어요~! 애초에 수요가 있나요? 리오나보다 테라코마리나 아마츠 카루라를 취재하는 쪽이 백 배는 더 유익할 것 같은데요!"

"음……. 듣고 보니 그러네."

납득하는 거냐고 티오는 생각했다.

뭐, 리오나 플랫이 다른 나라 장군에 비해 화려함이 부족한 건 분명하다. 그 녀석이 주목받는 건 싫으니까 무슨 일이 있어도 취재는 안 할 거다. 꼴좋다.

메르카는 "뭐 어쨌든!" 하고 무리하게 이야기를 정리하려 했다.

"우리 목적은 천무제의 추세를 실시간으로 전하는 것! 그리고 동도 신문을 제대로 밟아버리는 거지! 봐. 마침 토론회가 끝난 모양이야."

회장을 내려다본다. 아무래도 결론이 난 것 같다.

곳곳에서 "카루라 님! 카루라 님!" 하고 떠들썩한 성원이 들려온다. 어느 쪽의 승리인지 누가 봐도 분명했다.

"곧바로 기사를 써야겠어. 시간은 한정되어 있으니까—— 어서 움직이자."

"어떻게 내려가나요? 사다리로 내려가면 아래 있는 경찰에게 잡힐걸요."

"걱정할 거 없어. 기자라면 유사시에 대비해 준비를 게을리하지 않는 법이지."

그렇게 말한 메르카가 꺼낸 것은 마법 광석이다. 아마 공간 마법【전이】가 봉인되어 있겠지. 역시 메르카 씨야! ——그런 식으로 적당한 칭찬을 늘어두면서 티오는 상사의 허리에 매달렸다. 메르카는 곧바로 마법석에 마력을 주입했다.

마법석에서 빛이 흘러넘치며【전이】가 발동했다.

정신을 차리고 보니 시계탑 밑으로 워프해 있었다.

눈앞에는 경찰들이 대기하고 있었다.

""엥?""

"내려왔다! 잡아라!"

"——잠깐, 뭐 하시는 거예요? 메르카 씨?!"

"큰일이다. 문을 엉뚱한 곳에 구축한 것 같아!"

"네에에에에에에에?!"

메르카와 티오는 불법 침입 현행범으로 체포되었다.

이리하여 토론회는 막을 내렸다.

카루라의 선언은 천조낙토에 큰 파장을 가져왔다고 할 수 있다. '오오미카미는 되고 싶지 않지만 경쟁자에게는 맡길 수 없으니까 짓밟겠다'. ——그건 어떤 의미로 보면 진정으로 국가를 우려하는 '사'의 발언이었다. 다음 날 육국 신문에는 카루라의 발언이 크게 언급되며 칭찬을 받았다. 운영 위원회의 사전 조사에 따르면 현재는 카루라가 크게 앞서고 있다나 보다. 카린에게 매수당했다는 의혹이 있는 커뮤니티에 '카루라가 우세'라고 발표된 것에는 큰 의미가 있어 보였다.

천무제도 이제 후반전.

그 토론회 이후, 카루라는 딱히 눈에 띄는 행동을 보이지 않고 있다.

한 가지 달라진 점이 있다면 그녀가 운영하는 과자 가게 '풍전정'이 전에 없는 성황을 맞았다는 것일까. 연일 손님이 대량으로 밀어닥쳐 난리가 따로 없다는 모양이다. 카루라도 선거는 뒷전이고 과자 만들기에 힘쓰고 있다나 뭐라나.

이러저러해서 지금의 나로서는 특별히 할 일이 없다. 할 일이 없어서 아마츠 본가의 방에 틀어박혀 인절미를 먹으면서 독서에 빠져 있는데——.

"출장지에 왔는데 방에 틀어박혀 있다뇨, 말도 안 되는 일입니다. 밖에서는 축제를 벌이고 있으니까 저와 함께 데이트나 하시죠, 그러시죠. 우선 팔짱부터 끼고 주변 사람들에게 어필하시죠."

"우와아아아아?! 뚝뚝 떨어진다! 뚝뚝 떨어진다!"

갑자기 빌이 초크 슬리퍼하듯 매달리는 바람에 콩가루가 다다미에 뚝뚝 떨어졌다. 나는 우격다짐으로 변태 메이드의 훈계를 피해 거리를 벌린다. 녀석은 접시 위에 남아있던 내 과자(카루라에게 받은)를 집어먹고 있었다. 이 녀석……!

"갑자기 무슨 일이야! 과자가 먹고 싶으면 풍전정에 다녀오면 되잖아."

"보고를 드릴까 해서요. 현재 제7부대의 간부가 헬더스 중위의 행방을 수색 중입니다. 하지만—— 아직도 소식이 파악되지 않았다고 합니다."

나는 퍼뜩 정신이 들었다.

그래. 태평하게 과자나 먹고 있을 때가 아니다.

요한의 소재는 여전히 알 수 없는 상태다. 설마 카린 진영에 살해당한 건 아니겠지만, 그래도 걱정은 걱정이다. 그 녀석은 사신에게 사랑받는 흡혈귀니까 말이지.

"나도 찾으러 가지. 빌도 따라와 줘."

"그럴 필요 없습니다. 수색은 중단되었으니까요."

"중단? 어째서……?"

"이 이상 무턱대고 찾아봐야 의미가 없으니까요. 레이게츠 카린 진영을 찔러보는 게 최선이라고 판단했습니다. 이틀 후에 있을 결전에서 철저하게 짓밟아서 알아내면 되겠죠. ──괜찮습니다, 코마리 님, 헬더스 중위는 십중팔구 무사할 테니까요."

"으으음……. 뭐 네가 그렇게 말한다면야……."

"──제가 레이게츠 카린 씨를 암살한 뒤 기억을 보고 볼까요?"

익숙한 목소리가 귀에 들어왔다. 어느새 문 쪽에 은백색 흡혈귀가 서 있었다.

암살 같은 살벌한 단어가 들린 것 같지만, 그건 둘째 치고──.

"사쿠나?! 왜 여기 있어?!"

"코마리 씨가 보고 싶어서 와버렸어요. 더는 인형만으로 참을 수가 없어서……. 아, 물론 일을 빼먹은 건 아니고, 유급휴가를 내고 온 거니까 걱정하실 거 없어요."

유급휴가……? 뭐야, 그 개념은……? 그리고 '인형으로 참는다'라는 건 또 뭐지……?

사쿠나는 당황스러워하는 내 옆으로 서서히 다가오더니 "에헤헤" 하고 미소를 띠었다.

"그래도 코마리 씨를 위해서라면 열심히 일할게요. ……제 힘이 필요한가요?"

"무슨 말씀이신지, 메모아 님. 암살 같은 짓을 하면 분명 파란이 생길 테니까 가만히 계세요. 아니, 그보다 어서 뮬나이트 제국으로 돌아가 주세요. 전 이제부터 코마리 님과 축제에 갈 예정이거든요."

"축제에 간다고요? 그럼 나도 따라갈까……."

천무제의 개최 기간에는 여기나 저기나 축제로 소란스럽다.

동도 내 곳곳에는 전 세계에서 모인 노점상이 자리를 폈다. 그렇다지만 난 섣불리 외출할 생각이 없었다. 관심이 없는 게 아니라 신변의 위험을 느끼니까. 마핵이 없는 곳에서는 신중히 행동해야 한다.

"축제 같은 건 됐어. 그보다 배고파."

"코마리 님 저녁밥은 없어요."

"어째서?!"

분명 과자야 많이 먹긴 했지만! 디저트 배는 따로 있다고들 하잖아?!

"주방에 '저녁밥은 됐습니다'라고 말해 뒀어요. 왜냐하면 저희는 지금부터 밖에서 먹을 예정이니까요. 타코야키나 꼬치구이 같은 걸 사 먹도록 하죠."

"윽……. 그런 뜻인가……. 하지만……."

"또, 기왕 온 거 동양풍 의상을 준비해보았습니다."

그렇게 말한 빌이 꺼낸 것은 천조낙토의 전통 의상── 기모노였다.

이봐, 불길한 예감이 드는 건 기분 탓인가?

"아무래도 유카타는 너무 추울 것 같아서 나가쥬반*과 목면으로 된 기모노를 준비했습니다. 코마리 님에게 어울릴 듯한 붉은 무늬로 골랐어요. 자, 어서 갈아입죠. 그 군복을 벗어 주세요."

"그만해! 다가오지 마! 이봐, 사쿠나. 보고 있지만 말고 빌을 말려줘!"

---

* 기모노용 안에 받쳐입는 속옷의 일종.

"네, 네! 빌헤이즈 씨, 코마리 씨가 거부하고 있어요!"

"지나친 부정은 긍정이라고도 하죠. 게다가 메모아 님도 보고 싶지 않으신가요? 동양 버전의 코마리 님을요."

"……………………………."

"어? 사쿠나? 왜 멈춰 선 거야?"

"죄송해요, 코마리 씨. 저도 보고 싶으니까 실례할게요."

"잠깐, 그만. ──아아아아아아아아아아아아아아아!!"

절규해도 소용없었다.

이렇게 해서 난 사쿠나에 구속된 채 빌에 의해 군복을 벗고 기모노를 입었다.

──여담이지만 내 안에는 '위험도 평가치'라는 게 존재한다. 그 인물이 얼마나 나에게 손해를 주는지에 따라 레벨 1~5의 범위 내에서 등급을 매기는 것이다.

가까운 인물로 보자면 예를 들어 빌은 두말할 것 없이 레벨 5다. 제7부대 녀석들도 레벨 5. 카루라는 평화주의자니까 레벨 1. 네리아는 나를 메이드로 삼으려는 속셈이 있으니까 레벨 3. 황제는 도를 넘은 변태지만 접촉할 기회가 적기에 레벨 4. 여동생은 레벨 5다.

그리고 사쿠나는 '착한 미소녀'라는 관점에서 레벨 1로 정착했는데──. 슬슬 2로 올리는 게 낫겠다는 생각이 드는군. 응.

"……움직이기가 힘든데, 이 옷. 천조낙토 사람들은 이런 걸 입고 뛰고 날아다니는 거야?"

"하지만 잘 어울려요, 코마리 씨. 너무 귀엽네요."

"뭐, 뭐 그렇겠지. 나는 1억 년에 한 번 태어나는 미소녀니까."

"유괴범에게 납치당하기 전에 제가 납치해 버리겠어요."

"네가 유괴범이잖아!"

변태 메이드를 밀치며 나는 가볍게 돌길을 밟았다.

대로에 일정한 간격으로 설치된 등롱이 어둠을 밝게 비추고 있다.

어디선가 들리는 북소리. 자칫 잘못하면 현기증을 느낄 정도인 혼잡함. 여기저기서 풍기는 맛있는 음식 냄새—— 정말 떠들썩하다. 매일 이런 소란을 피우는데 동도 사람은 지치지도 않나, 그렇게 생각한다.

"자, 코마리 님. 뭐 드시고 싶으신 건 있나요?"

"그렇지——. 아, 저걸 먹어보고 싶어."

스쳐 지나간 여자가 동그랗게 생긴 빵(?)을 갉아먹는 걸 목격한다. 좋은 냄새가 나서 궁금해졌다.

"저건 오방떡이네요. 저 노점에서 팔고 있으니까 제가 사 오겠습니다."

"괜찮아. 나도 돈은 가지고 있어."

지갑을 들고 노점으로 다가간다. 이래 봬도 일단은 칠홍천 대장군으로 일하고 있으니까. 월급은 거의 아빠가 관리하고 있지만, 나름대로 용돈은 받고 있다.

"빌이랑 사쿠나도 먹을래? 내가 사줄게."

"무슨, 그럼 미안하잖아요. 제 몫은 제가 살게요……. 그렇죠,

빌헤이즈 씨?"

"그럼 사주세요. 저는 커스터드와 팥앙금을 하나씩 먹고 싶네요."

"네에?!"

"좋아, 알았어! 자꾸들 잊는 것 같은데 난 빌의 상사이자 사쿠나의 선배거든. 가끔은 위엄이란 걸 과시해 보겠어. ——여기요, 오방떡 네 개 주세요."

"그래, 네 개에 8백 엔이다."

그 말대로 지갑을 뒤졌다 ——그리고 나는 깜짝 놀랐다.

……'엔'이라고? 멜이 아니라? 아니, 뭐 항아리 가격을 '엔'이라고 한 시점에서 어렴풋이 눈치는 챘지만 역시 통화 단위가 다른 건가? 내 용돈은 무용지물인가?

노점 아저씨가 눈살을 찌푸리더니 이쪽을 봤다. '얼른 내라'라는 느낌이 드는 눈이다.

나는 울상으로 옆에 있는 빌을 올려다봤다. 녀석은 '이거 어쩔 수 없겠네요'라는 식으로 지갑에서 돈을 꺼냈다. 내가 처음 보는 이국풍의 돈이었다.

"너, 너! 그런 건 어디서 난 거야!"

"아마츠 본가의 장롱을 뒤지다가 찾았습니다."

"절도잖아!!"

잔돈과 오방떡이 트레이드된다.

빌이 "농담이에요" 하고 웃으면서 종이에 싸인 그것을 내밀었다.

"장롱을 뒤지는데 아마츠 님의 할머님에게 들켰거든요. '축제에 가고 싶으면 용돈을 주마' 하고 많은 돈을 주셨어요."

"…………."

태클을 걸고 싶은 점이 많았지만 일단 침묵하기로 한다. 일단 빌린 돈은 꼭 갚기로 하자. ——그런 식으로 결의를 다지면서 오방떡을 먹어본다.

뜨거워. 하지만 달콤하고 맛있다. 저녁밥이라기보다 과자를 먹는 기분이다.

"코마리 씨. 저쪽에 카스텔라도 있어요."

"정말?! 하지만 단것만 먹으면 살찌려나……."

"괜찮습니다. 코마리 님 몸은 제가 조절하고 있으니까요."

"네? 빌헤이즈 씨, 그게 무슨 소리인가요?"

"내드리는 식사의 칼로리를 조정함으로써 코마리 님의 체중도 조정하고 있어요. 증량, 감량 모두 저에게 달렸죠. 그러니까 코마리 님, 오늘은 원하는 만큼 원하는 대로 드셔도 돼요."

"와아—!!"

"코마리 씨……. 이 사람 꽤 비상식적인 행동을 하고 있는데요……."

잘은 모르겠지만 허가가 떨어졌으니 축제를 마음껏 즐겨야겠지.

나는 빌에게 천조낙토의 돈을 나눠 받은 다음, 눈에 띄는 노점을 닥치는 대로 돌았다. 타코야키. 오징어구이. 구운 옥수수——. 음식뿐만 아니라 금붕어 건지기나 곡예 구경, 컬러 병아리 같은 기묘한 것도 많았다.

"격차가 느껴져. 뮬나이트보다 잡다한 설렘이 있어."

"그러게요——. 특히 저게 잡다하죠."

빌이 가리키는 곳에는 인파가 있었다.

고개를 빼고 살핀다. 아무래도 사격장 같다. 총으로 쏴서 떨어뜨린 경품을 받아 가는 단순한 놀이다. 원래라면 선반에 경품이 줄줄이 놓여 있을 텐데——. 언뜻 보기에는 텅텅 비어 보였다. 아, 방금 마지막 라무네 병이 떨어졌다.

"와하하하! 별것도 아니네! 이봐, 점주. 빨리 다음 경품을 늘어두도록."

"좀 봐주십시오! 전부 가져가시면 장사가 안 된다고요!"

"무슨 소리야? 넌 애초에 제대로 된 장사를 할 생각이 없었잖냐! 봐, 이 솜사탕 같은 탄환을. 이래서는 캐러멜 하나 못 떨어뜨릴걸! 뭐, 나라면 할 수 있지만 말이지!" 와하하하하——, 쩌렁쩌렁한 웃음소리가 울려 퍼진다.

주변 사람들이 "역시 프로헤리야 님이셔~!" 하고 떠들어댔다.

칭찬에 기분이 좋아진 두꺼운 옷을 입은 소녀—— 프로헤리야는 가슴을 펴고 의기양양한 표정을 지었다. 그러나 그녀 옆에 있던 고양이 귀 소녀는 어이가 없다는 듯 "하~~~~~~~~~~~" 하고 한숨을 내쉬었다.

"이렇게 많은 경품은 필요 없잖아. 어떻게 할 거야?"

"가난한 사람들에게 나눠줘야지. 부의 재분배는 우리의 사명이니까. ——자, 무지몽매한 어린이들이여! 프로헤리야 스타즈타스키 각하가 주신 근사한 선물이다! 받도록 해라! 아아, 잠깐. 흰 곰 인형만은 내가 챙기도록 하지."

아이들이 프로헤리야를 향해 거침없이 달려오기 시작했다.

최강의 육동량은 그 속에서 짓눌리면서도 대담한 미소를 잃지 않았다. 머리카락을 잡아당겨도 미소를 잃지 않는다. 얼굴을 맞아도 미소를 잃지 않는다. 바다처럼 마음이 넓은 소녀다.

"……저 두 사람은 적이지. 역시 마지막에 싸우게 되려나."

"아마도요. 이 틈에 관찰해 두는 게 좋지 않을까 싶네요. 고양이 수인 리오나 플랫은 그렇다 쳐도 프로헤리야 즈타즈타스키는 주의해야 해요. 강하기만 한 게 아니라 아마 머리도 좋을 테니까요. 황제 폐하에게서 변태 성분을 빼면 저렇게 되지 않을까 싶네요."

"황제에게서 변태 성분을 빼면 매미 허물처럼 될 것 같은데."

"――오오! 거기 있는 건 테라코마리 건데스블러드잖아."

경품을 다 나눠준 듯한 프로헤리야가 우리를 알아봤다. 흰 곰 인형을 끌어안고서 당당한 태도로 다가온다. 살짝 눈물을 글썽이고 있는데 괜찮아? 누가 코에 박치기라도 한 거 아니야?

"너도 축제를 즐기는 건가? 하지만 메인디시는 이제부터야. 이틀 후에는 레이게츠 카린 진영과 아마츠 카루라 진영의 최종 결전이 있을 테니까."

"그, 그래! 싸움이 시작될 때까지 너무 따분해서 못 버티겠더라고!"

"그렇겠지. 실은 우리도 카린이 상대해 주지 않아서 한가하거든. 그렇지, 리오나?"

프로헤리야 옆에는 고양이 귀 소녀가 조금 긴장한 표정으로 서 있었다.

며칠 전 파티에서 제어가 안 되는 카피바라에 휘둘리던 장군, 리오나 플랫이다. 그녀는 살며시 오른손을 내밀었다.

"잘 부탁해, 테라코마리. 최후의 싸움에서는 안 질 거야."

투쟁심이 훤히 드러났다. 보는 눈이 있으니까 장군님 모드로 답변하자.

"나야말로 잘 부탁하마. 서로 최선을 다하도록 하지."

"참고로 코마리 님이 좋아하는 건 고양이 통구이랍니다."

흠칫!! 리오나의 털이 곤두섰다. 이봐, 빌. 아무 말이나 둘러대지 마. 언제 어디에서 육국 신문의 바보들이 귀를 곤두세우고 있을지 모른다고──. 그렇게 생각하는데 어째서인지 리오나가 엄청나게 동요한 눈치로 나를 노려봤다.

"나, 나도 늘 흡혈귀 소금구이를 먹어보고 싶었는데!"

"그러고 보니 코마리 님. 고양이를 기르고 싶다고 하셨었죠."

"엥? 그런 말을 했던가?"

"하셨어요. 마침 야생 고양이가 여기 있으니까 잡아다가 키우지 않으실래요?"

"뭐어?! 고양이를 키운다고 ?! 비상식적인 데도 정도가 있지!"

"그렇게 비상식적인가……?"

"윽?! 그, 그쪽이 그렇게 나온다면 나한테도 생각이 있거든. 사실 나도 흡혈귀를 키워 보고 싶었는데, 다음번 싸움에서 진

쪽이 이긴 쪽의 애완동물이 되기로 하면 어떨까?"

"아니, 그건 좀."

"좋네요! 플랫 님의 승낙도 얻었으니 목걸이를 주문해 두죠. 주인 말을 거역하면 전기가 통하는 걸로 해야겠네요."

"잠깐. 내 말 좀 들어줘."

"아직 지지 않았거든! 반드시 울상을 짓게 해주겠어! 내 손톱으로 내장을 갈기갈기 찢어버릴 거야! 고양이 사료를 먹이면서 키울 거라고! 두고 봐~~~~!!"

리오나는 살벌한 말을 외치면서 사람들 속으로 사라졌다.

이 변태 메이드에게는 다양한 재능이 있는데, 그중에서도 가장 뛰어난 건 처음 보는 사람에게 싸움을 거는 재능이겠지. 하나도 안 부럽다. 정말 의미를 모르겠다.

프로헤리야가 "와하하하" 하고 즐겁다는 듯 웃고 있었다.

"너와 리오나는 사이가 좋아 보이네."

"방금 그게 첫 대화인데. 대뜸 미움을 샀어."

"무관심보다야 훨씬 낫지. 너에게는 남과 친해지는 재능이 있을지도 몰라. 하지만—— 네가 아무리 우리와 친해지더라도 전혀 상관 없어. 결국은 서로 죽고 죽일 운명이니까."

흰 곰 인형을 만지작거리면서 프로헤리야가 말한다.

"우리 백극 연방은 레이게츠 카린이 오오미카미가 되기를 바라고 있어. 이건 당대회의 결정이라 뒤집을 수는 없어. 너희가 아마츠 카루라를 옹립하려 하는 한, 전면 충돌은 피할 수 없겠지."

당대회……? 즉 나라의 높으신 분이 정한 일이라는 건가? 나는 황제에게 아무 말도 못 들었는데. 새삼스럽지만 뮬나이트는 여러모로 엉터리네──. 그런 식으로 어이없어하는데 옆에 있던 빌이 한 걸음 앞으로 나오더니 "그런데 즈타즈타 님" 하고 입을 열었다.

"당신은 레이게츠 카린의 아군인가요?"

"당연하지."

"그럼, 그분이 정말 오오미카미 자리에 적합하다고 보시나요?"

프로헤리야가 눈을 깜빡였다.

"……흠. 뭔가 착각하는 것 같군, 메이드여. 우리는 친구 관계가 아니야. 서로가 어떤 인물인지도 모르는데 그런 중요사항을 쉽게 가르쳐 줄 리가 있나."

"저희는 당신이 어떤 사람인지 조금 알고 있는데요. 그렇죠? 코마리 님."

"호오. 재미있군, 테라코마리. 나는 어떤 사람이지?"

"응? 그, 그러게……. 피아노를 잘 치고 인형을 좋아하는 사람?"

한순간 표정이 사라졌다.

하지만 그녀는 곧바로 얼굴을 새빨갛게 붉히며 "바보!" 하고 발을 동동 구른다.

"나는 이걸 갖고 싶었던 게 아니야! 승자가 전리품을 얻는 건 당연한 흐름이니까 챙긴 것뿐이지! 이런 건 필요 없으니까 너에게 주마!"

물컹, 흰 곰을 떠넘긴다.

아무래도 실언이었나 보다. 나는 당황해서 돌려주려 했다.

"나, 나도 필요 없어! 프로헤리야가 가지고 가면 되잖아."

"내가 더 필요 없어! 이까짓 걸로 기뻐할 건 애들 정도겠지! 아니, 잠깐 오해하면 안 되니까 정정해 두겠는데 너를 아이라고 깔보고 있는 건 아니야."

"끄으응······."

이런 성가신 타입에게는 '실은 원하지?'라고 말해도 아무 소용 없다. 하는 수 없이 나는 흰 곰을 받아들고 대신 구운 옥수수를 내밀었다.

"그럼 고맙게 받을게. 대신 이거 받아. 등가 교환이다."

"등가 교환! 좋은 울림이네."

프로헤리야는 옥수수를 받자마자 먹기 시작했다. 그러나 그 시선은 인형에 고정되어 있다. 나중에 적당한 이유를 대면서 돌려주자.

나는 새삼스레 눈앞에 있는 소녀의 모습을 관찰했다. 순혈 창옥종이라서 그런지 사쿠나보다도 전체적으로 피부가 흰 느낌이 든다. 한겨울인가 싶을 정도로 두꺼운 옷 때문에 맨살은 안 보이지만. 그리고── 이 소녀는, 카린처럼 가시 돋친 불편한 분위기가 잘 나지 않는다.

"──이봐, 테라고마리. 너는 이미츠 카루라의 진정한 힘을 알고 있나?"

짐이 너무 많아서 흰 곰이 팔에서 미끄러져 떨어질 뻔했다. 사쿠나가 간발의 차로 그걸 잡아 주었다. 나는 "고마워"라고 감사 인사를 한 다음, 다시 프로헤리야를 보고 말했다.

"알아. 우주를 파괴하는 힘이잖아."

"안다면 얘기하기 편하겠군. 아마 서기장은 그 힘을 원하고 있을 거야."

"뭐? 무슨 소리야?"

"네가 마음에 들었으니까 가르쳐 주지. 서기장 말로는 '아마츠카루라의 힘을 가지기만 한다면 백극 연방은 '잘못된 역사'에서 빠져나갈 수 있다'라나 봐——. 이런, 질문은 하지 마. 나도 뜻을 모르니까. 그 남자는 늘 복잡한 표현으로 날 어리둥절하게 만들거든."

"서기장과 사이가 나쁜 거야?"

"나쁘지." 프로헤리야는 얼굴을 찡그리며 그렇게 말했다. "뭐 그런 건 아무래도 상관없잖아. 모처럼 온 축제, 성가신 일은 잊고 즐기도록."

거기서 프로헤리야는 퍼뜩 떠올랐다는 듯 다시 입을 열었다.

"——그러고 보니 천탁신궁에는 벌써 갔다 왔나? 유명한 관광지니까 가보는 게 좋을걸. 그곳의 본존은 동도에 우뚝 솟아 있는 8백 년 된 벚꽃이야. 뭐라더라, 인연을 맺어주는 효험이 있다던데."

덜컹!! 하는 효과음이 들릴 정도로 강한 반응을 보인 사람들이 있었다.

성가신 예감밖에 들지 않는다. 모든 악의 근원인 프로헤리야는 "그럼 좋은 축제를"이라는 말을 남기고 떠나갔다. 기왕이면 같이 돌아보고 싶었는데. 잘 회유해서 친해지면 마지막 결전에서도 봐줄지 모르니까──. 그렇게 생각하는데, 갑자기 양쪽에서 팔을 꽉 붙드는 바람에 헛발질을 여러 번 했다. 이봐, 그만해! 타코야키가 떨어지잖아!

"코마리 씨. 모처럼 온 거 천탁신궁이라는 곳에 가보지 않으실래요?"

"그, 그러게. 모처럼 왔으니까."

"코마리 님. 모처럼 온 거 천탁신궁의 새전함에 백억 엔 정도 넣어보지 않으실래요?"

"그럴 돈이 있으면 항아리를 사겠다!"

나는 두 사람에게 끌려가듯 그 자리를 뒤로했다.

☆

천탁신궁. 오오미카미가 머무르는 앵취궁 한구석에 자리한 신사.

그 광대한 경내 한구석에 풍전정의 출장 노점이 있었다. 기왕이면 축제를 이용해 한밑천을 잡아보자──. 그렇게 생각한 귀도중 사람들이 멋대로 연 것이다. 하는 수 없이 카루라도 판매원의 일원으로서 열심히 일하고 있었는데.

"다 팔려 버렸네요……."

"다 팔렸어. 수지맞는 장사."

닌자 코하루가 만족스레 고개를 끄덕였다.

토론회가 끝난 후로 풍전정은 대성황이다. 이 노점조차 예외는 아니어서, 그렇게 많이 준비한 화과자가 해가 질 무렵에는 경사스럽게도 다 나가고 없었다. 축제가 가장 뜨거워지는 시간대(불꽃놀이 직전쯤)를 기다리지 않고 마감하게 되었다.

"힘내세요." "오오미카미가 되는 건 아마츠 님입니다." "응원하고 있어요!"

노점에 온 사람들은 각자 따뜻한 말을 해주었다. 역시 응원해주는 건 순수하게 기쁘다. 그러나 카루라를 더욱더 기쁘게 한 것은 조금 방향성이 다른 성원이었다.

"과자 맛있었어요." "또 풍전정에 들를게요." "카루라 님 덕분에 저도 하고 싶은 일에 도전할 용기가 생겼어요."

자신의 결의가 사람들에게 인정받은 느낌이 들었다.

"카루라 님, 인기 만점이었지."

"네, 그러게요. ──그런데 그건 뭐죠?!"

코하루가 가면을 쓰고 있었다. 그것도 명백히 카루라의 얼굴을 본떠 만든 물건이다. 너무 정교하게 만들어져서 자기가 한 사람 더 있나 싶었지만, 그건 그렇다 치자.

"이것도 인기의 증거야. 동도에서 카루라 님 가면을 팔고 있어."

"부끄러우니까 회수해 주세요! ──정말이지, 대체 어디서 이런 걸 파는 거죠. 허가한 기억은 없는데요."

"귀도중의 노점이 곳곳에서 팔고 있어."

"곳곳에서 팔지 마세요! 또~오 저만 모르게 멋대로 이런 짓을~!!"

카루라는 코하루의 어깨를 툭툭 쳤다.

귀도중은 우수한 닌자 집단이지만 우수함을 엉뚱한 쪽으로 발휘하는 경우도 잦다. 수장인 코하루의 사고 회로가 엉뚱하기 때문일지도 모른다.

카루라는 툴툴거리면서 노점 뒤에 있는 동그란 의자에 앉았다.

"다음에 또 이상한 짓을 하면 과자도 안 만들어 줄 거예요. 뭐, 오늘은 기분이 좋으니까 용서해 주겠지만."

"다들 카루라 님을 응원하고 있어. 잘됐네."

"……네, 뭐."

카루라는 머리를 만지작거리면서 생각에 잠긴다. 묘하게 낯간지러웠다.

오래도록 억압되었던 것이 단번에 해방되는 듯한 쾌감──, 그리고 이 쾌감을 가져다준 건 두말할 것 없이 토론회에서 카루라를 격려한 붉은 흡혈귀다.

일방적으로 카린에게 공격당하던 그때.

테라코마리는 카루라를 감싸주었다.

진심으로 카린을 향한 분노를 불태우며, 순수한 마음으로 '카루라의 과자는 맛있다'라고 해주었다. 그 덕에 카루라는 자기 속내를 털어둘 마음을 먹은 것이다.

"……테라코마리에게 고맙다고 해야겠네요."

"카루라 님, 아직 인사도 안 했어?"

"바빠서 느긋하게 이야기할 기회도 없었어요."

"흐음. 아, 그리고 테라코마리에게 부탁하면 할머님 문제도 해결해 줄지 몰라."

코하루가 노점의 골조를 정리하면서 그렇게 말했다.

카루라는 무심코 우물거린다.

토론회에서는 카루라의 진의를 천조낙토 국민에게 전했다. 그러나―― 그 이후, 할머니와는 한마디도 얘기를 나누지 못했다. 본가에서 맞닥뜨려도 왠지 무시한다.

아마 더할 나위 없이 화가 났겠지.

어떻게든 할머니와 이야기해 보고 싶은데――, 그렇게 고민하고 있는데 문득 인파 속에서 낯익은 흡혈귀의 모습을 발견했다.

기모노를 입은 테라코마리 건데스블러드다.

부하 빌헤이즈와 사쿠나 메모아를 데리고 즐겁게 떠들고 있었다.

"다녀오지 그래?"

"네? 하지만……."

"정리는 끝났거든."

귀도중 덕에 노점은 거의 해체됐다.

코하루에게 등을 떠밀려 테라코마리 쪽을 바라본다. 저 소녀에게는 고맙다는 말을 꼭 해야 한다. 그러나 카루라에게는 하나더 생각한 게 있었다.

테라코마리는 아마 남들이 말하는 그런 '살육의 패자'가 아닐 것이다. 아니, 물론 위험한 힘을 가진 건 분명하지만 근본적으로는 착한 흡혈귀임이 분명하다.

"……코하루. 가게를 부탁해요. 잠시만 얘기하다 올게요."

카루라의 꿈을 응원해 준 테라코마리라면.

카루라의 진정한 이해자가 되어 줄지도 모른다.

☆

천탁신궁은 오오미카미가 머무는 거대한 궁성에 병설되어 있다.

배전 너머에는 8백 년에 걸쳐 동도를 지켜온 벚꽃 나무가 우뚝 서 있었다. 팻말에 적힌 설명에 따르면, 저 벚꽃이 바로 천탁신궁의 본존이라고 한다.

새전함에 동전을 넣고 합장한다. 난 딱히 신을 믿지 않는 성격이지만, 어딜 가면 그 지역의 법을 따르라는 말이 있으니까. 오늘 하루 정도는 진지하게 빌어볼까 싶다.

"죽지 않기를, 죽지 않기를, 죽지 않기를……."

"코마리 씨, 소리가 다 새어 나오고 있어요."

사쿠나가 쓴웃음을 지으면서 내 옆에 섰다. 일부러 소리를 낸 것이다.

속으로 비는 정도로는 신에게 전해질지 어떨지 불안하니까.

"사쿠나는 뭘 빌었어?"

"으엑?! 으음……, 세계평화, 려나요?"

"그래. 사쿠나는 참 착하네."

"에헤헤……."

"이거 원. 두 분 다 뭘 모르시는군요."

갑자기 빌이 어깨를 으쓱하더니 한숨을 내쉬었다.

"뭐가 세계평화인가요. 천탁신궁의 효험은 인연을 맺어주는 건데요? 8백 년쯤 전, 전쟁통에 남편과 헤어지게 된 초대 오오미카미가 재회의 증표로 벚꽃 나무를 심었거든요. '무슨 일이 있어도 저는 여기서 기다리고 있을게요'——. 그런 숭고한 바람에 의해 만들어진 것이 바로 이 신사. 그러니까 소원을 빌 거면 초대 오오미카미의 고사를 본받아 좋은 인연을 맺어 달라고 해야죠."

"호오. 잘 아네, 빌."

"저쪽 간판에 쓰여 있는 걸 읽었을 뿐이잖아요?"

"그런 이유로 저는 코마리 님과 쭉 함께 있게 해 달라고 빌었습니다. 가진 돈을 전부 쏟아부었으니까 신도 제 부탁을 우선시해서 들어주겠죠."

"그런 타산적인 신이 어디 있냐!! ——근데 전부 쏟아부은 거야?! 우와아아, 정말이잖아!!"

빌이 가지고 있던 지갑이 텅텅 비어 있었다.

아직 가고 싶은 가게가 잔뜩 있었는데! 애초에 신에게 빌지 않아도 네가 나를 떠날 일은 없잖아! ——그런 식으로 질책하려 한 순간.

짤랑, 하는 방울 소리가 들렸다.

"——건데스블러드 씨. 잠깐 괜찮을까요?"

누가 이름을 불러서 뒤를 돌아본다.

조금 긴장한 모습의 동양풍 소녀가 서 있었다.

"어라? 카루라도 참배 왔어?"

"아뇨. 건데스블러드 씨에게 볼일이 있어서요. 실례가 안 된

다면 단둘이 얘기할 수 없을까요? 향후의 방침에 대해 전달하고
싶은 게 있어서요."

"실례예요, 아마츠 님. 코마리 님께서는 지금 저와 데이트 중
이라서——."

"그건 중요한 얘기인 거지?"

"네."

카루라는 진지한 표정을 짓고 있었다. 거절할 이유는 없었다.

사쿠나에게 눈짓을 보낸다. 눈치 빠른 사쿠나는 내 의도를 알
아차린 모양이다. 뜬금없는 소리와 함께 말리려 드는 빌을 붙들
더니, "다녀오세요" 하고 웃는 얼굴로 배웅해 주었다. 역시 사쿠
나는 레벨 1인 채로 두는 게 맞겠네.

"잠시만요, 코마리 님! 모처럼의 축제 데이트인데! 왜 아마츠
님을 선택하시는 거죠?! 새전이 부족했던 건가요?!"

"진정하세요, 빌헤이즈 씨! 새전은 상관없어요!"

"……저기. 빌헤이즈 씨는 괜찮은 건가요?"

"늘 있는 일이니까 신경 쓰지 마. 그럼 갈까?"

나는 카루라의 팔을 잡아끌며 걷기 시작했다.

동도의 중앙부에 흐르는 어떤 강의 하천부지.

나와 카루라는 강 수면에 비치는 별들을 바라보며 풀 위에 앉
아 있었다.

대로와 떨어져 있어서인지 사람은 그렇게 많지 않았다. 축제
음악이 기분 좋게 들린다. 살랑거리며 부는 바람은 가을이 느껴

지게 쌀쌀하다. 카루라가 "드실래요?" 하고 만주를 내밀었다.

"먹어도 돼?"

"과자는 먹기 위한 거니까요."

순순히 받아든다. 깨물어 보니 단맛이 입 안에 퍼졌다. 전형적인 만주다. 소박한 맛이 여유로운 행복을 가져다준다.

"……역시 카루라는 천재네. 굉장히 맛있어."

"감사합니다. 그리고 토론회에서도 감사했어요."

"토론회?"

"건데스블러드 씨가 없었다면 본심을 드러낼 수 없었겠죠. 지금까지 그랬듯 주변 환경에 휩쓸려 오오미카미 자리에 오른 뒤—, 그대로 꿈을 포기했을지도 몰라요."

떠올린다. 나는 카린의 폭언에 화를 내며 무심코 소리를 높였었다.

하지만 그건 대단할 게 못 된다. 카루라가 폭발한 원인이 된 건 오히려 카린의 폭언 그 자체겠지. 그 녀석이 그렇게 따지고 드는 바람에 카루라 역시 분발할 수 있었던 게 분명하다.

그러나 카루라는 순진무구한 미소를 지으며 내 덕분이라고 주장했다.

"건데스블러드 씨에게는 아무리 감사해도 부족하겠네요."

"감사받을 이유는 없어. ……그리고 호칭 말인데."

"네?"

"그. 저기……, 성은 길어서 귀찮잖아. 평범하게 이름으로 부르는 건 어때?"

"…………."

카루라는 잠깐 생각하더니 미소를 지었다.

"그럼 코마리 씨로."

"응."

나는 약간 안심했다. 여기서 '아니요, 그냥 계속 건데스블러드라고 부를게요'라고 했더라면 눈물이 북받쳤을 거다. 왠지 카루라와도 마음이 통한 듯한 느낌이 드는걸.

절절한 감정을 곱씹으면서 만주를 먹는다.

카루라가 문득 주저하면서 입을 열었다.

"……실은, 아직 할머님 앞에서 제대로 이야기하지 못했어요."

"그래. 여러모로 바빴을 테니까."

"네. 그러니까…… 저에게 잠깐만 시간을 내어주시겠어요?"

카루라는 결연한 표정으로 이쪽을 응시했다.

"아마 할머님은 펄펄 뛰시겠죠. 어쨌든 토론회에서 그런 허세를 부렸으니까요. 오오미카미가 되더라도 바로 사임하겠다고 선언한 상태에서 천무제에 임하다니 전대미문이겠죠. 제가 말하면서도 '내가 무슨 말을 하는 거지?' 싶었어요."

"하지만 카린에게는 맡길 수 없는 거잖아."

"네. 왠지 모르게 말이죠. 그분에게서는 조금 위험한 냄새가 나서……."

그러고 보니 빌도 그런 말을 했던 것 같다. 분명 카린은 과격한 언행이 눈에 띄긴 한다──. 하지만 그렇게 걱정할 정도의 일인가? 뭐, 확실히 지난번에는 갑자기 덤벼들었지만 그 정도는 별일 아니잖아. 아니, 충분히 별일이구나. 과격한 세계관에 적응해 가는 나 자신이 무섭다.

카루라는 "그러니까" 하고 정색하더니 내 쪽으로 돌아섰다.

"실례인 건 알지만 부탁드릴게요. 함께 할머님을 설득해 주시지 않겠어요……? 아마 저 혼자 가면 살해당할 것 같아서요."

"나까지 살해당할 것 같은데……."

"하지만 코마리 씨는 최강의 장군이잖아요."

"그렇게 따지면 카루라도 우주 최강의 장군이잖아."

카루라가 돌처럼 굳었다.

그리고 어째서인지 뺨을 붉히며 머뭇거리기 시작했다.

"……실은. 실은 말이죠. 이것도 이야기할지 말지 망설였는데요. 코마리 씨라면 믿을 수 있을 것 같거든요. 그래서 말씀드리는 건데요."

"응? 왜 그래?"

"으음…………. 실은."

"실은?"

"실은………………, ……여, 역시 못 말하겠어요."

카루라는 고개를 돌려버렸다. 황당한 태도에 나도 그만 멍해지고 말았다.

"뭐, 뭐야! 거기까지 말했으면 말해! 신경 쓰이잖아!"

"마음의 준비가 덜 됐어요! 이건 '과자 장인이 되고 싶었다'라고 사람들 앞에서 고백하는 것보다 더 중대한 일이니까요."

"이제 와서 무슨 말을 하더라도 안 놀라."

"그렇지만…… 제가 싫어질 수도 있고……."

카루라는 무릎을 끌어안더니 몸을 말았다.

뭐 본인이 말하기 싫다면 꼬치꼬치 캐묻지 말자. 매우 궁금하긴 하지만. 그보다 지금은 카루라의 할머니 문제를 생각하는 게 우선이다——. 그렇게 고민하고 있는데.

갑자기 가을바람이 하천부지의 초목들을 뒤흔들었다.

불현듯 뒤쪽에서 인기척을 느꼈다.

"——카루라. 무슨 일이든 과감해지는 게 중요해요."

어느새 기모노를 입은 여성, 오오미카미가 거기 서 있었다.

여전히 거대한 부적을 붙이고 있어서 얼굴은 보이지 않는다. 이렇게 정체를 숨기고 있는 사람 중에는 제대로 된 녀석이 없다는 게 자명한 이치…… 라고 하고 싶지만, 이 사람에게만은 그런 수상한 분위기를 느낄 수 없었다. 어째서지.

"오, 오오미카미 님?! 어째서 여기에."

"산책이에요. 천무제로 붐비는 동도는 좀처럼 보기 힘드니까요."

오오미카미는 입가에 미소를 띠면서 우리 쪽으로 다가왔다. 그 손에 들려 있는 건 '풍전정'의 인장이 찍힌 봉투다. 카루라의 가게에서 산 걸까?

"저, 저기. 분명히 '함부로 저에게 다가오지 말아 주세요' 같은 말씀을 하지 않으셨나요? 괜찮은 건가요……?"

"그랬었죠. 하지만 지금은 괜찮습니다. 저는 늘 카루라와 이야기하고 있는 오오미카미니까요."

"??"

이해가 잘 안 된다. 카루라도 이해가 잘 안 된 눈치였다.

오오미카미는 카루라를 정면에서 바라보며 말했다.

"카루라. 해야 할 말은 해야 할 때 똑똑히 하는 게 좋아요. '후회막급'이라는 말처럼 앞으로 무슨 일이 생길지 모르니까요."

"그, 그래도. 그래도, 그래도, 그래도……! 이 비밀은 역시."

"그 비밀뿐만이 아니에요. 할머니와 이야기하는 걸 주저할 필요도 없어요. 자기가 하고 싶은 일이니까 사양하지 않아도 돼요. 가슴을 펴고 있도록 해요."

나는 놀라서 오오미카미를 올려다보았다.

이 사람은 그 할머님과 다른 생각을 가지고 있는 걸까?

문득 시선이 뒤엉킨 듯한── 느낌이 들었다. 부적으로 눈이 가려져 있어서 잘은 모르겠지만.

"건데스블러드 각하. 카루라를 잘 부탁드립니다."

"그래. 내가 할 수 있는 일이라면 뭐든 하지."

"든직하네요. 역시 시대의 대영웅이세요."

"그래. 나는 대영웅이니까────, 어?"

포옥.

돌연 오오미카미가 이쪽으로 쓰러졌다.

그런가 했더니──, 나는 어느새 그녀 품에 있었다. 심장 소리가 들린다. 벌레의 울음소리가 고막을 뒤흔들고 있다. 카루라가 "어버버버" 하고 한심한 소리를 내고 있다.

오오미카미가 나의 귓가에 작게 속삭였다.

"당신도 부디 자기 시간을 소중히 사용해주세요. 시간의 흐름

은 강의 흐름 같은 것이에요. 상류의 물이 맑았다는 걸 나중에서야 곱씹는 일이 없도록."

"네, 네에……."

나는 묘한 기시감을 느끼고 말았다.

혹시, 나는 이 사람과 만난 적이 있는 걸까?

의문이 머릿속에서 빙글빙글 맴돈다. 오오미카미는 갑자기 나에게서 떨어졌다.

온화한 미소가 흐리게 어둠 속에 떠오른다.

어째서인지 그녀의 모습이 덧없게 느껴졌다.

"이건 저 자신을 나무라는 말이기도 해요. 저는 젊었을 적, 부모님이 시키는 대로 오검제가 되었어요. 자기가 하고 싶은 것을 묻어두고…… 필사적으로 노력해서…… 그렇게 이런 자리까지 왔답니다."

나와 카루라는 뻣뻣하게 선 채로 꼼짝할 수 없었다.

오오미카미의 말에서 짓눌리는 듯한 울적함이 묻어나왔기 때문이다.

"죄송합니다. 이런 이야기는 재미없으시죠. 제가 전하고 싶었던 건 단순해요——. 아무쪼록 저처럼 되지 말아 주세요. 그걸 전하고 싶었습니다."

"……저, 오오미카미 님. 저는 어떻게 하면 좋을까요."

"용기를 내야죠."

오오미카미는 휙 발길을 돌렸다.

나는 만주 먹는 것도 잊고 그녀의 뒷모습을 바라보고 있었다.

"똑똑히 전하면 알아줄 거예요. 그분도 갑자기 '죽여버린다'라고 할 리 없으니까요. 그럼 가보겠습니다."

오오미카미는 손을 흔들며 떠나갔다.

부드러운 인상을 가진 사람이었다. 역시 황제나 서기장과 마찬가지로 높은 사람들은 돌려 말하는 걸 좋아하는 것 같다. 이래서는 그녀가 나에게 뭘 전하고 싶었던 건지 잘 모르겠다. 강상류의 물은 깨끗하고 맛있다는 건가.

그렇다고 해도—— 하나는 알 수 있었다.

오오미카미는 카루라의 꿈을 응원해주고 있는 듯하다.

"다행이네, 카루라."

"네……."

우리 둘은 잠시 그 자리에 서 있었다. 축제의 음악 소리가 멀어져 간다. 오오미카미의 모습이 어둠 너머로 사라진다. 갑자기 카루라가 휙 뒤꿈치를 돌렸다.

"……오오미카미 님이 저를 응원해 주고 계세요. 이 기대에 응해야죠."

"그러게. ……그럼 이제부터 어떻게 할 거야?"

"뻔하죠!" 그녀는 척! 히고 검지를 밤하늘로 치켜 세운다. "지금부터 아마츠 본가로 가서 할머님과 얘기해 보겠어요! 제 진심을 전할 거예요! 자, 가시죠. 건…… 이 아니라 코마리 씨! 이번에야말로 똑똑히 전하겠어요!"

☆

"죽여버린다."

오오미카미의 예상은 완벽히 빗나갔다고 할 수 있다.

자신감 넘치는 카루라 손에 이끌려 아마츠 본가로 직행. 그대로 "드릴 말씀이 있어요!" 하고 할머님에게 돌격한 것까지는 좋은데, 얼굴을 마주하자마자 살인 예고를 들었다.

아무래도 할머님은 상당히 화가 난 것 같다.

백억 엔짜리 항아리가 있는 객실이다. 나와 카루라는 정좌한 채 지옥 풍차를 마주하고 있었다.

그 날카로운 안광을 정면에서 본 카루라는 조금 전까지의 기세를 잃고 "윽……" 하고 신음했다. 그러나 오오미카미에게서 얻은 에너지가 이 정도에서 다하진 않았나 보다.

"저, 저는 할머님께 말씀드리고 싶은 게 있어요!"

할머님은 침묵한 채 앉아있다. 앉아서 검을 손질하고 있다. 뭔가 하얀 털뭉치로 도신을 톡톡 치고 있는데, 이 상황에서 꼭 그러고 있어야 하나? 지금부터 손녀가 일생일대의 고백을 하려고 하는데? 불길한 예감밖에 안 들잖아?

"똑똑히 전해 둘까 해서…… 아마 할머님도 토론회에서 무슨 일이 있었는지는 들어서 아시겠지만, 저는 오오미카미로 취임한다고 해도 바로 사임할 생각이에요."

할머님은 아무 말도 하지 않는다.

"늘 말씀드렸던 건데 저는 과자 장인이 되고 싶었어요. 실제로 풍전정이라는 과자 가게도 운영하고 있고요. 저는 제 목표를 향해 발을 내디뎠다고요."

할머님은 아무 말도 하지 않는다.

배가 아프다. 분위기가 무겁다.

"저에게는 천조낙토를 짊어질 만한 각오가 없어요. 코마리 씨나 네리아 씨처럼 뛰어난 인물이 아니에요. 이 부분은…… 할머님도 잘 아시잖아요?"

"──카루라. 너는 레이게츠의 계집을 어떻게 생각하냐."

무심코 흠칫, 하고 온몸을 떨었다. 할머님이 털뭉치를 옆에 두고 칼자루를 쥐고 있었다. 나는 이제 틀렸다고 생각했다.

카루라는 조금 주춤하면서도 의연한 표정으로 자기 할머니를 똑바로 바라봤다.

"카린 씨에게서는 조금 안 좋은 느낌이 들어요."

"그래. 그 녀석에게 맡겼다가는 천조낙토는 멸망할 거다."

"그러니까…… 저는 그 사람을 이길 거예요. 이기고 나서 사임하겠습니다."

"정신 빠진 소리 하지 마라!!"

슈웅!! ──엄청난 질풍이 객실에 일어났다.

뭔가가 내 뺨을 아슬아슬하게 스쳐 지나갔다. 너무 갑작스러워서 몸을 조금도 움직일 수가 없었다. 나는 조심조심 뒤를 돌아보았다.

장지문에 그려진 호랑이 미간에 칼이 꽂혀 있었다.

머리가 돌아가기도 전에 번개 같은 호통이 날아들었다.

"──하나부터 열까지 순 헛소리만 하고 있고!! 너는 천무제에 대해 하나도 이해하지 못했어!! 천무제에서 우승한 사람은 무슨 일이 있어도 오오미카미가 될 그릇이다. 하늘에서 인정한 지고의 존재라고! 그걸 '과자 장인이 되고 싶다'라는 이유로 그만두는 녀석이 어디 있냐!! 어중간한 마음으로 임하지 마라!!"

"제…… 제가 어중간한 마음인 건 할머님 탓이에요! 저는 애초에 오오미카미 따위 되고 싶지 않았다고요! 오검제조차 되고 싶지 않았어요!"

"그게 아마츠의 '사'의 역할이야! 이제 와서 내팽개치려 해도 그렇게는 안 된다!!"

"그럼 왜 저에게 과자 만들기를 가르쳐 주셨나요?!"

할머님의 움직임이 잠깐 멈추었다.

"저는 할머님에게서 배웠고! 당신께서 '맛있다'라고 해줬기 때문에 꿈을 가지게 된 거예요! 오검제가 뭔가요! 오오미카미가 뭔가요! 저에게 과자 장인이 된다는 야망을 준 것은 바로 할머님이세요! 이건 할머님이 초래한, 쿨럭."

카루라의 몸이 힘껏 날아갔다. 그대로 장지문을 빠엉!! 뚫고 옆방으로 굴러간다. 나는 조심조심 할머님 쪽을 보았다.

귀신같은 형상으로 손을 앞으로 내밀고 있었다.

뒤늦게 깨닫는다. 손바닥이 카루라의 얼굴에 명중한 것이다.

나는 몸을 떨면서 간신히 입을 열었다.

"저, 저기. 아무리 그래도 이건 너무한 거……."

"이 답답한 녀석!!"

할머님은 내 목소리를 무시하고 성큼성큼 카루라 쪽으로 다가

갔다.

그리고 엎어져 있는 카루라의 멱살을 획! 잡아챈다.

"천조낙토가 어떤 상황인지 아느냐?! 모르겠지!! 알려주마——. 이 나라는 뒤집힌 달 놈들에게 멸망할 운명에 처해 있어!"

"놔…… 놔주세요! 폭력은 반대예요!"

"잘 들어라, 카루라. 레이게츠 카린은 군주의 그릇이 아니야. 그 계집이 오오미카미가 되면 테러리스트들이 날뛸 게 분명해. '신을 죽이는 사악'에게 파고들 틈을 주는 셈이야!"

"그…….." 카루라는 가만히 할머니를 노려봤다. "그런 말은 처음 듣지만 전혀 문제 될 거 없어요! 왜냐하면 카린 씨를 쓰러뜨리고 일단 제가 오오미카미가 될 거니까요! 그 후에는 코마리 씨에게 오오미카미 자리를 양보할 겁니다!"

이봐. 너 무슨 소리를 하는 거야.

"흡혈귀가 화혼의 수장 노릇을 한다고? 이 바보 같으니!! 사퇴를 전제로 오오미카미가 되겠다니 그런 말은 처음 듣는다. 그랬다간 아마노카미 님께 버림받게 될 거야."

"그럼 지금의 오오미카미 님이 계속 하면 되잖아요! 그 사람이 몇 살이죠?! 30세 정도죠?! 앞으로 50년은 일할 수 있을 테니까 오오미카미 님에게 테러리스트 퇴치를 맡기죠!"

"그 녀석에게는 시간이 얼마 남지 않았어! 물론 나에게도——, 그러니까 네가 오오미카미가 되어서 테러리스트와 싸워라! '신을 죽이는 사악'을 없애는 거야!"

"제 알 바 아니에요! 저는 오오미카미가 되더라도 바로 그만두고 풍전정에서 열심히 일할 거예요! 할머님은 바보, 바보야!!"

삐엉! 하고 엄청난 소리가 났다.

카루라의 몸이 공처럼 호를 그리고 있었다.

할머님이 잽싸게 배대뒤치기를 쓴 것이다. 카루라는 "꺄아아아~~~~!!" 하고 비명을 지르며 날아갔고―― 그대로 장지문을 뚫고 바깥에 있는 정원의 모래 장식에 얼굴부터 착지했다.

끄엑.

그런 신음 소리가 들렸다고 생각한 직후, 농밀한 마력의 기척을 느낀 나는 할 말을 잃고 말았다.

할머님 몸에서 나오고 있는 것이다.

그야말로 지옥 풍차라는 이명에 걸맞은 장군의 풍격이 거기 있었다.

"말이 안 통하는 바보는 죽이는 수밖에 없지."

카루라는 비틀거리며 일어났다.

코피가 나고 있다. 나는 당황해서 그녀에게 다가가려 했지만, 카루라가 눈짓으로 '괜찮아요'라고 해서 멈춰 섰다. 카루라는 아직 투쟁심을 잃지 않은 것이다.

그때 상공에서 굉장한 폭발음이 났다.

나는 놀라서 위를 바라봤다. 형형색색의 불꽃이 밤하늘에 피어 있었다. 잠시 눈을 빼앗기고 말았다. 저건―― 아마 천조낙토에서 유명한 '불꽃놀이'겠지.

"할머님."

카루라는 피를 닦으며 말했다.

"할머님이 그렇게 나오신다면 저도 진심으로 상대해드리죠. 아무리 때리고 죽이셔도 포기할 수 없어요. 제 뜻을 끝까지 밀어붙일 거예요."

"근성을 뜯어 고쳐주마. 자, 죽을 각오나 해라."

"각오는 이미 되어 있어요! 저는 지난 육국 전쟁을 통해 배웠어요──. 역경 앞에서도 무너지지 않는 불굴의 마음이라는 걸! 코마리 씨나 네리아 씨 덕분이에요!"

순간. 할머님이 숨을 집어삼키는 기색이 났다.

그러나 곧바로 날카로운 시선이 카루라에게 향했다.

"……그러냐. 그럼 죽어라."

횡!! ──마력이 휘몰아쳤다. 어느새 할머님 손에는 칼이 들려 있었다. 녹색 마력이 풍차처럼 빙글빙글 회전하기 시작한다. 모래 장식의 자갈이 날아다닌다. 카루라는 서 있지도 못하고 엉덩방아를 찧고 말았다.

나는 멍하니 사건의 흐름을 지켜보고 있었다.

이대로는 카루라가 살해당한다. 그런 걸 가만둘 수 있을 리가 없었다. 할머님에게도 무슨 생각이 있을지 모른다. 하지만 가족끼리 살인이라니 웃기지도 않는다.

"주── 죽는 건 싫지만! 하지만 각오했어요! 저는 오오미카미가 되지 않겠어요!"

"내가 얼마나 너를 아껴왔는지 아느냐. 너는 천조낙토의 운명을 바꾸기 위해 태어난 하늘의 아이야. 그걸 모르겠다면── 이해할 때까지 베어주마. 죽음을 받아들여라, 카루라!!"

할머님이 칼을 겨누며 한 걸음을 내디뎠다.

카루라가 이를 악물고 응전한다. 도망치지는 않았다. 땅에 발을 디딘 채 꼼짝도 하려고 하지 않았다. 각오가 담긴 눈빛이 다가오는 지옥 풍차를 꿰뚫었다.

내 착각일지도 모른다. 할머님의 움직임이 살짝 둔해진 느낌이 들었다.

그러나 검은 멈추지 않았다. 살기 등등한 검이 천천히 그녀의 정수리로 향했다――. 더는 가만히 있을 수 없었던 나는 앞뒤 가리지 않고 달려나갔다.

"자, 잠깐! 그렇게까지 할 건 없잖아?!"

"윽?! ――이거 놔라!"

난 무의식중에 할머님 허리에 매달렸다.

살해당할지도 모른다는 불안은 머릿속에서 사라져 있었다.

싸움을 막아야 한다. 그렇게 생각했더니 몸이 멋대로 움직인 것이다.

"떨어져! 너까지 말려든다!"

"안 떨어져! 부탁이니까―― 카루라의 마음도 생각해 줘!!"

퍼엉, 퍼엉 불꽃이 터지고 있다.

그에 질세라 나는 목청을 높였다.

"이렇게까지 거부하는 카루라에게 강요해 봤자 소용없잖아! 카루라의 꿈은 과자 장인이라고! 할머님 심정도 이해하지만 카루라를 위해서 참아 줘!"

"뭐야?! 다 아는 것처럼 떠들지 마라, 이 계집이!! 네가 뭘 안다고——."

"뒤집힌 달이라면!! 내가 전부 어떻게든 할게!!"

내가 무슨 말을 하는 거지.

그게 내 목을 조르는 행위라는 걸 알고 있을 텐데, 그래도 입은 멈추지 않았다. 카루라를 어떻게든 도와주고 싶다고 진심으로 생각하고 있었기 때문이다.

"나는 세계 최강의 대장군이야! 어떤 적이든지 새끼손가락 하나로 살해해 주겠어! 본의는 아니지만…… 뒤집힌 달이었던 밀리센트나! 오디론 메탈은! 어째서인지 내가 쓰러뜨린 게 되어 있거든! 그러니까 이번에도 내가 어떻게든 해볼게!"

"……그것과 이건 별개의 문제야. 카루라는 오오미카미 자리에서 가장 빛날 수 있어. 모든 천조낙토 사람들이 기대를 걸고 있지. 과자 장인 따위가 되게 두기는 아까워."

"카루라에게는 과자 장인이 어울려! 오오미카미로 삼는 게 더 아깝다고! 그래——, 의욕이 없는 사람에게 맡겨봤자 소용없어!! 오오미카미를 맡으려면 '오오미카미 일을 하고 싶다'라는 진심 어린 에너지가 필요하다고!"

"……………!!"

할머님 몸에서 힘이 빠진—— 듯한 느낌이 들었다.

나는 다그치듯 말을 이었다.

"하고 싶지 않은 걸 강제로 시켜봤자 소용없어. 나도 실은 칠홍천 따위 맡기 싫어. 소설을 쓰며 집에만 있고 싶어. 그래서 나는 장군으로서 제 역할을 못 하고 있고, 부하들 덕분에 간신히 체면치레는 하고 있지만, 결국 실속이 없다는 거야. 카루라가 그런 군주가 되었으면 하는 건 아니잖아!!"

카루라가 '무슨 소리를 하는 거야' 같은 얼굴을 하고 있었다. 하지만—— 더는 허세 떨 필요가 없다. 나와 아마츠 카루라는 완전히 같은 처지니까.

할머님은 검을 쥔 채 굳어 있었다. 얼마 안 남았다고 나는 생각했다.

"카루라 과자를, 먹어본 적은 있어?"

"……먹을 가치도 없다. 이것만은 레이게츠의 여우 말이 옳아."

"먹어보지도 않고 그러면 안 돼! 내 메이드도 그렇게 말했어!"

"그래서 뭐가 어쨌다는 거냐. 어쨌든 난 카루라가 만든 과자 따위는 먹을 생각 없다. 아마츠가의 사람은 전쟁과 정치만 생각하면——."

"됐으니까 먹어봐!"

"뭐? ——으읍."

나는 품에 넣어뒀던 먹다 남은 만주를 할머님 입에 밀어 넣었다.

옆에서 보고 있던 카루라가 "끄아아아아, 뭐 하시는 거예요. 코마리 씨?!" 하고 절규한다. 할머님은 살짝 저항하는 모습을 보였지만—— 결국 우물거리며 만주를 음미했다.

마력의 기적이 서서히 약해져 간다.

할머님은 말이 없었다. 그렇게 나는 서서히 냉정함을 되찾아갔다. 뭐 하는 거야, 먹다 남은 과자를 입에 쑤셔 넣다니 엄청난 무례잖아──. 그렇게 생각했는데.

"……이건. 내가 옛날에 만든 갈분만주와 비슷하구나."

"?! ──네, 네! 제가 어렸을 적에 할머님이 가르쳐 주신 거예요. 지금은 풍전정의 대표 상품이 될 정도로 인기인데, 으음, 제 자신작 중 하나예요……. 먹던 거지만……."

나는 살그머니 할머님에게서 떨어진다. 그녀는 언짢은 표정으로 침묵하고 있었다.

어디선가 환호성이 터져 나왔다. 밤하늘을 가르는 폭음이 울려 퍼진다. 불꽃의 반짝임이 카루라의 뺨을 밝게 비추고 있다. 오늘의 축제도 절정을 맞이하려 하고 있다.

갑자기 할머니가 칼을 치켜들었다. 이런, 죽는다! ──그렇게 생각했지만 기우였다.

철컥! ──지옥 풍차에 걸맞게 유려한 동작으로 칼이 칼집으로 들어간다.

"……나도 알고 있었다. 네가 얼마나 오검제 일을 꺼리는지."

카루라가 아연한 표정으로 할머니를 응시했다.

"이, 인정해 주시는 건가요? 제 생각을."

"……흥. 힘이란 '뭔가를 이루고 싶다'라고 굳게 바랄 때 솟아나는 것. 너의 소원은 나라가 아니라 과자로 향해 있어. 그런 안이한 생각에 찌든 네가 어떻게 국주 자리를 감당할 수 있겠냐. ……이거 오오미카미 녀석과 얘기해 봐야겠구나."

"오오미카미 님은, 제 꿈을 응원해 주셨어요."

"오오미카미가……?!"

할머니는 눈을 동그랗게 뜬 채 경악하고 있었다.

그러나 곧 "그래" 하고 체념한 듯한 미소를 띠었다.

"그 아이가 그렇게 말한다면 무슨 대책이 있는 거겠지. 아마 츠니까 오오미카미를 목표로 해야 한다──. 그런 생각은 이제 구닥다리일지도 모르겠어."

근심 어린 눈으로 밤하늘의 불꽃을 바라보는 아마츠가 당주의 뒷모습을 바라보며 나는 기쁨을 감추지 못했다. 결국 그녀는 카루라를 인정해 주었다. 이제 카루라를 속박하는 건 없다. 자기가 좋아하는 일을 자유롭게 할 수 있는 것이다──, 그렇게 생각했다.

"할머님. 저는 오오미카미가 되지 않아도 되는 거죠?"

"되지 않아도 된다고 한 적은 없다!!"

나는 쓰러질 뻔했다.

할머니는 무시무시한 형상으로 카루라를 노려봤다.

"너 대신 레이게츠의 계집이 오오미카미가 되면 어차피 천조낙토는 끝장이야! 그러니까 천무제에서 이겨라! 이겨서 오오미카미 자리에 오르는 거다!"

"제 만주에 세뇌된 줄 알았는데! 그럼 달라진 게 없잖아요!"

"그래, 똑같지. 네가 할 일은 전혀 달라진 게 없다. 레이게츠 카린을 꺾고, 천무제에서 우승하고, 오오미카미 자리에 오른 뒤── 그다음에는 너 좋을 대로 해라."

"어……."

카루라에게서 휙 등을 돌린다.

할머니는 그대로 저택 쪽으로 돌아간다.

"저, 저기!" 카루라가 그 뒷모습에 대고 말했다. "저를 인정해 주신 걸로 봐도 되나요……? 오오미카미 자리에서 물러나도 되는 거죠……?"

"몇 번을 말하게 하는 거야. 죽고 싶으냐."

"죄, 죄송해요. ……하나만 더 묻고 싶은데요."

"뭐냐."

"……저기. 카린 씨는, 뭐가 그렇게 문제인가요? 왠지 모르게 분위기가 좋지 않다는 건 알겠지만…… 천조낙토가 끝장난다는 건 과언인 것 같은데요."

"그걸 알면 너는 신비한 힘에 의해 죽는다."

무슨 뜻인지 모르겠다.

그러나 할머님은 자세히 설명하는 대신 다시 걸음을 뗐다. 카루라는 멍하니 선 채로 꼼짝하지 않는다. 전개가 비현실적이어서 현실로 받아들일 수 없는 거겠지.

하지만—— 할머님은 거기에 못을 박듯 마지막에 귀를 의심할 만한 말을 남겼다.

"너에게는 과자 장인이 어울려. 실력이 늘었구나, 카루라."

카루라는 유령이라도 본 것 같은 얼굴이었다.

불꽃놀이의 소리가 간헐적으로 울린다. 그러나 내 귀에 메아리치는 것은 카루라 할머니가 남긴 '실력이 늘었다'라는 짧은 말뿐이었다. 나는 말을 잃었다. 자유를 쟁취하는 것이 얼마나 귀한 일인지 똑똑히 지켜보고—— 카루라에게 부러움을 느끼는 동시에, 터무니없는 기쁨을 느꼈다.

하려고 하면, 누구든 꿈을 이룰 수 있다.

나도 여러모로 노력해 볼까──. 그렇게 남몰래 생각하면서 나는 카루라와 함께 한동안 땅거미 속에 우두커니 서 있었다.

이제 와서 축제를 즐길 분위기도 아니다.

나와 카루라는 툇마루에 나란히 앉아서 불꽃을 바라보고 있었다.

반짝반짝 밤하늘을 수놓는 불꽃. 어디서 듣기로는 불꽃이란 마법이 아니라 화약으로 만든 절경이라나 보다. 세상에는 별별 기술이 다 있구나, 절실히 생각한다.

"……할머님은."

카루라가 불쑥 중얼거렸다. 이미 마핵에 의해 코피는 멈췄다.

"할머님은 제 마음은 조금도 생각하지 않는 줄 알았어요. 어렸을 적부터 학대에 가까운 훈련을 받았고, 너는 나라를 짊어질 인재가 돼야 한다며 여러 번 강조하고 꿈을 부정하고 멋대로 오검제로 삼고 천무제에 참가하게 해서……."

"하지만 할머님은 좋은 분이셨지."

"네. 설마 제 꿈을 응원해 주실 줄은 몰랐어요. 아니……. 하지만 이건 '평소 흉포한 사람이 가끔 다정함을 보여주면 굉장한 성인 같아 보인다'라는 현상에 불과할 가능성이……."

"그렇게 깊게 생각할 거 없잖아. 풍전정을 인정해 주셨으니까."

"그렇네요. 이것도 다 코마리 씨 덕이에요."

카루라는 미소를 띠면서 그렇게 말했다. 낯간지러웠다. 토론회 때와 똑같다. 나는 아무것도 한 게 없다. 그냥 거기 있었을 뿐이다.

게다가—— 새삼 깨달은 것이 있다. 나처럼 무력한 흡혈귀가 제대로 벼른 지옥 풍차를 어떻게 막겠는가. 아마 할머님은 카루라가 각오를 보인 시점에서 그녀를 인정했던 거겠지. 내가 말릴 걸 예측하고 '막을 수 있을 정도의 기세'로 돌진한 게 분명하다. 그러니까 나는 정말로 아무것도 한 게 없다.

그러나 카루라는 "무슨 말씀을" 하고 고개를 저으며 부정했다.

"코마리 씨가 용기를 준 덕이에요. 저 혼자서는 할머님에게 맞설 수 없었어요."

"……그런가. 하지만 카루라라면 힘으로라도 할머님을 설득했을 것 같은데. 누가 뭐래도 우주 최강의 대장군이니까."

"…………."

카루라는 어째서인지 침묵했다.

난 의아한 마음에 그녀의 옆모습을 바라봤다. 남들이 1조 년에 한 번 태어나는 미소녀라고 할 만했다. 불꽃놀이 불빛에 비친 이 동양풍 소녀의 모습은 가슴이 철렁할 정도로 아름다워 보였다.

"저기, 코마리 씨는 믿을 수 있는 분이란 걸 알았으니까요. 조금 전에 못 했던 말을 하고 싶은데요……. 화내지 말고 들어주실래요?"

"걱정하지 마. 내가 화내는 건 메이드에게 파렴치한 행위를 당했을 때뿐이거든."

"그럼 말할게요. 사실⋯⋯."

카루라는 심호흡을 하고 나서 불쑥 말했다.

"저는, 약해요."

말의 의도를 잘 모르겠다. 약하다고 해도 잘 와닿지 않는데.

"비유 같은 게 아니라 그냥 약해요. 남들은 절 최강의 장군이라고 부르지만 새빨간 거짓말이에요. 저는── 실제로는 벌레한 마리 못 죽이는 구제 불능이에요. 물론 벌레에게도 진다는 뜻이죠."

"미안, 카루라. 무슨 말인지 잘 모르겠어."

"똑똑히 전하죠. 저에게 전투 능력은 전혀 없어요."

농담 같지 않다. 이 타이밍에서 농담을 할 필요성도 없고. 카루라는 뭔가를 두려워하는 눈치를 보이면서──, 그러면서도 결의를 담은 눈으로 나를 응시했다.

"저는 운동신경이 영 꽝인 열등 화혼종이에요. 마법도 제대로 못 써요. 지금까지 한 말은 전부 거짓말이었어요."

"하, 하지만! 카루라는 오검제로서 지금까지 한 번도 진 적이 없잖아!"

"부하인 닌자들 덕이에요. 코마리 씨는 제가 장군으로서 힘을 발휘해 우주를 파괴하는 걸 보신 적 있나요? 없죠?"

"확실히 그렇긴 한데⋯⋯ 그래도."

"코마리 씨는 조금 둔한 걸지도 모르겠네요."

둔해?! 무슨 소리야?!

"아니, 잠시만! 살인 전국 대회에서 우승했다는 이야기는 어떻게 된 거야?!"

"그건 사기예요."

"사기야?!"

"감이 좋은 사람은 눈치챘어요. 카린 씨는 그 필두겠죠. 카린 씨가 토론회에서 한 말은 80% 정도 진실이었어요. 아마 네리아 씨도 어렴풋이 눈치챘을 거예요. 이건 아마츠가의 간판을 더럽히지 않기 위해 필요한 조치였어요. 그렇다고 해도 많은 사람을 속인 건 사실이에요. 절 싫어하셔도 어쩔 수 없어요. ……지금까지 정말로 죄송했습니다."

그렇게 말한 카루라는 조용히 고개를 숙였다.

싫어진 건 아니다. 그냥 놀라고 있었다. 하지만 다시 생각해 보면 카루라의 언동에는 이상한 점이 있었다. 본인 말처럼 장군다운 실력을 발휘하지 않는 건 물론이고, 가끔 풍기는 엉뚱한 냄새에 친근감을 느낄 때도 있었다.

그래, ——친근감.

나와 카루라는, 진정한 의미로 동류인 것이다.

"나, 나도야."

그래서 용기가 샘솟은 걸지도 모른다.

내 입으로 이런 사실을 고백하는 건 전대미문의 사건이었다.

"나도…… 실은 약해."

"약해? 코마리 씨가요? 그게 대체 무슨."

"카루라와 마찬가지야. 나는 남들이 대단한 칠홍천 대장군으로 알지만, 실은 운동도 못 하고 마법도 전혀 못 쓰는 구제 불능 흡혈귀야. 장점이라곤 지성과 지식, 외모 정도겠지."

"무슨 소리인지 모르겠어요. 우선 태클을 걸면 되나요?"

"마음대로 걸어. 나도 지금까지 모두를 속여왔으니까. 그래—, 나도 카루라와 마찬가지로 장군 일 따위 하기 싫어. 실은 소설가 가 되고 싶다고."

카루라는 이상하다는 표정을 짓고 있었다.

"하지만, 그 열핵해방은."

"나한테 열핵해방 따위는 없어. 신문에 나온 건 날조야."

"?? 아뇨, 그럴 리 없어요. 육국 전쟁에서 겔라 알카의 군세를 무찌른 황금의 검은 전 세상 사람이 목격했을 테니까요. ——어? 설마⋯⋯."

거기서 그녀는 뭔가를 알아챈 모양이다. 물끄러미 나의 얼굴 을 바라보며 '진심인가, 이 녀석'처럼 눈을 동그랗게 뜨고 있다. 그래, 진심이다. 나는 정말 물벼룩 정도의 전투 능력조차 없다.

그리고 이 사실을 털어놓기로 한 건 카루라가 진지한 태도로 나에게 다가와 주었기 때문이다. 같은 고민을 공유하는 사람으 로서 믿을 수 있다고 생각했기 때문이다——. 하지만.

"⋯⋯그렇군요. 열핵해방이란 마음의 힘을 드러내는 것이란 이 야기를 들어본 적 있어요. 코마리 씨는 정말로 강한 분이겠죠."

"아니, 그러니까 나는 약하대도."

"그럴지도 모르죠. 그럼 저희는 같은 비밀을 가진 맹우예요. 앞으로도 잘 부탁드려요."

슥 손을 내민다.

나는 그녀의 손을 맞잡으면서 어마어마한 감격에 떨었다. 서로의 비밀을 보여주고 관계를 깊게 다지고 있자니 왠지 청춘을 누리는 기분이었다. 이제 카루라는 내 친구다. 그것도 같은 환경에 있는——, 게다가 평화주의자에——, 내 고민을 완벽하게 이해해주는 거의 유일하다고 해도 좋을 존재. 카루라가 빙그레 미소를 지었다.

"코마리 씨의 꿈도 이루자고요."

"아……, 그랬지. 정말로 출판해 주는 거야? 내 소설을……."

"네. 저를 응원해 주신 답례예요."

"그, 그래. 우선 원래 계약대로 천무제에서 우승해야지. 아마 할머님도 카루라가 일단 오오미카미가 되기를 바랄 테고."

갑자기 내 뇌가 경종을 울렸다.

……응? 잠시만?

카루라가 우주 최강의 장군이 아니라는 사실이 판명된 건 좋다.

하지만—— 그럼 천무제 최종 결전은 어떻게 되는 거지? 나는 카루라에게 맡기고 뒤에서 대기하려고 했는데. 혹시 카루라는 내 힘을 믿고 있었던 건가? 내가 살육의 패자라서 나에게 협력을 요구한 건가? 그렇다면 이건 큰일이다.

"이봐, 카루라! 엄청난 걸 깨달았는데——."

그 순간이었다.

저택 안쪽에서 소리가 들렸다.

※

　아마츠 카루라는 오오미카미가 되어야 할 인물이었다.

　분명 마법의 재능은 없을지 모른다. 하지만 그녀는 그 이외의 재능이라면 얼마든지 가지고 있었다. 남에게 친밀감을 주는 카리스마. 한 번 본 것을 절대 잊지 않는 뛰어난 기억력. 모든 예능을 완벽하게 해내는 손재주. 조금 전에 본 과자 만드는 재능.

　그리고 무엇보다── 죽음을 눈앞에 두고도 꿈을 포기하지 않는 강철 같은 의지.

　저걸 그냥 버리기는 아깝다고, 카루라의 할머니는 생각한다.

　그러나 '마음의 에너지'라는 건 살아가는 데 중요한 역할을 한다. 그녀의 에너지가 국가가 아니라 과자 가게로 향해 있다면 무슨 말을 해도 소용없겠지.

　잘못 키웠다고는 생각하지 않는다.

　그 아이는 처음부터 저렇게 되기 위해 태어난 것일지도 모른다.

　혹은 테라코마리 건데스블러드의 영향일까. 어쨌든 그녀의 열의에 압도당해 오오미카미 사임을 승낙해 버린 것은 스스로도 의외였다. 소극적이던 카루라가 저만한 근성을 보인 건 놀라운 일인 동시에 기쁜 일이기도 했다.

　"……나도 늙었나 보군."

　테라코마리 건데스블러드가 먹인 갈분만주 조각을 가만히 내려다본다.

　카루라가 자신을 가지는 것도 알 만하다. 인정하기는 분하지만 실력이 많이 늘었다. 저 아이는 과자 장인으로서 잘해 나갈 것이다. 문제는 천조낙토의 정치인데——, 이렇게 된 이상 행방을 감춘 또 다른 손자를 불러들여야 할지도 모른다.

그런 생각을 하면서 전도다난한 생각에 잠겨 있었을 때.

"할머님."

장지문 건너편에서 목소리가 들렸다.

카루라의 할머니는 다다미 위에 칼을 내던지며 답한다.

"뭐야. 아직 무슨 볼일이 있는 거냐."

불을 켜지 않은 방은 어슴푸레했다. 카루라의 할머니는 무거운 엉덩이를 떼고 문 쪽으로 다가갔다.

그래——. 아직도 하지 못한 말이 있었다.

분명 카루라의 과자는 맛있다. 하지만 개선점은 얼마든지 있다. 수도에서 제일가는 과자 장인을 목표로 한다면 이 정도로는 아직 멀었다. 하는 수 없지, 조언이라도 해줄까——.

"할머님."

"시끄럽구나. 안으로 들어오면 되잖냐……."

그렇게 말하면서도 장지문에 손을 얹었다.

불꽃놀이는 어느새 끝났다. 축제의 음악 소리도 사라지고 없다. 벌레 울음소리만이 어둠 속에 울려 퍼지고 있다. 카루라의 할머니는 그대로 천천히 문을 열었다——.

뽀옹!

뭔가가 바뀌는 기척을 느꼈다.

칼날이 쑥 뻗어 왔다.

완전히 방심하고 있었다. 어둠 너머에서 들린 '할머님'은 틀림없이 손녀 목소리였고, 무엇보다 본인은 바로 앞에 있는 뜰에서 불꽃을 보고 있었을 것이다. 방심하지 않는 게 더 이상한 일이었다.

정신을 차리고 보니 칼끝이 가슴을 관통하고 있었다.

기모노에 붉은 얼룩이 퍼져 간다.

뚝뚝 떨어진 피가 다다미를 붉게 물들여 간다.

"뭐……, ……너는."

"——이건 신구. 쉽게 나을 상처는 아닐걸."

장지문이 완전히 열린다. 어둠 속에서 사람 그림자가 나타난다. 그것은 칼을 겨눈 소녀였다. 아마츠 카루라가 아니다. 조금 더 주의했더라면 눈치챌 수 있었겠지.

견디지 못하고 다다미에 무릎을 꿇는다.

난입자는 협박하는 듯한 목소리로 이렇게 말했다.

"너는 선대 오오미카미였지. 천조낙토의 마핵은 어디 있지?"

"그런 걸…… 가르쳐 줄 리가."

"예상했던 반응이로군. 여기서 너를 데리고 가서 심문할 수도 있지만, 그럼 제1 목표를 잃어버리는 꼴이 되니까. 자, 어떻게 할까. 일단 죽을 각오는 됐나?"

"웃기지 마라……. 너는 어디 사람이냐. 용서하지 않겠다……."

"죽을 각오는 되어 있냐고 묻잖아. 안 되었다면——."

말은 거기서 끊겼다.

하수인의 기척이 안개처럼 사라져 버린다. 이어서 복도를 누군가가 쿵쿵, 하고 달리는 소리가 들린다. 그러나 카루라의 할머니는 한 걸음도 움직일 수 없었다.

다다미 위에 풀썩 쓰러졌다. 현기증이 심하다. 피가 멈추지 않는다.

"나도, 늙었나, 보군……."

"할머님?!"

진짜 손녀의 목소리가 들린 듯했다.

할머님! 할머님! 정신 차려 보세요! ——비통한 외침이 어둠 속에 메아리친다. 희미한 시야에 카루라의 우는 얼굴이 비쳤다. 그 뒤에는 얼굴이 새파랗게 질린 테라코마리 건데스블러드도 있다.

"할머님. 할머님. 왜 이런 일이……."

어째서 이렇게 되었는지 모르겠다.

하지만—— 마지막 순간만큼은 손녀의 마음을 존중해 준 것이 다행일지도 모르겠다. 본인의 죽음을 예감한 카루라의 할머니는, 여력을 짜내서 작게 입을 움직였다.

——너 좋을 대로 살아라.

그 이상은 아무 말도 할 수가 없었다. 울부짖는 카루라의 모습이 흐려진다. 모든 소리가 더는 들리지 않는다. 손녀를 부탁하마——. 어안이 벙벙한 채로 이쪽을 바라보는 흡혈 공주에게 그런 부탁을 남기는 사이 지옥 풍차의 심장은 정지했다.

동도 신문 10월 20일 조간

['지옥 풍차' 암살, 범인은 손녀 아마츠 카루라 씨.

10월 19일 저녁, 동도 상급 구역에 있는 아마츠 저택에서 '지옥 풍차', 아마츠 카야 씨(68)가 의식 불명인 중태로 발견되었다. 천조낙토 경찰은 지옥 풍차의 손녀이자 오검제인 아마츠 카루라 씨(15)를 살인 미수 혐의로 지명 수배한다고 발표. 아마츠 가의 관계자 말에 따르면 아마츠 장군은 과자 가게 '풍전정'을 두고 조모와 오랜 기간에 걸쳐 갈등이 있었다고 한다. 토론회에서 아마츠 양이 한 '오오미카미 사임' 발언으로 두 사람의 관계에 결정적인 균열이 생긴 듯하다. 현장 검증에 따르면 아마츠 양은 불법 신구를 이용해 조모의 심장을 찌른 듯하며……(중략)……현장에는 테라코마리 건데스블러드 칠홍천 대장군도 있었던 듯하다. 두 사람이 공모해서 범행을 저지른 게 아닐까 추측하고 있으며……(후략).]

"……후야오! 이게 어떻게 된 거야?!"

오검제 레이게츠 카린은 목소리를 높이며 후야오 메테오라이트에게 다가갔다.

여우 소녀는 "어머, 카린 님" 하고 사람을 깔보듯이 웃었다.

"이건 하늘이 내려준 행운 아닌가요? 아마츠 카루라의 평판이 떨어질 게 분명합니다. 그리고 카린 님이 녀석을 최종 결전에서 이기면 그때는—— 친족인 할머니를 죽인 대죄인을 처벌하는 정의의 대장군이 되는 거죠! 카린 님의 인기는 잉어가 폭포를 타고 올라가 용이 되는 것처럼 쑥쑥 오를 겁니다!"

"하지만…… 이건, 아무리 봐도 네가……."

"맞습니다, 제가 한 짓이죠. 천조낙토의 정보를 좌지우지하는 동도 신문에는 제가 살짝 이야기를 해두었습니다. 녀석들은 우리에게 불리한 보도는 하지 않을 거예요. 오히려 카린 님이 오오미카미가 되는 것에 도움을 주겠죠."

후야오는 여우 꼬리를 살랑살랑 흔들면서 신랄한 미소를 지었다.

동도의 상급 구역—— 레이게츠 저택의 방이다.

오늘 아침, 카린 눈에 들어온 것은 기상천외하기 짝이 없는 뉴스였다. 아마츠 카루라가 할머니를 살해했다는 것이다. 그런 바보 같은 이야기가 있을까? 카린은 생각한다. 그 소녀는 실력을 숨기는 비겁자이긴 하지만, 이렇게 무리한 짓은 하지 않는다.

범인으로 짚이는 건 한 사람뿐이었다.

분명 카루라의 이미지를 하락시킨다면 레이게츠 진영에는 도움이 될 수도 있지만——.

"후야오. 또 제멋대로 움직였겠다."

"전부 카린 님을 위해서 한 일이에요."

"하지만 지옥 풍차는 선대 오오미카미로서 천조낙토를 위해 노력해 온 분이잖아. 아무리 아마츠라고 해도 죽이는 건……."

"무슨 문제가 있나요?"

물끄러미 큰 눈동자로 쳐다본다.

카린은 살짝 주춤했다. 후야오 메테오라이트로부터는 뭔가 불길한 것을 느낄 수밖에 없었다. 지금까지 확실히 제어해 왔다고 믿었지만, 실은 이 여우 소녀의 손바닥 위에서 놀아나고 있는 게 아닐까. 그런 섬뜩한 기색이 들었다.

"이것은 필요한 악이랍니다. 동서고금의 어떤 성인군자라도 왕좌에 오를 때만은 반대 세력을 밀어내는 데 수단 방법을 가리지 않는 법이었죠. 청탁을 받아들이는 것도 중요하답니다."

"하지만."

"오오미카미가 되고 싶지 않으세요? 이 나라를 발칙한 테러리스트로부터 지키고 싶지 않으세요? 저는 카린 님이야말로 천조낙토를 다스리는 데 적합하다고 보는데요. 다시 묻겠습니다――. 아마츠 카루라를 이기고 싶지 않으세요?"

그리고 카린은 떠올렸다.

그렇다. 아마츠 카루라를 이겨야만 한다.

그 계집이 오오미카미가 되면 천조낙토는 끝장날 것이다. 그것만은 반드시 막아야 한다. 오오미카미 자리에 오르는 것은 반드시 레이게츠 카린이어야 한다. 설령 어떤 더러운 수를 쓰더라도.

"……그래. 나는 천조낙토를 위해서 싸워야 해. 이대로 진행해도 문제는 없겠지?"

후야오가 만면의 미소를 지었다.

"네! 그 밖에도 방법은 많이 준비되어 있답니다!"

꼭 아이가 여름방학 계획을 설명할 때처럼 천진난만한 표정이었다. 카린은 뭔가 희미하게 섬뜩함을 느꼈지만——, 이제 와서 되돌릴 수는 없었다.

아마츠 카루라를 꺾고 오오미카미가 된다.

그것만이 카린의 목표.

☆

동트기 전.

동도 외곽의 병원—— 흔히 말하는 '시체 안치소'.

나와 카루라, 빌, 코하루, 사쿠나는 할머님이 옮겨진 방을 찾았다. 자리에 누운 지옥 풍차는 꼭 시체처럼 움직이지 않는다. 그러나 완전히 죽은 것은 아니었다. 무시무시한 체력과 정신력으로 아슬아슬하게 목숨을 부지하는 상황인 것 같다. 오랫동안 오검제나 오오미카미로서 천조낙토를 이끌어 온 사람다웠다.

그날 밤—— 할머님은 누군가의 습격을 받았다.

나와 카루라가 소리를 듣고 달려왔을 때 이미 방은 피바다가 되어 있었다. 나는 그 엄청난 사태에 아무것도 하지 못했다. 카루라가 곧바로 귀도중을 불러서 치료를 개시한 덕에 겨우 살긴 했지만, 아마 조금이라도 늦었다면 목숨을 잃었을 거다——. 그것도 되살아나는 일 없이 영원한 죽음이 찾아왔겠지.

왜냐하면 범인은 신구를 사용했으니까. 신구란 마핵을 무효화

하는 터무니없는 물건이다. 할머님이 아직도 깨어나지 않는 건 마핵에서 회복용의 마력이 공급되지 않기 때문이다.

"안 되겠어요. 역시 회복 마법은 통하지 않네요."

침대 옆으로 마력을 조종하던 사쿠나가 슬픈 듯이 고개를 저었다.

"힘이 되지 못해서 죄송합니다……."

"수고하셨어요, 메모아 님. 상처에 마핵의 마력이 닿지 않는다——, 그런 뜻인가요?"

"네. 회복 마법은 기본적으로 마핵의 마력 공급을 가속시키는 기술이에요. 신구에 입은 상처에는 효과를 발휘하지 않습니다. 자연 회복을 기다리는 수밖에 없겠죠……."

우득! 뭔가 부러지는 소리가 울려 퍼졌다.

놀라서 뒤를 돌아본다. 코하루가 침대 난간을 부순 상태였다.

"……용서 못 해. 범인은 반드시 죽인다."

"범인은 아마 레이게츠 카린 혹은 레이게츠 진영의 사람이겠죠. 오늘 아침의 동도 신문을 보면 확실합니다."

빌은 벽에 기대면서 팔짱을 끼고 있었다. 늘 그렇듯 쿨한 표정이다. 하지만 나는 알 수 있다. 이 녀석은 웬일로 화가 나 있다. 그녀는 '동도 신문'인지 뭔지를 내 쪽으로 내밀었다. 펼쳐서 읽어본다. 사쿠나가 옆에서 살펴보고 있다.

"저기……, 카루라 씨가 지명 수배됐다는데요."

"새빨간 거짓말. 다 카린의 조작이야."

"지명 수배된 건 거짓말이 아니에요. 조금 전 우리 부대의 멜

라콘시 대위로부터 보고가 들어왔습니다. 천조낙토의 경찰 부
대가 움직이기 시작한 모양이에요——. 이 병원은 아마츠가에
서 운영하는 것이라 일시적으로 숨어 지낼 수는 있겠지만 발견
되는 건 시간문제일 겁니다."

"코마리 씨도 공범으로 취급하고 있어요. 너무해요. 이렇게
되면 제가 레이게츠 카린 씨를 암살해서 뇌를……."

"무모한 짓은 하지 마세요. 역으로 당했다간 큰일이에요."

자리를 박차고 일어나는 사쿠나를 빌이 막는다.

나는 불쾌한 마음으로 신문을 읽어 내려갔다.

육국 신문과는 다른 방향으로 귀찮은 기사였다. 카루라가 할
머니를 습격한 얘기나, 내가 공범으로서 사건에 관여했다는 얘
기가 아주 그럴싸하게 쓰여 있었다.

이게 정말 카린의 짓이라면, 그냥 과한 정도가 아니다.

그 녀석은 왜 이렇게까지 카루라를 해치려 드는 걸까.

"하지만 석연치 않은 점이 있어요. 레이게츠 카린 진영의 권력
이 너무 강한 것 같습니다. 뇌물 합법화에 신문 기사 조작까지.
그만큼 레이게츠가 이 나라에서 힘이 강하다는 뜻일까요."

"레이게츠와 아마츠는 동격일 텐데. 잘 모르겠어. ——카루
라 님."

그 자리의 시선이 한곳으로 쏠린다.

카루라는 말없이 잠든 할머니의 얼굴을 바라보고 있었다.

그녀의 눈에는 살짝 눈물이 맺혀 있다. 소중한 가족이 이런 일
을 당한 데다, 할머니를 죽였다는 오명까지 뒤집어썼으니——.

인간의 마음을 가진 사람이라면 누구나 태연할 수 없겠지.

"카루라……."

"제 탓이에요. 제가 똑바로 하지 않는 바람에── 이렇게 할머님을 괴롭게 만들었네요."

"그건 아니야. 잘못한 건 범인이야."

"알아요!" 카루라는 눈물을 닦고 일어섰다. "방심했던 저도 어리석었어요. 하지만 가장 멍청한 건 할머님을 덮친 사람입니다! 카린 씨를 한번 만나고 올게요."

나가려는 카루라 앞을 빌이 가로막았다.

"함정일 가능성도 있습니다. 지금은 한 번 더【판도라 포이즌】을 시험해 보죠."

"뭔지는 모르겠지만 그럴 틈이 없어요! 할머님은 병원 분들에게 맡기겠습니다. 이 이상 심한 짓을 하면 감당이 안 될 거예요. 한시라도 빨리 카린 씨와 이야기를 나눠봐야──."

"카루라 님! 큰일입니다!"

그때, 갑자기 병실 문을 열고 누군가가 뛰어 들어왔다.

코하루와 같은 닌자 복장을 한 소녀── 아마 카루라의 부하겠지. 그녀는 이 세상이 끝난 것 같은 표정으로 카루라에게 달려와서는 말했다.

"풍전정이. 불타고 있습니다……."

☆

매서운 기세로 동도의 거리를 뛰어간다.

지평선 너머에서 태양이 뜨기 시작했다. 평화로운 아침 식사 시간—— 이라고는 하기 힘들다. 이미 풍전정의 주변에는 구경꾼들이 모여 소란을 피우고 있었다.

그렇게 해서 우리가 목격한 것은 눈을 의심할 만한 광경이었다.

불꽃이 활활 타오르고 있다.

전에 빌이나 카루라와 함께 과자를 먹은 풍전정은 새빨간 불길에 휩싸여 딱 보기에도 끔찍한 꼴을 하고 있었다. 소방단이 물의 마법을 이용해 불을 끄고 있다. 하지만 이제 와서 불을 끈다고 해도 돌이킬 수 없을 게 분명했다.

"어, 어쩌지……."

"불이 날 이유는 없었을 거야. 누가 불을 질렀겠지."

"질렀다고……?! 방화라는 건가요?! 누가 이런 심한 짓을."

"뻔하지. 레이게츠 카린이야."

여기저기에서 비명이 터져 나왔다. 건물을 지탱하고 있던 마지막 기둥이 꺾이면서 완전히 무너진 것이다. 쿠구우우우웅——, 땅울림 같은 소리를 내면서 잔해가 쌓인다. 사방으로 튀는 불똥을 피하듯이 사람들이 달려간다.

카루라는 희망을 잃은 듯한 표정으로 무너져가는 풍전정을 바라보고 있었다.

나는 무슨 말을 해야 할지 알 수 없었다.

풍전정은 카루라가 해온 노력의 결정체. 그리고 앞으로 그녀가 과자 장인으로서 살아가기 위한 희망이기도 했다. 그걸 이런 식으로 무너뜨릴 줄 누가 예상이나 했을까.

갑자기 말소리가 들렸다.

구경꾼들이 카루라 쪽을 보면서 소곤소곤 이야기를 주고받았다.

"천벌이 내린 거야." "아마츠 님은 거짓말쟁이야." "할머니를 죽이다니 무서워." "저 흡혈귀도 공범이라잖아." "풍전정 같은 데서 과자를 사는 게 아니었어."——.

"——아니야! 카루라 님은 그런 적 없어!"

코하루가 얼굴을 새빨갛게 붉히며 통행인에게 덤벼들려 했지만, 직전에 빌에게 붙잡혀서 꼼짝달싹도 하지 못했다. 사람들은 "무서워, 무서워!"라면서 순식간에 흩어졌다. 코하루는 쿠나이를 쥔 채 손발을 버둥거렸다.

"이거 놔! 저 녀석들이 카루라 님에게 심한 말을 했다고!"

"통행인을 덮치면 우리가 불리해져요. 틈을 보여선 안 돼요."

"그럼 어떡해야 하는데! 역시 카린을——."

"각하!! 무사하셨나요!!"

익숙한 목소리가 들렸다.

어느새 뒤에 마른 나무 같은 남자가 서 있었다. 카오스텔이다. 아마 공간 마법 같은 걸로 날아온 것이겠지——. 그러나 그 혼자 있는 게 아니었다. 벨리우스나 멜라콘시까지 있다. 게다가 동료들에게 기대듯 서 있는 것은.

"요한?! 너 어디 갔었어?!"

"예—! 감옥에 붙잡힌 요한 녀석 헤롱헤롱. 각하의 다리를 카오스텔 할짝할짝."

"정리하자면 동도 외곽에 있는 감옥에 갇혀 있었습니다. 눈에
띄는 외상은 없지만 쇠약해진 것 같고요."

"외상이라면 있거든! 여우 녀석에게 칼등으로 맞고 기절했으
니까!"

요한이 외친다. 확실히 그의 머리에는 큰 혹 같은 게 생겨 있다.

"이봐, 테라코마리. 나를 덮친 것은 레이게츠 카린인지 뭔지
하는 빌어먹을 녀석이 분명해. 그 녀석은…… 그 녀석들은, 제7
부대를 함정에 빠뜨리려 하고 있었어."

"진정하세요, 헬더스 중위. 도대체 무슨 일이 있었던 거죠."

"나는 레이게츠 카린에 습격당했어. 반격했더라면 좋았겠지
만, 녀석들이 비겁한 마법을 썼다고. 여우 귀가 달린 부하 있지?
그 녀석이 내 모습으로 변해 있었어."

"뭐……."

나는 경악하고 말았다. 역시 범인은 카린이었던 것이다.

대체 얼마나 악랄한 짓을 해야 속이 풀리는 거지——. 아니,
그것보다도. 요한이 말한 '변해 있었다'라는 게 무슨 뜻인지 잘
모르겠다.

자세하게 설명을 들으려고 한 그때였다.

"——아마츠 카루라와 테라코마리 건데스블러드다! 거기서 움
직이지 마!"

누가 뒤에서 큰 소리로 불러 세웠다.

제복을 입은 화혼종들이 험상궂은 얼굴로 이쪽을 노려보고

있다. 아마 천조낙토의 경찰이겠지. 우리가 지명 수배되었다는 게 사실이었던 거다.

코하루가 카루라를 감싸듯 앞으로 나섰다.

"방화야. 범인을 잡아."

"범인 따위는 없다. 자연 발화했다는 보고를 받았으니까."

"뭐……?!"

다들 기가 막혀서 말을 잃고야 말았다. 대응이 너무 허술하다. 무슨 압력이 가해지고 있다고 볼 수밖에 없었다. 경찰은 이쪽을 노려보며 거만하게 말했다.

"그보다 앵취궁에서 체포 영장이 내려왔다. 아마츠 카루라 및 테라코마리 건데스블러드를 살인 미수 및 국가 전복 공모 혐의로 체포한다."

"그런 적 없어! 엉터리 같은 소리 마!"

"엉터리일 리가 있나! 이것은 오오미카미 님이 내리신 판단이야!"

그 자리에 충격이 퍼졌다.

오오미카미의 판단. 즉 그 마음씩 착한 사람이, 카루라의 꿈을 응원해 주었던 그 사람이, 자세히 알아보지도 않고 우리를 잡으려고 한다는 것이다.

아니, 잠깐. 그럴 리 없어. 무슨 함정이 있겠지——.

이러저러한 사이에 풍전정의 진화 작업이 끝났다. 뒤에 남겨진 것은 숯덩이가 된 건물의 잔해뿐. 카루라의 꿈을 향한 첫걸음은 무참히 부서져 버린 것이다.

나는 카루라 쪽을 보았다.

그녀는 울고 있었다. 눈물을 뚝뚝 흘리며 서 있었다.

웃기지도 않는다. 이런 일이 있어야 하겠는가.

나는 분노를 느끼면서 경찰들 쪽으로 돌아섰고—— 어느새 부하들이 내 앞에 서서 상대를 노려보고 있음을 깨달았다.

"——각하. 이번만은 저도 분노를 금할 수가 없군요."

카오스텔이 웃으면서 그렇게 말했다. 그러나 눈은 웃고 있지 않다.

"이봐, 무슨 생각을 하는 거야, 너희."

"레이게츠 카린 진영의 행동은 눈에 거슬립니다. 건데스블러드 각하가 아마츠 카루라의 할머니를 살해? 바보 같은 소리도 정도껏 해야죠. 저희는 그런 잔꾀는 안 씁니다."

"카오스텔 말이 맞습니다. 게다가 아마츠 님을 이렇게 대하다니, 정말이지 잘못됐습니다. 일단 눈앞에 있는 녀석들에게 저희 힘을 깨닫게 해주죠."

"예—! 각하 적은 나의 적! 폭발적으로 나는 피! ——죽어."

"용서 못 해…… 잘도 나를 웃음거리로 만들었겠다————!!"

고오오오!! 요한의 몸에서 불기둥이 솟구쳤다. 주변 사람들이 비명을 지르며 도망치고 있다. 경찰들이 당황하며 칼을 뽑았다. 이봐, 그만해! 이런 데서 싸우기 시작하면 다칠지도 모른다고——!

그렇게 외치기도 전에 멜라콘시의 폭발 마법이 발동했다.

다음 순간.

콰아아아아아아아아아아아아앙!! ——하고 의성어로 표현하는 것
도 바보 같을 정도로 성대한 폭발이 일어났다. 그걸 시작으로
카오스텔이나 벨리우스나 요한이 폭풍(爆風)을 향해 돌진했다.
자욱한 연기 너머에서 요란한 전투음이 들려온다.

"뭐…… 뭐 하는 거야 이 녀석드으으으으을?!"

"마핵도 없는 곳에서 무모하네요. 하지만 저는 조금 살았다
싶은 기분이에요. 그들이 경찰을 묶어 준 덕분에 시간적 유예가
생겼으니까요."

빌에게 그런 말을 듣고 깜짝 놀랐다.

나에겐 걸리는 점이 있다. 어떻게 레이게츠 카린은 이만한 강
권을 발휘할 수 있을까. 왜 카루라를 응원해 준 오오미카미는
침묵을 고수하는 걸까. 그 답은—— 대로의 종착점. 검소하지만
강력한 분위기를 발휘하는 '앵취궁'인지 뭔지에 있을 것이다.

나는 정신이 나간 것처럼 우두커니 서 있는 동양풍 소녀에게
다가갔다.

"카루라. 가자."

"……어디로요. 이제 제 꿈은 끝나고 말았어요. 가게도 타버
리고…… 할머님도 없고……, 이 이상 뭘 하라는 거죠."

"아무것도 안 해도 돼!" 나는 카루라의 두 어깨를 잡고 돌려세
웠다. 동그래진 눈이 이쪽을 바라보고 있었다. "너는 나만 따라
오면 돼! 나는…… 이런 짓을 한 녀석을 용서할 수 없어. 사람을
바보 취급한다고 볼 수밖에 없잖아. 카루라의 소중한 것을 자꾸
만 빼앗아 가고. 절대로…… 절대로……."

"저, 저기, 코마리 씨……?"

왠지 나도 눈물이 흘러내렸다. 소매로 훔친다. 그러나 멈추지 않는다.

슬퍼하는 카루라의 얼굴을 바라보는 사이 무한한 분노와 용기가 샘솟았다.

"어쨌든! 우선 오오미카미와 직접 담판을 짓자. 카린을 막으라고 해보는 거야."

"하지만…… 체포 영장은 오오미카미 님이 내준 것 같은데……."

"무슨 착오가 있는 걸 수도 있잖아! 그러니까 일단 궁전으로—."

"코마리 씨! 조심하세요!"

날아온 검의 파편을 사쿠나가 매직 스틱으로 날려주었다. 다른 쪽에서 고함이 들려온다. 아무래도 경찰 부대의 증원이 온 것 같다. 아니——, 저건 경찰이 아니다.

"천조낙토군 제4부대네요. 정면으로 맞붙으면 잡힐 게 분명해요. 어서 '앵취궁'으로 가죠."

"그렇다네. 가자, 카루라!"

"네——? 꺄악."

나는 카루라의 손을 잡고 달리기 시작했다.

뒤에서 "멈춰라, 건데스블러드!"라는 소리가 들린다. 아마 오검제 중 하나겠지——. 그렇게 생각한 순간 슈웅!! 하는 굉음과 함께 내 몸 옆으로 아슬아슬하게 화살 같은 마법이 지나갔다. 오싹했다. 하지만 무서워할 때가 아니다.

"어째서…… 어째서 코마리 씨는 그렇게까지……."

카루라가 무슨 말을 하기 시작한다. 뒤에서 고속으로 날아온 빛의 화살이 빌의 쿠나이에 튕겨 나간다. 코하루가 수수께끼의 인술로 대량의 바늘을 적군 쪽으로 날렸다.

"왜 그렇게까지 필사적인 건가요. 당신은 평화주의자잖아요. 이렇게 위험한 꼴을 당하면서까지 천조낙토의 문제에 뛰어들 필요는⋯⋯."

"카루라가 내 친구이기 때문이야!"

나는 무심코 절규하고 있었다. 카루라가 숨을 집어삼키는 소리가 들렸다.

사쿠나의 마법이 발동한다. 어마어마한 냉기가 땅을 타고 퍼져 길이 빠르게 얼어붙는다. 그러나 적군은 신체 강화의 마법인가 뭔가로, 가뿐히 얼음을 뛰어넘었다. 나도 모르게 넘어질 뻔했지만 빌 덕에 중심을 유지하면서 힘을 짜내어 외쳤다.

"난 카루라를 존경하고 있어. 왜냐하면 카루라는 나와 똑같으니까⋯⋯. 똑같은데도 노력해서 꿈을 실현하려고 했으니까. 그러니까⋯⋯ 그게 짓밟히게 둘 수는 없어."

"하지만!"

"하지만이고 뭐고! 나는 카린을 패주기 전에는 속이 풀리지 않을 것 같아! 그 녀석은 잘못됐어! 한번 따끔하게 말해줘야 정신이 들 거라고!"

"하지만, 하지만! 코마리 씨는── 본인을, 약하다고 생각하는 거죠?"

"당연하지! 나는 최강의 최약 장군이야! 자칫 잘못하면 적반

하장으로 카린 손에 죽을지도 몰라. ——하지만 카루라의 마음을 생각하면, 그건 전혀 대단할 게 못 돼!"

실은 대단한 것이다.

나도 카린에게 맞서기는 무섭다.

하지만 저 녀석을 그냥 두면 큰일이 벌어질 것 같았다. 할머님 말이 다 옳다. 레이게츠 카린은 오오미카미가 되어서는 안 될 타입의 인간인 것이다.

문득 뒤를 돌아본다. 카루라가 눈가를 쓱쓱 닦고 있었다.

"코마리 씨는, 정말, 바보로군요……."

"바보인 건 알아. ……같이 오오미카미를 만나러 가자."

"네."

그 순간, 뒤에서 거대한 마력이 느껴졌다.

갑자기 카루라가 발을 헛디뎌 넘어졌다. 그에 덩달아 나까지 털퍽! 하고 땅에 쓰러지고 말았다. 눈치챘을 때는 늦은 후였다. 빌과 사쿠나가 당황하며 무슨 마법을 영창한다. 코하루가 눈에 보이지조차 않는 속도로 쿠나이를 투척했다.

적장이 외쳤다.

"상급 도검 마법【신속시(神速矢)】."

나는 당황해서 일어나려고 뒤를 돌아봤다——. 그리고 눈앞으로 다가온 거대한 빛의 화살을 목격했다. 피하는 것은 불가능했다. 나는 다가올 통증에 대비해 눈을 꼭 감았다. 그리고.

퍼엉!! 고막을 찢는 듯한 총성이 울렸다.

놀란 나머지 눈을 뜨고 말았다. 바로 코앞에 있었을 빛의 화살이 홀연히 자취를 감추었다. 빌이나 사쿠나가 도와준 건가?
──그렇게 생각했는데 아닌가 보다.

"와하하하하하! 그 정도로는 내 총탄을 이길 수 없다고, 비열한 화혼 놈 같으니!"

쩌렁쩌렁한 고함이 들렸다.

나는 놀라서 시선을 위로 돌린다. 목욕탕 지붕 위에 흰 소녀가 하나 서 있었다. 장비하고 있는 크고 긴 총구에서는 마법 연기가 모락모락 피어오르고 있다. 아마 그녀가 총탄을 쏴서 마법을 튕겨내 주었겠지. 아니, 그건 그렇다 쳐도──.

"프로헤리야?! 뭐 하는 거야!"

"나는 내가 하고 싶은 일을 할 뿐이야. 오늘 아침 신문을 봤나? 그건 레이게츠 카린이 조작한 거다. 그런 방식은 좋아하지 않거든. 군주는 맑고 올발라야 해. ──진상이 밝혀지기 전에 제군이 체포당하는 건 마음에 안 드니까."

육동량 프로헤리야 즈타즈타스키는 총을 겨눈 채 적장을 노려보고 있었다.

빌의 도움으로 일어나면서, 나는 감탄의 한숨을 내쉬었다. 저녀석은 레이게츠 카린 진영일텐데── 백극 연방 정부의 방침을 무시하면서까지 우리를 도운 것이다.

"자, 이름도 모르는 장군이여. 저들을 막겠다면 내가 상대해주마."

"프로헤리야 말이 맞아!"

목소리가 추가로 들렸다. 그 직후 아득한 상공에서 한 소녀가

Illustrations copyright © riichu

빙글빙글 회전하며 내려왔다.

타앗! 화려하게 착지하고 정체 모를 전투태세를 취한 것은── 고양이 귀 소녀 리오나 플랫이다. 그녀는 우리를 힐끗 살피고 마력을 가다듬었다.

"이곳은 우리에게 맡겨! 고양이를 기르는 녀석은 싫지만, 너희는 응원하고 싶거든. 왠지 이 나라에서는 뭔가 수상한 냄새가 나. 오오미카미를 찾아가서 많은 걸 해명해 줘."

"와하하하하하! 자, 전쟁의 시작이다──. 죽어라!"

프로헤리야가 다시 마법의 탄환을 발사했다.

연속해서 울려 퍼지는 총소리. 이내 천조낙토군 쪽에서 대폭발이 일어난다.

그것을 신호로 리오나가 적군을 향해 고속으로 돌격했다. 조금 전에 있었던 경찰과 제7부대의 충돌보다 장렬했다. 총성이 울려 퍼질 때마다 폭음과 시체가 흩날린다. 리오나의 주먹이 적의 심장을 관통하자 피가 사방으로 흩날린다. 주변 건축물이 순식간에 파괴되었고 사람들의 비명과 고함이 울려 퍼진다.

너무 심하잖아── 라고는 생각하지 않았다.

멀뚱멀뚱 서 있을 때가 아니다. 오히려 지나친 건 상대니까.

"코마리 님, 가죠!"

빌의 재촉으로 우리는 다시 달려나갔다.

"뭐야, 뭐야" "폭동인가?!" "아마츠 장군이다!" "그 흡혈 공주도 있어!" ──사람들의 환호성을 들으면서 길을 달린다. 이윽고 오오미카미가 머무는 앵취궁의 대문이 보였다. 천탁신궁의 본존이기도 한 거대한 벚꽃 나무가 표적이다.

"뭐냐, 네놈들은! 멈춰——, 크헉."

창을 가진 위병이 휴지 조각처럼 날아갔다. 코하루가 눈에 보이지조차 않는 속도로 돌려차기를 날린 것이다. 우리는 그대로 문을 지나 앵취궁으로 들어간다.

뮬나이트 궁전 정도의 화려함은 없다. 소박한 분위기의 복도가 끝없이 이어지는 풍경——. 그러나 어딘지 모르게 중후한 분위기가 느껴지는 '화(和)'의 성채. 순찰하는 병사들이 공격해 올 줄 알았지만 그런 일은 없었다. 궁성 안은 놀랄 만큼 조용했다.

"여기야!"

코하루가 가리키는 곳에는 큰 목제 문이 있었다. 사쿠나와 빌까지 셋이 달려들어 문을 연다. 그렇게 모습을 드러낸 것은 거대한 방이었다.

분위기로 알겠다. 이곳은 뮬나이트 궁전에서 말하는 '알현실'임이 분명하다.

안쪽에는 발이 쳐져 있다. 저 뒤에 오오미카미가 있는 걸까?

그렇게 생각하는데—— 그 발에서 사람의 그림자가 나타났다.

태양을 본뜬 비녀. 엄숙한 기모노. 그리고 무엇보다 거대한 부적으로 얼굴을 가린 특징적인 모습.

천조낙토의 오오미카미임이 분명했다.

"——어머? 다들 무슨 일이시죠?"

"오오미카미 님!"

카루라가 머리카락을 휘날리며 그녀에게로 달려갔다.

"어떻게 된 거죠?! 왜 제가 군이나 경찰에 쫓기는 건가요? 왜 제가 할머님을 죽이려고 했다는 의심을 받는 거죠?!"

"당신이 한 게 아니라는 증거는 있나요?"

"즈──." 카루라는 잠깐 말문이 막혔지만 말했다. "증거는 없지만요! 그래도 제가 그런 짓을 할 리 없잖아요! 그건 오오미카미 님도 잘 아시죠?!"

"모르겠네요. 전혀 모르겠어."

"어, 어째서……."

"왜냐하면── 나는 오오미카미가 아니니까!"

모두가 깜짝 놀랐다.

퍼엉! 오오미카미의 몸에서 대량의 연기가 분출됐다. 갑자기 빌이 팔을 잡아당기더니 끌어안는다. 뭐가 뭔지 알 수 없었다. 마력의 반응은 없었을 것이다. 하지만 정신을 차렸을 때, 오오미카미의 모습은 사라지고 없었다. 대신 거기 나타난 것은──.

복슬복슬한 금색 꼬리. 실룩실룩 움직이는 여우 귀.

그리고── 사람을 깔보는 듯한 악랄한 미소.

"딱 걸리셨군요! 오오미카미의 정체는 후야오 메테오라이트! 레이게츠 카린 님의 식객이랍니다!"

벌어진 입을 다물 수가 없었다.

코하루가 동요하면서 후야오에게 한 걸음 다가갔다.

"어떻게 된 거야?! 네가, 어떻게."

"그런 작전이옵니다! 저는 카린 님에게서 '경국의 여우'라는 이명을 받았는데, 이번 활약은 그야말로 그 이름에 걸맞다고 자부한답니다!"

후야오는 깔깔거리며 웃고 있었다.

왜 이 소녀가 오오미카미로 변해 있었는지. 애초에 어떻게 변신할 수 있는 건지——. 진짜 오오미카미는 어디 있는지, 카린은 이 일을 알고 있는지, 언제부터 후야오는 오오미카미를 대신하고 있었는지, 천조낙토 정부는 어떤 구조로 움직이고 있었는지.

너무 의미 불명이라 머리가 터질 것만 같았다. 그건 카루라도 마찬가지였던 듯하다. 그녀는 여러 번 입을 뻐끔거리다가 간신히 말을 이었다.

"오오미카미 님은…… 어디로 간 거죠……?"

"오오미카미 님이라면 여기 없어."

그 자리에 있는 전원이 소리가 난 쪽을 바라본다.

기둥 뒤에서 누군가가 나타났다. 무지개색의 머리 장식을 한 사무라이 소녀—— 레이게츠 카린이다. 그녀는 시니컬한 미소를 띠면서 우리 쪽으로 다가온다.

"그분은 카루라를 편애하고 있어. 이대로는 천조낙토를 위해서 안 되겠다고 생각했지. 그래서 나도 강경 수단을 쓴 거야."

"여기 없다니—— 오오미카미 님은 어디 가신 거죠?!"

"카린 님, 카린 님! 그건 말씀하지 않기로 하셨죠. 아무래도 제가 오오미카미를 대신했단 걸 들키면 형세가 역전될 테니까요."

"괜찮아. 증거 따윈 어디에도 없으니까."

"증거라면 있어요! 제 눈앞에 당신들이 있다는 게 무엇보다 큰 증거! 바로 사람을 불러올게요! 코하루, 감시하고 있어요!"

"괜한 짓이야. 앵취궁 사람들은 이미 내보냈다. 그리고 누굴 데려와봤자 증거가 없어서 아무 소용없을걸."

"그럴 리 없어요! 저 여우가 쓴 건 변신 마법 맞죠? 비록 오오미카미 님으로 변신했다고 해도 마법에 정통한 사람이 조사하면 대번에 알아차릴걸요."

"마법이 아니야. ——후야오, 보여줘."

"알겠습니다! 열핵해방【수경 이나리 권화】."

퍼엉!! 연기 같은 것이 가득 찼다. 그리고 나는 눈을 의심했다. 방금까지 여우 소녀의 모습을 하고 있었을 텐데—— 그 자리에 있는 것은 카루라와 쏙 빼닮은 소녀였다.

닮은 정도가 아니다. 꼭 거울을 비춘 것처럼 똑같았다.

"할머님. 할머님."

카루라의 모습을 한 후야오가 웃는다.

목소리까지 무서울 정도로 닮아 있다.

"할머님——, 그렇게 말하면서 다가가니 간단하던데요. 지옥 풍차도 늙었더군요. 아니면 손녀에게는 약했다는 걸까요?"

"다, 당신이…… 할머님을……!"

"그런 게 뭐 중요한가요? ——그보다 이건 마법이 아니에요. 마음의 힘을 나타내는 이능, 열핵해방. 그러니까 마력을 조사한다고 해도 아무 소용 없을 겁니다. 카린 님 말대로 증거 따위는 없는 거나 마찬가지죠."

"왜 할머님에게 그런 짓을 한 거죠! 당신 때문에…… 할머님은……!"

"선거에 이기기 위해서죠! 오오미카미 자리에 적합한 것은 아마츠 카루라가 아니라 레이게츠 카린. 나라를 올바른 방향으로 이끌기 위해서 다소의 희생은 어쩔 수 없는 법이에요! 뭐, 죽이는 데는 실패한 것 같지만요."

그렇게 말한 후야오는 재미있다는 듯이 웃고 있었다.

나는 모든 것을 이해했다. 동도 신문이 필요 이상으로 아마츠 카루라 진영을 멸시한 것이나 오오미카미가 우리를 체포하라고 했던 것——. 더 거슬러 올라가면 레이게츠 카린 진영에만 뇌물이 허가되었던 것. 이 모든 게 여우 소녀가 오오미카미로서 권력을 남용했기 때문이었다.

카루라는 분한 나머지 눈물을 흘리고 있었다.

코하루는 지나친 처사에 멍해 있었다.

믿을 수 없다. 이렇게까지 악의에 찬 인간이 이 세상에 존재할 줄은 생각지도 못했다. 나는 어떡해야 할까. 차라리 제7부대 녀석들을 여기로 부를까——. 그렇게 살벌한 감정을 품었을 때.

"왜 저희의 면회에 응한 거죠?"

빌이 분노를 억누른 듯한 목소리로 그렇게 중얼거렸다.

"굳이 앵취궁에서 기다리고 있었다는 건 이야기할 준비가 필요하다는 것. 저희가 여기에 올 것을 예상하고 있었나요?"

"아아, 그랬지." 카린은 이제야 생각났다는 듯 말했다. "딱히 너희를 진심으로 체포해서 심판할 생각은 없었다. 이건 민중을 향한 데몬스트레이션——, 즉 '아마츠 카루라는 악이다'라는 인상을 심어주는 것에 불과하니까."

"사악하네요. 그런 분은 군주의 그릇이 아니라고 전 생각합니다만."

"——이봐, 카루라. 나는 네가 마음에 안 들어."

카린은 빌의 말을 무시하고 카루라에게 다가섰다.

그 눈에 깃든 것은 순수한 증오. 카루라를 향한 순수한 증오였다.

"오오미카미가 되면 바로 그만두고 과자 장인이 되겠다고? 장난하지 말라는 말밖에 안 나오는군. 난 절대로 용납 못 해. 오오미카미를 목표로 할 거라면 오오미카미가 되고자 하는 의지를 가져."

"요컨대!" 후야오가 외쳤다. 어느새 여우의 모습으로 돌아와 있다. "카린 님은 카루라 님이 진지하게 국주를 목표로 했으면 하는 거죠! 상대가 의욕이 없으면 재미도 없으니까. 짓밟는 보람이 없으니까!"

"그, 그런 건! 당신하고 상관없잖아요! 저는——."

"닥쳐!!"

카린의 노성이 자리에 메아리쳤다. 카루라가 어깨를 움찔 떨었다.

"내가 어떤 심정으로 살아왔는지 알아? 네놈처럼 존재부터가 장난스러운 인간은 내 손으로 매장해 버려야만 속이 풀린다고. 그렇게 하는 게 천조낙토를 위한 길이야. 너처럼 안이한 사고를 가진 바보가 위에 서면 이 나라는 반드시 멸망하겠지."

뭔가 알 듯한 기분이 들었다.

이 소녀는 카루라를 질투하는 것이다. 서로 전력을 발휘해 결착을 내고 싶다고 생각하는 것이다. 아마 두 사람 사이에는 나로서는 이해하기 힘든 인연이 있는 게 분명했다.

하지만. 그렇다고 해도.

어떤 이유가 있었다고 해도—— 카린의 행동은 용서받을 수 없다.

나는 한 걸음 나아가 카루라와 카린의 사이에 끼어들었다.

"……네 사정은 모르겠어. 하지만 카루라는 지지 않아."

"마음껏 지껄이도록 하시지, 건데스블러드. 나는 이 나라의 정점에 서겠어. 그러기 위해서는 어떤 방책도 마다하지 않을 거고."

"마다해!!"

나는 앞뒤를 생각하지 않고 소리쳤다. 그렇게 해야 한다고 생각했다.

"이런 지독한 짓을 하는 녀석이 오오미카미가 될 수 있을 리 없잖아! 너와 카루라가 있다면 카루라가 훨씬 더 국주에 걸맞아! 이기는 쪽은 반드시 카루라야!"

뾰옹.

뭔가 바뀌는 기척이 났다.

도저히 반응할 수 없었다. 질풍처럼 파고든 후야오의 검이 번뜩였다. 어느새 예리한 칼날이 눈앞으로 다가왔음을 깨닫는다.

"코마리 씨!"

사쿠나의 목소리가 고막을 뒤흔드는 순간 흰색 마력이 폭발했다. 나와 후야오 사이에 얼음 장벽이 전개된다. 참격이 장벽과 충돌해 소리가 울려 퍼진다. 투명한 얼음 너머로 후야오의 살의에 찬 눈이 빛나고 있었다. 겨우 살았다고 안도할 여유는 없었다.

빠지지지지직——.

칼이 장벽을 부수며 돌진했다.

"각오는 되었는가. 테라코마리 건데스블러드."

"가, 각오 따위——."

"코마리 님! 물러나세요!"

옆에서 튀어나온 쿠나이가 후야오의 칼을 튕겨냈다. 나를 감싸듯 빌이 뛰어들었고——, 후야오의 강렬한 발차기가 그녀의 복부로 날아들었다.

빌의 뒤통수가 내 코에 직격했다. 시야에 별이 보였다. 걷어차여 날아간 빌과 함께 내 몸은 바닥 위를 데굴데굴 굴러다녔다. 이게 뭐야. 왜 갑자기 공격당하는 거지? ——수많은 의문이 머릿속을 빙글빙글 맴돌았고 답이 나오지 않은 채 바닥 위를 미끄러지는 사이, 어느새 빌이 나를 끌어안고 몸을 웅크리고 있었다.

"빌! 괜찮아?"

"배만 좀 아파요. 이 정도쯤은……."

그러나 빌은 괴로워 보였다.

나는 아연한 표정으로 후야오 쪽을 봤다. 금색의 여우 소녀는 어느새 우리 앞에 우뚝 서 있었다. 조금 전까지와는 다른 타입의 미소를 띠며 이쪽을 내려다보고 있다.

"최종 결전까지 기다릴 수가 없겠군. 자, 테라코마리. 서로 죽여 보실까."

"무, 무슨."

슈웅!! 갑자기 검격이 번뜩였다.

어깻죽지에 드는 위화감. 이어서—— 타는 듯한 통증이 온몸을 덮쳤다.

어느새 어깨에서 피가 흘러넘치고 있었다. 뒤늦게 베였다는 걸 이해했다.

"윽, 아, 아파……."

"코마리 님?! 후야오 메테오라이트! 절대로 용서하지——."

빌의 안면에 돌려차기가 명중했다. 그대로 메이드의 몸이 힘차게 굴러간다. 이번에는 사쿠나와 코하루가 소리 없이 좌우에서 덤벼들었다. 지팡이와 쿠나이가 후야오에게 명중했나 싶었던 순간—— 포옹! 연기가 자욱하게 끼면서 여우 소녀가 자취를 감췄다.

"어——? 어, 어디 간 거죠?!"

"여기다."

퍼억! 둔탁한 소리가 울렸다. 사쿠나와 코하루의 뒤통수에 칼등이 명중한 것이다. 저건 아마 환술 마법의 일종이겠지——. 그렇게 추측하는 사이 두 사람은 비명 한 번 못 지르고 기절해 버렸다.

나는 어깨를 누르면서 멍하니 있었다.

빌도 사쿠나도 코하루도 순식간에 당하고 말았다. 카루라로 말할 것 같으면 다리에 힘이 풀려 꼼짝도 하지 못한 채 떨고 있었다. 뭐지, 이 소녀는. 여기서 담판을 낼 셈인가? ——나는 머뭇머뭇 시선을 위로 들었다.

뽀옹.

"——약해라! 약하네요. 이래서는 재미도 못 보겠습니다."

후야오의 가는 손가락이 내 턱에 닿았다.

눈과 코끝에 사람을 깔보는 듯한 미소가 있었다.

"아픈가요? 분한가요? 동료가 이런 꼴을 당하니 화나나요? 하지만 이건 레이게츠 카린 님을 거스른 대가! 지금 여기서 죽여드리죠!"

"왜—— 왜 이런 짓을 하는 거야?! 의미를 모르겠어! 모두에게 사과해!"

"사과해도 의미는 없습니다! 이제부터 당신은 죽게 될 테니까!"

후야오가 손가락에 묻은 나의 피를 날름 핥았다. 천천히 칼을 치켜든다. 나는 너무 무서워서 꼼짝할 수조차 없었다. 왜 일이 이렇게—— 영문을 모른 채 돌처럼 굳어 있었다.

"그만해, 후야오!!"

카린의 노성이 울려 퍼졌다. 후야오가 움직임을 멈추고 뒤를 돌아본다.

"그만해? 어째서죠."

"너는 너무 독단으로 움직이고 있어! 여기서 죽이면 천무제가 엉망이 되잖아! 게다가 테라코마리 건데스블러드는 위험해. 섣불리 건드렸다간 큰일 날걸."

"흠." 후야오는 잠깐 생각하는 모습을 보였다. "——농담이에요, 농담! 이렇게 하면 상대도 최종 결전에서 진심을 보여줄 것 같아서 말이죠. 이거 참, 실례했습니다. 테라코마리 님! 제가 좀 지나치긴 했네요."

후야오가 발길을 휙 돌렸다.

나는 어안이 벙벙해서 끽소리도 내지 못했다.

이 녀석들은―― 대체 무슨 생각을 하는 거지?

"카, 카린 씨! 이런 짓을 벌이고도, 용서받을 수 있을 것 같아요?!"

"이런, 카루라 님! 화나셨군요? 그 분노는 카린 님에게 쏟아내면 어떨까요! 저분은 그걸 기다리고 계셨거든요!"

"그래, 카루라."

카린이 뻔뻔스레 웃으며 카루라 쪽을 보았다.

품에서 뭔가를 꺼낸다. 마법석이었다.

"천무제 최종 결전은 내일 아침. ……의욕을 내줘서 기쁘구나. 이렇게까지 몰아붙인 보람도 있었나 보군. 너를 짓밟는 순간을 기대하고 있으마."

마력이 느껴졌다. 카린의 손바닥 위에 있는 마법석이 발동하고 있다. 기습 공격인가――, 그렇게 생각한 나는 경계했다. 그러나 아무리 시간이 지나도 마법은 날아오지 않았다.

어느새 카린과 후야오의 모습이 사라지고 없었다.

아무래도 【전이】 마법석이었던 모양이다. 나는 주저앉은 채 꼼짝도 하지 못했다. 뒤에 남은 건 어찌할 수 없는 무력감뿐이다.

하지만―― 무슨 일이 있어도 이겨야만 했다.

카린 마음대로 되게 두면 천조낙토가 엉망이 될 것 같은 기분이 들었다.

나는 카루라의 표정을 훔쳐봤다. 그녀는 슬픔에 휩싸여 주저앉고 말았다. 이 아이를 위해서 힘을 내야 한다. 나는 주먹을 꽉 쥐며 결의한다.

다행히도 당한 세 사람은 거의 다친 곳이 없었다.

적당히 봐준 걸지도 모르겠다.

☆

천조낙토군 제4부대가 물러갔다.

이어서 멀리서 소란을 피우던 경찰들도 모습을 감추었다.

"——흥. 오오미카미가 퇴각 명령이라도 내렸나? 도망치는 것 하나는 빠르군."

프로헤리야 즈타즈타스키는 총을 겨누면서 작게 욕설을 퍼부었다.

죽인 수는 16명. 그에 비해 이쪽의 손해는 제로. 최강의 육동량 대장군이 이까짓 전투에서 다칠 일은 없다. 반면 부지런히 땅을 기며 분투하던 리오나 플랫은 여기저기 스친 상처가 있다. 마핵도 없는데 고생이다.

"아——, 뭐야! 도망쳤잖아! 다 죽여 주려고 했는데."

"자자, 진정해." 프로헤리야는 목욕탕 지붕 위에서 뛰어내리며 말한다. "우리 목적은 테라코마리나 아마츠 카루라를 도망치게 하는 거야. 나중에 그들에게 정보를 들을 수 있지 않을까."

"아니……, 하지만 우리는 원래 카린 진영이지? 카린에게 물어보면 되지 않아?"

"돌머리구나, 너. 아니, 고양이 머리인가."

"고양이 머리?! 그게 뭐야?!"

"레이게츠 카린은 만악의 근원이야. 이 동도에는 강한 악의가 떠돌고 있어──. 그것도 카린을 중심으로 말이야. 들리지? 듣고 싶지도 않은 신랄한 말들이."

프로헤리야는 귀를 기울였다.

멀리서 사람들의 목소리가 들린다──. "카루라 님이 정말 죽인 건가." "카린 님 말씀대로잖아." "싫어. 그런 사람이 오오미카미가 되는 건." "풍전정의 과자에 독이 들어 있었다던데." "생각해 보면 아마츠 진영은 비겁한 짓만 하고 있었어……."

짐승의 귀를 가진 리오나도 어렴풋이 깨닫고 있었던 모양이다.

동도는 악의로 가득 차 있다. 의도적으로 퍼뜨린 비열한 악의로.

"──하지만."

리오나는 고개를 갸웃거리며 입을 연다.

"그래도. 모든 목소리가 카루라를 비판하는 건 아니야. 동도 사람들도 인형은 아니니까. 자기 눈과 귀와 감성으로 판단하는 사람도 분명 있어."

"그래. 그래서 밉살스럽게 느껴지는 거야. 레이게츠 카린은 비열한 인상 조작으로 인민을 속일 수 있을 거라 생각하는 거야. 나는 그런 '국민을 깔보는 사람'이 별로거든."

"뭐―. 그러게. 내가 가장 싫어하는 게 누명이나 방화 같은 건데."

"바로 그거야!! 저렇게 지독한 짓을 하는 녀석은 처음 봤어! 절대 용서 못 해!"

프로헤리야는 발을 구르며 목청을 높였다.

정말 그 말대로다. 서기장의 명령에 따라 레이게츠 카린 진영에 가세한 것까지는 좋지만――, 저건 군주의 그릇이 아니다. 이 프로헤리야 스타즈타스키 각하가 굳이 도울 만한 가치도 없었다.

이미 서기장의 명령 따위는 알 바 아니었다.

나중에 벌을 받아도 상관없다. 이렇게 된 이상 멋대로 행동해야 하지 않을까――. 그렇게 생각하며 걸음을 뗀 순간.

품에 있던 통신용 광석에 마력 반응이 있었다.

타이밍 나쁘게도 상대는 서기장이었다. 프로헤리야는 혀를 차면서 광석에 마력을 담는다. 곧바로 아득한 북방의 고향과 음성이 이어졌다.

"네, 프로헤리야입니다. 통화하고 싶으면 사전에 연락을 주시죠."

[그럼 지금부터 통화를 하도록 하지. ――그런데 프로헤리야, 이것저것 지켜봤다만.]

리오나가 흥미롭다는 듯이 이쪽을 보고 있다.

기밀 사항을 듣게 할 수는 없기에 "쉿쉿" 하고 손으로 쫓았다.

[이번에는 계획을 변경할 수밖에 없겠어.]

"원래 계획은 레이게츠 카린을 오오미카미로 옹립하는 것이었을 텐데요."

[그래. 레이게츠 카린은 군주의 그릇이 아니야. 그렇기에 그자가 오오미카미가 되면 천조낙토의 국력은 크게 약해지겠지. 머지않아 백극 연방의 꼭두각시로 삼는 것도 불가능하진 않을 거라 생각했어.]

참 교활한 자식이라고 프로헤리야는 생각한다.

[그리고 레이게츠 카린이 오오미카미가 되면 아마츠 카루라는 오오미카미가 될 수 없어. 이 사실은 우리나라에 어마어마한 이익을 가져오겠지. 아마츠 카루라의 능력은 쓸모가 있으니까. 오오미카미가 되어 버리면 접촉할 기회도 줄어들어.]

"저는 그 부분이 이해가 안 됩니다. 아마츠 카루라에게 어떤 힘이 있다는 겁니까."

[나중에 싸워보면 알게 되겠지——. 뭐 그건 그렇고 원래 계획대로 레이게츠 카린을 오오미카미로 삼으면 조금은 난감해지겠어. 이건 정말 난감해. 이대로는 꼭두각시가 되기는커녕 천조낙토가 멸망하고 말 거야.]

서기장은 과장스럽게 한숨을 내쉬며 그렇게 말했다. 어디까지가 진심인지 잘 모르겠다.

[이봐, 프로헤리야. 너는 레이게츠 카린의 방식이 마음에 안 들지?]

"솔직히 말씀드리자면 그렇습니다."

[그럼 네 뜻대로 하도록. 내가 허락하지.]

프로헤리야는 눈을 크게 떴다. 무슨 바람이 불었는지는 잘 모르겠다. 그러나 하고 싶지도 않은 일을 강요당하는 것보다는 훨씬 낫다. 서기장은 '단' 하고 덧붙이듯 말했다.

[여우를 조심해라.]

"여우? 후야오 메테오라이트 말인가요."

[그래. 그 녀석은 레이게츠 카린에게 빌붙어서 무슨 일을 벌이려 하고 있어. 그러니까 생각대로 되게 둬서는 안 돼. 레이게츠 카린이 이기게 해서는 안 된다고.]

"그게 무슨 뜻인가요?"

광석 너머에서 서기장이 웃는 기색이 났다.

[──녀석은 사람의 가죽을 쓴 괴물이야. 그런 냄새가 나.]

☆

어렸을 적부터 '차세대를 짊어질 리더가 되어라'라는 말을 들어 왔다.

아마츠 카루라는 내심 반발하면서도 지금까지 순순히 따를 수밖에 없었다.

그 탓에 오검제가 되었고── 하고 싶지도 않은 전쟁을 하는 처지가 되었으며 최종적으로는 떠밀리듯 천무제에 나가 오오미카미 후보가 되고 말았다.

하지만. 테라코마리 건데스블러드와 만나고 모든 게 바뀌었다.

꿈 앞에서 정직하게 살기 위한 용기를 얻었다. 카린에게 큰소리치던 코마리의 모습을 본 순간 마음이 떨려서 어찌할 수가 없었다. 또한 그녀 덕에 할머니와 서로를 이해하게 되었다. 아무리 감사해도 끝이 없었다.

앞으로는 자유롭게 살아도 되는구나──. 그렇게 생각하고 있었는데.

이 마음은 뭘까.

누명을 뒤집어쓰고──, 카린이 할머니를 해치고──, 풍전정에 불이 붙고──. 그런 비열한 일을 당하는 사이 속에서 '정말 이래도 괜찮은 건가?' 하는 찜찜함이 응어리졌다.

할머님이 걱정했던 일이 생생한 고난으로 인식되고 말았다.

레이게츠 카린에게 맡겨두면 천조낙토는 큰일이 날지도 모른다.

만일. 만일 카루라가 천무제에서 이긴다고 해도── 그 후에 '과자 장인이 되겠다'라고 하면서 오오미카미를 사임하면 어떻게 될까? 동도는 대혼란에 빠질 게 분명하다. 카린이나 후야오처럼 고약한 녀석들이 다시 설쳐댈 게 분명했다.

──너 좋을 대로 살아라.

할머니는 카루라에게 그렇게 말했다.

좋을 대로 살 수 있는 사람은 없다. 정말 자기가 하고 싶은 일만 하면서 살 수 있는 사람은── 이 세상에 존재하지 않는다.

"용서 못 해. 카린……."

코하루가 주먹을 꽉 쥐면서 중얼거렸다.

동도. 아마츠 본가의 정원에는 아마츠 카루라 진영의 멤버들이 집합해 있었다.

카루라. 코하루. 코마리. 코마리의 메이드 빌헤이즈. 사쿠나 메모아.

후야오에 의해 기절한 사람들은 곧바로 눈을 떴다. 그 여우 소녀가 의도한 건 '단순히 의식을 날려버리기 위한 공격'이었을지도 모른다. 코마리는 후야오 때문에 다쳤지만 【전이】 마법석으로 잠깐 뮬나이트로 돌아가 상처를 회복시키고 왔다나 보다.

그리고 난폭한 코마리의 부하 넷도 모여 있었다. 그들의 말에 따르면 경찰은 추격해 오지 않게 되었다고 한다. 아마 오오미카미로 변한 후야오가 어떤 명령을 내린 거겠지. 하지만—— 그렇다고 해서 순순히 기뻐할 수도 없는 노릇이었다. 상황은 아무것도 나아진 게 없다.

빌헤이즈가 "문제 될 건 없습니다"라고 냉정한 목소리로 말했다.

"최종 결전은 내일입니다. 거기서 철저히 때려눕혀 버리죠. 코마리 님을 다치게 한 바보 멍청이들을 지옥에 떨어뜨려 주자고요. 그렇게 하면 만사 해결입니다."

"그런다고 해결이 될까요. 카루라 씨의 할머님은 중상인데" 하고 사쿠나가 눈살을 찌푸린다.

"각하! 제7부대도 헛소문으로 인한 피해가 심각합니다. 이걸 어떻게든 하려면 압도적인 힘을 과시할 필요가 있습니다. 당장

에라도 레이게츠 저택으로 쳐들어가는 게 최선 아닐까요."

"……저기. 카오스텔 씨. 그런 폭력적인 건 좋지 않을 것 같은
데요……."

"?! ——시, 실례했습니다. 메모아 각하."

"꺄하하하! 저거 봐라. 카오스텔 녀석이 혼나고 있잖아. 평소
나를 '생각 없는 양아치'라고고 부르는 주제에."

"예—! 양아치 무능아 요한. 여탕을 엿보는 상습범, 으헉."

"뭔 소리를 하는 거야, 빌어먹을!!"

"조용히 해라, 요한. 지금은 향후의 방침을 생각할 때야——."

동료들이 작전 회의 같은 것을 시작했다.

그러나 카루라는 집중할 수 없었다. 머릿속을 쉴 새 없이 맴
도는 것은 '네가 마음에 안 든다'라는 카린의 말이었다. 확실히
카루라의 삶은 그녀와 같은 사람이 보면 어리석게 느껴질 수도
있다——.

"괜찮아? 카루라."

갑자기 누가 말을 걸어와서 고개를 든다.

코마리가 걱정스레 이쪽을 바라보고 있었다.

"……괜찮습니다. 걱정해 주셔서 고맙습니다."

"카루라는 아무 걱정 안 해도 돼. 분명 나 자신은 약하지만,
제7부대 녀석들은 엄청나게 강하거든. 또 슬쩍 사쿠나도 참가하
게 되었고. 카린에게는 안 져."

위로하는 듯한 말이 가슴에 꽂혔다.

이 소녀도 힘든 일을 겪었을 텐데.

그렇게 카루라는 생각을 끊어냈다. 그래——, 계속 남을 의지하기만 하면 꼴사납지 않은가. 천무제에 참가하고 있는 후보자가 우물쭈물해서야 한심하다.

이건 놀이가 아니야. 싸움인 것이다.

이미 할머님은 비열한 무리에 의해 살해당할 뻔했다.

현실을 봐——. 안일한 꿈에 매달려 있을 상황이 아니잖아.

"카루라도 함께 작전을 생각하자. 빌을 따르면 괜찮을 것 같기도 한데——."

"저도 싸울게요." 카루라는 눈물을 닦고 일어섰다. 주변 사람들을 바라보며 천천히 입을 연다. "——여러분. 저는 카린 씨에게 지고 싶지 않아요."

수많은 시선이 집중된다. 카루라는 심호흡하고 말을 이었다.

"지금까지는 오오미카미가 되고 싶지 않다는 일념으로 노력해 왔지만——. 이제 달라요. 이러고 있어도 어쩔 수 없죠. 저는 카린 씨를 쓰러뜨리고 오오미카미가 되고 싶어요."

"카루라……? 오오미카미는 하고 싶지 않은 거……."

"다른 사람에게는 맡길 수 없으니까요."

"하지만! 그러면 과자 장인의 꿈은."

"두 개를 동시에 하지 못한다는 법은 없을 텐데요!"

무심코 소리를 지르고 말았다. 엉망진창이란 건 안다. 하지만 카루라는 이미 결심했다. 할머니의 바람을 이루면서 자기 꿈도 이루어 보이겠다. 두 마리 토끼를 쫓다가는 한 마리도 못 잡는다고 하는데, 그런 말은 카루라의 사전에는 없다.

"카린 씨에게는 맡길 수 없습니다. 아마 저 말고는 오오미카미를 맡을 수 없어요. 이 나라를 지킬 수 있는 건 아마츠 카루라뿐——. 그러니까, 그."

코마리가 아연한 표정으로 이쪽을 올려다보고 있다. 그건 주변 사람들도 마찬가지였다. 토론회에서 그렇게 '오오미카미가 되고 싶지 않다'라고 큰소리친 인간의 말이라고 볼 수 없겠지——. 그렇기에 카루라는 진지하게 호소한다. 다시 크게 심호흡하고, 용기를 쥐어 짜냈다.

"……그러니까 여러분, 저에게 힘을 빌려주지 않으시겠어요?"

"잘 말했다!!"

그 자리에 있는 전원이 뒤를 돌아봤다. 모래 장식 속 바위 위에 낯익은 소녀가 서 있었다. 백극 연방 육동량 프로헤리야 즈타즈타스키다. 그 옆에는 라페리코 왕국의 사성수 리오나 플랫도 있다.

코마리의 부하들이 임전 태세에 들어간다. 그러나 프로헤리야는 "자자, 서두르지 마" 하고 손으로 저지하면서 천천히 이쪽으로 다가왔다.

"불법 침입은 사과하지. 하지만 나는 제군들에게 낭보를 전하러 왔어."

"희소식…… 이요?"

"나와 리오나 플랫은 아마츠 카루라 진영으로서 레이게츠 카린과 싸운다."

충격이 퍼졌다. 코마리의 부하들이 "거짓말하지 마", "속아서는 안 됩니다"라고 떠들고 있다. 그러나 프로헤리야는 그렇게 떠들 든 말든 미소를 띠고 있었다. 옆에 있던 리오나가 "하〜〜〜〜〜" 하고 한숨을 내쉬었다.

"프로헤리야는 카린이 마음에 안 든다나. 이래서야 천무제도 끝난 셈이지. 뭐, 나도 폐하가 허가하셔서 이쪽으로 왔지만. 카 린 방식은 마음에 안 들거든."

"그렇다는 거지. 잘 부탁하마, 아마츠 카루라."

프로헤리야가 손을 내밀었다.

카루라는 아연한 상태로 그 손을 내려다보다가―― 곧 살짝 감동했다. 어떤 이유에서든 협력해 준다면 거절할 이유는 없다. 프로헤리야의 손을 잡고 나서 이번에는 리오나와도 악수했다. 레이게츠 진영의 두 사람이 빠졌다는 사실은 아마츠 진영에 큰 어드밴티지가 된다. 하지만―― 그런 유리하고 불리한 문제보 다 카루라에게는 자기를 따라주는 사람이 있다는 게 더 기뻤다.

"……감사합니다. 잘 부탁드려요."

"감사받을 정도의 일은 아니야. 그리고―― 이 '동도 신문' 말 인데."

프로헤리야가 코트 안쪽에서 신문지를 꺼냈다.

카루라나 코마리를 나쁘게 이야기한 기사가 실린 것이었다.

"여기 불만이 있는 사람들이 있는 것 같거든."

"뭐――?"

"――네! 불만이라면 말로 표현하기도 어려울 정도로 많고말 고요!"

프로헤리야 뒤에서 백발 소녀가 나타났다. 정장 비슷하게 포멀한 차림을 한 창옥종이다. 또 그 뒤에는 흠칫흠칫하는 고양이 귀 소녀도 있었다. 코마리가 '퀙' 하는 느낌으로 한 걸음 물러났다. 덩달아 리오나도 '퀙' 하는 느낌으로 얼굴을 찡그리고 있었다.

"……언니? 뭐 해?"

"나도 뭐 하는 건지 모르겠어! 이 갑질 상사가 억지로 끌고 왔다고! 저기, 나랑 바꿔줘. 리오나~~~~~~!!"

"육국 신문에 졸업하자마자 입사했으면 초엘리트잖아……뭐가 불만이라는 건지."

"불만밖에 없어! 왜냐하면 이 사람은 툭하면 나한테 화만 내고, *끄엑*."

창옥의 소녀가 고양이 귀 소녀에게 헤드록을 걸고 있었다.

영문을 모른 채 가만히 있는데, 창옥의 소녀가 이쪽으로 바싹! 다가왔다.

"저는 육국 신문의 메르카 티아노라고 합니다! 날조 신문 때문에 명예훼손 피해를 입으셨다니, 참으로 안타깝네요! 도저히 용서할 수 없어요, 동도 신문을! 그들은 저널리즘이라는 것을 전혀 모르고 있다고요! 사실이야 어떻든 꾸며내면 그만이라고 자만하는 거예요! 그냥 둘 수는 없습니다! 그렇지, 티오."

"저희가 할 말인가요? 그보다 좀 놔주세요. 고소할 거예요."

"어쨌든! 저희는 아마츠 카루라 진영을 응원하고 있습니다. 아마츠 각하가 무죄 결백하다는 건 육국 신문이 책임지고 보도

하겠습니다. 오늘 저희가 실시한 거리 조사에 따르면 아마츠 각하의 결백을 믿는 사람이 90%예요! 자, 보세요. 여기! 동도 신문 같은 야만적인 정보 테러리스트에게 져서는 안 됩니다, 아마츠 각하!!"

바싹, 바싹, 바싹! 거리를 좁혀오는 메르카 티아노.

잘은 모르겠지만, 이 소녀가 카루라의 아군이라는 건 알겠다.

그래. 지지해 주는 사람은 많다. 그렇다면 그에 응해야 한다—.

카루라는 "고맙습니다" 하고 메르카를 만류한 다음, 코마리 쪽으로 돌아섰다.

그녀는 아직도 납득이 가지 않는다는 표정이었다.

"……코마리 씨. 저에게 힘을 빌려주지 않으실래요. 각오가 되었다고 하면 거짓말일지도 모르죠. 하지만……저는 오오미카미가 되어 천조낙토를 좀 더 알고 싶어요. 그러니까 부탁드릴게요. 부디 저와 함께 싸워 주세요."

코마리는 한동안 가만히 굳어 있었다.

그러나— 마음을 이해해준 모양이다.

이윽고 진지한 눈으로 크게 고개를 끄덕였다.

"……알았어. 카루라가 노력한다면 나도 힘낼게."

이렇게 싸울 준비는 갖춰졌다.

오오미카미가 될 각오는 없다. 하지만 멈춰 서 있을 여유는 없다. 지금까지의 소극적인 의지와는 다르다. 주변 사람들의 기대에 부응해야 한다. 그런 생각에서 비롯된 진짜 의욕.

자기가 무엇을 할 수 있을지는 모르겠지만, 가능한 만큼 해보자──. 그렇게 카루라는 결의를 굳힌다.

어렸을 적부터 '차세대를 짊어질 리더가 되어라'라는 말을 들어왔다.

레이게츠 카린은 이 분부에 따라 살아왔다고 생각한다. '사'의 일족인 이상 강하게 살아야 한다——. 그런 신조 아래 일심불란하게 검을 휘둘러 왔다.

카린에게는 특출난 재능이 없었다. 전투 면에서 평범한 사람보다 조금 뛰어난 정도였다. 그렇기에 노력해야 한다고 생각했다. 단련 때문에 몸과 마음이 너덜너덜해지는 것은 일상다반사였다——. 하지만 카린이 단념하는 일은 없었다.

자신은 레이게츠 일족이니까. 머지않아 오오미카미가 될 사람이니까. 그렇게 타이르며 노력해 왔다. 특히 카린을 분발케 한 건 교육 담당이었던 할아버지의 말이었다.

"아마츠 카루라에게는 지지 마라. 레이게츠가의 힘을 보여주는 게다."

레이게츠가와 어깨를 나란히 하는 천조낙토의 명문, 아마츠가.

그 외동딸이 카린의 라이벌이 되었다. 아니——, 라이벌이라고 부를 만한 관계가 아니었을지도 모른다. 카루라는 언제나 마음이 다른 데 가 있는 듯했다. 남들의 기대를 짊어지고 있을 텐데, '사'의 역할에는 관심이 없는 듯했다.

왜냐하면 카루라는 한 번도 직접 칼을 휘두른 적이 없었으니까.

이건 천조낙토의 '사'로서 있을 수 없는 일이라고 카린은 생각했다. 그래서 연회석에서 그녀를 마주쳤을 때, 흥분한 나머지 추궁하듯 물었다.

"카루라. 너는 나라를 짊어질 각오가 있긴 한 건가? 네 행동을 보면── 도저히 열의 같은 걸 느낄 수 없는데."

"열의라면 있어요." 카루라는 웃으며 말했다. "제가 힘을 쓰지 않는 건 때가 오지 않았기 때문입니다. 뭐, 제가 마음만 먹으면 우주를 파괴하는 것도 거뜬하겠지만. 조만간 이 아마츠 카루라가 천조낙토를 세계 최강의 나라로 만들어 보이겠어요!"

오 년쯤 전이었나. 서로 아직 마음이 어렸던 거다. 그러나 그녀의 경박한 말이 카린의 긍지를 상처 입힌 것만은 분명하다.

웃기고 있어. 나는 죽어라 단련하고 있는데──, 부정적인 마음만이 커져 갔다. 카루라는 천조낙토에서 큰 인기를 누렸다. 그녀 주변에는 부하인 닌자들을 비롯해 항상 사람이 모여 있었던 것 같다. 그런 데다 카린보다 먼저 《오검제》에 취임했고 '육전희'라는 카테고리에 들어갔다.

마음에 들지 않았다. 하지만 그래도 카린은 노력을 게을리하지 않았다.

저런 얼간이가 오오미카미에 취임하기라도 하면 나라가 멸망하겠지──. 그런 위기감을 원동력으로 삼아 노력에 노력을 거듭했고, 마침내 카린도 오검제로 취임했다.

겨우 카루라를 따라잡은 것이다.

앞으로는 '사'의 역할을 다할 수 있다.

그렇게 생각했는데. 비극은 갑자기 카린을 찾아들었다.

육국 전쟁이 발발하기 전── 7월이었다. 그때까지 카린을 엄격하게 교육해 왔던 할아버지가 돌아가신 것이다. 수명 때문이었다. 시간의 흐름은 마핵도 막을 수 없다. 비록 그게 '지옥 풍차' 이전에 오오미카미를 맡은 영웅일지라도 죽음으로부터 도망칠 수는 없었다.

다만── 그는 임종 때 손녀 카린을 불러다가 유언을 남겼다. 그가 말하길.

'아마츠가에 오오미카미를 맡겨서는 안 된다.'

그건 어릴 적부터 귀에 못이 박히도록 들었던 이야기였다. 죽기 직전까지 아마츠를 욕하는구나──. 카린은 눈물을 흘리면서도 그렇게 생각했지만, 아무래도 이번만은 사정이 다른 듯했다.

"증거가 있어. 이것은 전날 레이게츠 본가에 도착한 것이다. 이 얼굴을 본 적이 있겠지."

사진을 넘겨받았다. 거기에는 한 남자가 찍혀 있었다. 분명 낯이 익다. 이 사람은──.

"……아마츠가의 아들. 카쿠메이다. 한참 전에 천조낙토를 나간 후로 오랫동안 행방불명 상태였는데, 아무래도 테러리스트와 연관이 있는 모양이야."

"무슨, 뜻이죠."

"사진에 찍힌 건 말이지. 지난번에 뮬나이트의 계집이 부순 '뒤집힌 달'의 기지야."

놀란 나머지 말도 안 나왔다. 아마츠 카쿠메이라면 한 세대 전의 오검제로 활약했던 훌륭한 '사'였다. 팔 년쯤 전에 떠난 후로 행방불명된 상태였을 텐데. 그런 사람이 왜——. 동요하는 카린을 타이르듯 할아버지는 '아마츠가 나라에 얼마나 해가 되는지' 설명했다.

카린은 할아버지의 뜻을 잇겠다고 결의했다.

테러리스트와 이어져 있을 가능성이 있는 무리가 날뛰게 둘 수는 없었다. 어떻게든 천조낙토에서 어둠을 몰아내야 한다고 생각했다. 카린의 뜻을 들은 할아버지는 온화하게 웃으며 이렇게 말했다.

"힘내라, 카린. 너라면 할 수 있어."

"네……. 반드시 오오미카미가 되어 보이겠습니다."

카린의 대답을 듣자마자, 할아버지는 조용히 숨을 거두었다.

생전의 찌푸린 얼굴만 봐서는 상상도 못 할 만큼 평온한 얼굴이었다.

장례식을 마칠 무렵, 카린의 마음가짐은 변질되어 있었다. 천무제에서 승리해 오오미카미가 되어야 한다, 그런 각오가 전보다도 깊어졌다.

그걸 위한 힘도 지금까지의 수행을 통해 키워왔다고 생각했다.

하지만, 그럼에도 아직 카루라를 이길 거라고 볼 수 없었다. 저 소녀는 임시방편이라지만 동도에서 상당한 인기를 자랑하고 있다. 그 인기에 구멍을 뚫기 위한 책략이 필요한데——.

"——곤란하신 모양이군요! 레이게츠 카린 님!"

꼭 기회를 노리고 있었던 듯한 타이밍이었다.

그 녀석은 천진한 미소를 띠며 등장했다.

여우의 귀와 꼬리를 가진 소녀── 후야오 메테오라이트.

※

천무제의 최종 결전은 핵 영역에서 치러진다.

곤히 자다가 강제로 일어난 나는 먹여주는 대로 아침밥을 먹고 옷을 갈아입은 뒤 그대로【전이】를 통해 강제로 전장에 끌려왔다. 매번 있는 일이라서 이미 익숙해졌지만, 일단 말은 해보자──.

"──마음의 준비를 하게 해달라고 했지?!"

"준비 같은 건 어제 시점에서 끝났을 텐데요. 오히려 일찍 일어나지 않은 코마리 님 잘못이에요. 이번에 저를 탓하시는 건 잘못됐어요."

"그렇긴 한데! 그렇긴 한데!!"

나는 빌에게 불평하려다가── 그만뒀다. 이미 새삼스럽긴 하지만 최강의 칠홍천을 자칭하는 이상, 너무 약한 소리는 하지 않는 게 좋겠지.

어째서냐면 내 주변에는 많은 사람이 있으니까.

핵 영역 동쪽 끝──즉 천조낙토의 영토에 가까운 장소──에 펼쳐져 있는 초원에 나는 우뚝 서 있었다. 천무제 최종 결전은 장애물이 전혀 없는 이곳에서 치러진다고 한다.

전방에는 카린의 부대가 포진해 있었다. 거리는 300m도 안 된다. 병사 수를 보면 우리 쪽과 크게 다르지 않지만, 조력자인 타국의 장군이 빠짐으로써 조금 빈약한 인상이 든다.

그에 비해 이쪽은 의기양양하다. 카루라가 인솔하는 천조낙토 군 제5 부대 총 5백 명에, 나와 빌, 카오스텔, 벨리우스, 멜라콘시, 웬일로 죽지 않은 요한, 또한 즉흥으로 참가한 사쿠나,카린 진영에서 돌아선 프로헤리야&리오나까지. 정예 전력이 갖춰져 있다.

내가 나설 자리는 없을지도 모르겠군.

아무리 카린이 강하다고는 해도 '육전희'인지 뭔지 하는 최강의 장군을 네 명이나 상대하기는 버겁겠지(그중 나와 카루라는 콩나물 같은 거지만).

"──자, 아마츠 카루라 각하! 마침내 시작되었군요, 천무제 최종 결전이! 어제 인터뷰에 따르면 아마츠 각하는 토론회에서 했던 발언을 철회하셨다나요! 여기서 이기면 정식으로 오오미카미로 취임! 과자 가게 '풍전정'도 동시에 운영하겠다! 두 가지를 병행하는 정신없는 생활이 시작되겠군요! 꼭 지금의 심정을 들려주세요!"

마이크를 든 신문 기자 메르카가 카루라에게 돌격 인터뷰를 하고 있다. 그 뒤에서는 리오나를 닮은 고양이 귀 소녀가 거대한 카메라를 메고 촬영 중이었다.

들어본 적 있다. 저건 《전영함》이라는 신구다.

촬영한 영상을 실시간으로 전국의 도시에 방송하는 위험하기 짝이 없는 아이템인 듯하다. '죽고 싶지 않다'라고 떠드는 내 모습이 전국에 방송되면 큰일이니까 빈틈을 보이지 않게 노력하자.

문득 빌이 내 옆에 서서 말했다.

"다 이긴 싸움이네요. 전력 차이를 생각하면 아마츠 진영이 질 것 같진 않습니다."

"방심하다가는 큰코다칠걸. 돌다리도 두드려 보고 건너는 게 장수의 비결이야."

"돌다리를 부술 기세로 열심히 하죠. 특히 코마리 부대로서 후야오 메테오라이트를 용서할 수 없습니다. 오늘의 저녁 메뉴는 꼭 여우 전골로 하죠."

"후야오는 엄청 강했어. 게다가 카린의 실력도 미지수고…….
괜찮을까."

"괜찮습니다. 항간의 예상에 따르면 최종 결전의 승패 예상은 8 대 2로 아마츠 님이 앞서고 있습니다. 코마리 부대 멤버들과 메모아 님도 전력이 되었고, 무엇보다 저희 쪽에는 우주 최강 아마츠 카루라 각하가 있으니까요."

"아, 그거 말인데……."

빌에게 설명해야 하나 마나 고민하는데——. "코마리 씨!" 하고 카루라가 다가왔다. 돌격 취재를 피해 도망친 것 같다. 보아하니 코하루가 날뛰는 날조 신문 기자를 뒤에서 붙들어 막고 있었다. 나도 저렇게 하면 되겠네. 역시 완력이라는 건 중요하구나.

카루라는 왠지 미안하다는 표정으로 나에게 꾸벅 고개를 숙였다.

"죄송해요. 코마리 씨까지 싸움에 말려들게 해서……."

"너무 신경 쓰지 마. 이번만큼은 나도 이해하고 있거든. 게다가…… 천무제에서 카루라가 우승하면 내 꿈도 이루어 주는 거지?"

카루라가 살짝 놀란 듯한 표정을 지었다. 그러나 곧바로 "그렇죠" 하고 웃었다.

"제 꿈을 응원해 주신 답례예요. 코마리 씨 소설도 출판하자고요."

"그래. 이건 거래니까. 같이 노력해 보자고."

"네."

말은 더 필요 없었다. 이제 전력을 다할 뿐이다. 뭐, 내가 할 수 있는 일이라고는 부하들에게 지시를 내리는 정도지만. 열심히 해 보자──, 그렇게 기합을 넣으면서 나는 주변을 둘러보았다.

한없이 넓은 초원. 그러나 이번 전쟁엔 제대로 된 '전장'이 설치되어 있다.

즉 '여기서 밖으로 나가면 안 돼요'라는 범위가 존재하는 것이다. 그리고 그 범위 밖에는 객석이 늘어서 있었으며, 다양한 종족의 사람들이 모여 "카루라 님!", "카린 님!" 하고 귀가 따가울 만큼 성원을 보내고 있었다.

천무제는 오오미카미로서의 자질을 국민에게 보이기 위한 싸움이다.

이렇게 보는 눈이 많은 데다 육국 신문 기자들이(어째서인지 전장을 비집고 들어와) 촬영도 하고 있으니, 카린 쪽도 이전처럼 비겁한 전법을 쓰지는 못하겠지──.

나는 그렇게 얕보고 있었다.

그때, 결전 개시를 알리는 공포탄이 푸른 하늘로 발사되었다.

관객이 성대한 환호성을 지른다. 카루라 부대의 화혼들이 "우오오오오오오오!!" 하고 기합이 들어간 포효를 내지른다. 마침내 시작된 것이다. 죽지 않도록 잘 대처해야겠군. 일단 빌 뒤에 숨어있자.

"……코마리 님. 잠깐 보고드릴 게 있는데 괜찮을까요."

"응? 왜 그래?"

"실은 지뢰를 설치하려고 했는데요."

"지뢰?! 너 대체 지뢰를 얼마나 좋아하는 거야?!"

카루라의 부하들이 적을 향해 진군하기 시작한다. 한편 카린의 부대는 미동조차 없다. 나는 약간 이상한 분위기를 느꼈다. 빌이 험악한 표정으로 말했다.

"어디에서 최종 결전이 치러질지 오늘 아침까지 발표가 없었기 때문에 결국 설치하지는 못했습니다. 그러나―― 곰곰이 생각해 보면 전장을 정하는 것은 천무제 선거 운영 위원회겠죠. 즉 레이게츠 카린 진영의 입김이 닿은 사람들입니다. 혹시 무슨 수를 썼을지도 몰라요."

"지뢰가 설치되어 있다는 거야? 그런 바보 같은――."

내 말은 강제적으로 끊기고 말았다.

바보 같은 소리가 아니었다.

그 순간 갑자기 천지를 뒤흔드는 듯한 폭발음이 울려 퍼졌다.

폭발음이라기보다 땅울림처럼 묵직했던 것 같다.

고막이 찢어지는 줄 알았다. "엎드려라, 우민들!!"——프로헤리야의 절규를 들었을 때는 이미 빌이 내 몸을 풀 위에 힘껏 짓누르고 있었다. 엄청난 돌풍 때문에 모든 게 들리지 않았다.

대지가 꿀렁거리는 진동을 느낀다. 공기가 떨리는 느낌이 난다.

정신을 차렸을 때—— 나는 빌과 한 몸이 되어 땅 위를 뒹굴고 있었다.

"어, 응……?"

서서히 청각이 돌아온다.

바람 소리에 섞여 사람들의 신음이 들려오는 듯했다. 나는 믿기지 않는 심정으로 상반신을 일으킨다. 그리고 놀랄 만한 광경을 목격했다.

전장 중간쯤까지 진군해 있던 아마츠 부대의 화혼종들은 제각각 시체가 되어 초원 여기저기에 흩어져 있었다. 살아 있는 자는 절반 이하. 게다가 그 대다수가 부상 때문에 움직일 수 없는 상태다. 나는 경악했다. ……설마, 정말로.

"——지뢰네요."

"빌?! 다친 곳은 없어?!"

"네, 괜찮습니다. 살짝 무릎이 까진 정도예요."

안심하고 말았다. 아니——, 안심하고 있을 때가 아니다.

황급히 후방에 대기하고 있던 녀석들의 상태를 확인한다. 프로헤리야가 혀를 차면서 총을 겨누고 있다. 그 뒤에는 메르카와 고양이 귀 기자가 주저앉아 있다. 리오나는 머리라도 맞은 것인지 아파하며 뒤통수를 문지르고 있었다. 사쿠나가 "괜찮으세요?!" 하고 이쪽으로 달려왔다. 카오스텔이나 벨리우스, 멜라콘시도 별다른 외상은 없어 보인다. 요한만은 복부에 나뭇가지가 꽂혀 죽어 있었다. 그리고 카루라는——.

카루라는 환상이라도 본 듯한 얼굴로 서 있었다.

순식간에 형세 역전. 이게 말이 되냐고 생각했다.

레이게즈 카린 진영이 포효하며 공격해 왔다. 생존자들이 계속해서 유린당한다. 객석에서 야유 같은 것이 쏟아진다.

"카루라 님. 위험해."

"아—— 알아요! 어떻게든 해야 되는데……."

"——기습이 제대로 먹혔습니다! 이제 우리 군이 이길 게 확실해요!"

후야오가 꼬리를 흔들며 깔깔 웃고 있었다.

카린은 멍하니 굳어 있다가—— 곧 분노가 솟구치는 걸 느꼈다.

"후야오! 뭐 하는 거야?! 저런 수법으로 적을 줄여도 민중의 지지는 얻지 못할 텐데! 난 내 손으로 적병을 해치우고——."

"그럴 수 있을까요? 조력자도 상대편으로 돌아섰는데."

카린은 말문이 막혔다. 그렇게 말하면 반론조차 할 수 없다.

아마츠 카루라 본인은 그렇다 치고, 그 곁에 있는 맹장(猛將)들은 도저히 자기 혼자 쓰러뜨릴 수 없을 듯했다. 후야오는 배꼽을 잡은 채 웃고 있다.

"이건 인덕 문제 아닐까요? 확실히 카린 님보다 카루라 님 쪽이 사람을 끌어당기는 매력이라는 점에서는 앞서니까요."

"시—— 시끄러워!"

"시끄럽다고 하셔도요. 저는 사실을 말씀드렸을 뿐인걸요. 확실히 카린 님은 오오미카미의 그릇일 수도 있지만 카리스마는 없으니까요. 관객의 성원만 봐도 알겠네요. 카린 님을 비난하는 사람이 아주 많다는걸."

"그야 지뢰 같은 잔꾀를 쓰니까 그렇지!"

"자자, 진정하세요. 전투가 시작되었습니다."

그 말에 카린은 뒤를 돌아본다.

카린 부대의 대원들은 멋대로 적군을 향해 이동하고 있었다. 아마 후야오가 그렇게 하라고 시켰겠지. 대장이 아니라 부장의 명령을 따르는 군대. 규율이 없어도 이렇게 없을 수 있을까.

카린은 머리를 싸매고 싶어졌다.

냉정하게 생각해보자. 지금까지 후야오에게 모든 걸 맡긴 게 정말 옳았을까? 분명 카루라에게 나름의 타격을 주긴 했지만——, 그걸 통해 얻은 우세는 우리 쪽의 비리가 드러나면 단번에 형세가 뒤집혀 버릴 사상누각 아닌가?

생각해 보면 자신은 후야오 메테오라이트에 관해 아무것도 모른다.

지금까지 어디서 무엇을 하고 있었는지. 왜 카린을 돕겠다고 나선 것인지. 실력이 좋아서 동료로 끌어들인 건 좋지만—— 실수한 거 아닐까.

"……후야오. 쓸데없이 움직이지 마. 그랬다간 내가 오오미카미가 되어도 정권의 중추에 넣어 주지 않을 테니까."

"그건 곤란한데요. 그럼 카린 님에게 충의를 다해 천무제에서 우승할 수 있게끔 열심히 노력하겠습니다. 안심하시길——. 제가 나서면 천조낙토는 카린 님 것입니다."

"그래. 나는 오오미카미가 되어야 해. 오오미카미가 되어—— 마핵을 되찾아야 하니까. 그걸 위해서는 너도 열심히 해줘야 해. 특히 이 싸움은 즈타즈타스키와 플랫을 적으로 돌렸으니까."

"방금 뭐라고 했지?"

후야오의 표정이 잠깐 사라진 듯했다. 그러나 그건 카린의 착각이었을지도 모른다. 정신을 차렸을 때는 평소처럼 천진하게 웃고 있었다.

"——실례. 마핵을 되찾겠다고 하셨나요? 그게 무슨 뜻이죠?"

"실언이었어. 잊어."

후야오가 진지한 표정을 지었다. 이번에는 착각이 아니다.

"마핵은 동도에 있나요?"

"몰라. 마핵의 소재는 오오미카미 님만이 알고 계셔."

"일반적으로는 그렇다더군요. 하지만 카린 님의 조부님은 선선대 오오미카미셨죠. 훌륭한 오오미카미였지만—— 가족을 과하게 싸고돌아서 당시에도 비판을 받았다나요. 공사 혼동과 정보 유출이 심해서 지옥 풍차에게 그 지위를 빼앗겼다고 하던데요."

"그래서 뭐. 나는 할아버님과 제대로 얘기해 본 적이 없어."

"거짓말."

카린은 뭔가 섬뜩한 것을 느끼고 몸을 떨었다.

뾰옹! 뭔가가 바뀌는 기척이 있었다.

평가하는 듯한 시선이 날카롭게 꽂힌다.

"——아마츠 카쿠메이의 정보에 따르면. 천무제에서 우승한 자에게 천탁신궁의 벚꽃에서 마핵의 정보를 전한다고 하던데. 이걸 '하늘의 소리'로서 숭배하고 있다고 들었어. 내가 오오미카 미로 둔갑해 천무제 없이 양위하지 않은 건 그런 것 때문인데."

"무슨 소리를 하는 거야? 후야오."

"너는 마핵의 정체를 아는 거냐?"

가슴이 철렁했다. 눈앞의 존재가 조금 전까지 옆에 있던 여우 소녀라고는 도저히 볼 수 없었다. 그렇게 카린은 이해했다——. 이 수인은 평범한 인간이 아니다.

한없이 사악한 무언가를 숨긴 괴물의 일종일지도 모른다.

"시선이 흔들려. 호흡이 흐트러졌어. 심박수가 상승했어. 아무래도 너는 정말 내가 원하는 정보를 가지고 있는 것 같은데. 아니, 생각해 보면 당연하가. 선대가 손녀에게만 슬쩍 말했어도 이상할 건 없지. 그렇게 되면 내가 너를 우승시키기 위해 분투했던 게 괜한 헛수고였단 건데. 웃기는군."

"너는…… 설마."

"상급 조형 마법 【머드 월】."

마력이 확산한다. 카린과 후야오를 에워싸듯 바위벽이 쑥쑥 솟아난다. 너무나도 갑작스러워서 피할 수도 없었다. 뒤늦게 이해한다──. 이건 가둬두기 위한 벽이 아니다. 남들의 시선을 피하기 위한 벽이지.

"이봐, 후야오! 이게 무슨──."

쿨럭. 입에서 피가 흘러나왔다.

정신을 차리고 보니 후야오가 든 칼이 배에 꽂혀 있다. 꼭 환상 같은 일격이었다.

카린은 잠시도 버티지 못하고 그 자리에 무릎을 꿇었다. 주위를 둘러싼 벽 때문에 아무도 이상을 알아채지 못한다. 관객들은 '작전회의라도 하나 보다'라고 생각할 게 분명하다.

이건 말도 안 된다고 카린은 생각한다.

"네가─ 네가 바로, 이 나라를 노리는…… 테러리스트, 냐……?"

검이 쑥 뽑혔다. 너무 아픈 나머지 온몸이 경련한다. 손발에 힘이 들어가지 않는다.

후야오는 싱글벙글 웃으며 웅크려 앉은 카린을 내려다봤다.

"──이야기나 할까요, 카린 님! 저는 답답한 걸 싫어해서요. 시간을 낭비하기 싫습니다. 속 시원히 모든 걸 토해내면 죽이지는 않을게요."

그녀의 처참한 말에 모든 것을 깨닫고 말았다.

자신은, 이 여우에게, 쭉 이용당했던 것이다.

★

피로 피를 씻는 투쟁이 펼쳐지고 있다.

카린 부대의 사람들은 카루라 부대의 생존자를 격파하고, 여세를 몰아 즉시 우리 쪽으로 돌격했다. 그렇게 눈 뜨고는 못 봐줄 대난투가 시작되었다.

"——집중해 주세요, 전 국민 여러분! 레이게츠 카린 진영은 비겁하게도 지뢰를 이용한 기습을 벌였습니다! 아마츠 부대는 절체절명의 위기! 남은 건 아마츠 각하 본인과 다른 나라에서 온 지원 요원뿐입니다! 엄청난 열세입니다! 아무리 아마츠 각하라고 해도 이건 힘들까요?! 하지만 이겨줘야 합니다! 끝장을 내줘야 합니다! 그런 마음으로 육국 신문의 메르카 티아노는 실황 중입니다!"

"지금이 실황 같은 걸 할 때인가요—! 눈먼 공격이 날아왔어요! 죽는다고요! 그만 가자고요~~~~~~~!!"

옆에서 고양이 귀 소녀가 비명을 지르고 있었다.

심정은 이해한다. 뼈저리게 이해한다. 뻔히 아니까 나도 따라하자——.

"——그만 가고 싶어어어어어어어!! 쉽게 이길 줄 알았는데 이게 뭐야!! 왜 적은 5백 명이나 되는데 우리는 여덟 명 정도밖에 없냐고!!"

"지뢰를 썼으니 어쩔 수 없죠! ——실례합니다."

"끄엑."

갑자기 빌이 목덜미를 잡더니 날 품으로 끌어당겼다.

그 직후——. 퍼어어어어엉!! 아까까지 내가 서 있던 곳에 화염탄이 날아들어 대폭발을 일으켰다. 풀이 타는 냄새와 흩날리는 피 냄새를 맡은 순간, 왠지 눈물이 왈칵 솟구쳤다. 무서워. 무섭지만 이번에는 내가 스스로 선택한 싸움이다. 그러니까 도망칠 수는 없다. 그래도 무섭다. 검을 들고 덤벼드는 남자에게 쿠나이를 찔러넣으며 빌이 말한다.

"코마리 님. 여기 있는 아마츠 진영의 정예들이 일개 병졸보다 뛰어난 전투 능력을 갖춘 건 사실이지만, 역시 머릿수가 이래서야 점점 밀리겠죠."

"알아! 나도 싸우라는 거지! 지금 준비 운동부터 할 테니까 기다려!"

"코마리 씨, 위험해요!"

사쿠나의 목소리에 나는 고개를 들었다.

눈앞에 투척용 창이 날아들고 있었다. 이거 죽겠구나——, 그렇게 생각한 직후 옆에서 눈에 보이지조차 않을 정도로 빠르게 탄환이 날아왔고 창에 명중했다. 그게 빙글빙글 돌면서 적병의 정수리에 꽂혀 새빨간 피가 튀었다. 죽는 줄 알았다. 나는 무심코 뒤를 돌아본다. 프로헤리야가 총을 겨누며 이쪽을 노려보고 있었다.

"——뭐 하는 거야, 테라코마리! 얼른 진지하게 싸우라고!"

"고, 고마워! 그런데 넌 왜 그렇게 떨어진 곳에 있는 거야?!"

"나는 저격수니까 이 위치가 최적이야! 서포트는 나한테 맡겨!"

"저기, 빌. 나도 저격수 할래."

"안 됩니다."

본격적으로 총을 공부해 볼까. 총이라면 마법을 못 쓰더라도 쉽게 다룰 수 있을 테고――, 그런 식으로 장래의 커리어를 현실 도피 겸 생각하고 있는데 내 눈앞에 "냐냐냐냐~!!" 같은 소리를 내면서 폭주하는 고양이가 보였다.

리오나다. 리오나가 주먹으로 적병을 때려죽이고 있다.

왠지 미안한 마음이 들었다. 도움이 못 돼서 미안해요.

"각하! 역시 적병의 수가 너무 많습니다. 슬슬 무슨 수를 써야 할 듯합니다."

"그, 그래. 슬슬 내가 진지하게 나서도 괜찮겠는걸. ――이봐, 어떡해야 해. 빌! 이대로 두면 전멸하게 생겼어! 나는 아직 죽고 싶지 않아!"

"최종 결전은 대장을 쓰러트리면 끝난다고 들었습니다. 레이게츠 카린만 처리하면 천무제는 끝날 겁니다."

"하지만 카린 녀석은 자기 진영에 틀어박혀서 안 나오잖아! 자세히 보니 벽으로 철저히 방어 중이야! 꼭 나 같네!"

"그러게요――. 그런데 콘트 중위. 묻고 싶은 게 있습니다만."

"네, 뭐죠?!" 카오스텔이 적병을 보이지 않는 칼날로 죽이면서 소리쳤다.

"공간 마법 【전송】으로 레이게츠 카린 쪽에 사람을 보낼 수 있을까요."

"눈에 보이는 범위라면 가능하겠죠. 하지만 조금 시간이 걸립니다. 또 동시에 【전송】할 수 있는 건 세 명이 한계예요."

"알겠습니다. 그럼 제가 호위할 테니까 마법을 준비해 주세요."

"이봐. 뭘 하려는 거야, 너."

"이렇게 된 이상 돌진하는 수밖에 없어요. 아아, 걱정 마세요. 레이게즈 카린을 둘러싼 벽이라면 아마츠 님 힘으로 쉽게 부술 수 있을 테니까요. ──그렇죠, 아마츠 님."

"네에?!" 빌이 누군가의 팔을 획! 하고 잡아끌었다.

적군의 피를 있는 대로 뒤집어쓴 카루라다. 조금 전까지 코하루의 호위를 받으면서 허둥지둥하던 모습이 인상적인데── 그렇다는 건 이 소녀는 정말 우주를 파괴하는 힘을 가지지 않았다는 거다.

"저, 저기! 무슨 일이시죠. 빌헤이즈 씨."

"지금부터 레이게즈 카린의 본진으로 돌입합니다. 아마츠 님도 와주지 않으시겠어요? 저와 코마리 님이 위험해지면 우주 최강의 힘으로 모든 걸 파괴해 주세요."

"아니, 잠시만! 카루라는 사실──."

"찬성!" 쿠나이를 휘두르면서 코하루가 외쳤다. "카루라 님. 테라코마리와 함께 카린에게 가봐. ──테라코마리, 카루라 님을 부탁할게."

"잠시만요! 코마리 씨는 사실──."

절망적인 착각이 여기서 일어나고 있었다.

포효하면서 적병이 덮쳐들었다. 빌과 코하루가 물 흐르듯 자연스러운 몸놀림으로 적을 피한다. 피하면서도 빌은 나와 카루라의 팔을 꽉 움켜쥐었다.

"콘트 중위! 【전송】 준비는."

"완료했습니다. 세 분을 레이게츠 진영으로 【전송】하면 되는 거죠?"

"부탁합니다."

"이봐, 잠시만──."

"알겠습니다. 발동 중에는 무방비해지니까 주변을 잘 처리해 주세요."

카오스텔이 오른손으로 적을 죽이면서 왼손으로 마법을 발동시켰다.

그만두라고 외치는 나와 카루라 말은 완전히 무시당했다. 공간 마법의 마력이 시야를 가득 메운다. ──그 순간.

적병이 날린 창이 카오스텔의 팔에 꽂혔다.

"윽?! 이까짓 거……!!"

새빨간 피가 흩날린다. 나는 비명을 지르며 그에게 달려가려고 했다. 그러나── 카오스텔이 쏜 【전송】의 빛이, 궤도를 미묘하게 비틀면서 내 쪽으로 덮쳐들었다.

"코마리 님! 잠깐──."

"어?"

빌의 목소리가 멀어져 갔다.

곧 나의 신체는 강렬한 부유감에 휩싸였다.

★

다시 생각해 보면 처음부터 의심쩍었다.

후야오 메테오라이트의 말에는 '다정함'이라는 게 존재하지 않는다. 자기 이익을 위해서라면 아무리 비도덕적인 수단도 마다하지 않는다. 행동거지 곳곳에서 잔학무도한 성격이 언뜻 엿보였다. 그걸 지금까지 알아차리지 못한 사람이 어떻게 오오미카미가 될 수 있을까.

"──애초에 천무제처럼 장황한 건 좋아하지 않거든. 처음부터 알고 있는 사람을 협박하는 게 수월할 텐데. 삭월 녀석도 뭘 모르네."

"무슨, 말을……?"

"아뇨, 아뇨! 그냥 농담입니다. 그런데 카린 님. 당신은 아무래도 마핵의 정체를 아는 것 같은데요. 괜찮으시다면 알려주지 않으시겠어요?"

"넌 테러리스트의 일원이냐. 잘도 날 속였겠다……!"

카린은 다리를 후들거리면서도 간신히 일어난다. 찔린 배에서 엄청난 양의 피가 쏟아지고 있다. 하지만 아픔에 굴복할 때가 아니었다. 이딴 녀석 뜻대로 되게 둬서는 안 된다. 카린은 칼을 뽑아 들고 정면을 겨누었다. 후야오가 사람을 깔보듯이 웃는다.

"어리석군요. 그만한 상처라면 서 있는 게 고작이겠죠. 애초에 당신 같은 사람은 저에게 손가락 하나 댈 수 없어요."

"시끄러워──!"

마력을 담을 만한 여유는 남아 있지 않았다. 카린은 전력으로 지면을 박찬 뒤, 무턱대고 검을 휘둘렀다. ──그러나 칼끝이 후야오의 어깻죽지에 닿기 직전에 시야가 회전했다.

"크헉." 짧은 비명과 함께 카린의 몸이 지면에 내쳐졌다.

다리후리기를 당한 모양이다. 그걸 이해했을 때는 이미 늦은 후였다.

카린의 어깨에 날카로운 검이 꽂혔다.

"윽, 아아, 윽."

날카로운 통증이 온몸에 퍼진다. 칼자루를 쥐었던 힘이 풀린다. 비명을 지르며 몸부림친다 ──. 하지만 누가 쿵! 하고 배를 짓밟는 바람에 억지로 움직임을 멈췄다.

후야오가 싱긋 웃으며 내려다봤다.

"자, 가르쳐 주세요. 마핵은 어디 있나요?"

"가르쳐 줄 리가…… 없지."

"왜죠? 나라를 위해서인가요? 아니면 천조낙토를 위해서? 이제 와서 무슨 소리를 하는 거죠? 테러리스트에게 이용당하던 당신이── 그런 말을 할 수 있나요?"

카린의 사고가 멈춘다. 후야오의 예리한 말이 가슴속으로 미끄러져 들어온다.

"당신은 나를 끌어들임으로써 천무제를 엉망으로 만들었어요! 원래 오오미카미가 될 사람은 아마츠 카루라 말고는 없었는데!"

아픔이 가시지 않는다. 상처가 회복되는 기색이 없다.

후야오가 가지고 있는 칼은 신구임이 분명했다.

"무슨 착각을 하는 건지 모르겠지만, 카린 님이 아무리 열심히 수련하더라도 아마츠 카루라와 나란히 설 수는 없어요. 그건 평범한 인간이 결코 다다를 수 없는 경지니까요. 당신 같은 평범한 인간과는 다르니까요."

"아니야! 나는, 나는……."

"아쉽게 됐네요! 당신에게 재능은 없습니다! 옆에서 지켜보면 알아요. 당신은 평범한 인간 주제에 뛰어난 인간을 질투한 쓸모없는 인간이에요. 그 증거로 당신을 응원하는 사람은 거의 없죠. 뇌물과 정보 조작 때문에 지지하는 척하고 있을 뿐. 천조낙토 사람들은 아마츠 카루라가 오오미카미가 되기를 바라고 있어요."

"그렇지…… 않……."

"아무리 노력해도 헛수고는 헛수고. 지금까지 함께 고생한 제 생각도 좀 해주세요. 무능한 주군을 모시는 신하는 한시도 마음 편할 날이 없다니까! 정말 카린 님 덕에 수면 시간이 줄어들어서 고생했다고요!! ————."

"…………………………………………………."

후야오의 조소가 멀어져 간다.

어느새 눈물이 흘러넘쳤다.

나는 지금까지 뭘 해온 거지. 카루라를 이기고 싶다는 일념으로 후야오와 손을 잡고 여러 가지 방안을 강구했다. '사'로서 부적합한 행위 아닌가——. 그렇게 생각한 적은 여러 번 있었다. 그래도 '군주는 청탁을 모두 포용해야 한다'라는 설득에 용인해왔다.

모든 것은 카루라를 쓰러뜨리기 위한 것.

자신이야말로 오오미카미에 적합하다고 세상에 과시하기 위한 것.

하지만——. 결과가 이렇게 될 줄 누가 상상이나 했을까.

결국 레이게츠 카린에게 재능은 없었다. 사람을 이끄는 카리스마도, 백성을 납득시킬 만한 토론회를 주도할 능력도, 눈앞에 있는 여우 소녀를 타도할 정도의 전투능력도——. 모든 게 부족했다.

뾰옹! 뭔가 변하는 기척이 났다.

후야오의 목소리가 들렸다. 때때로 등장하는 무인다운 후야오였다.

"——넌 그런 식이라서 안 되는 거야. 고작 테러리스트에게 이용당한 것 가지고 무너져 버려서야 시시하지. 너는 노력에 노력을 거듭했어. 실은 재능도 있었겠지. 하지만 결정적으로 마음이 약해. 각오가 부족하다고. 천조낙토를 위해서라고 큰소리쳐 놓고 하찮은 명성 따위를 위해서만 움직였지. 그래서 일이 이렇게 된 거야. ——이제 때가 됐네."

의미를 잘 모르겠다. 그러나 뭔가가 마음에 꽂히는 것을 느꼈다.

뾰옹! 후야오가 카린을 웃는 얼굴로 욕하면서 몇 번씩 반복해서 발차기를 날린다. 이미 통각은 마비되어 있었다. 절망스러움에 마음이 죽어가고 있다.

사람에게는 각각 어울리는 자리가 있는 법.

오오미카미 자리는 카린에게 어울리지 않았다.

처음부터 모든 게 잘못됐던 것이다——.

——아니. 잠깐.

카린은 문득 떠올린다.

할아버지가 그러지 않았는가. 아마츠 카루라는 테러리스트와 내통 중이라는 의혹이 있다고. 자신은 천조낙토를 위해서 카루라를 꺾으려고 하지 않았는가.

그러니까—— 무슨 일이 있어도 포기할 수는.

"이제 됐다, 카린."

카린은 경악하며 고개를 들었다. 그리운 목소리가 들린 듯했기 때문이다. 환청인가? ——그렇게 생각했지만 아니었다. 어느새 눈앞에 돌아가셨을 할아버님이 서 있었다.

"나는 네가 이 이상 다치는 걸 두고 볼 수 없다. 단념하거라."

"그…… 그럴 수 없습니다! 저는 오오미카미가 되기 위해 노력해 왔으니까요."

"아마츠 카루라라면 걱정하지 마라. 내가 어떻게든 하마."

"네……?"

힘이 빠져나간다. 이 사람은 무슨 말을 하는 거지.

"그보다 카린 네가 걱정이구나. 여우 계집은 '마핵의 정체를 가르쳐주면 죽이지는 않겠다'라고 하잖느냐. 이럴 때는 순순히 말하고 살길을 택하는 게 현명한 길이겠지. 어차피 죽을 각오 따위는 없잖느냐?"

"하, 하지만. 그랬다간."

"괜찮다. 뒷일은 내가 어떻게든 할 테니까——."

그렇게 말한 할아버지는 위로하는 듯한 미소를 지었다.

카린은 감동해 버렸다. 할아버지가 이렇게 다정하게 웃어준 적이 있었을까. 이렇게 손녀를 걱정해 준 적이 있었을까──.

그렇게 카린은 깊게 생각하기를 그만두었다.

할아버지가 그렇게 말한다면 아무 문제 없을 거라고 생각했으니까.

정신을 차리고 보니 전장과 멀리 떨어진 곳에 있었다.

아마츠 대가 포진해 있던 자리의 반대쪽──, 즉 레이게츠 대의 본거지다. 본거지라고 해도 적병 자체는 이미 한참 후방에 있으므로 텅 비어 있기는 하지만.

아마츠 부대 쪽에서는 아직도 격전이 펼쳐지고 있다. 프로헤리야의 총성이 간헐적으로 울린다. 때때로 일어나는 폭발은 멜라콘시의 마법일까. 확실히 저 녀석들은 강하지만, 저 일고여덟 명으로 5백 명을 전멸시키기는 힘들 듯했다.

그렇기에 우리가 전세를 뒤집어야 하는데──.

"빌이 없는데?!"

전송된 곳은 전란으로부터 멀리 떨어진 레이게츠 카린의 본진 부근이다.

그러나 이 자리에는 나와 카루라뿐이었다. 함께 워프했을 빌이 어디에도 없다. 어딘가에 숨어 있는 기색도 없다. 이토록 그

변태 메이드가 없어서 외롭다고 생각한 적이 또 없을 거다. 옆에 있는 카루라가 "큰일이네요"라고 얼굴을 찡그리며 말했다.

"공간 마법이 오작동을 일으킨 것 같아요. 직전에 카오스텔 콘트 씨의 팔에 창이 꽂혔으니까……."

"그, 그러게! 카오스텔 녀석은 괜찮을까. 죽지나 않으면 좋겠는데……."

"그러게요. 하지만 본인 걱정을 하는 것도 중요할 것 같아요."

그 말에 깨닫는다. 나와 카루라는 서로가 최약체라는 걸 안다. 최약체 둘이서 최종 결전에 임해야 하는 것이다. 빌이 함께 있어 준다면 얘기가 다르지만.

"어쩌죠. 다리가 후들거려요."

"안심해. 나도 후들거려."

"후후후후……, 똑같네요……."

카루라는 파랗게 질린 얼굴로서 힘없이 웃고 있었다. 이렇게 달갑지 않은 조합은 처음이다.

지금부터 전장으로 돌아갈 수는 없다. 돌아간다고 해도 민폐겠지. 하는 수 없이 나는 눈앞에 솟아 있는 정체를 알 수 없는 건축물 쪽으로 눈길을 돌렸다.

벽이다. 돌벽으로 감싸인 오두막 같은 건물. 안에서는 카린과 후야오가 작전 회의를 하고 있겠지. 우리가 여기까지 왔는데 나오지 않는 게 수상하다고 하면 수상하지만.

"……어떻게 할까요? 도망칠까요?"

"도망쳐서 어쩌게. 다들 보고 있는데."

관객들은 어째서인지 우리 쪽을 주목하고 있다. 맞은편에서 피가 끓고 살이 튀는 대난투가 벌어지고 있으니 그쪽을 보면 될 텐데.

어쨌든 뭐든 해야 한다.

일단 설득을 시도해보자.

지뢰는 반칙이니까 일단 처음부터 다시 해볼까요? 그렇게 주장하는 수밖에 없다.

"저, 저기. 제가 가볼까요."

"아니……. 카루라는 내 뒤에 숨어 있어."

카루라는 부들부들 떨지만 하지, 한 발짝도 움직이지 못하고 있었다. 미덥지 못하다――, 라는 생각은 전혀 하지 않았다. 누구든 이런 상황이라면 무서워서 굳어버릴 게 뻔하다. 그러니까 내가 분발해야 한다. 나는 용기를 내어 벽 쪽으로 한 걸음 내디뎠다.

"――이봐, 카린! 들려?! 잠깐 하고 싶은 말이 있는데!"

그 순간이었다.

갑자기 돌벽이 우르르 무너져 내렸다. 마법이 해제된 걸지도 모른다――. 나는 꿀꺽 침을 삼키면서 상대가 나타나기를 기다렸다.

머지않아 무너지는 벽 너머에서 사람 그림자가 나타났다.

어? ――무심코 그런 소리를 내고 말았다.

거기 서 있는 것은 카린이 아니었다.

여우 귀와 여우 꼬리를 가진 수인 소녀. 후야오 메테오라이트였다.

"이런! 테라코마리 님과 카루라 님 아니세요."

뭔가를 질질 끌고 있다. 나는 눈을 의심했다. 그녀가 쥐고 있는 건 누군가의 팔이었다. 그 팔은 땅을 기고 있는 피투성이 시체와 이어져 있다.

피투성이 시체는 레이게츠 카린의 모습을 하고 있었다.

"그 대군을 통과하다니 역시나! 하지만 천무제는 벌써 끝난 거나 다름없어요. 보시다시피 레이게츠 카린 님이 패배하셨으니까요!"

후야오가 카린의 팔을 확 놓았다. 카린은 축 늘어진 채로 꼼짝하지 않는다. 뭐가 뭔지 모르겠다. 벽이 완전히 소멸한다. 관객들은 당황한 것처럼 침묵했다.

카루라는 창백해진 얼굴로 "저, 저기"라고 작게 중얼거렸다.

"뭐가…… 어떻게 되어가는 거죠……?"

"일일이 설명하기도 귀찮네요. 그러나 지금까지 천무제에서 상대해 주신 인연도 있으니 간결하게 알려드리죠——. 저는 힘을 추구하고 있습니다."

"무, 무슨 소리를 하는 건지! 이건 네가 한 짓이야?!"

"그렇죠."

뽀옹. 뭔가가 바뀌는 기척을 느꼈다.

맹렬한 기시감. 여러 번 느껴본 적 있는 것 같다. ——그래. 천조낙토가 주최하는 파티가 열렸을 때, 처음 후야오와 만났을 때, 혹은 앵취궁에서 다 같이 당했을 때.

어느새 후야오가 눈앞에 있었다.

살의가 넘치는 커다란 눈동자 앞에서 나는 돌처럼 굳어 꼼짝하지 못했다.

"힘을 요구하는 건 예술과 비슷해. 압도적인 힘이라는 건 때로는 인간에게 감동을 가져다주는 법이지. 그렇게 생각하지 않아?"

"무슨……."

"나는 '뒤집힌 달'의 멤버 후야오 메테오라이트. 마핵을 손에 넣어 【고홍의 애도】를 초월할 자. 죽을 각오는 됐나? 테라코마리 건데스블러드."

경악하고 말았다.

뒤집힌 달. 그런 걸 농담으로 자칭할 리는 없다.

후야오가 한 걸음 다가온다.

"죽을 각오는 되었냐고 묻는 거야."

"주—— 죽을 각오 따위는."

거기서 나는 주변의 시선을 살폈다. 살피고야 말았다. 후야오의 주장 따위는 전혀 이해할 수 없었다. 대중 앞인 이상, 또 공식적인 전쟁이 한창인 이상, 평소처럼 허세를 부리는 것은 당연한 일이었다. 나는 소리쳤다.

"——죽을 각오라면 이미 되어 있어! 나는 뮬나이트 제국과 카루라의 꿈을 짊어진 최강의 칠홍천이니까! 뭐, 나를 죽이려면 목숨이 여럿 있어도 부족하겠지만."

완만한 움직임으로 칼이 날아들었다.

카루라가 비명과 함께 나의 이름을 불렀다. 그러나 나는 꼼짝할 수 없었다. 휘몰아치는 살의의 폭풍 속에 몸이 움츠러들어서 목소리조차 낼 수 없었다.

칼날이 미끄러지듯이 하고 내 몸을 훑었다.

꼭 분수처럼 피가 분출하는 걸 남의 일처럼 바라보고 있었다.

──응? 뭐야, 이건. 어째서 이런 일이.

온몸에서 힘이 빠졌다. 몇 초 뒤에 상상을 초월한 격통에 시달렸다.

나는 서 있지도 못하고 풀 위에 쓰러지고 말았다. 그렇게 비명을 지르며 뒹굴었다. 온몸이 경련한다. 생각이 정리되지 않는다. 시야가 흐려져 간다. 아파, 아파, 아프다고──아무래도 가슴 부근을 칼에 베인 듯하다.

그리고.

내 배에서 내장 같은 게 튀어나온 것을 보았다.

"으, 아, 아아──. 이게 뭐야."

"코마리 씨!!"

"코마리 씨!!"

카루라는 쓰러진 코마리에게 다가갔다.

어깨부터 가슴 부위까지 찢긴 그녀는 괴로운 표정을 지으며 떨고 있었다. 피가 멈추지 않는다. 피뿐만 아니라 튀어나와선 안 될 것까지 튀어나와 버렸다. 카루라는 아연한 모습으로 코마리를 응시한다. 아파, 아프다고. 헛소리처럼 중얼거리는 모습이 카루라의 평상심을 부순다.

"……응? 왜 열핵해방을 발동하지 않는 거지? 너의 힘은 이 정도가 아닐 텐데."

후야오가 검을 움켜쥐며 이쪽을 내려다보고 있다.

카루라는 공포와 분노에 무자비한 테러리스트를 노려보았다.

"당신은!! 대체 뭐죠?! 왜 코마리 씨에게 이런 짓을!!"

"당연히 죽이려는 거지. 참고로 이 칼은 신구《막야도(莫夜刀)》. 이걸 쓰지 않으면 테라코마리를 죽이기는 힘들 거라 생각했다만…… 이건 어떻게 된 일이지?"

"시, 신구……?"

카루라는 나락의 바닥으로 떨어지는 듯한 심정이었다.

신구. 낫지 않는 상처. 할머님과 같다. 그렇지만 코마리의 경우는 상처의 정도가 다르다.

카루라는 새파랗게 질려 코마리의 몸을 내려다봤다.

이런 걸—— 마핵의 힘 없이, 어떡해야 나을 수 있다는 거지?

"피하려는 기척이 없었어. 아니, 오히려 무저항에 가깝던데. 꼭 싸움 따위 모르는 아마추어……. 네가 정말로 테라코마리 건네스블리드냐? 아니면 나를 방심시키려고 하는 건가?"

"여…… 영문을 모르겠어요……. 당신은 뭘 하는 거죠……?"

"말했잖아? 나는 '뒤집힌 달' 후야오 메테오라이트. 레이게츠 카린 편을 들었던 건 카린을 오오미카미로 취임시켜 마핵의 정보를 알아내기 위한 것."

"…………!"

후야오가 옷을 들추더니 맨살을 드러냈다. 그녀의 가슴팍에는 어디서 본 적이 있는 문장이 새겨져 있었다. 저건 최근 세상을 떠들썩하게 만든 테러리스트 집단 '뒤집힌 달'의 구성원임을 나타내는 엠블럼임이 분명했다.

총명한 카루라는 모든 걸 이해하고 말았다.

이 여우 소녀는 처음부터 천조낙토의 마핵을 노렸던 거다. 카린에게 접근한 것은 그녀를 오오미카미로 옹립하고 마핵의 정체를 알아내기 위함. 혹은 꼭두각시 오오미카미를 만들어 천조낙토를 뒤에서 지배하기 위함. 아니──, 정작 카린을 해쳐 천무제를 엉망으로 만들어버린 것으로 보아, 이 소녀의 목적은 마핵 그 자체였겠지. 아까 '마핵을 손에 넣어【고홍의 애도】를 초월하겠다'라고 했으니 틀림없다. ──'【고홍의 애도】를 초월한다'? 이 소녀는 무슨 말을 하는 거지? 코마리를 노리는 건가? 영문을 모르겠다.

"──나는 힘을 추구하고 있어. 테라코마리 건데스블러드의 열핵해방은 아마 여섯 나라에서도 1, 2위를 다투는 강력한 것. 그걸 직접 이겼을 때, 나는 진정한 의미로 세계 최강의 자리에 이를 수 있겠지."

"그, 그런 이유로 당신은, 코마리 씨를 죽이려 든 건가요……?!"

"이건 인사 수준이야. 내 본 실력으로는 【고홍의 애도】를 꺾기 힘들어. 그래서 마핵을 원한 거지. 마핵은 주인에게 무한의 힘을 준다고 하니까──. 내 상사는 이걸 연구에 이용하려고 하지만, 그런 번잡한 건 딱 질색이야. 내가 손에 넣어서 능숙하게 써 주겠어."

품 안에 있는 코마리가 공허한 눈으로 올려다본다.

엄청난 절망감에 마음이 어떻게 돼 버릴 것 같았다.

모두가 내 탓이다.

코마리를 천무제 같은 데 끌어들이는 바람에——.

"——흥. 열핵해방이란 '신념' 없이는 효과를 발휘하지 않아. 너는 아직 이룰 목표도 없다는 말인가. 그럼 우선 당초의 목표를 달성하기로 하지."

후야오가 두리번두리번 주변을 둘러보고 있다.

그래. 도움을 청하자——. 그렇게 생각한 카루라는 뒤를 돌아본다. 진영의 전투는 아직 이어지고 있었다. 왜 조금 전처럼 공간 마법으로 달려와 주지 않을까. 혹시 카오스텔 콘트가 전사한 걸까. 누가. 누가 좀. 얼른——.

"어라."

떨어진 곳에서 상황을 살피던 신문 기자를 후야오가 발견했다.

기자——, 창옥종 메르카 티아노와 고양이 귀 소녀다. 아무래도 난투를 뚫고 여기까지 도달한 모양이다.

뾰옹! 또다시 뭔가 번하는 기색이 났다.

"——이런, 이런! 이게 누구야. 육국 전쟁에서 맹활약하신 신문 기자들 아니세요!? 그게 말로만 듣던 카메라 《전영함》인가요?"

"으, 으음. 저…… 네! 저희는 육국 신문의 메르카 티아노라고 합니다! 후야오 메테오라이트 님 맞으시죠? 이건, 그, 으음."

"거기 있는 고양이 귀 아가씨! 잠깐 《전영함》을 이쪽으로 돌리세요!"

"히이이이이이이이이이익?!"

고양이 귀 소녀가 기겁하여 그 자리에 주저앉아 버린다. 후야오는 "난감하네요"라면서 어깨를 으쓱했고, 카메라를 휙! 들어 올렸다.

"――들리시나요!! 천조낙토 여러분!! 그리고 여섯 나라의 여러분!!"

그녀가 악마 같은 선언을 세계에 내보냈다.

★

그 목소리는 여섯 나라의 각 도시에 울려 퍼졌다.

지금까지 천무제의 전개에 열광하던 민중들은 ―― 특히 동도의 화혼종들은 파랗게 질려 스크린에 비친 광경에 시선을 빼앗겼다.

[――안녕하세요! 저는 테러리스트 집단 '뒤집힌 달'의 후야오 메테오라이트입니다!]

모두가 철렁해서 그 천진한 미소를 바라봤다.

그것은 소바 가게에서 점심으로 소바를 먹던 로네 코르네리우스도 예외는 아니었다. 천무제 중계 영상에 갑자기 '뒤집힌 달'을 자칭하는 소녀가 나온 것이니 당연하다. 게다가 그 소녀가 테라코마리 건데스블러드를 살해했다고 하니 묵묵히 있을 수 없었다.

"이봐, 아마츠! 저게 뭐야?! 나는 아무 말도 못 들었는데!"

"나도 들은 게 없어."

코르네리우스는 흠칫했다. 아마츠가 웬일로 동요하는 것 같았기 때문이다.

틀림없이 이 남자 짓인가 했는데——.

"그럼, 저건 아가씨가 보낸 자객 같은 건가?"

"아니야. 아가씨는 이런 짓은 안 해. 이건 트리폰 짓이겠지."

트리폰. 아마츠와 코르네리우스 이외의 '삭월'이었다.

대로는 당황한 사람들로 인해 큰 소동이 벌어졌다. "뒤집힌 달이라고?" "저건 레이게츠가의 여우 아닌가?" "왜 카린 님이 피투성이지?" "아니……. 그보다 코마링 각하가." "영문을 모르겠어." ——파문처럼 동요가 퍼져 간다.

그리고 후야오는 폭탄 같은 말을 내뱉었다.

[저는 지금부터 천조낙토의 마핵을 빼앗을 생각입니다!!]

모두가 말을 잃었다. 후야오는 악랄한 미소를 띠면서 계속 소리 높여 외쳤다.

[네? 마핵이 어디 있는지 모르지 않냐고요? 아니요, 걱정하지 마세요! 저는 레이게츠 키린 님께 물어서 마핵이 있는 곳을 알아냈거든요! 마핵은 동도에 있다고 합니다!]

화혼종들의 얼굴이 창백해진다. 무리도 아니다——, 그녀의 주인이었을 터인 레이게츠 카린이 스크린의 한구석에서 엉망이 되어 있었으니까.

[지금부터 저는 그쪽으로 가려고 합니다! 아아, 오오미카미에게 도움을 청해도 헛수고예요──. 오오미카미는 며칠 전 파티에서 제가 죽였으니까요! 며칠 동안 보아 온 오오미카미는 이제가 둔갑한 것이었답니다! 안타깝게 됐네요!!'

동요는 공포로 바뀌어 간다.

[천조낙토 여러분에게는 죄송한 말씀이지만, 마핵이 사라지면 되살아날 수도 없답니다. ──하지만 그게 인간 본연의 모습! 아무것도 걱정하지 마세요!! 죽음이야말로 산 자의 숙원이니까요! 그러므로──.]

뽀옹!

뭔가가 바뀌는 기척이 났다.

[──멸망의 시간이다, 화혼종이여.]

뚜욱.

스크린의 영상이 갑자기 끊겼다. 아마 《전영함》 쪽에 무슨 문제가 생겼겠지. 하지만 그런 건 아무래도 상관없었다.

동도에 전무후무한 큰 소란이 발생했다.

공포에 떠는 자. 저건 거짓말이라고 하는 자. 마핵을 지키려고 일어서는 자. 앵취궁을 향해 달리는 자──. 모두가 난데없는 비극에 우왕좌왕하고 있었다.

후야오 메테오라이트.

레이게츠 카린과 테라코마리 건데스블러드를 꺾은 수수께끼의 테러리스트.

"──이봐, 아마츠. 후야오 메테오라이트라니 처음 듣는데.

저런 녀석이 우리 쪽에 있었나? 아니면 신입인가?"

"얼마 전부터 있었잖아. 하지만—— 이건 좀 뜻밖이네."

"엥? 그게 뭐야. 우리는 이제부터 어떡해야 하는 건데?"

코르네리우스는 난감해하며 옆에 있는 아마츠 쪽을 돌아보았다.

그러나 그의 모습은 온데간데없었다.

먹다 만 소바가 남아 있을 뿐이었다.

아무래도 자발적으로 활동을 시작한 것 같다.

조금 안심했다. 저 녀석이 손을 쓴다면 아무 문제 없다. 문제는 없겠지. ——그러나 코르네리우스는 술렁이는 가슴을 억누를 수 없었다.

단순한 감이다. 저 여우 소녀에게서는 '신을 죽이는 사악'과 비슷하게 이질적인 느낌이 났다. 순식간에 벌어진 일이라 착각일 수도 있지만.

후야오 메테오라이트는 【전이】인지 뭔지로 자취를 감췄다.

그러나 위기가 사라진 건 아니었다.

코마리는 탈진한 채 쓰러져 있다. 피가 끊임없이 쏟아진다. 카루라가 아무리 갖은 방법을 써도 회복은 절망적일 듯했다. 왜냐하면—— 마핵의 효과가 미치는 기색이 없으니까. 이건 신구로 입은 상처이기 때문이다.

"코마리 씨……, 코마리 씨……."

카루라는 이름을 부를 수밖에 없었다.

그녀의 몸이 점점 차가워져 간다. 죽음의 순간은 시시각각 다가오고 있다. 시간의 흐름은 왜 이렇게 빠를까. 시간 따위, 멈춰 버리면 좋을 텐데——.

그때, 관객들의 시선을 느꼈다.

"카루라 님." "카루라 님!"——사람들이 이쪽을 향해 말을 건다.

"카루라 님! 천조낙토를 구해 주세요!" "믿을 건 당신뿐이에요!" "테러리스트 따위 혼내 주세요!"——그건 애원에 가까운 필사적인 호소였다. 목소리는 공기를 울리면서 서서히 퍼져 간다. 곧 전장을 뒤덮을 만큼 엄청난 성원으로 발전한다.

"카루라 님!" "카루라 님!" "카루라 님!" "카루라 님!"——.

"그…… 그만……."

그러나 그것은 카루라에게는 저주와도 같은 중압감이었다.

무심코 귀를 틀어막았다.

자신에게 힘은 없다. 처음부터 장군 따위 되는 게 아니었다. 이런 생각을 할 바에야, 차라리 오라버니처럼 가출해 버릴걸——.

"코마리 씨. 저는…… 어떻게 해야……."

생각해 보면 카루라의 인생은 비극으로 가득했다.

장군이 되라고 강요당하고, 여러 번 죽을 뻔하고, 꿈이 짓밟히고, 천무제에 떠밀려 나가고——. 그렇게 해서 코마리를 만나 '하고 싶은 걸 할 용기'를 얻었고, 할머니와 화해하고, 진심으로 서로를 이해할 수 있는 친구가 생겼다고 생각했는데. 그 친구가 죽어가고 있다.

이렇게 부당할 데가 있을까——.

그런 한탄 속에서.

"……카루라."

코마리가 작게 입술을 움직였다.

갈라진 목소리를 쥐어 짜낸다.

"카루라. 무리할 필요 없어."

"코마리 씨야말로…… 말하지 않아도……."

"내가 어떻게든 할게. 하고 싶지 않은 건, 하지 않아도 돼."

"…………윽!!"

자신은 이제 틀렸다고 생각했다.

눈물이 끊임없이 흘러넘쳤다.

죽기 직전까지 남을 걱정하는 녀석이 어디 있냐고 생각했다. '내가 어떻게든 하겠다'라고? 치명상을 입은 지금의 당신이 뭘 할 수 있다고. 그렇다——. 이 소녀는 자기 일은 아무래도 상관 없다고 생각하는 것이다. 마지막 순간까지 카루라의 꿈을 응원 해 주는 것이다. 이렇게 진지하게 마주 봐 준 사람이 지금까지 또 있었을까?

조금이지만 용기를 얻었다.

——나는 대체 무슨 근거로 '나는 약하다'라고 말했던 거지.

이 사람의 마음에 보답하고 싶다. 이 사람에게 심한 짓을 한 녀석을 용서할 수 없다. 천조낙토를 집어삼키려는 사람을 용서

할 수 없다. 할머님의 원수를 갚고 싶다.

아마츠는 '사'의 일족이다.

아무리 재능이 없어도 싸워야 할 때는 싸워야 한다.

계속 거짓말을 할 수는 없다.

그때였다.

짤랑, 하는 방울 소리가 났다.

어느새 오른쪽 손목에 차고 있었을 터인 방울이—— 사촌오빠가 준 《시습령》이 떨어져 땅 위를 나뒹굴고 있다. 끈이 끊어져 있었다.

과거 오라버니가 했던 말을 떠올린다.

——너에게는 사실 힘이 있어. 자기 사명을 자각했을 때, 방울은 떨어지게 되어 있지. 뭐, 잡아당기면 쉽게 떨어지겠지만.

잡아당긴 적은 없다. 이건 사명을 자각했다는 걸까.

의미를 모르겠다. 하지만 알 것 같기도 하다. 소중한 사람을 무참하게 잃는 세계 따위 사절이다. 이런 더러운 세계는 깨끗하게 만들어야 한다. 깨끗한 색으로 바꾸어 나가야 한다. 그게 카루라에게 주어진 사명이니까.

"방울을……."

방울을 주워야 한다.

주워야 한다. 주워야 한다. 저게 없으면——.

그 순간. 카루라의 몸에 이변이 일어났다.

눈이 아프다. 타는 듯한 통증이 퍼진다. 이 감각은 낯설지 않았다. 방울을 잃었을 때 생기는 정체불명의 격통. 더는 견딜 수 없었던 카루라는 그대로 정신을 잃을 뻔했지만, 그 직전에 견뎌 냈다.

코마리가 괴로워하고 있는데 자기만 쓰러질 수는 없었다.

갑자기 마음속에서 어마어마한 열이 끓어 넘쳤다.

그것은 카루라의 마음속에 잠들어 있던 힘 그 자체였다.

아마 태어났을 때부터 마음속에 있었지만 속박되어 있었던 힘. 자기로서는 어떻게 할 수 없는, 폭풍처럼 사납고, 망망대해처럼 막막한 인상을 주는 힘.

카루라는 이제야 이해했다. 바로 저기서 굴러다니는 방울은 '열핵해방'을 봉인하기 위한 것이었다. 카쿠메이 오라버니는 모든 것을 알고 저 신구를 준 거겠지.

열핵해방이란 마음이 구현화하는 현상이다. 그러므로 무엇인가를 향한 열의 없이는 잘 조절할 수 없다고 할머님이 말했던 것 같다.

이거라면—— 이거라면, 코마리를.

"——코마리 님!!"

갑자기 누가 달려오는 기척이 났다.

먼 곳에서 싸우고 있었을 동료들이었다. 정신을 차리고 보니 카린 부대의 사람들은 한 명도 남김없이 깨끗하게 제거되어 있었다. 거기에 있는 건—— 온몸이 상처투성이인 코하루와 빌헤이즈, 사쿠나 메모아. 전혀 다친 기색이 없는 프로헤리야와 리오나. 코마리 부대의 멤버들은 보이지 않았다. 싸움에서 목숨을 잃은 것일까.

"코마리 씨! 정신 차리세요!"

사쿠나가 당황해서 회복 마법을 발동시킨다. 그러나 아무 효과가 없었다. 코마리는 축 늘어진 채 꼼짝하지 않는다. 상처가 낫는 기색이 없다.

"어, 어째서⋯⋯?"

"⋯⋯신구에 당했기 때문이에요."

그 자리에 있는 모두가 경악한 것처럼 눈을 크게 떴다. 빌헤이즈가 "그럴 수가⋯⋯" 하고 희망을 잃은 것처럼 중얼거렸다. 피투성이가 된 코마리에게 다가가 "코마리 님, 코마리 님" 하고 눈물을 흘리면서 이름을 부른다. 하지만 그녀가 눈을 뜰 일은 없었다.

너무 중상이다. 이미 의식도 없겠지.

빌헤이즈가 파랗게 질린 채로 한탄하고 있었다.

"제가⋯⋯ 달려왔더라면 됐을 텐데. 그랬다면, 일이 이렇게는⋯⋯ 죄송합니다, 죄송합니다, 전속 메이드 실격이에요⋯⋯. 코마리 님이라면 무사할 거라고, 그렇게 생각하고, 있었는데."

"괜찮아요, 빌헤이즈 씨."

카루라는 배려하듯 그녀의 어깨에 손을 얹었다.

확실히 코마리는 중상이다. 그냥 두면 시간이 흐름에 따라 생명의 불이 꺼지겠지——. 하지만 카루라에게는 평범하지 않은 힘이 있다. 세상을 바꾸기 위한 이능이 있다.

두 눈이 뜨거웠다. 아마 옆에서 보면 카루라의 눈동자는 새빨갛게 빛나고 있을 것이다.

사람들의 주목을 받으며 코마리 쪽으로 오른손을 뻗는다.

그리고 힘을 발동했다.

《──열핵해방【역류의 찰나】──.》

무색투명한 마력이 천천히 그녀의 몸을 감싼다.

주변에 있는 사람들이 숨을 집어삼키는 기색이 났다. 코마리의 상처가── 낫지 않을 것 같던 큰 상처가── 순식간에 회복되어 갔다. 꼭 시간을 되감은 것처럼.

그렇다, 【역류의 찰나】는 모든 것을 되감는 이능.

본인의 의지로 대상에게 시간을 나눠주는 이타적인 묘기.

할머니를 위해──, 나라를 위해──, 친구를 위해 최선을 다하고 싶다는 강한 바람에서 파생된 놀라운 기적.

이윽고──.

깜빡이며 코마리가 눈을 떴다.

"코마리 님!!"

빌헤이즈나 사쿠나 메모아가 감격한 듯 코마리에게 달려가서 안겼다. 정작 본인은 영문을 모르겠다는 표정으로 눈을 깜빡이고 있다. 그야 그렇겠지. 그녀는 바로 조금 전까지 죽음의 문턱에 서 있었으니까.

"어, 어라? 나는…… 살아 있는 건가?"

"네. 코마리 씨는 무사해요."

카루라는 그녀의 팔을 잡아당기며 부축했다.

상처는 거짓말처럼 사라졌다. 찢어진 군복도 원상 복귀됐다. 그래도 기억까지는 되돌아가지 않은 것 같다. 그녀는 자신이 후야오에게 살해당할 뻔한 걸 기억하는 것이다.

"아아, 코마리 님. 다행이야, 정말 다행이야. 이제 절대로 놓지 않을 거예요." ──빌헤이즈가 울면서 코마리에게 달라붙어 있다. 카루라는 자기 힘을 확인하듯이 손을 주물주물했다.

이 힘이 있으면 악랄한 테러리스트에게 대항할 수 있을지도 모른다.

"──이봐. 저기서 뒹굴고 있는 녀석도 구해 주지 그래."

프로헤리야가 언짢은 듯이 입을 열었다.

카루라는 그녀가 눈짓으로 가리키는 곳을 바라본다. 거기에는 만신창이가 되어 쓰러져 있는 카루라의 경쟁자── 레이게츠 카린이 있었다.

천천히 카린 곁으로 다가간다.

그녀는 아직 살아있었다. 살아있을 뿐만 아니라 의식을 되찾았다.

"카루라…… 나는."

카루라를 알아본 것 같다. 카린은 눈물을 흘리면서 말을 이었다.

"나는…… 어찌할 수가 없었어. 너를 질투하기만 했지……. 후야오의 속내도 모른 채……, 일이 이렇게 돼 버렸어……."

"가만히 계세요. 제가 치료해 드릴게요."

【역류의 찰나】를 발동한다. 카린의 상처가 순식간에 사라져 간다. 그녀는 "미안해, 미안해" 하고 오열하면서 여러 번 사죄하고 있었다.

이윽고 완전히 상처가 낫자마자, 똑바로 카루라의 얼굴을 바라보며 말했다.

"……너는 강하구나. 전투의 재능은 없을 수도 있지만, 마음이 강해. 나와는 딴판이야."

"카린 씨도 강해요. 저 따위는 적수가 안 돼요."

"후." 카린은 자조적인 기색으로 미소 지었다. "……나는 겨우 깨달았어. 너나 건데스블러드 님은 강한 마음을 가지고 있어. 저 후야오도 방향성은 악하지만, 강한 야망을 가졌고. 아무리 재능이 있어도 아무리 노력해도, 뭔가를 이루려는 마음이 없어서는 세상을 바꿀 수 없어. ……왜 나는 너 같은 마음을 갖지 못했을까."

"카린 씨도 열심히 노력했잖아요. 천조낙토를 위해서."

"그건 날 위한 거야. 내 지위를 지키려고 기를 썼을 뿐이지."

"모르겠네요. 저와 당신의 차이를."

"나는 알겠어. 나는 오오미카미의 그릇이 아니야. 오오미카미에 적합한 건 카루라, 네 쪽이야."

"카린 씨……."

"지금의 나로서는 후야오를 막을 수 없어. ──부탁한다. 천조낙토를 구해 줘."

카린의 눈에서 뭔가가 슥 빠져나갔다.

이 사람이 이렇게 순수한 표정도 지을 수 있었나──. 카루라는 조금 놀랐다.

그때, 객석 쪽에서 큰 성원이 파도가 되어 밀어닥쳐 왔다.

모두 카루라를 응원하고 있었다. 테러리스트를 쓰러뜨려 달라고——, 마핵을 지켜달라고——, 천조낙토를 구해 달라고——. 곳곳에서 영웅을 원하는 목소리가 들린다. 전장은 어느새 카루라를 위해 준비된 무대가 되어 있었다.

오검제가 되고 싶지 않다. 오오미카미도 되고 싶지 않다. 지금까지 해온 나약한 소리는 모두 본심이었다. 그러나 마음속으로는 이해하고 있던 것이다——. 아마 나 이외에는 할 수 있는 사람이 없겠지. 국주로서 나라를 이끌어 가는 것, 그게 아마츠 카루라의 숙명이다.

왜냐하면 자신에게는 신비한 힘이 있으니까. 할머니는 그걸 간파하고 있었던 거다. 그래서 그토록 카루라에게 오오미카미가 되라고 강요한 것이다.

지금까지는 자신이 없었다. 하지만 지금은 다르다. 자기 꿈을 자각하고—— 많은 사람을 의지해 겨우 힘을 낼 수 있었다. 아픈 것은 싫지만. 싸우는 건 싫지만.

그래도 오늘만은 노력해 보자. 모두를 위해서.

"——코마리 씨."

카루라는 결심하고 말을 걸었다.

빌헤이즈나 사쿠나 메모아 사이에서 짓눌리고 있던 코마리가 돌아보았다.

그녀는 미소를 띠며 이쪽으로 다가왔다.

"카루라, 굉장해. 네 덕분에 내 상처가 아물었다던데."

"이건 코마리 씨 덕분이에요. 코마리 씨가 있어준 덕에 전 깨달을 수 있었어요."

"깨달아? ……그나저나, 카루라에게 이런 힘이 있었다니 깜짝 놀랐어. 넌 나보다 훨씬 재능이 있는 사람이었구나. ……미안, 나랑 비교당하고 싶지는 않겠지만……."

"그렇지 않아요. 코마리 씨에게도 재능은 있어요——. 아니, 재능이 아니라 '강한 마음'이 있습니다."

"뭐……?"

이 소녀는 자기에게 힘이 있다는 걸 모르는 것이다.

최강이면서 최약이라고 믿고 최강인 것처럼 행동한다니—— 이 무슨 황당한 이야기일까. 그게 테라코마리 건데스블러드의 매력인 건 확실하지만, 슬슬 깨닫게 해주는 게 그녀를 위한 길일지도 모르겠다.

"코마리 씨. 저와 함께 싸워 주지 않겠어요?"

"그야 물론이지. 하지만 나에겐 힘이……."

"피를 마셔 주세요. 네리아 씨 때도 그렇게 하셨죠."

카루라는 팔을 내밀더니 그렇게 말했다. 멀리서 바라보는 프로헤리야나 리오나는 머리 위에 물음표 마크를 띄우고 있었다.

그러나 빌헤이즈는 상황을 이해한 것 같다.

"기다려 주세요. 코마리 님의 연핵해방은 함부로 발동시킬 게 못 됩니다. 애초에 발동시킬 거면 제 피를 마시게 할 테니까 아마츠 님은 일단 들어가 계세요."

"맞아요! 하지만 순수한 흡혈귀의 피보다 창옥의 피가 섞여야 【고홍의 애도】도 보기에 좋을 거 같으니까 마실 거면 제 피를 마셔 주세요."

"죄다 무슨 소리를 하는 거야?"

"코마리 씨의 이야기예요. 당신은 전부터 이상하게 생각하지 않았나요? 왜 주변 사람들이 이렇게 나를 높게 평가할까? 왜 세상은 이렇게 '살육의 패자' 테라코마리 건데스블러드의 위업을 칭송할까? ——아니 땐 굴뚝에 연기는 나지 않아요. 당신은 정말 대단한 마음을 가지고 있어요. 진정한 의미로 저와 똑같답니다."

카루라는 천천히 코마리에게 다가갔다.

빌헤이즈와 사쿠나 메모아가 소란을 피우고 있다. 그러나 뭔가를 알아차린 듯한 프로헤리야와 리오나가 그들을 저지했다. 지금까지 멍하니 서 있던 신문 기자 메르카가 "멍하니 있을 때가 아니야, 티오!! 카메라를 돌려!"라고 소리치고 있다. 코마리는 아직도 허둥지둥할 뿐 명확한 답을 하지 않았다.

"저 혼자만의 힘으로는 부족해요. 그러니까 코마리 씨가 도와주셨으면 해요."

"피를 마시면 뭐가 달라져? 확실히…… 전에 네리아 피를 마셨을 때도 이상한 느낌이 들긴 했는데……."

"저를 믿어 주세요. 당신은 세상 그 누구보다 맑은 마음을 가졌어요. 그리고 그 아름다운 마음은 대지를 뚫고 별마저 움직이는 힘이 되겠죠."

"그런 말을 들어도 곤란한데……."

"어쩔 수 없네요. 피를 마시면 소설을 출판해 드릴게요."

"?!"

코마리의 눈이 빛났다. 그러나 곧 고개를 도리도리 젓는다.

관객들은 숨을 집어삼키며 경과를 지켜보고 있다. 아마도《전영함》너머에 있는 전 세계 사람들도 기다리고 있겠지──. 테라코마리 건데스블러드의 진면모를.

"……알았어, 카루라."

한없이 순수한 시선이 카루라에게 쏟아졌다.

잠시 서로를 응시한다.

이렇게 아름다운 눈동자라니──, 카루라는 엉뚱하게도 그렇게 생각했다.

이윽고 코마리는 뭔가를 깨달은 것처럼 천천히 눈을 감았다.

"소설에 낚인 게 아니야. 하지만 카루라의 말이라면 믿어 보려고 해."

미소가 흘러넘친다.

"감사합니다."

"피를 마시기만 할 거야. 솔직히 피는 좀 싫지만……, 빨아도 되는 거지?"

"네. 부탁드립니다──, 네?"

코마리가 천천히 다가온다 했더니──, 갑자기 꼭 끌어안겼다.

영문을 모르겠다. 온기가 느껴진다. 심장 소리마저 들려온다. 카루라는 얼굴을 새빨갛게 붉힌 채 "어버버버버버, 코마리 씨 뭘?!" 하고 당황했다. 시야 너머에서 빌헤이즈와 사쿠나 메모아가 절규하고 있었다. 그러나── 코마리는 주변 상황 따위는 개의치 않고 천천히 입을 벌리더니 살짝 까치발을 들었다.

콰악.

카루라의 목덜미를 깨문다.

사고가 정지했다. 따끔한 통증이 퍼진다. 코마리의 혀가 날름하고 피를 핥는 게 느껴진다. 간질간질한 쾌감. 흡혈귀는 이렇게 피를 마시나. 하지만 이건.

"저, 저기——. 코마리 씨."

참지 못하고 소리를 질렀을 때.

갑자기 이변이 일어났다.

막대한 마력이 시야를 메웠고—— 시간의 흐름이 가속했다.

동도는 공황 상태였다.

갑자기 나타난 테러리스트가 나라를 뒤엎으려 하고 있다.

마핵이 어디 있는지는 아무도 모른다. 그러나 테러리스트——후야오 메테오라이트는 레이게츠 카린을 고문해 그 소재를 알아냈다고 한다.

천조낙토 사람들은 얼굴색이 달라져서 마핵 수색에 나섰다. 지켜야 할 대상을 알아두지 않으면 어찌할 수가 없기 때문이다.

그러나 마핵을 자세히 알고 있을 오오미카미는 앵취궁에서 홀연히 자취를 감춘 상태다.

더욱이 선대 오오미카미 아마츠 카야는 테러리스트에 의해 혼

수 상태. 선선대는 올해 7월에 숨을 거뒀다. 정부 상층부는 그 외의 아마츠와 레이게츠 관계자를 찾아다녔지만 헛수고에 그쳤다.

아무도 모르는 것이다. 마핵의 정체를.

"광범위하게 포진하고 테러리스트를 기다리는 수밖에."

동도 방위를 담당하고 있는 나머지 오검제들은 그렇게 결의하고 군을 배치했다. 그러나 상대가 어떤 이능을 사용해 올지 모르는 상황에서는 별다른 의미가 없어 보였다.

적에게는 이쪽의 약점이 보이는데, 이쪽은 이쪽의 약점을 알 수 없다.

사람들은 절망하고 있었다. 이대로 화혼종은 멸망하는 걸까.

하지만——.

갑자기 꺼졌을 스크린에 영상이 비쳤다.

아무래도 육국 신문의 카메라가 다시 켜진 모양이다. 거기서 민중이 목격한 건 아마츠 카루라의 피를 마시는 테라코마리 건데스블러드의 모습이었다.

뭐가 뭔지 알 수 없었다.

이런 때에 뭘 하는 거냐——. 그렇게 분개하는 사람도 있었다.

그러나 변화는 극적이었다.

[보십시오, 전국의 여러분! 육국 전쟁 때와 같습니다! 테라코마리 건데스블러드 각하께서 드디어 싸울 각오를 하신 것 같습니다! ——.]

기자의 목소리가 동도에 울려 퍼지고 있다.

이윽고, 핵 영역 쪽에서 녹색 마력이 폭발했다.

휘잉! ──어마어마한 돌풍이 전장을 훑고 지나갔다.

난데없이 철이 지난 벚꽃이 흩날리기 시작한다. 주변의 초목이 급속히 성장해 색색의 꽃을 피운다. 그런가 했더니 곳곳에 방치되어 있던 군의 무기가 급속히 녹슬어 형태를 잃는다. 풍화해 간다.

그 자리에 있는 모든 사람이 침묵하며 심상치 않은 광경을 지켜보고 있었다.

녹색 마력이 폭풍우처럼 휘몰아치는 가운데, 그 한가운데에 소녀는 서 있다.

테라코마리 건데스블러드.

평소처럼 표정은 공허하지만──, 그 눈동자만은 붉은색으로 반짝반짝 빛나고 있었다.

"코마리 씨? 이건……."

카루라는 놀라움에 눈을 크게 뜨며 그녀의 앞에 섰다.

강렬한 살의에 공기가 진동하고 있다.

화혼종은 그다지 특징다운 특징이 없지만, '시간'에 관해서는 예민한 감성을 발휘하는 종족인 듯하다. 화조풍월(花鳥風月)을 지배하기보다는 사연의 흐름에 몸을 맡기는 풍류의 마음을 옳다고 보는 사람들. 그게 그녀의 모습에도 드러나 있는 걸지도 모르겠다.

코마리가 가볍게 손을 흔들었다.

무시무시한 기세로 마력이 용솟음쳤다. 세계의 시간이 가속한다. 사람들이 비명을 지르며 그 자리에 웅크리고 있는 사이에, 초원은 꽃밭으로 변해 있었다.

도저히 현실의 광경 같지 않았다.

모두가 감탄하며 그 아름다운 화원을 보고 넋을 잃었다.

"괴, 굉장해……! 굉장해요. 건데스블러드 각하!"

신문 기자가 평소처럼 감격해 펄쩍 뛰고 있다.

천 년에 한 번 태어난다고 하는 지고의 열핵해방【고홍의 애도】. 화혼의 피에 의해 실현된 기적의 이능은, 삼라만상의 시간을 가속시키는 백화요란의 궁극 오의가 된다.

흩날리는 꽃잎을 맞으면서 코마리는 천천히 다가간다.

갈팡질팡하고 있는 카루라의 손을 살그머니 잡는다. 앵취(櫻翠)의 흡혈 공주, 테라코마리 건데스블러드는 말 그대로 꽃처럼 가련한 미소를 띠며 말했다.

"──카루라. 꿈을 되찾자."

★

힘을 추구하는 것은 예술과 비슷하다.

일찍이 후야오 메테오라이트의 고향을 불태워 버린 장본인──유린 건데스블러드는 압도적인 힘으로 모든 것을 빼앗아 갔다.

흔해 빠진 이야기였다. 약자가 강자에게 유린당하는 보편적인 섭리.

그렇기에 후야오는 힘을 추구해야 한다.

모두가 두려워하고 모두가 경외하는 고고한 존재가 되어야
한다.

그렇지 않으면 마음의 안녕을 얻을 수 없다.

"——여기구나."

동도로 숨어든 후야오는 즉시 아마츠 본가로 향했다.

마핵은 당대 오오미카미의 자택—— 즉 아마츠 또는 레이게츠
중 하나의 본가에서 관리하는 게 관습인 것 같다. 현재의 오오
미카미는 아마츠가 출신. 마핵은 이 저택 안에 보관되어 있을
것이다.

거침없이 문을 열고 건물에 침입한다. 한번 아마츠 카루라의
할머니를 습격할 때 온 적이 있기에 망설임은 없었다. 동도 곳
곳에서는 테러리스트의 습격에 대비해 사람들이 소란을 피우고
있다. 고생들 하네——. 잔인한 미소를 띠면서 복도를 걷는다.

모퉁이에서 우연히 사람을 맞닥뜨렸다.

앞치마 차림의 소녀다. 아마 아마츠가에서 일하는 가정부 같
은 거겠지.

그녀는 반사적으로 "죄송합니다" 하고 고개를 숙였고——, 그
리고 눈앞에 있는 사람의 얼굴을 인식하자마자 비명을 지르며
그 자리에 주저앉아 버렸다.

"히, 이이이이익?! 테러리스트?!"

"그래. 내가 테러리스트 후야오 메테오라이트다."

소녀는 입을 뻐끔거릴 뿐 움직이지 않는다. 두려운 나머지 다
리에서 힘이 풀린 듯하다. 후야오는 천천히 칼을 뽑았다. 목격

자는 처리해야 한다——.

"자신의 불운을 저주하도록. ——자, 죽을 각오는 되었나?"

"요, 용서해 주세요. 저는, 저는, 죽고 싶지 않습니다."

"................."

진심 어린 간청인 듯했다. 나오는 대로 아무렇게나 지껄이는 게 아니다——. 방심을 유도해 덤벼들 기색도 없다——. 소녀는 진심으로 죽고 싶지 않은 것이다.

"죽고 싶지 않다고?"

"죄송합니다. 죄송합니다......."

소녀는 정신을 놓고 사과하는 기계가 되어 있었다.

——그렇다면. 그렇다면 어쩔 수 없지.

후야오는 말없이 칼을 칼집에 넣었다. 그리고 삐걱삐걱 마룻바닥을 걸어 그녀 옆을 지나간다. 갑자기 뒤에서 곤혹스러워하는 시선이 느껴졌다.

목숨을 건졌으니 조금 더 기뻐하면 될 텐데.

이 세상에는 생명의 무게를 모르는 사람이 너무 많다.

죽을 각오가 없는 녀석을 죽이는 건 자기 인생에 대한 모독이다. 과거 후야오의 고향을 덮친 흉악무도한 녀석들과 똑같이 전락하고 싶지 않다. 그래서 후야오는 어떤 상대에게든 '각오는 되었냐'라고 묻는다. 요한 헬더스를 죽이지 않은 것이나, 아마츠 카루라의 할머니에게 결정타를 날리지 않은 것도 모두 자신의 긍지를 따랐을 뿐이다.

"여기인가."

후야오는 방을 몇 개 지나 응접실에 발을 디뎠다. 두리번거리며 주변을 살핀다. 상사에게 받은 정보에 따르면 마핵이란 마력의 근원이면서도 마력 반응이 전혀 없다고 한다. 뒤집힌 달 같은 적대자에게 발견되지 않도록 위장된 것이다. 얼핏 봤을 때는 평범한 잡동사니일지라도 얕볼 수는 없었다.

후야오는 마침내 발견했다.

그것은 객실의 구석에 자리하고 있었다.

고대의 명공 호시가키에몬이 만들었다는 시가 백억 엔짜리 비보.

아니, 자칫하면 백억이라는 가치를 주는 것조차 우스운 지고의 대비보.

살짝 금이 가 보이는 건 기분 탓임이 분명하다.

"──나의 양식이 되어다오. 천조낙토의 마핵이여."

이것만 수중에 넣으면, 세계 최강에 도달하는 것도 어렵지 않다──. 희미한 기대를 품으면서 후야오는 천천히 손을 뻗었다. 그리고.

"뭐 하는 거야?"

"흑?!"

불길한 기운을 느끼고 순간적으로 뒤를 돌아봤다.

어느새 문 쪽에 기모노를 입은 남자가 서 있었다. 후야오는 저 얼굴을 본 적이 있었다. 상사가 '주의해'라고 했던 인물──, 뒤집힌 달의 간부 '삭월' 중 한 명.

"불법 침입은 범죄인데. 부모에게 못 배웠나 보지?"

뽀옹!

"──이런! 이게 누구세요. 아마츠 카쿠메이 님 아니십니까! 여기 마핵이 있습니다. 뒤집힌 달로서는 꼭 손에 넣고 싶은 것이죠!"

"그래. 뒤집힌 달이라면 마핵을 손에 넣어야지. ……그런데, 네가 찾아낸 마핵이라는 게 저 항아리야?"

"그렇습니다. '신을 죽이는 사악'에게 보고드려야죠."

후야오는 천천히 마력을 가다듬는다. 이 남자는 분명 매복하고 있었다. 육국 신문의 중계를 봤을 때부터 준비하고 있었겠지──. 하지만 그래도 상관없다.

어려움이 크면 클수록 목적을 달성했을 때의 감동은 굉장해지니까.

그걸 위해 일부러 '지금부터 동도로 가겠다'라고 선언한 것이니까.

"──흥. 그렇게 경계하지 마."

"네? 저는 사이좋게 지냈으면 하고 있는데요?"

"뭐, 그렇지. 같은 조직이니까. 사이좋게 지내는 게 최선이겠지만──, 사람은 각각 주의 주장이라는 걸 가졌거든. 아무리 노력해도 공존할 수 없는 상대가 있는 법이야."

그렇게 말하면서 아마츠 카쿠메이가 물끄러미 이쪽을 관찰했다.

이상해. 공격해 올 기색이 없다. 아니면 이미 무슨 마법을 발동한 건가? ──의아하게 생각하면서도 후야오는 칼자루에 손을 얹는다. 문득 아마츠 카쿠메이가 뭔가를 눈치챈 듯 고개를 들었다. 시선이 천장으로 향한다.

"내가 나설 대목이 아니었나."

"……당신은 날 말리러 온 거 아니야?"

"아니, 아니야. 특등석에서 구경하려고 온 거지."

"구경……?"

"그리고 트리폰이 어떤 동물을 기르고 있는지 신경이 쓰여서 말이야. 뭐, 필요하다면 말릴 생각이었던 것도 맞아. 하지만 기우였던 것 같네. 그 정도로는 두 개의 열핵해방을 상대할 수 없을 테니까."

그렇게 말하고 아마츠 카쿠메이는 발길을 돌렸다.

후야오는 약간의 초조함을 느끼고 "잠시만요"라고 말을 걸었다.

"무슨 뜻인가요. 애초에 당신은 왜 여기에 왔죠."

"이 시간의 행방을 지켜보기 위해."

"무슨 소리인지 모르겠습니다! 잠꼬대라도 하시는 건가요!"

"그럴지도 모르지."

크크크——, 하고 아마츠 카쿠메이는 웃는다.

그대로 객실을 나가려다가, 그는 문득 생각났다는 듯 멈춰 선다.

"아아, 그러고 보니. 카린 녀석이 마지막 순간에 근성을 보인 것 같던데."

"……무슨 말씀을 하시는 건가요?"

"고문할 때는 좀 더 신중하게 행동하도록 해. 너는 카린에게

속고 있는 거야——. 저딴 시시한 항아리가 천조낙토의 마핵일
리 없잖아?"

"——!?"

충격적인 사실이 뇌를 뒤흔든 그 순간.

무시무시한 마력의 기색을 느꼈다.

붉은 꽃잎이 살랑살랑 춤추듯 내려온다. 너무나도 아름다워서
잠깐 의식을 빼앗기고 말았다. 뭐 이렇게 예쁜 색이 다 있을까.
후야오는 자신도 모르게 무심코 그 꽃잎을 잡으려고 했다——.

그 직후, 귀가 나갈 듯한 폭음과 함께 천장이 떨어져 내렸다.

후야오는 놀라서 눈을 부릅뜨고 회피했다. 하지만 늦었다. 지
붕과 기둥이 파괴되어 중력에 따라 낙하하고 있다. 꼭 운석이라
도 떨어진 것 같다——. 아니, 아니다.

그건, 거대한 나무였다.

★

아마츠 본가의 상공에 두 소녀가 떠 있다.

한 사람은 녹색 마력을 몸에 두른 흡혈 공주—— 테라코마리
건데스블러드. 다른 하나는 그녀에게 매달리는 듯한 자세로 눈
을 동그랗게 뜨고 있는 동양풍의 장군—— 아마츠 카루라였다.

"우, 우리 집이이이이이이이?!?!?!"

"괜찮아. 나중에 다시 세우면 돼."

"그런 문제가 아니잖아요?!"

카루라는 태클을 걸면서 아래쪽을 바라보았다.

아마츠 본가 저택에는 코마리가 던진 거대하기 짝이 없는 나무가 깊게 박혀 있었다. 지붕도 기둥도 전부 파괴되어 흔적조차 찾아볼 수 없었다. 그녀 왈, '저기 적이 있다'라는데——. 딱히 이렇게까지 할 건 없지 않은가.

근처에는 녹색 마력과 흩날리는 벚꽃 눈보라에 의해 이 세상 것이라고 볼 수 없는 광경이 펼쳐지고 있다.

동도 사람들은 열광하며 "코마링!" "코마링!"이라고 외치고 있다.

[보십시오! 건데스블러드 각하가 던진 거목이 테러리스트를 산산이 부숴버렸습니다! 역시 각하라고 할 수밖에 없겠네요! 각하께서 이대로 천조낙토도 구하실까요?! 절대 눈을 뗄 수 없는 싸움이 시작되려 하고 있습니다!!]

지상에서는 신문 기자 메르카가 열의 넘치는 실황을 하고 있었다. 그에 호응하듯 민중이 우렁찬 함성을 지르고 있었다. 여기나 저기나 야단법석이다.

이미 천무제고 뭐고 안중에도 없다.

그렇지, 카루라는 생각을 고쳤다.

코마리 말이 옳다. 집은 나중에 고치면 된다.

지금은 테러리스트를 쓰러뜨리고 천조낙토를 지키는 것이 중요하니까.

카루라는 잔해더미가 된 아마츠 본가를 내려다본다.

평범한 사람이 저런 공격을 맞으면 잠시도 버티지 못하겠지만——.

그때.

쓰러진 거목 틈새에서, 유성처럼 비상하는 여우 소녀의 모습이 보였다.

★

이 세계에는 두 개의 힘이 있다고 후야오는 생각한다.

하나는 순수한 완력. 이건 재능과 노력으로 몸에 익히는 힘이다. 세상 사람 대다수는 이 표면적인 힘을 좇으며 분주한다.

이에 반대되는 것이 마음의 힘. 무언가를 이루고 싶다는 마음에서 생겨나는 의지의 힘. 이에 대표되는 것이 열핵 해방이다. 이 힘을 가지고 있는 사람은 어떤 역경이 있어도 꺾이지 않는 강철 같은 정신을 가진 경우가 많다.

이 중 특히 중요한 것은 후자다.

마음의 힘은 열핵해방의 힘. 열핵해방의 힘은 마음의 힘.

세계 최고의 열핵해방이라 일컬어지는 【고홍의 애도】.

자신의 죽음 앞에서도 남을 배려하는, 터무니없는 다정함——정신력.

그녀야말로 '신을 죽이는 사악'과 대등한 최강의 흡혈귀임이 분명하다.

그래. 테라코마리 건데스블러드를 쓰러뜨렸을 때, 후야오는 명실상부 세계 최강의 자리에 오를 수 있을 것이다.

"——죽어라. 테라코마리."

사람들이 비명을 질렀다.

후야오가 잔해 속에서 일어났다는 사실에 공포가 전파된 것이다.

저런 약자들을 신경 쓰고 있을 여유는 없었다.

부유 마법을 구사하며 고속으로 테라코마리를 향해 비상한다.

주변 풍경은 벚꽃 눈보라에 의해 비상식적으로 변해 있었다.

뒤집힌 달이 가진 '열핵 풀이'에는 【고홍의 애도】에 관해 자세히 나와 있지 않다. 알려진 것은 흡혈한 대상의 종족에 따라 힘의 성질이 바뀐다는 것.

흡혈종이라면 폭발적인 마력을.

창옥종이라면 얼음처럼 단단한 육체를.

전류종이라면 모든 도검을 조종하는 힘을.

이번에는 아마츠 카루라의 피를 마신 게 분명하다. 팔랑팔랑 흩날리는 꽃잎은 도대체 무엇을 의미하는 걸까. 모르겠다. 모르겠다면——.

"베어서 확인해 주지!"

온몸에 힘을 닦는다. 도신에 마력을 싣는다. 눈앞에는 테라코마리가 무표정하게 떠 있다. 그대로 푸른 하늘을 물들인 분홍빛을 전부 쓸어버릴 기백으로 혼신의 힘을 다해 칼을 휘둘렀다——.

"?!"

칼이 더 이상 움직이지 않는다.

어느새 테라코마리 뒤에서 뻗어 나온 식물 덩굴 같은 게 칼끝을 구속하고 있었다. 식물을 조종하는 열핵해방인가? ──그렇게 평소 습관처럼 분석하는 사이 테라코마리의 주먹이 후야오의 가슴 쪽으로 날아들었다.

곧바로, 후야오의 몸이 어마어마한 속도로 낙하했다.

"윽──. 아아아아아아아아앗?!"

영문을 모르겠다.

맞은 부분이 무서울 정도로 통증을 호소하고 있다. 상상을 초월하는 충격이다. 아니, 이 정도는 이미 예상했다──.【고홍의 애도】라면 이 정도쯤이야.

쨍그라아아앙!! 후야오의 몸이 노점에 추락해 요란한 소리를 냈다.

사람들이 비명을 지르며 도망친다.

말려든 사람이 아래 깔려서 두세 명 죽어 있었다.

그런 건 아무래도 상관없었다. 팔랑팔랑 내려오는 붉은 꽃잎을 노려보면서 후야오는 천천히 일어난다. 마핵을 손에 넣기 전에 승부가 시작된 건 오산이었지만──, 그렇다고 해서 이기지 못할 이유는 없다.

녀석은 여유만만한 태도로 공중에 떠 있다.

후야오는 입꼬리를 들어 올린다. 오랜만에 피가 끓고 살이 튀는 싸움이 시작되려 하고 있었다.

그렇다──. 후야오는 너무 강했다. 지금까지 아무도 후야오 메테오라이트를 이길 수 없었다. 이만한 통증을 느낀 게 언제가 마지막이었지.

"──크, 하하, 하하하하하하하! 한번 해보자고, 테라코마리!!"

"죽인다."

무시무시한 살기가 방출됐다.

순간적으로 그 자리를 벗어나려 했다.

그러나 뭔가에 발이 얽혀들어 넘어져 버린다.

돌바닥 틈새에서 급성장한 식물 줄기가 발목을 옭아매고 있다.

오싹했다.

후야오는 검을 들고 식물을 베어나갔지만, 식물이 자라는 속도가 너무 빨라서 소용이 없었다. 순간적인 판단으로 화염 마법을 발동. 모든 걸 불태운 후야오는 검을 겨누면서 몇 발짝 물러났다.

그리고 눈앞에 수많은 날카로운 가지가 다가오는 모습을 목격했다.

"뭐야──, 이건?!"

칼을 가능한 한 빠르게 휘둘러 가지를 떨어트려 나갔다.

쳐내면서 생각한다. 테라코마리의 열핵해방은 각 종족의 특징을 짙게 반영한다. 이번의 이건 화혼종의 피에 의해 실현된 것이겠지──. 그렇다면 그 종족의 특징을 보유하고 있을 것이다. 화혼종. 평화. 자연. 시간.

"큭?!"

정신을 차리고 보니 가지가 옆구리를 스쳐서 피가 튀고 있었다.

아프다. 하지만 이 아픔이야말로 적을 죽이기 위한 원동력이 된다.

테라코마리와 아마츠 카루라는 태연자약한 모습으로 전방에 우뚝 서 있다.

갑자기 테라코마리가 조약돌을 툭 던졌다.

다음 순간──, 던져진 돌이 음속으로 후야오의 어깨를 꿰뚫었다.

격통이 퍼진다. 영문도 모르고 뒤로 날아간다.

날아간 곳에는 거대한 나무가 성장해 있었다. 올려다봐야 할 만큼 큰 나무──아마 은행나무겠지──는 나이만 먹은 게 아니라 순식간에 말라비틀어져 죽었다. 중력을 감당할 수 없게 된 줄기가 삐거덕삐거덕 불쾌한 소리를 내며 우득 꺾인다.

그리고 후야오는 이해했다.

시간이다. 저 녀석은 시간을 가속시킨 것이다.

그것도 국지적으로 시간을 조작하는 차원이 다른 이능. 그녀의 작은 주먹이 후야오를 가볍게 날려버린 건 '때린다'라는 동작을 가속시켰기 때문. 그녀가 눈에 보이지조차 않을 만큼 빠르게 돌을 던진 건 '던진다'라는 동작을 가속시켰기 때문이다.

이런 걸── 어떻게 대처해야 하지.

그렇게 생각했을 때는 이미 늦었다.

거대한 은행나무가 중력과 가속도를 무시하고 그대로 무너져 내렸다. 엄청난 속도라서 완전히 피할 수는 없었다. 아무렇게나 동도로 쓰러진 거목은── 쿠구우우우우우우웅!! 하고 수많은 건축물을 파괴하면서 대로에 가로놓였다.

"윽──. 아아아아, 아아아아아아, 이게──!!"

은행나무와 지면 사이에 꼬리가 끼었고 엉덩이 쪽에 엄청난 통증이 퍼졌다.

움직일 수 없다. 도망칠 수 없다. 다른 인간들은 비명을 질러 대며 도망치고 있는데──, 자신은 꼬리가 깔려 도망칠 수 없다. 도망쳐──? 무슨 생각을 하는 거야. 나는 최강의 자리를 목표로 하는 고고한 여우. 이깟 일로 약할 소리를 할 수는──.

"후야오, 카루라에게 사과해."

사신의 목소리를 들은 듯했다.

팔랑팔랑 흩날리는 붉은 꽃잎 속에 소녀는 서 있었다.

녹색 마력과 농밀한 살기가 주변을 가득 메우고 있다. 같은 자리에 있기만 해도 정신력을 전부 빼앗길 듯한 존재감이다.

어느새 동도는 녹음이 가득한 자연의 세계로 변해 있었다.

풀과 꽃이 곳곳에 나 있다. 파괴된 가옥의 잔해의 사이에서 다양한 수목이 쑥쑥 솟아났다. 후야오의 코끝으로 하얀 나비가 날아들었다.

"너는. 나쁜 짓을 했어."

"나쁜 짓이라고──?"

후야오 주변에 가시나무가 자라난다. 날카로운 가지가 이쪽으로 향해 있다. 절체절명의 위기다──. 그러나 후야오는 포기하지 않았다.

"웃기는군. 내가 뭘 어쨌다는 거냐."

"카루라의 꿈을, 바보 취급했어."

이 녀석이 무슨 소리를 하는 거지.

전 인류의 꿈이 동등하게 이뤄질 리는 없다.

행복 뒤편에는 항상 불행이 숨어 있다. 누군가가 꿈을 이루면, 그에 의해 꿈을 포기해야 하는 사람이 생긴다는 건 어린아이라도 아는 사실인데.

후야오는 이를 갈며 외쳤다.

"내가 너에게 누명을 씌운 걸 원망하는 거냐?! 내가 풍전정을 태운 걸 원망하는 거냐?! 내가 선대 오오미카미를 죽이려고 한 걸 원망하는 거냐고?! ──그게 어쨌다는 거냐!!"

칼을 다시 잡는다. 마음은 냉정하게──, 그러나 말은 강하게 또박또박.

"남의 꿈 따위 알 바 아니야! 나는 내 꿈을 추구하고 있을 뿐이야! 나는 그 누구보다 강해져서 되갚아 주겠어! 이 썩은 세상을 바꾸어 주겠다고! 그리고── 내 고향을 엉망으로 부숴버린 유린 건데스블러드에게 복수해 줄 거야!!"

순간──.

테라코마리의 움직임이 멈췄다.

그 틈을 놓칠 후야오가 아니었다.

칼을 거꾸로 들고 자기 꼬리를 찌른다. 붉은 피가 튀고 엄청난 통증이 뇌를 뒤흔든다. 이를 악물고 참는다. 잘려나간 꼬리는 거들떠보지도 않고 후야오는 달렸다.

테라코마리는 완전히 허를 찔린 표정을 짓고 있었다.

녀석에게 '속도'의 개념은 없다. 그러나 정신의 속도까지 가속시키지는 못한 것 같다. 그렇다면 동요하는 틈에 숨통을 끊어버

리면 된다.

초급 광격 마법【마탄】을 발동한다.

단순한 견제다. 그러나 테라코마리의 회피 동작이 약간 늦었다.

마력의 탄환이 그녀의 뺨을 스쳤고 피가 튀었다.

후야오는 내심 웃는다. 테라코마리의 마음이 흐트러지는 냄새
가 났다.

상급 가속 마법【질풍신뢰(疾風迅雷)】를 발동. 모든 마력을 속도
로 변환해, 다음 일격에 목숨을 걸기로 했다. 온몸으로 바람을
느끼면서 녹색 대지를 가로지른다. 테라코마리의 얼빠진 얼굴
이 바로 코앞에 있었다.

이대로 단숨에 베어버리겠어──, 그렇게 생각하고 칼을 치켜
든 순간.

눈에 보이는 모든 게 달라졌다.

"──어?"

어느새 은행나무 사이에 끼어서 꼼짝하지 못하는 자신이 보
였다.

사고에 공백이 생긴다. 의미를 모르겠다. 어느새 잘라버렸을
꼬리도 원래대로 돌아왔다──. 꼭 몇 초 전의 자신으로 돌아간
것처럼.

"시간을 되돌렸어요."

후야오는 경악해서 목소리의 주인을 올려다보았다.

아마츠 카루라가 서 있었다. 그 두 눈은 붉게 빛나고 있었다.

열핵해방——, 그랬다.

이 소녀도 심상치 않은 마음을 가진 영웅이었다.

후야오는 순간적으로 칼을 휘두르며 아마츠 카루라에게 덤벼들었다. 그러나 옆에서 날아온 나뭇가지에 칼날이 부서졌고 무심코 자루를 놓고 말았다.

"이게……!"

칼을 향해 필사적으로 손을 뻗는다. 그러나 갑자기 격렬한 통증이 느껴졌다.

어느새 테라코마리가 손등을 짓밟고 있었다.

동정하는 듯한 붉은 시선이 후야오를 내려다보았다.

속에서 뭔가가 폭발하는 소리가 났다.

"……이토록, 이토록…… 너는 강한 건가. 나는 강해지기 위해서 노력해 왔어……. 세계 최강이 되겠다는 꿈을 위해 노력해 왔다고……. 그걸, 너는, 이렇게 쉽게 짓밟는 거냐? 남의 꿈을, 개미라도 잡는 것처럼……."

"내가 할 말이야."

"윽——."

붉은 꽃잎이 팔랑팔랑 지고 있다.

후야오는 잠시 멍하니 그 광경을 바라봤다.

카루라가 주저앉아 시선을 맞추었다. 그녀도 테라코마리처럼 동정하는 눈으로 후야오를 바라봤다. 그게 도저히 마음에 들지 않았다.

"당신에게도 사정이 있었을지 모르죠. 그러나 당신이 천조낙토에 한 짓을 용서할 수는 없어요."

"…………."

"그러니까 각오하세요. 당신에게는 벌을 줄 필요가 있겠어요."

"그건 내가 할게."

카루라를 밀치고 테라코마리가 그렇게 말했다.

끔찍한 살기에 강제적으로 의식이 각성한다. 이런 데서 죽을 수는 없다. 어떤 방법을 동원해서라도 살아남아야 한다. 최강을 향해 뛰어오르기 위해 이런 데서 죽을 수는 없다. ──그래. 나에게는 아직 방법이 있어.

후야오는 순간적으로 열핵해방을 발동시켰다.

원래 전투용 능력은 아니지만, 때와 경우에 따라서는 절대적인 효과를 가져오는 전무후무한 변신 능력.

퍼엉! 연기가 사방을 가득 메웠다.

순식간에 후야오의 모습이 푸른 머리의 메이드로 바뀌었다.

테라코마리가 소중히 아끼는 빌헤이즈라는 흡혈귀다.

이 모습을 이용하면 테라코마리는 주저할지도 모른다──. 그렇게 생각한 후야오는 빌헤이즈의 행동을 기억 속에서 끌어내었고, 최대한 아양을 떨며 애원했다.

"코마리 님. 다시 생각해 주세요. 저를 죽이면──."

"너는 빌이 아니야."

당연한 일이었다.

작전은 실패로 끝났다.

녹색 마력이 확산해 간다. 시간이 가속한다.

곧 동도 전체를 뒤덮을 만큼 거대한 벚꽃 나무가 솟아났다. 잎이 싹을 틔우고——, 꽃을 피우고——, 이윽고 수명을 맞이한 벚꽃은 공기를 진동시키며 기운다.

천천히, 천천히 죽음의 덩어리가 내려온다.

흩날리는 벚꽃을 온몸으로 맞으면서, 후야오는 꼼짝도 못 하고 그 광경을 바라보았다.

※

육국 신문 10월 22일 조간

[동도 소란, 천무제의 승자는 아마츠 카루라 씨.

【동도—— 메르카 티아노, 티오 플랫】천조낙토의 차기 오오미카미를 정하는 선거, 천무제가 21일 사실상 종결했다. 레이게츠 카린 오검제 대장군이 입후보 사퇴를 표명함으로써 아마츠 카루라 오검제 대장군의 승리가 확실해졌다. ……(중략)……천무제 종반에는 놀라운 전개가 진행됐다. 레이게츠 장군의 심복 후야오 메테오라이트는 자신이 테러리스트 집단 '뒤집힌 달'의 구성원임을 밝히고, 마핵의 정체를 레이게츠 장군으로부터 알아내 동도를 습격했다. 이에 아마츠 장군과 테라코마리 건데스블러드 칠홍천 대장군이 추격을 감행. 동도 일부를 수해(樹海)로 변모시킴과 동시에 후야오 메테오라이트를 토벌했다. ……(중략)……참고로 아마츠 장군을 둘러싼 악평은 대부분 새빨간 거

짓말이다. 왜냐하면 유일한 정보원이 동도 신문이라는 정보 테러리스트의 파렴치한 허위 보도니까. 여러분은 저널리즘을 사칭하는 악당에게 속지 않게 주의하길 바란다.]

동도는 코마리의 열핵해방에 의해 시간이 가속되고 말았다.

곳곳에 화초가 무성하게 자라서 진정한 의미로 '꽃의 수도'가 된 것이다.

요선향의 시인은 '나라가 망해도 산천이 있다'라는 시를 읊은 모양이다. 확실히 이 자연뿐인 풍경에서는 쇠퇴한 분위기가 느껴지지만, 사람들은 딱히 근심하는 기색 없이 하루하루를 보냈다.

왜냐하면 테러리스트가 떠났으니까.

새로운 오오미카미가 정해지고——, 천조낙토를 습격한 발칙한 자가 퇴치당했으니까.

동도의 풍경은 카루라의 열핵해방을 사용하면 원래대로 돌아올지도 모른다. 그러나 함부로 힘을 쓸 생각은 없었다. 【역류의 찰나】에는 불분명한 부분이 많다. 무슨 대가가 있을 가능성도 부정할 수 없기에 대규모 사용은 자제하기로 했다.

하지만 필요하다면 얼마든지 사용할 것이다.

소중한 사람을 구하기 위해서라면 대가 정도는 이낌없이 내어 줘야지.

"——할머님. 정신이 드셨군요."

카루라는 눈물을 글썽이며 자기 할머니에게 미소 지었다.

할머니는 놀라움에 눈을 크게 뜨고 있었다. 자기 몸을 내려다보고, 주변을 둘러보고, 마지막으로 카루라의 얼굴을 바라보더니—— 모든 것을 깨달은 듯 한숨을 내쉬었다.

동도의 병원. 할머니가 있는 방이다.

카루라는 아직도 깨지 않은 할머니에게 【역류의 찰나】를 발동했다. 되돌리는 시점은 할머니가 습격당하기 직전. 코마리와 함께 불꽃을 본 그날 밤이다. 시간이 되돌아감에 따라 그녀의 용태는 순식간에 회복되었고, 이내 아무 일도 없었다는 듯 눈을 떴다.

"열핵해방을 썼구나."

"네. 할머님이 회복하지 않아서요. 걱정됐거든요……."

"그냥 두면 회복했을걸. 나는 왕년에 '지옥 풍차'라고 불렸던 몸이야."

"그러게요……. 하지만 다행이에요. 할머님이 무사해서."

카루라는 울상을 지었다. 아니, 울고 있었다. 의사가 말하길, 그대로 뒀더라면 할머니는 불귀의 객이 됐을 것이라고 한다. 정말 다행이다.

카루라는 안도의 한숨을 내쉬면서 할머니 앞에 앉았다.

째릿, 곁눈질로 노려보았다. 여전히 칼날처럼 날카로운 시선이다.

"……사건의 전말은 대체로 알겠다. 자기 역할을 자각했구나."

"아니요. 자각했다고 할 정도는 아니고 힘내 볼까 했을 뿐이에요. 저기……. 그보다 할머님, 괜찮으세요? 정말 아픈 곳은 없나요?"

카루라는 할머니의 몸을 찰싹찰싹 만지며 확인했다. 그녀는 불편해하면서도 카루라에게 몸을 맡기고 있었다——. 그러나 너무 거슬리게 굴었는지, 갑자기 "끈질겨!"라고 소리치더니 카루라를 떼어놓았다. 한때는 어떡해야 하나 했는데, 이렇게 팔팔한 걸 보면 더는 걱정할 필요가 없을 듯했다.

카루라는 할머니가 원하는 대로 지금까지의 경위를 설명했다. 카린 진영의 후야오 메테오라이트가 뒤집힌 달의 일원이었다는 것. 테라코마리 건데스블러드와 협력하여 싸운 것. 열핵해방을 발동해 테러리스트를 물리친 것——. 할머니는 가끔 맞장구를 치면서 묵묵히 듣고 있었다.

이내 설명이 끝나자 할머니는 갑자기 카루라의 팔을 덥석 움켜쥐었다.

"……너, 조금은 듬직해졌구나."

"드, 듬직해? 그게 칭찬인가요……."

"그래. 팔이나 다리가 두꺼워진 것 같아. 과자만 먹어서 그런 거 아니냐."

"네에에에?! 주무르지 마세요!"

반사적으로 점프해 거리를 둔다. 할머니는 "농담이다" 하고 껄껄 웃고 있었다. 이 사람이 농담 같은 걸 할 줄은 생각도 못 했다. 어린 시절의 트라우마 때문에 팔을 잡아 떼버리진 않을까 전전긍긍하는 카루라였다.

"저, 정말. 전 이래 봬도 여러모로 신경을 쓰고 있다고요."

"미안하다. ——하지만, 네가 강해진 건 사실이야."

카루라는 놀라서 할머니의 얼굴을 본다. 뜻밖에도 온화한 얼굴을 하고 있었다.

"저, 저기. 몸은 괜찮아 보이는데, 머리 쪽은 괜찮은가요? 아니요! 딱히 이상한 뜻이 있는 게 아니라, 시간 역행 때문에 정신적 대미지를 입었을 수도……."

"내 이야기는 됐다. 이제 다 나았으니까. 그보다 나는 네가 열핵해방을 쓸 수 있게 된 게 놀랍구나. 아니, 놀랄 것까지도 없나——. 오오미카미 녀석은 처음부터 이렇게 될 걸 확신했던 것 같으니까."

"네에……. 잘은 모르겠지만요."

"열핵해방은 마음의 힘이다. 다룰 수 있게 됐다면 자랑스럽게 생각하거라. 그건 즉, 네 안에서, 어떠한 각오가 생겼다는 뜻이니까."

할머니는 카루라에게서 시선을 떼고 그렇게 말했다.

용기를 짜내듯이 주먹을 불끈 쥐었다. 각오라면 됐다. 코마리에게 응원받고 함께 천무제에 도전해, 테러리스트와 싸우는 과정에서 자기가 해야 할 일을 똑똑히 보았다.

카루라는 할머니의 옆모습을 바라보며 이렇게 말했다.

"저는—— 과자 장인이 될 겁니다."

"그러냐."

"————단."

일어선다. 결의에 찬 눈으로 할머니를 내려다본다.

"저는 오오미카미도 할 생각입니다. 카린 씨에게도 부탁받았어요. 테러리스트로부터 나라를 구해달라고요. 아마 저 같은 사람에게는 버거운 일이겠죠. 도중에 포기할지도 몰라요. 그래도 열심히 해보고 싶어요. 많은 분이 기대하고 있으니까요."

할머니는 "하아" 하고 한숨을 내쉬었다.

"각오가 됐다면 나는 이제 아무 말 않으마. 너 좋을 대로 하도록 해라."

"할머님답지 않네요. '과자 장인 같은 건 그만두고 하나에 집중해라!'라고 하실 줄 알았는데⋯⋯."

"나는 딱히 너에게 강요할 생각이 없었다. 과자 장인이 되고 싶으면 그러라고 처음부터 생각했거든."

"네?"

청천벽력이었다. 대체 지금 무슨 말을 들은 거지.

"다만 너에게는 각오가 없었어. 과자 장인이 되고 싶다고 하면서도 나라를 걱정하고 있었지. 그런 마음으로는 나중에 반드시 후회하게 돼. 내가 너에게 '오오미카미가 되어라'라고 거듭 말한 건 네가 후회하지 않게 하기 위해서다. ⋯⋯아니, 너에게는 이게 강요였을 수도 있지만."

"어, 하지만. 제가 오오미카미가 되지 않으면 나라가 멸망한다고⋯⋯."

"너에게 의욕이 없다면 내가 어떻게든 할 생각이었다."

카루라는 기가 막혀서 입을 다물었다.

아마 할머니는 계속 카루라의 마음을 시험하고 있었겠지. 어중간한 각오로 도전할 바에야 그만둬라──. 처음부터 그렇게 말했던 것이다. 그날, 코마리와 함께 할머니와 싸운 날, 이 사람이 카루라를 인정한 건 카루라가 무슨 일이 있어도 꿈을 쟁취하고 싶다는 각오를 보였기 때문임이 분명하다.

정말 알기 어렵다. 이러니까 여러 사람에게 오해를 사는 거다.

그러나 카루라는 확실히 할머니의 배려를 이해했다. 이 사람은 이 사람 나름대로 카루라의 마음을 존중해 준 것이다.

"……감사합니다, 할머님."

"흥. 열심히 해봐라."

"네. 풍전정도 오오미카미도 열심히 해볼게요. 자신은 없지만……."

"이 나라를 노리는 무리는 얼마든지 있어. 후야오 메테오라이트라는 계집뿐만이 아니야. 넌 그런 녀석들과 싸울 각오가 된 거냐?"

"그렇게 말하면 없는 것 같기도……."

"이럴 때는 거짓말이라도 '있다'라고 하는 거다!!"

"네, 있습니다! 있으니까 화내지 마세요!"

역시 이 사람은 무섭다. 카루라는 할머니의 무시무시함을 재인식했다.

"……뭐, 좀 미덥지 못하지만 민초들 사이에서는 인기도 있는 듯하니 너라면 충분히 해 나갈 수 있겠지. 귀도중을 비롯해 도와주는 녀석들도 많고."

"할머님을 의지해도 될까요?"

"다른 수가 없을 때만 오거라."

"감사합니다." 문득 카루라는 떠올렸다. "……지금의 오오미카미 님에게도 여러 이야기를 들어둘까요. 인수인계 같은 것도 있고……, 저기. 그리고 보니 오오미카미 님은 어디 계신 거죠? 한동안 뵙지 못한 것 같은데요."

할머니의 안색이 살짝 달라졌다.

그러나 그건 기분 탓이었을지도 모른다. 사소한 일에는 연연하지 않기로 유명한 지옥 풍차가, 잠깐이나마 저런 슬픈 표정을 지을 리가 없기 때문이었다.

"……그 녀석은 자기 역할을 다 했어."

"네?"

"곧 이야기하마. 뭐 조만간 만날 수 있겠지. ──그보다 오오미카미가 된다는 건 마핵의 관리자가 된다는 거다. 마침 좋은 기회이니 전해주마."

"네??"

영문을 모르겠다.

눈이 동그래져 있는 카루라를 무시하고 할머니는 천천히 일어난다. 병실 벽 쪽에 있는 장롱으로 다가가 아래에서 세 번째 서랍을 빼더니── 안에서 낯익은 물체를 꺼냈다.

방울.

과거 카루라의 사촌이 준 선물이다.

그러나 하나는 카루라가 오른팔에 잘 차고 있다. 완전히 똑같은 게 두 개 존재했다.

"어? 그건, 저기……? 뭐가 뭔지 모르겠는데요……?"

"우선은 너의 그것에 대해 설명하마." 할머니는 카루라의 오른손에 있는 방울을 가리키며 말했다. "사실 너에게는 어렸을 적부터 열핵해방의 편린이 남아 있었다. 하지만 제어가 안 됐지. 아직 의지가 약했을 거야. 어쩌다 실수로 시간을 되감기라도 하면 큰일이니까, 그걸로 힘을 봉인한 거다."

"으음⋯⋯. 이것은 오라버니에게 받은 것인데요⋯⋯."

"카쿠메이 녀석은 그걸 예측하고 준 거야. ⋯⋯하지만 지금은 열핵해방을 봉인하는 기능이 망가진 것 같구나. 막대한 마력의 영향으로 맛이 가버린 모양이야."

팔을 흔들어 본다. 짤랑――. 청아한 음색이 방 안을 울렸다.

여기 그런 비밀이 있었다니 놀랍다. 오라버니로부터 받은 소중한 물건 정도로만 인식했는데. ⋯⋯아니, 자신이 옛날부터 열핵해방을 가지고 있었는데 그걸 눈치채지 못했다는 것도 놀랍다. 이래서는 정말 저 흡혈 공주와 똑같은 처지 아닌가.

혼란이 수습되기 전에 할머니는 또 하나의 방울을 내밀었다.

"그래서 말인데, 이게 마핵이다."

"네?"

"천조낙토의 마핵. 정식 명칭은 《시습령》이다. 네가 찬 방울도 《시습령》이라고 부르지만. 뭐, 결국―― 네 그건 가짜 마핵을 뜻하기도 했어."

"아니, 아니, 아니, 아니요?! 무슨 뜻인지 모르겠어요! 저, 정말 그게 마핵인가요?!"

"그래. 천조낙토의 생명줄 같은 거지."

"……………………."

할머니는 농담하는 성격이 아니다. 아니, 조금 전 농담을 한 것 같기는 한데. 어찌 됐든── 듣고 보니 확실히 신비한 힘이 느껴지는 것 같기도 하다.

오오미카미가 된다는 것은 즉, 마핵의 관리자가 된다는 것.

이런 걸 받아도 될까!! ──그렇게 절규하고 싶은 마음은 굴뚝같지만, 절규하며 방울을 거부하면 그건 많은 사람을 배신하는 행위가 되겠지.

그러니까, 이건 내가 책임지고 지켜야 한다.

카루라라는 마핵──《시슴령》을 왼손에 차본다.

짤랑, 아름다운 음색이 고막을 흔들었다.

이런 걸 줘도 곤란하다. 곤란하지만 곤란하다고는 할 수 없다.

오오미카미 일은 상상도 하지 못할 만큼 힘들겠지만, 뭐 과자 장인의 부업 정도로 보고 적당히 노력하면 된다. 무거운 압박감도 아무렇지도 않게 물리칠 수 있는 게 카루라의 장점이다──. 카루라 자신은 그렇게 생각하고 있다.

"……드디어 의지가 생긴 모양이구나. 너를 설득하기까지 참 오랜 세월이 걸렸지."

"설득당한 건 아니에요. 전 스스로 생각해서 이 길을 택했으니까요. 뭐, 도중에 그만둘 수도 있지만요."

"그럼 그때는 또 설득해 주마. 설득에 실패하면 죽이면 그만이야."

"한 네 단계 정도는 건너뛴 거 아니에요?!"

할머니는 다시 "농담이야"라고 웃으며 말했다.

아마 농담이 아니겠지. 카루라는 쓴웃음을 지으며 왼손의 방울을 내려다봤다.

어쨌든 천무제는 이로써 끝. 원래 예정과는 조금 달라졌지만 카루라는 할머니와 화해했고, 오오미카미가 되었고, 또 계속 과자를 만들 용기를 얻었다.

이러한 결말을 가져다준 것은 물론 그 우주 최강의 흡혈 공주다.

──꼭 정식으로 감사 인사를 해야지.

☆

"코마리 님. 이번만은 인정하시겠죠."

"……………………"

"신문에도 실렸어요. 코마리 님이 흩날리는 벚꽃을 배경으로 폭주하는 사진이."

"……………………………"

"애초에 기억하시죠? 아마츠 님의 피를 마시기 전까지의 일을. 참고로 저는 코마리 님이 아마츠 님의 목덜미를 깨문 순간 분노가 폭발해서 죽을 것 같았지만 그건 차치하고, 코마리 님이 피를 마심으로써 상황이 일변한 건 확실합니다. 이번에는 납득하실 것 같은데요."

"………………………………………"

병원. 침대 위. 나는 어째선지 메이드에게 언어 공세를 당하고 있었다.

매번 그렇지만 눈을 뜨면 낯선 천장을 올려다보고 있다. 왠지 모르게 예상은 했는데, 아무래도 나는 카루라의 피를 마시자마자 실신해 버린 모양이다. 몽상낙원에서 네리아의 피를 마셨을 때와 같은 현상인 듯하다.

하지만── 이번에는 뭔가 다르다는 느낌이 든다.

아니, 물론 내가 천조낙토의 동도를 자연이 풍요로운 네이처 랜드로 바꾸어버렸다는 말은 못 믿겠지만, 내 몸에 무슨 일이 벌어진 것만은 확실한 듯하다.

머릿속에 남은 광경이 있다.

팔랑팔랑 흩날리는 벚꽃잎. 소용돌이치는 녹색 마력.

카루라의 피를 마신 후로 쭉 그런 꿈을 꾼 느낌이다.

"……무조건 부정하지 않는 걸 보면 뭔가 짚이는 게 있으신가 보네요."

"아니, 짚이는 건 없어. 꿈을 꾸었을 뿐이지."

"열핵해방을 발동할 때마다 의식이 선명해지는 걸까요? 아니면 열핵해방의 성질이 바뀐 건가? 혹은 성장했나? 코마리 님의 마음이 깅해졌나 ─?"

빌이 웅얼웅얼 무슨 말을 중얼거리면서 생각에 잠겨 있다.

냉정하게 생각해보면 피를 마신 순간 기절하는 흡혈귀라니 바보 같다는 생각이 든다. 확실히 피는 싫지만, 아무리 그래도 기절하는 게 말이 되나? 너무 빈약하지 않나? 잠깐 검증해 보는 게 나을 수도 있겠어.

"빌. 피를 마시게 해 줄래?"

"안 됩니다."

"어, 어째서?! 사쿠나한테는 마시게 해 줬으면서!"

"안 되는 건 안 되는 거예요. 제가 이렇게까지 거부하는 게 무엇보다 큰 증거죠. 코마리 님은 피를 마시면 열핵해방이 발동해 광전사가 되어버려요."

"그걸 확인하기 위해 마시겠다는 거야! 조금 정도는 괜찮잖아!"

"그러니까 안 된대도요——. 잠깐, 앗, 그만하세요!"

빌의 팔을 깨물려고 하는데 빌이 이마를 밀어내며 저지했다. 덕분에 핥기만 하고 끝났다. 조금만 더 하면 됐는데……! 분한 마음이 들었지만 곧 이성을 찾았다.

뭐 하는 거야, 나는. 이러면 꼭 변태 같잖아.

"코마리 님의 침이 묻었네요. 이걸 어떡하면 좋죠."

"다, 닦아! 이봐, 핥으려고 하지 마! 그 어떤 때보다 기분 나빠!"

"하는 수 없죠……."

빌은 내키지 않는 눈치로 팔을 닦았다. 나는 부끄러워졌다. 확실히 내가 피를 빨면 어떻게 될지 확인하고는 싶지만, 현시점에서는 그것보다 우선시해야 할 일이 있다.

그날 이후—— 천조낙토가 후야오에 침략당할 뻔한 날 이후, 나는 계속 병원에 틀어박혀 있었다. 평소처럼 '온몸의 마력이 몽땅 빠져나가는 현상' 때문이다(이것도 피를 마신 것과 연관이 있지 않을까 하는 생각이 든다). 어쨌든 나는 밖에 나간 적이 없다. 즉 카루라를 만나지 못했다. 프로헤리야나 리오나에게서 '열핵해방이 훌륭하더군!' '다음 전쟁에서는 안 질 거야!' 같은 문안 편지가 오기는 했지만 말이다.

그 동양풍 소녀는 뭘 하고 있을까. 신문에는 천무제에서 우승한 카루라가 다음 오오미카미가 될 거라고 했지만── 육국 신문이니까. 너무 믿어도 좀 그렇겠지.

"저기, 빌. 카루라는 괜찮을까."

"오오미카미와 풍전정을 양립하겠다고 하셨죠. 어느 쪽이 부업일까요."

"그것도 궁금하네. 나라의 톱이 부업이면 좀 웃기잖아."

"그러게요. 마침 본인이 왔으니 물어보면 어떨까요."

"뭐──?"

그때, 똑똑 방을 노크하는 소리가 들렸다.

빌이 "들어오세요"라고 멋대로 입실을 허가한다. 태클을 걸기도 전에 병실 문이 스르륵 열렸고, 오랜만에 보는 동양풍 소녀가 모습을 드러냈다.

아마츠 카루라. 나의 유일한 이해자다.

"──코마리 씨, 대략 사흘 만이네요. 몸은 좀 어떠세요?"

"카루라! 너야말로 괜찮은 거야?"

"네, 괜찮아요."

카루라는 시원스러운 미소를 띠며 다가온 뒤 "이건 병문안 선물이에요"라면서 풍전정의 봉투를 내밀었다.

"……어라? 가게는 불타 버렸잖아."

"네. 하지만 주방이 있으면 간단한 건 만들 수 있으니까요."

역시 프로다. 바로 내용물을 꺼내 보니 갈분만주 꾸러미가 모습을 드러냈다. 내가 카루라네 할머님 입에 밀어 넣은 녀석이다. 달고 맛있지, 이거.

"먹어도 돼?"

"드세요."

"고마워!"

꾸러미를 풀고 만주에 달려든다. 역시 맛있어. 카루라의 과자는 세계 최고다──. 그렇게 신나 하는데 갑자기 빌이 뭔가 떠올랐다는 듯 팔짱을 끼었다.

"──아마츠 님. 할머님은 괜찮으신가요?【역류의 찰나】가 있으면 걱정할 필요는 없겠지만요."

"걱정할 거 없어요. 제 열핵해방을 써서 다치기 전으로 시간을 되돌렸거든요. 지금은 언제 다쳤냐는 듯 팔팔하세요. 매일같이 혼나느라 고생하고 있지만요."

"그래?! 할머님은 다 나았구나……. 다행이다……."

나는 만주를 우물우물하면서 경의를 표했다.

카루라에게는 시간을 되감는 능력이 있었다. 내가 후야오에게 베였을 때도 이 힘을 사용해 치료해 주었다. 나 같은 구제 불능 흡혈귀와는 딴판이다.

"나중에 뵈러 가고 싶은걸. 인사도 제대로 안 했고."

"아, 그러고 보니. 할머님 항아리에 금을 낸 게 코마리 씨죠?"

뜨끔했다.

얼버무릴지 어쩔지 망설였지만—— 망설이는 것 자체가 예의가 아니겠지.

나는 만주를 든 채로 머리를 숙였다.

"미, 미안! 악의는 없었어! 구체적으로 말하면 그게 깨진 건 빌 때문이지만 부하의 실수는 상사의 실수라고 하니까! 정말 미안해……. 뭐든 할 테니까 용서해주지 않을래……?"

"아, 아니요. 그렇게 무겁게 받아들이실 거 없어요. ——코하루."

"응."

갑자기 병실에 검은 복장을 한 닌자가 그림자처럼 나타났다.

카루라의 제1 부하 코하루다. 갑작스러운 등장도 놀라운데 그녀가 품에 안은 거대한 물체는 더더욱 놀라웠다.

그건—— 내가 부순 걸로 되어 있는 항아리였다.

코하루가 "여기"라고 말하며 항아리를 건넸다.

금이 사라지고 없었다. 꼭 새것처럼 번쩍번쩍하다.

"이건…… 혹시."

"아마츠 본가를 수리할 때 함께 수리됐어요. 할머님이 기념으로 드리라고 하셨고요. 아니, 뭐 이런 걸 받아도 기쁘지는 않겠지만……. 화해의 뜻으로 받아 주시면 고맙겠어요."

"하, 항아리이이이…………………!!"

나는 감격했다. 딱히 항아리를 원했던 게 아니다. 할머님에게 용서받았다는 사실이 기뻤다. 이로써 나는 더 죄책감에 시달리지 않아도 된다. 밤이면 밤마다 항아리에 깔리는 악몽에 시달릴 일도 없다. 뭐, 할머님에게는 제대로 사과할 예정이지만.

"잘됐네요. 그 항아리는 의자로 쓰죠."

"아니! 이건 내 방에 장식할 거야! 항아리~, 항아리~ ♪"

나는 상쾌한 기분으로 항아리를 어루만졌다. 왠지 도자기의 묘미를 알 것 같다. 역시 호시가키에몬. 백억 엔짜리 항아리는 아름다움의 차원이 다르네‥‥‥‥‥. 응? 잠시만? 백억 엔? 백억 엔이나 하는 항아리를 내가 받아도 되는 건가? ──그렇게 오한을 느끼는데.

갑자기 카루라가 고개를 푹 수그리며 인사했다.

"코마리 씨. 이번 일은 정말로 감사해요."

"응? 왜 그래?"

"코마리 씨 덕분에 저는 꿈을 이룰 수 있었어요. 뭐, 오오미카미가 될 생각은 없었지만‥‥‥, 가문의 사정에서 해방되어 풍전정을 계속 운영할 수 있게 됐어요. 이게 다 코마리 씨가 저를 응원해 준 덕이에요."

"‥‥‥‥‥."

나는 정말 아무것도 한 기억이 없다. 모두 카루라가 자기 의지로 이뤄낸 것이다. 그러나 그걸 아무리 강조하더라도 그녀는 납득하지 않겠지.

카루라는 겸손한 사람이니까.

"저는 오오미카미로서 잘해나갈 수 없을지도 몰라요. 왜냐하면 부업이니까요. 본업인 과자 가게를 소홀히 할 수는 없고요."

"그쪽이 본업이었나. 카루라는 거물이구나."

"네. 그러니까‥‥‥, 그. 아마 저는 여러모로 막막해질 거예요.

여러 사람에게 민폐를 끼치겠죠. 그때는, 또 코마리 씨를 의지해 버릴지도 모르고요. 이렇게 말하면 오오미카미 실격일지도 모르지만, 그, ……코마리 씨를 의지해도 될까요? 앞으로도 저와 함께해 주시겠어요?"

카루라는 머뭇머뭇하면서 그렇게 말했다.

자신이 없는 거겠지. 원래 오오미카미가 될 생각 따위는 없었으니까.

내가 할 수 있는 일은 거의 없을지도 모른다. 하지만—— 이 소녀가 필요로 해 준다면 협력을 아끼지 않을 것이다.

왜냐하면 카루라는 나의 친구니까. 이해자니까.

힘을 합치는 게 서로에게 있어 행복이니까.

"당연하지."

나는 그녀의 손을 잡고 활짝 웃었다.

"내가 할 수 있는 일이라면 뭐든지 할게. 힘든 일이 생기면 언제든 불러줘. 아, 힘든 일이 없더라도 불러도 돼. 언제든 놀러 갈 테니까."

"감사합니다……!"

카루라는 눈물을 글썽이며 미소 짓고 있었다. 한동안 아무 말 없이 서로를 바라봤지만——, 갑자기 카루라가 헛기침과 함께 자세를 바로잡았다. 무슨 일인가 해서 그녀의 얼굴을 바라본다.

"저만 꿈을 이루는 건 반칙이죠."

"응?"

"저는 천무제에서 우승했습니다. 이건 코마리 씨 덕분이고요.

그러니까―― 원래 약속대로, 저는 코마리 씨의 꿈을 이뤄드리고 싶어요."

"응??"

"코마리 씨 소설을 출판하죠. 분명 많은 사람이 당신 이야기에 감동할 거예요."

카루라는 더 활짝 웃으며 그렇게 말했다.

창문으로 불어든 가을바람이 그녀의 머리카락을 흔들었다.

짤랑, 방울 소리가 울려 퍼진다.

이렇게 우리는 힘을 모아 꿈을 이루는 데 성공했다. 아마 혼자였다면 막막했겠지. 이건 내가 있고――, 카루라가 있고――, 또 많은 동료가 있어 준 덕에 이룬 기적 같은 현실이었다.

이제부터 천조낙토가 어떻게 될지는 잘 모르겠다.

하지만, 지금만큼은 행복을 곱씹자. 꿈이 이뤄진 흥분을 맛보도록 하자. 왜냐하면 내 소설이 책으로 나오니까. 서점 같은 데서 팔리게 되는 거다. 일단 문장을 재검토하자. 책으로 나온다면 올바른 말을 써야겠지――. 그렇게 설레하면서 나는 카루라의 미소를 바라봤다.

"코마리 님! 침대 위에서 뛰면 안 돼요!"

"이 상황에 어떻게 안 뛰겠어―!! 됐다아아아아아아아아!! 드디어 소설가가 될 수 있어―――――――――!!"

"팔릴 거라는 장담은 없지만요."

"그런 건 아무래도 상관없어!!"

한동안 나는 기쁨을 숨기지 않고 크게 들떠 있었다.

여섯 나라의 가을은 깊어질 뿐. 머지않아 겨울이 찾아오려 하고 있었다.

(끝)

"조심하세요, 네리아 님! 그 흡혈귀는 테라코마리보다 위험하니까요."

"괜찮아. 알카와 뮬나이트는 동맹국이니까."

"그래도 경계를 소홀히 할 수는 없어요. 아마 녀석은 전류를 새우튀김의 꼬리 정도로만 볼걸요. 빈틈을 보이면 잡아먹힐 거예요!"

"네네……."

걱정 많은 메이드의 머리를 쓰다듬으며 대기실을 나온다.

핵 영역의 어떤 도시.

각국의 요인이 몰래 회담할 때 자주 쓰는 고성이다. 알카 왕국의 대통령 네리아 커닝엄은 흡혈귀 안내역을 따라 크고 긴 복도를 걸었다.

얼마 전 대통령 관저에 한 통의 서신이 도착했다. 보낸 사람은 뮬나이트 제국 황제.

편지 내용은—— '재미있는 걸 보여 줄 테니 보고 싶다면 와라'.

그야말로 수상쩍은 초대장이다. 그러나 선생님과 어깨를 나란히 하는 현 황제의 권유를 무시할 수도 없다. 네리아는 산더미처럼 쌓인 대통령 업무를 부하들에게 떠넘기고 알카 왕국을 뛰쳐나왔다. 부대통령이 클레임을 제기했지만 나중에 기분을 맞쥐주면 되겠지.

"이쪽입니다."

안내역인 흡혈귀는 고개를 꾸벅이더니 떠나갔다.

그곳은 고성의 안뜰이었다.

파릇파릇한 잔디밭. 그 한가운데 세련된 테이블과 의자가 놓여 있었다. 아침 햇살 아래서 유유하게 찻잔을 기울이고 있는 건── 뮬나이트 제국의 황제 카린 엘베시아스다. 그녀는 네리아를 발견하고는 "오오!" 하고 소리를 지르며 미소 지었다.

"잘 왔다, 네리아. 일부러 불러내서 미안하다. 뭐 대단한 일은 아니니까 차라도 마시면서 편히 있도록. 자, 여기 앉아."

너무나도 친근한 태도에 살짝 당황하고 말았다.

일단 업무용 미소를 띠고 인사한다.

"초대해 주셔서 감사합니다. 엘베시아스 폐하와 이야기할 날을 기대하고 있었거든요. 함께 여섯 나라의 장래에 관해 이야기해보죠."

"딱딱하기는. 짐은 네가 이──렇게 작았을 적부터 알고 있었어. 이야, 많이 컸구나. 예뻐졌어. 육국 전쟁에서는 코마리와 함께 크게 활약했던데. 짐은 조금 울컥했어. 설마 유린의 제자가 이렇게 훌륭하게 자라나니."

"네에."

네리아는 생각을 그만두었다.

이 사람에게 정중한 인사 따위 필요 없는 것이겠지. 국가 간의 딱딱한 사교성 멘트를 일제히 빼버린 자리. 요선향이나 백극 연방이 상대였다면 이렇게는 되지 않는다.

거기서 네리아는 황제 맞은편에 앉은 인물에게로 눈을 돌렸다.

동방 특유의 기모노를 입은 귀부인이다. 무엇보다 눈길을 끄는 건 민낯을 숨기듯이 붙인 거대한 부적이다. 그녀는—— 천조낙토의 오오미카미는 지난번 파티장에서 보았을 때처럼 입가에 우아한 미소를 띤 채 가지런히 앉아 있었다.

"안녕하세요."

갑자기 인사를 받았다.

무심코 등을 곧게 폈다.

"아, 안녕하세요."

"네, 안녕하세요. 부디 앉으세요. 재촉하는 것 같아서 죄송하지만 시간이 좀 밀렸거든요."

재촉에 따라 네리아는 의자에 걸터앉았다.

오른쪽에 황제. 왼쪽에 오오미카미. 상황을 잘 모르겠다. 황제의 서신에는 '오오미카미도 참석한다'라고만 적혀 있었다. 대체 무슨 이야기를 하려는 거지. 이렇게 삼국이 동맹을 맺는다거나? 아니면 테러리스트 대책을 세우는 건가? ——그런 식으로 머리를 굴리는데 황제가 "그럼" 하고 찻잔을 내려두더니 입을 열었다.

"네리아도 왔으니 본론으로 들어갈까. 경계할 필요는 없어. 지금부터 무슨 작전을 짠다거나 뭐 그런 건 아니니까. 오오미카미가 천조낙토와 천무제에 관해 잠깐 전달할 게 있다고 한다."

"천조낙토? 대체 무슨 일이죠. 왜 알카의 수장인 저에게."

"네가 차세대를 담당할 리더 중 하나이기 때문이겠지. 뭐, 짐도 사정은 잘 모르지만——. 오오미카미여. 자세하게 설명해주지 않겠나?"

네리아는 오오미카미 쪽을 보았다. 부적 안쪽에 있는 눈이 이쪽을 응시하고 있다.

"——그럼 설명드리죠. 네리아 씨에게는 말씀드리지 않았지만 오늘 회담은 제가 기획한 겁니다. 잠깐 보고를 드리려고요."

"보고인가요."

"네. ……얼마 전 천조낙토에서 천무제가 치러졌습니다. 네리아 씨는 실제로 현지에 있었던 게 아니라 자세히는 모르시겠지만, 사건의 전말은 알고 계시죠?"

"천무제 자체는 테러리스트 탓에 엉망이 되어버렸죠. 카루라와 코마리가 힘을 합쳐 뒤집힌 달의 자객을 처리해서 무사히 끝난 것 같긴 하지만요."

"맞아요. 그리고 카루라는 민중에게서 절대적인 지지를 얻는데 성공했습니다. 천무제는 엉망으로 끝났지만, 승자는 카루라로 확정됐죠. 모두 그녀를 차기 오오미카미가 되기에 적합하다고 보고 있어요. 그리고—— 그게 제가 바랐던 일이에요."

즉 오오미카미는 아바츠 카루라를 편애하고 있었다는 말인가.

확실히 레이게츠 카린에게는 오오미카미 지위가 너무 버거워 보였다.

그때 네리아는 조금 불길한 느낌을 받았다. 그러고 보니——천무제의 개최 기간에 후야오 메테오라이트가 오오미카미로 변신해 권력을 남용했다고 했지.

"잠깐 묻고 싶은 게 있는데요."

네리아는 가만히 오오미카미를 바라봤다.

"동도가 테러리스트에게 유린당하는 동안, 당신은 어디에 있었나요? 제가 듣기로는 행방불명됐었다던데. 설마 천조낙토의 오오미카미쯤 되시는 분이 테러리스트에 의해 옥좌에서 밀려난 건 아니겠죠."

"후야오 메테오라이트 씨가 저를 습격한 건 사실이에요. 파티 때, 천무제 개최가 선언된 직후의 일이었을까요. 정말 호전적인 여우라니까요――. 뭐 그건 그렇고. 저는 일부러 '당한 척'하면서 공석에서 모습을 감췄습니다."

영문을 모르겠다.

"그렇게 후야오는 저를 대신해서 오오미카미의 권력을 발휘했죠. 즉 레이게츠 카린 진영에 유리해지게끔 한 거죠. 이건 다 예상한 일이었습니다."

"무슨 말씀을 하시는 거죠? 당신이 테러리스트를 방목했다는 건가요……?"

"이 녀석 말은 다 사실이다, 네리아. 짐은 그 파티 회장에서 후야오 메테오라이트를 감시하라는 부탁을 받았어. 실제로 녀석은 회장 뒤편으로 오오미카미를 불러내서 습격했지. 짐은 그걸 똑똑히 목격했어."

그렇다는 건 처음부터 이 둘은 그 여우가 적이라는 걸 알아채고 있었단 건가.

하지만 왜 굳이 그래야 했던 거지? 후야오가 가져온 것은 파괴와 혼란뿐이다. 많은 사람이 두려워하고 상처 입고 죽음을 맞았다. 코마리나 카루라가 열핵해방을 발동한 덕에 피해는 최소한으로 줄었지만——.

아니. 잠깐만. 설마 이 사람은,

"열핵해방이란 마음의 힘. 결의가 없는 사람에게는 깃들지 않아요. 저대로 할머니에게 강요만 당해서는 아무 소용 없었겠죠. 카루라에게는 결정적인 시련이 필요했어요."

말문이 막혔다. 오오미카미는—— 카루라에게 사명감을 갖게 하기 위해 후야오를 이용한 것이다. 하지만 그것은 일종의 도박 같기도 했다. 톱니바퀴가 하나라도 어긋나면 천조낙토는 테러리스트에 의해 엉망이 됐을지도 모른다.

"당신은. 그렇게까지 카루라를 오오미카미로 삼고 싶었나요."

"네. 카린 씨가 맡으면 천조낙토가 멸망할 테니까요. 이건 결정 사항이에요."

"결정 사항? 꼭 미래를 예지하기라도 하는 말투네요."

"미래 예지가 아니에요. 저는 실제로 보고 왔거든요."

그렇게 말한 오오미카미는 자기 얼굴을 뒤덮은 부적에 손을 얹었다.

찌익.

싸구려 같은 소리와 함께 부적이 떨어져 나간다. 그녀의 손가락에서 떨어진 부적이 가을바람을 타고 어디론가 날아간다. 그렇게 해서 네리아는 놀라운 것을 목격했다. 황제조차도 조금 놀란 표정을 짓고 있었다.

부적 아래 가려져 있던 오오미카미의 얼굴은——.

아마츠 카루라와 똑같았다.

"아니? 카루라……? 어떻게."

"저는 2년 후의 미래에서 온 아마츠 카루라입니다."

말도 안 나온다. 언니 같은 게 아닌가 했다.

그러나 오오미카미의 생김새는 카루라와 많이 닮았다. 닮았다
기보다—— 카루라를 그대로 성장시킨 것 같은 얼굴이었다. 카
루라 그 자체로 볼 수밖에 없었다. 잘 생각해 보면 목소리도 비
슷하다. 하는 행동도 비슷하다. 그렇다는 건 정말.

"제 열핵해방은【역류의 찰나】. 네리아 씨도 아시겠지만, 쉽게
말하자면 시간을 되감는 이능입니다. 2년 후의 미래에서 저 이
외의 시간을 되돌렸어요. 십이 년 정도요. 그리고 지금으로부터
십 년 전인 이 세상으로 온 겁니다."

"무엇 때문에……."

"여섯 나라를 위해서입니다."

오오미카미는, 27살의 아마츠 카루라는, 그리운 듯 더듬더듬
말하기 시작했다.

"제가 살았던 시간대에서는 레이게츠 카린이 오오미카미가 되
었어요. 전 천무제에서 이기지 못한 겁니다. 코마리 씨의 힘을
빌려놓고서 마지막 순간에 오오미카미가 되고 싶지 않다고 떼
를 쓰며 사퇴하고 말았습니다. 그러나 그건 최악의 선택이었어
요. 카린 씨는 군주의 그릇이 아니었습니다. 후야오 메테오라이

트를 비롯한 테러리스트들에게 국가의 중추를 빼앗겼고, 마핵
이 파괴되어 천조낙토는 순식간에 멸망해 버렸어요. 뒤집힌 달
의 손에 들어간 천조낙토는 곧 타국에게 선전포고를 반복했습
니다. 이렇게 해서 수렁 같은 전쟁이 막을 열었죠. 물론 룰 같은
건 존재하지 않는 순수한 살육전이었어요. 신구를 이용하는 것
도 당연했습니다. 타국의 마핵을 노리는 것도 당연했고요. 곳곳
에 시체가 산더미처럼 쌓였고, 여기저기 새빨간 피바다가 생겼
습니다. 그렇게 제 소중한 사람도 차례차례 목숨을 잃어 갔죠.
이걸 보고 저는 통감했습니다. 과자나 만들고 있을 때가 아니라
고. 나야말로 오오미카미가 되어야 했다고. 나에게는 숨겨진 힘
이──, 열핵해방의 소질이 있었는데 뭘 하고 있었느냐고. 제
【역류의 찰나】가 눈을 뜬 건 전쟁으로 세상이 엉망이 된 후였습
니다. 모든 게 늦었죠. 그래서 시간을 되감은 겁니다. 아직 아무
것도 시작되지 않았을 무렵──. 아직 카루라가 철이 들지 않은
때로."

　네리아는 묵묵히 듣고 있었다.

　문득 깨닫는다. 오오미카미의 몸에서 마력이 빠져 있는 것
같다.

　"저는 할머니에게 사정을 설명했습니다. 이대로는 나라가 멸
망할 것이다── 라고. 할머니는 바로 제 이야기를 이해해 주셨
습니다. 오오미카미 자리를 천무제 없이 저에게 양도했고, 멸망
을 피하기 위한 정책을 내세우라고 말해 준 겁니다. 그렇게 해
서 저는 세계평화를 위한 포석을 잔뜩 깔기 시작했습니다. 한

편, 할머니는 이 시대의 카루라를 교육하기 시작했죠. 그전까지의 방임주의와는 확연히 다르게 엄격한 교육을요. 왜냐하면 그녀를 오오미카미에 걸맞은 사람으로 만들어야 하니까요. '사'라는 자각을 갖게 해야 하니까요. ——그러나 운명이란 매우 까다로운 것이라서, 카루라는 저처럼 과자 장인이 되겠다는 꿈을 가졌어요. 그건 필연인지—— 아니면 그만큼 카루라의 의지가 강했던 건지. 할머니가 그토록 카루라를 엄격하게 대한 건 국가가 멸망할 것이라는 우려가 강해졌기 때문이겠죠. 저는 카루라를 이기게 하기 위해 십 년 전부터 갖은 수단을 동원해 왔습니다. 레이게츠가의 힘을 깎고. 뒤집힌 달에 첩자를 보내고. 최근에는, 카루라를 뮬나이트 제국에 사자로 보내 테라코마리 건데스 블러드와 접촉하게 하고. 사실은 좀 더 일찍 두 사람을 친구 관계로 만들고 싶었지만……. 이것도 운명인지 필연인지 모르겠습니다만, 좀처럼 기회가 없었어요. 코마리 씨가 오랜 세월 방에만 틀어박혀 있었다는 건 이 시대에 오고 나서 처음 알았거든요. ——아아, 참고로 이 시대의 카루라는 오오미카미가 자기 자신인 것을 아직 모릅니다. 자기에게 특별한 힘이 있단 걸 알면 낙관적으로 변해서 여러모로 설렁설렁해지기 마련이니까요. 그래서는 진정한 열핵해방을 얻을 수 없어요. 그래서 할머니에게도 제 정체는 비밀로 하라고 해두었습니다. ——어쨌든, 이런 식으로 카루라가 오오미카미가 되게끔 저는 이런저런 방법을 써왔어요. 그리고 그 책략은 결실을 맺었죠. 카루라는 저보다 더 일찍 열핵해방을 컨트롤할 수 있게 되었고, 천무제에서 우승해 오오미카미 지위를 얻었습니다. 그것도 카린 씨가 패배를 인정하는 이상적인 형태로요. 아아, 그래요. 제가 카루라에게 강제적으로 오오미카미 자리를 양보했더라면 카린 씨가 납득하지 않았을 테니까요. 멸망의 위기가 사라질 일도 없었을 겁니다."

오오미카미의 몸이 비쳐 보이는 것 같았다.

몸에서 빠져나간 마력이 그녀 주변에서 부드럽게 빛나고 있다.

"길었어요. 정말 길었습니다. 이로써 제 책략은 전부 끝났습니다. 카루라를 오오미카미로 삼은 게 다가 아니에요. 이 시대는── 제가 청춘을 보낸 시대에 비하면, 자랑은 아니지만, 제 덕분에 훨씬 평화로워졌어요. ……왜냐하면, 육국 전쟁이 끝난 후에도 알카는 멸망하지 않았으니까요."

오싹했다. 오오미카미는 미소를 띠며 말을 이었다.

"이제 여섯 나라가 똘똘 뭉쳐 테러리스트를 타도하면 됩니다. 그것만 남았어요. 뒷일을 부탁하겠습니다, 여러분. 저에게는 이미 남은 시간이 없어요."

"너…… 그건 열핵해방의 대가냐."

"네. 【역류의 찰나】는 파격적인 이능. 시간을 되돌리는 강대한 힘을 얻는 대신 자신의 혼을 넘겨야 합니다."

"상상을 초월하는군. 어쩌면 【고흥의 애도】에 필적할지도 모르겠어."

"이 시대의 카루라는 이미 다섯 번이나 【역류의 찰나】를 썼어요. 되감는 시간의 길이에 따라 달라지지만, 너무 많이 쓰면 저처럼 되겠죠. 영혼에는 한계가 있으니까요. ──카루라에게는

'남용하지 말라'라고 전해주세요. 일단 저도 편지를 남겨두었지만요."

황제는 "그렇군" 하고 씁쓸한 표정을 지었다.

"항아리나 집에 쓴 건 손해라고 볼 수밖에 없겠군. 그런데 짐에게는 걸리는 게 있다만. 네 그 능력은 지금의 아마츠 카루라와 동일한 건가? 카루라의 힘은 부분적으로 시간을 되감는 능력 아닌가? 그렇다고 하면 이 시대에 두 카루라가 존재하는 건——."

"열핵해방은 성장하는 것이에요. 능력의 세부 사항이 계속 일정하다고 할 수는 없으니까요. 코마리 씨 능력도 그렇잖아요?"

"흠……."

황제는 턱을 짚으며 침묵해 버렸다.

그러나 네리아에게는 카루라의 능력에 관해 이것저것 생각하고 있을 여유가 없었다.

오오미카미는 이미 반쯤 투명해져 있었다. 신체를 구성하는 요소가 마력으로 변환되어 공기 속으로 녹아들었다. 꼭 환상이 사라지는 것처럼——. 꼭 하늘로 승천하는 것처럼.

네리아는 자기도 모르게 일어섰다.

이 사람 말이 진실이라면. 대체 아마츠 카루라의 인생이란 뭐였을까. 이 시대의 카루라처럼 꿈을 이룬 게 아니다. 평화로운 생활을 보낸 것도 아니다. 전란에 휘말리고 친한 사람을 잃고, 열핵해방을 발동해 십이 년 전으로 역행했다. 게다가 십 년 동안, 오오미카미로서 천조낙토가 멸망하지 않도록 손을 써 왔다.

"당신은." 네리아는 입을 열었다. "당신은—— 그거면 되는

Illustrations copyright © riichu

거야?"

"네. 세상을 바꿨으니까요. 만족합니다."

오오미카미는 희미한 미소를 띠고 있었다.

"게다가 확실히 십 년 동안 힘들긴 했어도, 더는 만날 수 없게 된 사람들을 만난 건 기뻤으니까요. 그것만으로도 보답받은 기분이었어요."

"그건…… 그럴 수도 있지만."

"부디 친구를 소중히 아껴주세요. 그리고 힘을 합쳐 악에 맞서 주세요. 아아――, 그리고 코마리 씨를 잘 지켜봐 주세요. 그 흡혈 공주는 제 시대에서는 없어져 버린 사람이니까요."

――그럼 안녕히.

마지막 말은 바람에 휩쓸려 거의 들리지 않았다.

오오미카미의 모습은 그대로 공기에 녹아들어 사라져 버렸다. 남겨진 것은 그녀의 몸에서 흘러넘치는 마력뿐. 그러나 그 희미한 빛조차 시간이 지남에 따라 보이지 않게 되었다.

네리아와 황제는 한동안 말없이 오오미카미가 있던 자리를 응시하고 있었다.

아파. 모든 부위가 아프다. 몸 곳곳이 욱신거린다.

그래도 살았다는 기쁨을 음미하자. 원래라면 죽었을 것이다. 그 정도 일격을 맞고도 살아 있는 게 더 기적이다.

"――후. 후후후. 나를 봐준 건가. 밉살스러운 녀석이야."

동도의 뒷골목.

여우 귀와 꼬리를 가진 소녀—— 후야오 메테오라이트는 남들의 시선을 피하듯이 땅바닥에 주저앉아 있다. 온몸은 상처투성이였다. 마핵의 효과로 회복할 기색은 없다. 당연하다. 후야오의 고향은 천조낙토가 아니라 라페리코 왕국이니까.

그렇다고 바로 수인의 왕국으로 갈 생각은 없었다.

이건 패배다. 상대의 실력을 오인한 것에서 발단한 결정적인 패배. 고통은 다음 승리를 위한 양식이 된다. 노력하기 위한 양식이 된다. 지금은 이 기분 좋은 통증을 만끽하자——. 그렇게 생각한 후야오는 천천히 눈을 감는다.

테라코마리 건데스블러드.

일찍이 후야오의 고향을 멸망시킨 유린 건데스블러드의 딸. 그 흡혈귀에게 개인적인 원한은 지금까지 없었다. 부모의 죄가 자식에게 이어진다는 건 황당무계한 이야기이기 때문이다. 그러나—— 지금은 원한이 뼈에 사무친다.

왜냐하면 엉망으로 당했으니까.

진 채로 가만있을 수는 없으니까.

얕보인 채로 참을 수는 없으니까.

"기다려라, 테라코마리. 다음에야말로 꼭 내가 죽여줄 테니까——."

"이런. 이런 곳에 있었습니까."

갑자기 목소리가 들렸다.

뒤를 돌아본다. 골목의 어둠 속에 남자가 서 있었다.

무심코 혀를 차고 말았다. 그건 창옥종 남자였다. 후야오의 상사이자 뒤집힌 달의 간부 '삭월' 중 하나인 트리폰이다. 그는 기가 막힌다는 표정을 지으면서 다가왔다.

"난감하군요. 다쳤으면 말이라도 해줬어야죠. 당신 몸에 무슨 일이 생기면 어쩌려고요."

후야오는 다시 혀를 차고 고개를 돌렸다. 트리폰의 명령을 무시해 놓고 실패한 것이다. 아무래도 불편했다. 불편하다는 말로 끝낼 문제가 아닐지도 모른다. 뒤집힌 달은 실패한 자에게는 가차가 없기로 유명하니까.

"이런. 그냥 두면 곪겠어요. 천조낙토 지부로 가죠."

"흥――. 새삼 무슨 소리야? 넌 나를 죽이러 온 거잖아."

후야오는 일어서서 칼자루에 손을 얹었다.

그러나 트리폰은 "설마요" 하고 손을 저으며 웃었다.

"우수한 인재를 계속 잘라내다간 조직은 무너지는 법. 한 번 실패한 정도로 평가에 영향이 가지는 않아요. 뭐 굳이 나무랄 게 있다면――, 좀 더 정기적으로 연락을 줬으면 하는데요."

"…………."

"어쨌든 당신의 안전은 보장되어 있습니다. 아가씨가 후야오를 처분하겠다고 해도 제가 직소해서 말리죠. 그분은 다정하니까 걱정할 필요 없겠지만요."

"뒤집힌 달 치고 너무 무른 거 아니야?"

"아가씨는 무르죠. 물론 저도 부하에게는 무릅니다. 아마츠카쿠메이도 냉혹해 보이지만 근본은 물러 터졌어요. 또 로네 코르네리우스도 여러모로 헐렁해요."

"정말 물러 터졌잖냐."

내 집처럼 편안하고 밝은 테러 집단. 그것이 뒤집힌 달이라고 '신을 죽이는 사악'이 말했던 것 같다. 그건 그렇고—— 조직이 후야오를 처분할 마음이 없다면 마침 잘됐다. 한동안 뒤집힌 달의 일원으로 활동하면서 테라코마리를 죽이기 위한 준비를 해야겠다.

트리폰은 어디서 꺼냈는지 모를 소독액을 후야오에게 뿌렸다. 따갑다. 아프다. 이 녀석은 사람의 마음이라는 게 없나. 그렇게 막 뿌리는 게 아니야——. 여러모로 불평하고 싶었지만 꾹 참고 입을 다문다.

"후야오의 고향은 라페리코 왕국이었죠. 귀향하면 금방 낫겠지만, 우리는 뒤집힌 달이니까요. 마핵에 의지하면 부하에게 본보기가 되지 않습니다."

"흥——, 고통은 사람을 성장시키는 법. 지금까지도 다치면 바로 핵 영역을 뛰쳐나와서 회복을 멈추게 했어. 살면서 마핵 신세를 졌던 적은 한 번도 없다고."

"그럴 리가요. 어릴 적에 입은 찰과상 같은 건 모르는 사이에 도움을 받았을걸요."

"그거야말로 불가능한 얘기야. 내가 마핵에 등록된 것은 고작 몇 년 전 일이니까. '신을 죽이는 사악'에게 거둬졌을 때, '만약을 위해 피를 바쳐라'라는 말에 라페리코의 마천(魔泉)에 피를 뿌렸지."

"응?"

"내 고향은 라페리코의 시골이야. 마을 사람은 모두 마핵이라는 걸 몰랐어. 아마 정부의 관리 감독에서 벗어난 마을이었겠지. 지금은 이미 사라지고 없지만."

"⋯⋯⋯⋯신기한 일도 다 있군요."

트리폰이 흥미로운 듯이 중얼거렸다.

그러나 곧 화제를 바꾼다.

"그런데, 아가씨가 후야오의 일 처리를 칭찬하셨어요."

"칭찬할 요소가 어디 있다고. 결국 마핵이 뭔지 알아내지 못했다고!"

"그건 그렇지만, 테라코마리 건데스블러드의 새로운 일면을 본 게 너무 기쁘신가 봅니다. 또 동도의 거리를 많이 파괴했죠. 한동안 도시의 기능이 마비되지 않을까요. 이것도 공적으로 꼽을 수 있을 것 같습니다."

"그게 뭐야⋯⋯. 그런 건 아무 의미도 없잖아. 거의 테라코마리가 한 짓이고."

"그 계기를 만든 건 후야오입니다. 자기 공적이 되었으니까 순순히 기뻐하세요. ──그래서, 그 공적을 칭송하는 의미에서 당신을 네 번째 삭월로 임명하겠다고 합니다."

소독이 끝났다. 후야오는 아픔을 견디면서 일어섰다.

마핵은 사악한 존재다. 죽음의 두려움을 잊은 사람들은 자꾸만 어리석어져 간다. 고통과 공포를 원동력 삼아 진화하는 것을 잊고 있다. 신을 죽이는 사악이 질색하는 이유를 알 것도 같다.

"──삭월이라고? 나는 그런 건 관심 없어."

"관심이 있고 없고의 문제가 아닙니다. 당신은 이미 삭월이니까요."

"상관없어. 아무 상관 없다고."

트리폰은 생긋 웃었다.

늘 그렇듯 쓸데없는 생각을 하고 있겠지. 이 녀석의 악랄한 사고는 별로 좋아하지 않지만, 뒤집힌 달이란 조직의 후원을 받을 수 있다면 따르는 것도 나쁘지 않다.

갑자기 트리폰이 "여기요" 하고 만주를 내밀었다.

무심코 그의 얼굴을 올려다본다.

"뭐 하는 거야?"

"주는 겁니다."

"……흥."

일단 강탈한다. 그대로 깨물어 본다.

달다. 맛있었다. 확실히 트리폰은 무른 걸지도 모르겠다. 다른 삭월 같으면 부하에게 허물없이 음식을 주는 짓은 하지 않을──것이다.

"그건 아마츠 카루라가 만든 과자예요. 풍전정 거죠."

"뭐, 나쁘지는 않네."

"네, 나쁘진 않습니다. 아가씨도 기뻐하실 것 같아서 가진 돈을 다 털어 가게에 진열된 걸 다 사 왔습니다. 다 합쳐서 대략 30만 엔이에요."

"바보 아니야?"

"바보는 아닙니다. 이건 아마츠 카루라에게 보낼 수 있는 최대한의 성원이에요. 그녀는 자기 꿈을 위해서……, 그리고 국가를 위해서 분투했습니다. 아마 오오미카미와 과자 장인을 병행해 나갈 생각이겠죠. 정말 훌륭한 일이에요. 그리고 이 훌륭한 미래를 가져온 건 바로 테라코마리 건데스블러드겠죠."

눈앞에 있는 남자의 기척이 조금 변한 듯했다.

붉은 눈동자에 번쩍하고 살의가 깃든다.

"그녀는 거슬려요."

"내가 처리할게."

트리폰이 한숨을 내쉬었다.

"……당신은 변신 능력을 가진 주제에 너무 직접적이에요. 조금 더 비겁한 수를 써도 될 것 같은데요."

이번에도 꽤 비겁한 수를 썼는데——, 라고 후야오는 생각한다.

트리폰은 품에서 한 장의 사진을 꺼낸 뒤, 그걸 후야오에게 내보이면서 사악한 미소를 띤다.

"건데스블러드 본인은 너무 강합니다. 그러니까 주변부터 공략해 나가면 돼요. 우선은 이 소녀를 노리는 것이 최선일 것 같은데. ——어떻게 생각하나요? 후야오."

"………………………………."

그래.

그래, 그렇군.

확실히 이거라면 테라코마리 건데스블러드를 함정에 빠뜨릴 수 있을지도 모른다. 그 최강의 흡혈귀에게 패배를 안겨줄 수 있을지도 모른다.

뾰옹.

"──정말 명안이군요! 녀석이 절망하는 얼굴이 눈에 보이는 것 같아요! 그럼 바로 준비하도록 하죠! 아무 걱정하실 거 없습니다. 반드시 이 후야오 메테오라이트가 완수해 보일 테니!"

후야오는 웃었다. 트리폰도 웃고 있었다.

이리하여 테러리스트들은 조용히 행동을 개시했다.

천조낙토는 흡혈 공주로 인해 구원받았다.

그러나, 이번에는 그녀 자신에게 위험이 찾아올 차례였다.

창옥의 남자가 가진 사진에는 한 소녀가 찍혀 있다.

테라코마리 건데스블러드의 심복이자 그녀의 가장 큰 약점.

푸른 머리카락의 메이드── 빌헤이즈.

작가 후기

안녕하세요. 코바야시 코테이입니다.

'외톨이 흡혈 공주의 고뇌 4권'을 구매해 주셔서 정말로 감사합니다.

이번 테마는 꿈이나 시간이려나요? 어쨌든 주인공이 위험한 이벤트에 말려들고 질색하면서도 결국은 노력하게 되는 이야기였습니다. 평소와 별반 다르지 않아요. 카루라와 코마리가 한정된 시간 속에서 어떻게 꿈을 마주해 나갈지 기대해 주시면 감사하겠습니다.

요즘 들어 시간의 흐름이 너무 빨라서 난감해하고 있습니다.

일어났다고 생각하면 어느새 날이 저물어 있습니다. 아무것도 한 게 없는데. 코로나 관련으로 집에서 대기하는 경우가 늘어난 것도 관련이 있을까요? 어쨌든 이대로 두면 '정신을 차리고 보니 마감이 아슬아슬하다'라는 사태에 빠질 것 같아서 매일 계획을 세워 꾸준히 해 나가고 싶습니다(단언). 아슬아슬해지면 이 후기를 읽고 '그러고 보니 이런 선언을 했었지……'란 걸 떠올리며 힘을 내고 싶습니다. 죄송합니다. 후기에 적을 이야기가 없었어요.

흡혈 공주도 이로써 4권까지 왔습니다.

점점 캐릭터도 늘어서 떠들썩해졌습니다. 코마리도 다양한 싸움을 통해 성장하고 있고요. 적들도 슬슬 본 실력을 발휘해 오겠죠. 다음 권 이후로도 꼭, 꼭 읽어 주시면 기쁘겠습니다(최근 페이지의 수가 쓸데없이 늘고 있는데 좀 더 물리적으로 콤팩트해질 수 없는지 시행착오를 거치고 있습니다).

뒤늦게나마 감사 인사드립니다.

일러스트를 맡아주신 리이츄 님, 매번 많은 캐릭터를 귀엽고 멋지게 그려주셔서 정말 감사합니다. 장정 담당 히이라기 료 님, 이번에도 흡혈 공주의 매력을 또렷하게 끌어내 주셔서 그저 감사드릴 따름입니다. 담당 편집자 스기우라 요텐 님, 원고가 늦어져 죄송합니다. 그리고 독자 여러분, 이 책을 구매해 주셔서 감사와 감격의 극치입니다. 흡혈 공주가 있는 건 여러분 덕이에요.

다음 기회에 다시 만나도록 하죠.

코바야시 코테이

HIKIKOMARI KYUKETSUKI NO MONMON 4
Copyright © 2021 Kotei Kobayashi
Illustrations copyright © 2021 riichu
Original Japanese edition published in 2021 by SB Creative Corp.
Korean translation rights arranged with SB Creative Corp.
through Japan UNI Agency, Inc., Tokyo

외톨이 흡혈 공주의 고뇌 4

2023년 10월 1일 1판 2쇄 발행

저　　　자 | 코바야시 코테이
일러스트 | 리이츄
옮 긴 이 | 고나현
발 행 인 | 유재옥
총괄이사 | 조병권
본 부 장 | 박광운
담당편집 | 박치우
편집 1팀 | 박광운
편집 2팀 | 정영길 조찬희 박치우 정지원
편집 3팀 | 오준영 곽혜민 이해빈
디 자 인 | 김보라 박민솔
라 이 츠 | 김정미 맹미영 이윤서
디 지 털 | 박상섭 김지연 윤희진
발 행 처 | (주)소미미디어
인쇄제작처 | 코리아피앤피
등　　　록 | 제2015-000008호
주　　　소 | 서울시 마포구 토정로 222, 403호(신수동, 한국출판콘텐츠센터)
판　　　매 | (주)소미미디어
영　　　업 | 박종욱
마 케 팅 | 최원석 박수진 최정연 박소연
물　　　류 | 허석용 백철기
전　　　화 | (02)567-3388, Fax (02)322-7665

ISBN 979-11-384-3620-5
ISBN 979-11-384-1037-3 (세트)